Eine Bernstein Liebe

Walter Püschel

Eine Bernstein Liebe

von sieben Bräuten erzählt

Roman

Edition Weitbrecht

I. KAPITEL
Erikas Erzählung

1.

Folgendes las Friedemann Körbel an einem sonnigen Oktobermorgen in der Zeitung:
Erbenaufruf!
Am 25. September 1983 starb Sophia Trost, geborene Altschul, zuletzt wohnhaft in Heidenau, Bez. Dresden, Jörn-Farrow-Straße 52. Als gesetzlicher Erbe wurde ihr Neffe Adolf (Dolfi) Neuhäuser, wohnhaft Osnabrück (BRD), ermittelt. Laut Testament fällt der aus Sachwerten bestehende Erbteil an Valentin Eger, geboren am 4. Februar 1927 in Traumsiedel, Tschechoslowakei, derzeitiger Aufenthalt unbekannt. Er wird aufgefordert, sich bis zum 30. Mai 1984 bei dem vom Staatlichen Notariat Berlin, Hauptstadt der DDR, Az. 57-60-2163-81, bestellten Nachlaßpfleger Axel Kähler, 1071 Berlin, Driesener Straße 22, zu melden. Erfolgt bis zu diesem Zeitpunkt keine Anmeldung, so bleiben seine Rechte im Erbschein unberücksichtigt.

Friedemann Körbel umrahmte die Annonce mit Signalstift und legte sie zu einem Stapel Zeitungen, in denen er Haushaltsauflösungen, Verkäufe von Chippendale-Schlafzimmern, Biedermeiersekretären, Sprungdeckeluhren und Singer-Nähmaschinen angekreuzt hatte. Es war acht Uhr fünfzig; um neun kam der Chef. Bis dahin mußte sich Körbel entscheiden. Entweder für eine Rentnerin, die ein Ölbild von achtzehnhundertundsechzig anbot (Düsseldorfer Schule), für ein Damenhalsband, umständehalber, Schätzwert 3 TM, oder für den Notar Axel Kähler.

Friedemann Körbel entschied sich für den Notar und hatte gute Gründe. Für Malereien war er nicht zuständig, da konnte er höchstens ein Vorkaufsrecht anmelden und mußte auf den Besuch Gottholds vertrösten. Für das Halsband war die Expertise eines Juweliers einzuholen; also war keiner der Besuche geeignet, den restlichen Tag auszufüllen. Anders der beim Notar. Es war der sechste Oktober, ein Tag vor dem Staatsfeiertag, ein gewöhnlicher Bürotag und doch kein Tag wie jeder andere. Medaillen und Titel wurden verliehen, Feierstunden fanden statt, Flaschen wurden entkorkt. Es war unmöglich, eine Dienststelle aufzusuchen, die nicht betroffen worden wäre. Das schaffte im ganzen Land eine aufgelockerte Atmosphäre, der sich auch ein amtlich bestellter Nachlaßverwalter nicht entziehen konnte, selbst wenn er mit Orden nicht bedacht worden war. So konnte Friedemann Körbel Geschäftigkeit vortäuschen und längeres Fernbleiben erklären. Genau das brauchte er; denn er brauchte Freizeit für sein Steckenpferd, das Schreiben. Sein Chef Andy Quahl wußte das und nahm es hin, hielt seine Toleranz für eine Art Mäzenatentum, von dem er meinte, es stünde einem Kunsthändler nicht schlecht an. Er verlangte für jedes Fernbleiben eine plausible Erklärung; darin sah er ein Mittel, die Phantasie seines Mitarbeiters geschmeidig zu erhalten. Ein phantasieloser Schriftsteller, hatte er doziert, kann zur Not einen Kunstpreis bekommen. Ein Kunsthändler ohne Phantasie wandert mit Sicherheit ins Kittchen.

Fünf Minuten vor neun bremste ein Volvo vor dem Haus und blieb räderknirschend auf dem Gehweg stehn. Die Treppen knarrten, einige tiefe Schnaufer waren zu hören. Andy Quahl atmete immer erst ein paarmal durch, ehe er das Büro betrat. Er pflegte seine Sekretärin Bonni auf ihren blonden Nackenflaum zu küssen, und dabei wäre ihm heftiges Atmen peinlich gewesen. Friedemann sah noch einmal seine Arbeitsmappe durch und wollte im Sekretariat seinen Besuch ankündigen, da wurde die Klinke herabgedrückt, und Andy Quahl trat ein.

Nach einem »Guten Morgen, mein Lieber« und einem kurzen Händeschütteln ließ er sich in den Besuchersessel fallen und fragte: »Wissen Sie schon, wer den Nationalpreis bekommt?«

»Nein«, antwortete Friedemann, »die Verleihung ist erst heute nachmittag.«

»Wenn's in der Aktuellen Kamera war, weiß es jeder. Vorher muß man's wissen.«

»Muß man?«

»Mit dieser Einstellung werden Sie ihn nie bekommen. Einen solchen Preis muß man ins Auge fassen wie ein Jäger sein Ziel. Ich hab da neulich einen Film gesehen, in dem eine halbwilde Schwester ihrem kleinen Bruder das Schießen beibringt: Du mußt zielen, eh du die Waffe in die Hand nimmst; das Ziel mit den Augen verschlingen, dann triffst du. Die Urzeitjäger wußten das schon vor zehntausend Jahren. Ehe sie ihren Wisenten und Elchen den Garaus machten, kratzten sie ihre Bilder an Höhlenwände; in Aurignac zum Beispiel. Mit einer Kunstfertigkeit, vor der man nur den Hut abnehmen kann.«

»Ich werde mir einen Hut kaufen, damit ich ihn abnehmen kann, wenn ich die Bilder zu sehn bekomme. Vielleicht können Sie mir zu einer Dienstreise nach Frankreich verhelfen.«

»Verraten Sie mir zuerst, was Sie heute vorhaben.«

Friedemann legte seinem Chef die Annonce vor und sagte: »Ich muß zu diesem Notar; es wird sich etwas hinziehn, fürchte ich.«

»Mit andern Worten, Sie wollen blaumachen.«

»Im Gegenteil: das ist ein ganz dicker Fisch, nach dem ich heute meine Angeln lege.«

7

Andy Quahl griff nach der Zeitung und sagte: »Ich höre.«

»Wenn eine alte Dame ihrem Freund Sachwerte vermacht und der Nachlaßverwalter diesen Mann in einer überregionalen Zeitung suchen läßt, dürfte es sich nicht um Kinderspielzeug handeln.«

»Nichts gegen Kinderspielzeug; wenn es aus Blech ist und älter als vierzig Jahre, lassen sich gute Geschäfte damit machen.«

»Desto besser«, entgegnete Friedemann Körbel gelassen. »Dann kann ich Sie auch nicht enttäuschen, wenn es sich um eine Puppenstube und eine Dampfmaschine handeln sollte.«

Andy Quahl hatte die Annonce gelesen. Sie schien ihn beeindruckt zu haben.

»Verschwinden Sie und kommen Sie mir morgen nicht mit dummen Ausreden.«

»Übermorgen; oder wollen Sie unsern Nationalfeiertag abschaffen?«

»Um Gottes willen! Dann kämen die Leute vielleicht auf die Idee, den Reichsgründungstag zu feiern. Wissen Sie wenigstens, wann der ist?«

Friedemann Körbel wußte es, gab aber keine Antwort.

2.

Das Notariat Kähler befand sich in der Driesener Straße, unweit der Wisbyer. Die Häuser waren instand gesetzt, ihre Gründerzeitfassaden pastellfarben gestrichen. An dem Tag, an dem Friedemann Körbel, von der Schönhauser kommend, die Wisbyer entlangschritt, waren sie mit Fahnen geschmückt und mit Tüchern, auf denen sozialistische Kerbholzsprüche zu lesen waren. Körbel hatte den Nachlaßverwalter angerufen und für zehn Uhr einen Termin bekommen. Hereingebeten wurde er zehn Uhr zwanzig, nachdem eine schwarzgekleidete Dame mit Zigeuneraugen das Büro verlassen hatte. Der Notar, ein hagerer Vierziger in einem Homespunanzug und einem rostbraunen Pulli, beklagte die Geschwätzigkeit der Witwen im allgemeinen und das komplizierte Anliegen seiner Besucherin im besonderen und bat wegen der Verspätung um Entschuldigung.

Friedemann Körbel stellte eine Flasche Sekt auf den Tisch und sagte: »Eisgekühlt, er muß sofort getrunken werden.«

»Soll das eine Bestechung sein?« fragte der Notar.

»Na, hören Sie mal, ich weiß, wo ich lebe«, beruhigte ihn Körbel. »Ich habe die Medaille bekommen, da können Sie nicht nein sagen.«

»Ja, wenn das so ist!« Der Notar zauberte zwei Sektgläser aus dem Schrank, und Friedemann goß ein. Nach dem zweiten Glas legte Friedemann seine Geschäftskarte hin; es stellte sich heraus, daß Andy Quahl und Axel Kähler ehrenamtlich im selben Sportklub tätig waren, wenn auch in verschiedenen Sektionen. Nach einem kurzen Telefongespräch brachte die Sekretärin eine Akte, und der Notar bemerkte, in das Testament könne er Fremde leider keinen Einblick nehmen lassen.

Friedemann hob abwehrend beide Hände. Um Gottes willen, keine Ungesetzlichkeit! Andy Quahl gehe es auch gar nicht um den schnöden Mammon; er sei in einem Kriegsgefangenenlager mit einem Sudetendeutschen zusammen gewesen, der ihm von Valentin Eger erzählt habe. Der Notar wollte die Adresse dieses Mannes wissen, Körbel versetzte ihn in die Schweiz und deutete an, Quahl habe dienstlich demnächst in der Schweiz zu tun. Natürlich wäre es gut, wenn er dort sein Interesse mit etwas genauerer Kenntnis der Erbschaft motivieren könnte.

Der Notar war bereit, etwas anekdotisches Beiwerk preiszugeben. Über Weibergeschichten zum Beispiel würde in Kriegsgefangenenlagern am meisten geredet, der Kumpel könne da etwas erfahren haben. Die Erblasserin habe Valentin

9

nach dem Kriege suchen lassen, und als das keinen Erfolg brachte, seine Bräute.

»Ein böhmischer Casanova?« fragte Friedemann.

»Keineswegs; die Verblichene war in ihren letzten Lebensjahren etwas umflort. Sie hat nach jedem Mädchen gefahndet, mit dem ihr Traumfiedler einmal ins Kino gegangen ist.«

»Darf das Wort Fiedler in der üblichen Weise gedeutet werden?«

»In der eigentlichen, würde ich sagen. Die Erblasserin war eine Fabrikantentochter, in einer Villa wohnend, von der Natur ein bißchen vernachlässigt. Im realen Leben fand sie wohl nicht die rechte Erfüllung und flüchtete sich in blaue Stunden. Klavierspiel zur Dämmerzeit, Literaturlesungen bei Kerzenlicht. Valentin Eger spielte Geige, wenn sie am Flügel saß, las Geschichten, wenn sie auf dem Sofa lag.«

»Sonst nichts?«

»Er war dreizehn Jahre jünger.«

»Also neunzehnhundertvierundvierzig siebzehn, da muß man kein Unschuldsbengel sein.«

»Nach dem, was mir bekannt ist, hat sie mehr seine Unfertigkeit fasziniert als seine Fertigkeiten.«

»Vielleicht kann man aus dem Wert der Schenkung auf die Intensität des Verhältnisses schließen.«

»Ausgeschlossen!« Der Notar griff kopfschüttelnd zum Glas. »Es gibt Fälle, wo ganze Familien enterbt werden wegen einer unerfüllten Liebe. Grad die Sehnsucht richtet in Testamenten viel Unheil an.«

»Was hat die Erblasserin Trost der Familie vorenthalten?« fragte Friedemann, während er den letzten Sekt eingoß.

»Das Bernsteinzimmer.«

Friedemann stieß ein Glas um. Der Notar sagte: »Sekt gibt keine Rotweinflecke«, und trocknete die Decke mit einer Serviette. All das nahm Friedemann nicht wahr; schuld daran war das Wort Bernsteinzimmer. Der Preußenkönig Friedrich Wilhelm I. hatte es dem russischen Zaren Peter geschenkt, im letzten Kriege hatten es die Deutschen in Puschkin demontiert und nach Königsberg transportiert, seitdem war es verschollen. Sowjetische und polnische Dienststellen hatten vergebens gesucht, der Dramatiker Claus Hammel hatte ein Stück darüber geschrieben; auch darin wurde das Zimmer nicht gefunden. Aber das Gerücht, das Zimmer lagere in einem geheimen Versteck, hielt sich hartnäckig. Das alles ging Friedemann in Sekundenschnelle durch den Kopf, und beinah hätte er gesagt: Das ist ein Millionending! Er bezwang sich, weil es zu seinem Beruf gehörte, Interesse hinter Gleichgültigkeit zu verbergen, mitunter sogar hinter Geringschätzung. Außerdem war die Chance, daß es sich tatsächlich um das vielgesuchte Bernsteinzimmer handelte, eins zu tausend. Andererseits wurden Schätze seit alters von Glückskindern gefunden, Hirtenmädchen oder ackernden Bauern. In der Trost-Villa hatten Offiziere übernachtet; konnte nicht einer den geheimen Lageplan in der Kartentasche gehabt haben? Und war vielleicht ein begabter Geiger gewesen, der an Valentins Stelle eine Nacht durchgegeigt hatte, ehe er am andern Morgen von einer Kalaschnikowkugel erwischt worden war? Bargen nicht Böhmerwaldseen immer noch Schätze, als würden sie von Kraken in der schwarzen Tiefe gehalten? Waren nicht fliegende Schatzbehälter, von Göring in den letzten Kriegswochen aus dem belagerten Berlin in die Alpenfestung geschickt, abgeschossen worden und in die Schlüchte der Böhmisch-Sächsischen Schweiz gestürzt? Friedemann Körbel war begierig auf weitere Auskünfte. Trotzdem spielte er als erstes den Wert des Erbstücks herunter.

»Seitdem VEB Ostseeschmuck seinen Bernstein nicht mehr aus dem Samland bezieht, sondern aus einem Tagebau bei Leipzig, steht das Zeug nicht mehr hoch im Kurs.«

Davon hatte der Notar nichts gehört; er bemerkte, zum Materialwert komme ja wohl der Kunstwert.

Diese vorsichtige Formulierung veranlaßte Friedemann zu der Frage: »Ein Zimmer aus Bernstein, gibt es das überhaupt?«

Notar Kähler wußte anscheinend nichts vom historischen Bernsteinzimmer und seinem Kriegsschicksal, für ihn war es ein beliebiges Zimmer mit Bernsteinzierat, was Friedemann erleichterte.

»Ich bestreite nicht, daß man aus Möbeln mit Bernsteinschmuck ein beachtliches Sümmchen herausschlagen kann. Wenn es einmal in einem böhmischen Dorf gestanden hat, müßten doch die Einwohner davon gewußt haben. Eigentlich hätte sich auf Ihre Annonce jemand melden müssen.«

»Es hat sich aber bisher niemand gemeldet, und die einzige Adresse, über die Sophie Trost eine Antwort bekommen hat, ist die einer BRD-Bürgerin. Die Dame war eine Schulfreundin von Valentin Eger, wußte aber auch nichts von seinem Aufenthalt. Kein Wunder, seit seiner Schulzeit sind vierzig Jahre vergangen.«

»Wenn Sie mir die Adresse trotzdem mitteilen könnten . . . Sollte sie auf Andy Quahls Weg liegen, könnte eine Befragung an Ort und Stelle vielleicht doch einen Hinweis bringen . . .«

Der Notar klappte die Akte auf, blätterte kurz und sagte: »Erika Heimbüchler, geborene Gürtler, wohnhaft in Wiggensbach, Allgäu.«

Körbel notierte sich die Anschrift; ihm war klar, mehr war im Augenblick nicht zu holen, so steuerte er auf den Gesprächsschluß zu.

»Wir sind zwar kein Detektivbüro, aber wir haben Beziehungen. Wenn es Valentin Eger noch gibt, werden wir ihn aus der Versenkung holen.«

Axel Kähler gratulierte seinem Besucher noch einmal zur Medaille und philosophierte, so uneigennützige Hilfe, wie sie hier geleistet werde, sei nur in einem Lande möglich, das den Schritt vom Ich zum Wir gemacht habe.

Am achten Oktober, es war ein Freitag, traf Friedemann Körbel auf einen mürrischen Andy Quahl. Unglaubliches war geschehen. Ein privater Branntweinproduzent mit altem Namen
hatte den Vaterländischen Verdienstorden bekommen, und
Andy hatte vorher davon nichts läuten hören. Das erschütterte
ihn. Nie wäre er auf die Idee gekommen, im Roten Rathaus
könne eine Laudatio auf einen Weinbrenner gehalten werden.
Was für vaterländische Verdienste hatte er eigentlich vorzu-
weisen? Hatte er einen Brückenkopf bilden können im Ein-
zugsbereich des Dujardin oder einen Bergrutsch bei Schar-
lachberg verursacht? Andy Quahl war davon nichts bekannt.
Aber die Abschlüsse, die seine Firma im NSW-Bereich
machte, waren ihm sehr gut bekannt. Wenn der Antiquitäten-
export mit einem staatlichen Orden zu belohnen gewesen
wäre, hätte die Wahl auf Quahl fallen müssen. Andy beschloß,
den Orden in Angriff zu nehmen.

»Ich bin wirklich gespannt, wie Sie mir plausibel machen
wollen, daß man wegen einer Zehnminutenauskunft den ganzen Tag vertrödeln muß.«

»Genau das wollte ich«, sagte Friedemann und begann seinen Phantasiebericht. »Ich habe sofort angerufen, nachdem Sie
aus dem Zimmer waren, also gegen halb zehn. Herr Kähler ist
gerade beim Diktat, bitte rufen Sie eine Stunde später an. Um
halb elf: Tut mir leid, Herr Kähler ist außer Haus, und ohne
ihn kann ich keine Termine vergeben. Um halb zwölf bin ich
hin, weil mir die Sache zu blöde war. Sense; erste Termin-
möglichkeit vierzehn Uhr. Können Sie mir sagen, wie man
zwei Stunden essen kann?«

»Ich habe mit Freunden in Moskau schon drei Stunden gegessen.«

»Man kann sowjetische Verhältnisse nicht mechanisch auf
uns übertragen!« Körbel bekam recht; das war ein Kerbholz-

wort, die Betonung lag auf mechanisch. Die weitere Ausschmückung des Berichts brach Andy mit der Frage ab: »Was haben Sie rausgekriegt?«

Friedemann Körbel hütete sich, seinen Chef mit der Mitteilung zu überfallen: Vielleicht finden wir das Bernsteinzimmer! Auf den Begriff mußte Andy Quahl selber kommen. Nur dann war mit seiner Unterstützung zu rechnen. Deshalb servierte Friedemann zuerst das anekdotische Beiwerk, erfand einen Hauptmann des Wehrmachtsonderstabes, der mit der Transferierung von Kunstschätzen in die Salzbergwerke des Alpengebiets beauftragt war. Erst gegen Schluß seines Rapports verwendete er ganz nebenbei den Begriff Bernsteinzimmer. Andy biß an.

»Moment mal; ist das näher beschrieben im Testament?«

»Das Testament hat er mir nicht gezeigt...«

Das mußte Andy nicht erklärt werden. Aber von dem Zimmer wollte er mehr wissen.

Friedemann Körbel zuckte mit den Schultern und brummte: »Na ja, Möbel mit Intarsien aus Bernstein, denke ich.«

»Aber Kähler hat formuliert: erbt das Bernsteinzimmer.«

»Ja.«

»Und da ist Ihnen nichts eingefallen?«

»Doch; da ist mir eine Szene aus dem Film ›Affäre Blum‹ eingefallen, wo ein kleines Mädchen zu dem Schauspieler Alfred Balthoff sagt: ›Weißt du, was ich in der Hand habe? Einen Bernstein, Onkel Bernstein.‹ Einer der besten DEFA-Filme; Buch R. A. Stemmle, Regie Erich Engel, Hauptrolle Hans Christian Blech.«

»Blech fällt Ihnen ein«, höhnte Andy Quahl, »aber zu Bernsteinzimmer fällt Ihnen nichts ein; wozu haben Sie Kunstgeschichte studiert?!«

»Spielen Sie etwa auf das Bernsteinzimmer an, über das die Wochenpost geschrieben hat? Das ist eine Nummer zu groß für uns. Danach haben sowjetische und polnische Spezialisten gesucht, das finden wir nicht im Erbgut einer böhmischen Witwe.«

»Aber die Spezialisten haben es nicht gefunden; es ist verschollen, und von Zeit zu Zeit tauchen Nachrichten darüber auf ...«

»Wie über das Ungeheuer von Loch Ness oder den Schneemenschen Yeti, ich weiß ...«

Andy Quahl ließ sich auch durch den Spott nicht von seiner Linie abbringen. Er machte geltend, die Deportierer der Kunstschätze seien keine abstrakten Faschisten gewesen, wie man es heutigen Presseberichten zufolge vermuten könnte, sondern Landser aus Thüringen, Sachsen, Bayern und so weiter, auch aus dem Sudetenland natürlich, und einer von den Tausenden könnte Sophie Trost das Geheimnis des Bernsteinzimmers verraten haben. Die These habe natürlich etwas Phantastisches, aber ein Kunsthändler ohne Phantasie lande nicht nur im Kittchen, er lande auch niemals einen großen Coup.

Friedemann zeigte sich beeindruckt, schränkte ein, Erfolgsaussichten gäbe es nicht mehr als bei der Hoffnung auf einen Fünfer im Lotto. Nur wer nicht mitspiele, sei mit Sicherheit vom Gewinn ausgeschlossen, konterte Andy Quahl und versicherte, er werde mitspielen, also den Valentin Eger auftreiben.

Friedemann legte ihm die Adresse der Erika Heimbüchler vor und gestand, er habe sich dem Notar gegenüber zu dem Versprechen hinreißen lassen, Andy Quahl würde auf einer seiner Dienstreisen die ehemalige Schulfreundin Egers aufsuchen. Der Chef stand wortlos auf, ging ins Nebenzimmer telefonieren. Nach einer knappen Viertelstunde kam er zurück und sagte mit Bedauern in der Stimme: »Leider muß ich noch in diesem Monat zum Philatelistenkongreß nach Amsterdam, dann tagen die Numismatiker in Wien, davon kann ich mich auch nicht frei machen.« Andy Quahl war außer im Vorstand seines Sportklubs noch in mehreren Kommissionen des Kulturbundes und reise viel umher. »Im November ist die Kunstauktion im Palast, da wird ein Paul Klee angeboten, auf den ich scharf bin, also muß ich mich selber drum kümmern ... Diese Dienstreise in die BRD werden Sie mir abnehmen müssen.«

»Ich bin kein Reisekader«, stotterte Friedemann Körbel.

»Wenn einer reist, ist er auch Reisekader. Und Sie werden reisen; wozu sind Sie Schriftsteller?«

Das traf Körbel an einer empfindlichen Stelle, und er sagte mit Würde: »Wenn ich reise, dann reise ich, um zu schreiben. Daß ich schreibe, um zu reisen, lasse ich mir nicht nachsagen!«

Andy Quahl winkte begütigend ab und fragte, was Körbel im Augenblick schreibe.

»Eine historische Erzählung. Canitz in Blumberg.«

»Blumberg hinter Ahrensfelde? Da kann man mit der S-Bahn hin. Sie brauchen eine Begründung für das Allgäu, seien Sie nicht begriffsstutzig!«

Das ließ sich Körbel nicht vorwerfen. War der Hofdichter Friedrich Freiherr von Canitz in der Literaturgeschichte nicht als weitgereister Mann ausgewiesen? Wenn man ein Arbeitsvorhaben »Auf den Spuren des Freiherrn von Canitz« nachwies, konnte man nebenbei Frau Heimbüchler aufsuchen. Kaufbeuren, Benediktbeuren, Carmina Burana, Füssen und Johannes R. Becher ... das Allgäu war eine literaturträchtige Gegend, das hatte Canitz schon im achtzehnten Jahrhundert erkannt, als es ihn hinaustrieb aus der Stickluft des Hofes ...

Andy klopfte ihm anerkennend auf die Schulter und versprach, bei den zuständigen Stellen ein Wort für ihn einzulegen.

4.

Dann kamen die Fragebogen. Vater, Mutter, Schwestern, Brüder, auch wenn man sie nicht mehr hatte, mußten benannt werden. Friedemann machte es gewissenhaft. Eine junge Sachbearbeiterin namens Barbara Dick händigte ihm mit sanften Ermahnungen seine Reisepapiere aus. Er sagte, wenn ihre Kollegin Dünn nur annähernd so hübsch wäre, würde er gern durch dick und dünn gehen. Damit war er zu weit gegangen. Es gab Verstimmtheit, und er versprach, sie bei seiner Rückkehr mit einer Flasche genuinem Whiskys zu beheben.

Am Vorabend der Reise packte er in seinen Koffer einige Flaschen sowjetischen Wodka und sechs Bände aus der Bibliothek Deutscher Klassiker, trug alles unter der Rubrik »Geschenke« in die Zollerklärung ein und schlief trotzdem unruhig; träumte, der D-Zug Berlin—Frankfurt am Main (BRD) werde von Graf Dracula nach Transsilvanien entführt. Nach einer Schreckensfahrt entlang gepfählter Männer und Frauen war das Weckerklingeln eine Erlösung.

Auf dem Bahnsteig kam er sich zwischen Rentnern, Invaliden und Türken verlassen vor. Ein jüngeres weibliches Wesen, das ihm gefiel, trug Trauer und wurde von schwarz gekleideten Eltern behütet. Als der Zug zum Einsteigen freigegeben wurde, stürmten ihn Rentner von erstaunlicher Rüstigkeit, als hätten sie zu beweisen, daß sie der Altenteil einer bedeutenden Sportnation wären. Der praktische Nutzen des Sprints war gleich Null; die Abteile waren nicht einmal zu einem Drittel besetzt. Erst am Bahnhof Zoo füllten sich die Wagen der Deutschen Reichsbahn, schluckten Bundis, langhaarige Penner, die aussahen, als kämen sie aus Gorkis Nachtasyl, Punker und Skinheads, Farbige, die es aus allen sieben Meeren auf die Insel Westberlin verschlagen hatte, und zum Schluß, mit Seniorenpaß und Platzkarte gewappnet, der Altenteil des andern deutschen Staates und der besonderen politischen Einheit Berlin-West. Friedemann hob zwei Koffer ins Gepäcknetz und lud sich eine Unterhaltung auf, die bis Probstzella vorhielt. Dort sagte das Land Bayern »Grüß Gott!«, erst der Lautsprecher und dann der Bundesgrenzschutz. Als Friedemann seinen Paß hinreichte, zückte der Beamte das Dienstbuch und fragte: »Herr Körbel, wen wollen S' denn besuchen auf Ihrer Dienstreise?«

»Das ist nicht ganz leicht zu sagen; es geht mir um den alten Canitz.«

»Mit K, der Herr Kanitz?«

»Nein, mit C.«

»Vorname?«

»Friedrich, Rudolf...«

»Rufname Friedrich?«

»Eigentlich heißt er Freiherr Friedrich Rudolf von Canitz.«

»Ah, so ein alter Herr vom Komitee Freies Deutschland, hab ich recht?«

»Leider nicht. Der Herr von Canitz ist schon 1699 gestorben.«

»Also, wenn Sie sich lustig machen wollen über mich, das kann Ihnen teuer zu stehn kommen...«

Körbel versicherte, so etwas liege nicht in seiner Absicht.

»Sie müssen doch noch einen andern Anlaufpunkt haben als diese Leich...«, bohrte der Grenzschutzmann.

Friedemanns Blick verfing sich auf dem Umschlag eines Buchs, das sein in Probstzella zugestiegenes Visavis auf das Klappbrett gelegt hatte. Es hieß »Momo« und war von Michael Ende. Er las weiter und sagte: »Ich besuche den K. Thienemann Verlag, Stuttgart.«

Der Grenzschutzmann notierte es gewissenhaft und fragte: »Was machen S' bei dem Verlag?«

»Recherchieren, ob ein Interesse bestehen könnte für meine literarische Arbeit.«

»Sie führen also geschäftliche Verhandlungen. Dös hätten

S' doch gleich sagen können. Eine gute Weiterreise wünsch ich!« Er tippte an den Mützenschirm, entschritt und hinterließ Stille.

»Sie müssen ihm die Neugier nicht übelnehmen, es ist sein Job«, sagte Friedemann Körbel zu dem Westberliner Ehepaar, das noch vor zehn Minuten bei einer Unterhaltung über Kneippkuren seine Formulierung, die Fächerdusche sei eine Peitsche in den Händen des Äskulap, ganz entzückend gefunden hatte. Das Ehepaar sah zum Fenster hinaus und schwieg.

Ein thailändischer Kellner rollte einen schweren Servierwagen heran, den Leute, die ihn nicht schieben müssen, »Minibar« getauft haben.

»Gute Reise und guten Appetit, was darf ich Ihnen anbieten?«

Keiner bestellte, was Friedemann auf Rassenvorurteile zurückführte. Für ihn gab es für Weiße, Braune, Gelbe nur den Reim dasselbe; drum bewies er Bruderschaft und verlangte einen Imbiß. Er bekam auf einem Plastetablett ein Plastekännchen nebst einem Plastetäßchen, einem Plastelöffelchen, einem Plastegäbelchen, zwei Plastedöschen mit Wurst, einem Plastetöpfchen mit Sahne. Nur der Zucker mußte sich mit Papiertütchen begnügen, wahrscheinlich kam er aus Mecklenburg. Friedemann bezahlte mit einem Drittel seines Spesensatzes, genierte sich, weil er nur vierzig Pfennig Trinkgeld gegeben hatte, und ließ es sich wohl sein. Was ihm nicht leichtfiel; denn die streichfähige Salami schmeckte wie Teewurst, die Leberwurst nach Büchse, der Kaffee hatte die Stärke heimatlichen Mitropa-Kaffees und machte müde. Im Eindösen hörte Friedemann aus dem Stoßgesang der Räder: Wer hat von meinem Plastetellerchen gegessen? Wer hat aus meinem Plastebecherchen getrunken? Noch ehe er an das Plastebettlein denken konnte, übermannte ihn der Schlaf.

5

Ein Omnibus brachte Friedemann Körbel von Kempten nach Wiggensbach, einem Marktflecken, auf dessen Ansichtspostkarten im Hintergrund die Alpen prangten. Sie blieben unsichtbar, weil es bei Friedemanns Ankunft regnete. Drum marschierte er gesenkten Kopfes die Asphaltstraße entlang einer Pension »Waldesblick« zu, die ihm als preiswert empfohlen worden war. Dabei fielen ihm gelbe Richtungspfeile auf, wie er sie von Hause aus Paradezeiten kannte, wenn ortsunkundige Militärs auf schwerfälligen Fahrzeugen durch die Stadt rollten. Wie eine Panzerstrecke sah die Straße nicht aus, dazu war sie zu glatt. An der Kreuzung leuchtete es wieder gelb, diesmal waren es Buchstaben. »Zum Hurenhaus Heimbüchler!« stand da mit Ölfarbe geschrieben. Friedemann blieb stehn und vergaß den Regen. Da war er ausgezogen mit der frommen Lüge, literarischen Spuren eines alten Freiherrn nachzugehn, und sollte in Wahrheit einen verschollenen Erben auskundschaften. Nun setzte das fortschreitende Leben an den Anfang seiner Arbeit eine literarische Spur. Galten nicht Mauerinschriften in diesem Land als Subkultur der sonst Sprachlosen? Wie war der Text zu deuten? War das ein von der Benannten erwünschter, vielleicht sogar in Auftrag gegebener Wegweiser? Die Direktheit sprach dagegen. Aber vielleicht war in der patriarchalischen Ordnung eines bayrischen Marktfleckens Platz für eine ehrliche Hur... Dann durfte er trotzdem nicht einfach hinmarschieren. Die Leute würden sagen: Feiner DDR-Bürger! Kaum, daß er aus'm Omnibus steigt, steigt er zu einer Hur ins Bett! Pfui Teifi! So entschied sich Friedemann für den Gasthof. Natürlich hatte man ein Zimmer; er hätte auch drei haben können oder sieben. Ein blondes Wesen im Dirndlkleid las seine Eintragung ins Meldebuch und sagte: »Sein S' mir net bös, aber bei Ausländern muß i gleich kassieren!«

Friedemann bezahlte, ließ sich eine Flasche Bier geben, ging auf sein Zimmer und aß die letzten heimatlichen Butterbrote. Sie waren mit original Caputher Käse belegt und schmeckten zu Kulmbacher Bier phantastisch. Es verlockte ihn, noch einmal in die Gaststube zu gehn, einen Enzian zu bestellen oder einen Underberg zum Aufwärmen nach dem Regenmarsch. Dabei zu sagen: »Beinah wäre ich dem gelben Pfeil nachgegangen, weil ich gemeint hab, der zeigt zum ›Waldesblick‹.« Aber dazu war am Morgen noch Zeit. Das Frühstück war inklusive, der Underberg mußte nicht sein, ein Federbett wärmte auch. In seiner Jugend hatte Friedemann Körbel den Boxer Ulli Nitzschke sagen hören: »Meinen Gegner studiere ich in der ersten Runde, das ist früh genug.« Daran wollte sich auch Körbel halten.

6.

Friedemann nahm ein plastfreies Frühstück zu sich. Hörnchen mit Butter und Schinken, Allgäuer Käse, Honig von glücklichen Bienen und guten Kaffee, obwohl ihn die Thermoskanne irritierte, aus der er eingeschenkt wurde. Das Dirndlkleid fragte beim Abräumen: »Hat's geschmeckt?«

»Ausgezeichnet; schon wegen des Frühstücks wär's schad gewesen, wenn ich mich verlaufen hätte.«

»Unser Haus kennt jeder.«

»Bei dem Regen war aber kein Mensch auf der Straße, und da bin ich den gelben Pfeilen nachgegangen, bis ich den Text gelesen hab. Ist das eine Reklame dieser Frau Heimbüchler?«

Dem Dirndlmund entperlte ein Lachen, zu böse für die blauen Himmelszipfel des Morgens und auch für den Samtblick der Augen.

»Nicht mehr aus dem Haus traut sie sich, seitdem s' das geschrieben ham.«

»Also eine schüchterne Hur.«

»Die und schüchtern!« Wieder ein böses Lachen. »Mit einem Zigeuner treibt sie's!«

Eine fünfköpfige Familie kam herein und nahm am Nebentisch Platz. Das Dirndlkleid wünschte Friedemann Körbel noch einen schönen Tag und wandte sich den neuen Gästen zu.

7.

Die Siedlungshäuser in Wiggensbach sahen aus, als seien sie eben von ihrer Plastehülle befreit worden; spielzeugbunt und porentief sauber. Ausgenommen das Haus Bergstraße Numero fünf. Sein Putz war rissig und hatte einen Grauschleier, vom Dachkasten blätterte Farbe. Die Rollos waren heruntergelassen, obwohl es zehn Uhr war, als Friedemann vor der Haustür stand. Unter der Klingel waren drei Namen zu lesen: Erika Heimbüchler, Gunni Heimbüchler, Django Thormann. Hinter Gunni stand: Zweimal klingeln.

Friedemann klingelte einmal. Ein Rollo wurde geliftet, nach einer Weile schnarrte der Summer. Im Flur hingen ein paar Kleidungsstücke. Da niemand kam, zog Friedemann seine Kutte aus und hängte sie an einen Garderobenhaken. Dabei fiel ihm ein Bild ins Auge, das einen Wald mit gepfählten Menschen zeigte. Darüber der bemützte Kopf eines Mannes. Es war Vlad der Pfähler, genannt Graf Dracula. Friedemann kannte den Holzschnitt aus dem »Magazin«. Wahrscheinlich war er der Anlaß zu seinem Traum gewesen, der D-Zug Berlin — Frankfurt würde nach Transsylvanien entführt. Dem Bild hier zu begegnen, fand er absonderlich. Ob es etwas mit dem Zigeuner zu tun hatte?

Ehe er weitere Überlegungen anstellen konnte, öffnete sich die Wohnungstür, eine Frau in einem blauen Frotteemantel erschien, mit hochgeschlagener Kapuze, unter der hennarotes

Haar hervorquoll. Es umrahmte das unausgeschlafene Gesicht einer Fünfzigerin.

»Entschuldigen Sie die frühe Störung«, sagte Friedemann. »Ich möchte Frau Erika Heimbüchler sprechen.«

»Wenn Sie ein Vertreter sind, können Sie sich die Mühe sparen. Ich kaufe nichts.«

Friedemann versicherte, kein Vertreter zu sein, sondern ein Schriftsteller, der den weiten Weg von Berlin nicht gescheut hätte.

»Sind Sie von der Bildzeitung?«

»Um Gottes willen, nein!«

»Kommen Sie herein. Sie müssen aber noch etwas Geduld haben.«

Friedemann trat ein. Sie wies auf einen Sessel, zog das zweite Rollo hoch, raffte Bettzeug von einer Couch, versprach, gleich wieder dazusein, und verschwand. Ein Vertiko aus der Gründerzeit, ein ovaler Mittelfußtisch, Bücherregale, ein Fernseher und die Couch waren das ganze Mobiliar. Neben dem Vertiko hing ein vergilbtes Hochzeitsfoto, über der Couch eine Tuschzeichnung, die an José Venturelli erinnerte. Friedemann betrachtete sie näher und las als Signatur G. H. 78. Frau Heimbüchler kam wieder, hatte den Bademantel gegen einen Hosenanzug gewechselt, die Haare waren unter einem Kopftuch versteckt, aus Frotteepantoffeln glänzten rote Zehennägel, auf den Augenlidern lag silbriger Schatten. Alles mit Geschick gemacht, nur eine Nummer zu jung. Das galt auch für den Beutel, den sie um den Hals trug, aus braunem Wildleder gefertigt, mit Indianerfransen.

»Gefällt Ihnen das Bild?«

»Nicht übel«, sagte Friedemann vorsichtig.

»Es ist von meiner Tochter Gunni. Eigentlich hat sie Design studiert, aber wie das so ist ...« Sie brach ab und fragte: »Was wollen Sie von mir?«

»Vor Jahren hat Ihnen Frau Sophie Trost aus Heidenau we-

23

gen eines gewissen Valentin Eger geschrieben; sie wollte seine Adresse...«

»Jaja, ich erinnere mich...«

»Die Dame ist verstorben, und das Notariat, in dem ich hauptberuflich arbeite, ist mit der Erbschaftsangelegenheit betraut worden. Dabei hatte ich Gelegenheit, die Tagebücher der Verstorbenen einzusehn, und da spielt dieser Valentin eine... ich möchte sagen, herzzerreißende Rolle. Irgendwann kam mir der Gedanke: Friedemann, das müßtest du aufschreiben. Das Schicksal ist exemplarisch, wenn man bedenkt, wieviel Verbindungen durch den Krieg zerrissen worden sind. So entstand der Plan zu dem Roman ›Verschollene Liebe‹. Dazu brauch ich natürlich Material über das Leben dieses Valentin Eger. Und Sie haben ihn gut gekannt, das geht aus den Aufzeichnungen hervor...«

»Das sind doch uralte Geschichten...«

Friedemann öffnete seine Tasche und holte eine Flasche Wodka heraus. Erika Heimbüchlers Augen begannen zu glänzen.

»Ah, Stolitschnaja!«

»Ich dachte, wir trinken ein Gläschen und plaudern dabei ein bißchen...«

»Da sage ich nicht nein.« Sie holte zwei Gläser aus dem Schrank, geschliffene Stamper, in denen der Schnaps sehr gut aussah. Erika Heimbüchler strich mit der Zunge über den Haarflaum ihrer Oberlippe wie eine Katze beim Anblick des Sahnetopfs. Ihre Hand zitterte leicht, als sie nach dem Glas griff. »Auf daß sich die Schleusen der Vergangenheit öffnen«, sagte Friedemann und hatte Mühe mit dem ersten Schluck. Er hielt es mit dem Großvater, der vor dem Kirchgang keinen Alkohol anrührte. Was half's, er war im Dienst. Erika Heimbüchler kippte den Wodka ohne Mühe, schloß für einen Moment die Augen und atmete tief. Sie stellte das leere Glas in Friedemanns Reichweite und sagte: »Verschollene Liebe ist ein schöner Titel. Wenn Sie sich weiter an die Tagebücher der alten Trosten halten, wird es kein guter Roman. Die hat Valentin nie geliebt. Wissen Sie, wer Valentins erste Liebe war? Ich!« Sie nickte vor sich hin, und ihre Rechte näherte sich dem Glas. Friedemann Körbel schenkte ein und fragte: »Lebt er noch?«

»Woher soll ich das wissen? Er hat sich freiwillig gemeldet, wie die meisten damals und weil er so gut sein wollte wie Franzl.«

»Wer war das?«

»Lassen Sie mich erzählen . . .

8.

Schuld daran war das Schwanzlspiel. Der es Valentin beibrachte, hieß Franzl. Eigentlich hieß er Franz, man sagt ja auch Schwanz. Aber wenn einer klein war in Böhmen, hätschelte man ihn mit einem ›l‹. Gustav wurde zu Gustl, Josef zu Josl, Rudolf zu Rudl, Ferdinand zu Ferdl, Wenzeslaus zu Wanzl, Schwanz schrumpfte zu Schwanzl. Natürlich hatte ich mit diesem Spiel nichts zu tun. Hätte nicht die Kohl-Hedi ein Verhältnis mit Franzl gehabt und hätte der nicht den Beichttrieb bekommen im Sommer neunzehnhundertzweiundvierzig, vor seiner Versetzung an die Ostfront, wäre mir die Hedi ihre Beichte über Franzl und Valentin schuldig geblieben. Das wäre schade gewesen, denn ich hatte ein gewisses Interesse an Valentins Hosenschlitzgeschichten. Wir kannten uns von klein auf, er ist mein Jahrgang, sein Vater war Geselle in unserer Tischlerei, und mein Vater hat bei der Hochzeit von Valentins Eltern Cello gespielt. Valentin lernte Geige wie ich, und eine Zeitlang hatten wir auch denselben Lehrer, den Basler-Schuster. Das war, als Valentin nach Kratzau in die Bürgerschule ging. Ich besuchte die Staatsgewerbeschule in Reichenberg. Einen gemeinsamen Schulweg hatten wir also nicht, mit dem ein kindliches Tändelspiel oft anfängt. Ich sah ihn manchmal Gras mähen, wenn ich mit dem Rad zur Hedi fuhr. Er hat sich meinetwegen sogar in die Finger geschnitten beim Wetzen, ich hab später die Narbe gesehn, da war er fünfzehn. Mein Gott, wenn ich Ihnen meine Narben zeigen würde; allein die Umsiedlung... keine Angst, ich schweif nicht ab. Er hat an mir seine Verführungskünste ausprobiert, also werden Sie verstehn, daß ich von der Verführung Valentins durch Franzl nicht ungern hörte. Hedi erzählte mir davon auf nächtlichen Heimwegen, die vom Traumsiedler Bahnhof dreiviertelstundenlang ins obere Neudorf führten, in dem ich wohnte. Ich ahnte mehr, als ich wußte, daß jenes Schwanzspiel Teil des lebenslangen Liebesspiels ist, dem die Menschen verfallen sind. Bei den beiden fing es in den Indianerjahren an. Franzl hatte aus dem Reichenberger Antiquariat einen zerlesenen ›Lederstrumpf‹ mitgebracht, sich selbst Chingachgook genannt und Valentin in seinen Sohn Unkas verwandelt. Auf dem Kletterbaum am Hohlweg, einer über den Hang geneigten Eiche, auf der sich die Jungen von Ast zu Ast schwangen wie Tarzan und auch ähnliche Urschreie von sich gaben, fand die Introduktion statt, um es einmal musikalisch zu sagen. Nach einem Schrei, den Valentin ausgestoßen hatte, sich in den Wipfelästen wiegend, sagte Franzl ganz nebenbei: ›Bei dir kann man auch sonstwohin gucken!‹ Erst wußte Valentin nicht, was gemeint war, er dachte ans Herz, auf das Wildtöter sah, wenn er einen Menschen beurteilte. Nach einer Weile erst bemerkte er, daß ihm Franzl von unten her durch das Flatterbein seiner Klothose schaute. Klothosen hießen die schwarzen Turnhosen, unter denen die Jungs damals nichts weiter trugen, ich weiß es, Valentin hat mir auf dem Heimweg von der Talsperre seine Kletterkünste vorgeführt. Er sah in Franzls braune Augen, die in der Sonne freundlich glitzerten, turnte an ihm vorüber und ließ sich in den Kies der Böschung fallen.

Franzl sprang ihm nach und fragte: ›Wollen wir baden gehn?‹ Valentin nickte, und sie liefen nach Hause. Nie wäre es ihnen eingefallen, ohne Badehose zu baden. Valentin holte seine aus der Kammer, eine solide blaue Wollhose — nicht so ein dreieckiger Stoffrest, wie ihn Franzl trug und sein schwimmgewaltiger Vater.

Mit der Klothose bekleidet, die Badehose in der Hand, betrat Valentin Franzls Zimmer. Franzl salbte Oberkörper und Schenkel mit Fahrradöl. Er schaute nicht auf, als Valentin kam. Es war, als gäbe es nichts Wichtigeres für ihn als die Ölung. Valentin setzte sich auf das Kanapee, schaute zu, bemerkte, daß Franzls Körper brauner war als seiner, daß seine Beine behaarter waren und sein Haar dunkler. Sein Gesicht schmaler, also schöner. Valentin litt unter seinem böhmischen Rundschädel, ich weiß es. Er bewunderte Franzl und war glücklich, daß der sein Freund war. Als Franzl auf ihn zukam und sagte: ›Na, Unkas?‹, verstärkte sich sein Glücksgefühl. Dann machte Franzl etwas, was er hundertmal gemacht hatte. Er riß Valentin zu Boden, kniete sich aber nicht auf seine Armmuskeln, wie es der Brauch war, was Muskelreiten hieß, sondern hielt ihn nur mit dem linken Unterarm nieder, während seine rechte Hand in Valentins Klothose verschwand und herausholte, was bei einem Zehnjährigen herauszuholen war. Mit der Bemerkung, man müsse das frisieren, begann Franzl seine Arbeit und beendete sie mit der enttäuschten Feststellung: ›Bei dir kommt ja noch nichts.‹ Dann gingen sie baden, in die Mühlscheiber Talsperre, tauchten nach Steinen, übten sich im Köppern, gingen hintern Strauch umziehen, jeder hinter einen andern. Es waren gut erzogene Jungs.

9.

Da kommt einer recherchieren, fünfunddreißig Jahre nach
dem Krieg, und er muß denken, ich hätte auf ihn gewartet, so
bereitwillig erzähle ich. Das macht nicht der Wodka, an den
bin ich gewöhnt, das werden Sie schon gemerkt haben. Es
muß nur einer die Schleusen öffnen, und die alten Geschichten beginnen zu sprudeln. Mir ist oft so, als sei das eigentliche
Leben das vor der Vertreibung gewesen. Ja, ich weiß, bei
Ihnen heißt es Umsiedlung ... Die hiesige Landschaft läßt bestimmt nichts zu wünschen übrig. Bergwiesen, saubere Dörfer, die Kirchen haben Zwiebeltürme wie bei uns zu Hause.
Trotzdem bleibt es Fremde. Wenn sich meine achtzigjährige
Mutter mit ihrer Schwägerin trifft oder ihrem Bruder, dann
reden sie einen Dialekt, den nur noch die Rentner beherr-
schen, hüben wie drüben, und sie reden von ihren böhmischen Jahren wie vom goldenen Zeitalter; das versteh ich.
Aber ich war achtzehn, als ich wegmußte, ich hab hier geheiratet, bin glücklich gewesen mit meinem Mann, bis er Schluß
gemacht hat mit seinem Leben; darüber will ich jetzt nicht reden. Ich hab eine gesunde Tochter, ich bin zufrieden mit meinem Django, auch wenn mir's die Leute nicht gönnen. Ich
war in Schweden, Italien und Spanien, sogar in der Türkei. Da
erscheinen Sie, fragen nach einem dummen Jungen, und ich
bekomme Heimweh. Dabei hatten wir eigentlich gar nichts
miteinander. Als wir uns zum erstenmal küßten, war er für
mich der zwölfte; Küssen war bei uns ein Sport damals. Wir
machten Zeichen dafür im Kalender und taten uns wichtig damit. Trotzdem muß ich mir Mühe geben, daß mir nicht das
Heulen kommt beim Erzählen. Manchmal denke ich, man hat
mir neunzehnhundertfünfundvierzig ein Stück Seele aus dem
Leib gerissen, das irrlichtert in den Isermooren umher. Ich
kann es nicht freikaufen, es ist ortsgebunden, wie Doktor Kittel, der Isergebirgsfaust, und ich könnte es auch durch meine

Rückkehr nicht erlösen. Die komplette Erika ist nicht herstellbar, selbst wenn ich es über mich brächte und einen Posten als kalte Mamsell in Jizerka annähme, wie Klein-Iser heute heißt. Wenn Valentin noch lebt, und ich hoffe es von ganzem Herzen, Sie sagen selbst, er ist nur verschollen, wird es ihm genauso gehn. Schieben Sie mal die Flasche rüber...«

Friedemann hielt es für besser, ihr nur nachzugießen. Er fürchtete, ihre Mitteilungsfähigkeit könnte erlahmen, wenn der Durst schlimmer wurde als das Heimweh. Um dem allgemeinen Lamento ein Ende zu setzen, behauptete er, die Sehnsucht nach der alten Heimat habe Ursachen in Schmerzen, die ihr die neue Heimat zugefügt habe oder noch zufüge. Er wolle nicht indiskret sein, aber die Wiggensbacher Straßenmalerei zeuge von keiner freundlichen Gesinnung.

Sie trank, erhob sich und starrte durchs Fenster. »Das ist nur, weil sie den Django nicht ausstehen können, die Spießer, und weil die Gunni den Feuerwehrsepp nicht mag«, sagte sie leise.

Friedemann mußte für eine Sekunde die Augen schließen, weil das Zimmer leicht schwankte. Seine Gedanken schweiften ab. Daher hat also der Faßbinder seine Geschichten, ging es ihm durch den Kopf. Django Reinhardt fiel ihm ein, der Gitarrenzigeuner. Den Zigeuner nahm er zurück, das war ein Schimpfwort, seit Kaiser Sigismunds Zeiten europaweit verbreitet. Komm, Zigan, da hörte man sie noch trapsen, die sigismundische Nachtigall. Warum war man nicht stolz auf den Kaisernamen? Die Sintis von Ahnweiler wären froh gewesen, wenn dort ein Sigismund regiert hätte. Dann wären ihre Wohnwagen nicht auf den Autofriedhof geschleift worden, in einer Nacht-und-Nebel-Aktion. Mein Gott, warum hab ich den Vormittagssuff nicht trainiert, dachte Friedemann und nahm sich vor, die Rede auf Kaffee zu bringen.

»Sicher ein Künstler, Ihr Django; Geige oder Gitarre?«
Erika Heimbüchler wandte sich um, lachte und ließ sich auf

die Couch fallen. »Schleifstein«, sagte sie, und da sie Friedemanns Verständnislosigkeit bemerkte, ergänzte sie: »Er ist ein Scherenschleifer!« Sie holte aus dem Vertiko ein Farbfoto und warf es auf den Tisch. Neben einem bunt bemalten VW-Käfer stand ein junger Mann mit schulterlangem Haar, über einen Schleifbock gebeugt, der im Kofferraum montiert war.

»Er verstößt gegen die Arbeitsschutzbestimmungen«, sagte Friedemann. »Wenn ihn die Antriebswelle erwischt, skalpiert sie ihn.«

»Bei der Arbeit trägt er einen Hut; er hat ihn nur fürs Fotografieren abgenommen, weil es besser aussieht.«

Friedemann überlegte, wie alt Django sein könnte. Die Heimbüchlerin erriet seine Gedanken.

»Wie alt schätzen Sie ihn?«

Da sie fragte, war er also bedeutend älter, als er wirkte, oder so jung, wie er aussah. Er entschied sich für dreißig.

»Achtundzwanzig«, erklärte Frau Heimbüchler stolz. »Sie brauchen nicht erst zu rechnen, ich mache kein Geheimnis daraus, daß ich achtundzwanzig Jahre älter bin!«

Friedemann brauchte das Geständnis nicht zu kommentieren; denn die Tür öffnete sich, und ein Mädchen kam herein in einem blauweißgestreiften Männerhemd, sonst weiter nichts, barfüßig trotz der Oktoberkühle. Es warf einen flüchtigen Blick auf den Besucher und verschwand.

»Das war Gunni.«

»Hübsch ist sie.« Es sollte eine gewisse Skepsis gegenüber anderen Eigenschaften ausdrücken.

Die Mutter faßte es als Kompliment auf und bemerkte, außerdem sei sie begabt. Friedemann schaute nach der Zeichnung und nickte. Gunni kam wieder ins Zimmer und sagte: »Der Kaffee ist alle.«

Erika Heimbüchler fingerte zehn Mark aus ihrer Handtasche, die Tochter nahm das Geld wortlos und verschwand. Hoffentlich kauft sie wirklich Kaffee, dachte Friedemann.

»Sie macht sauber in einer Apotheke«, erklärte die Mutter. »Davon wird man nicht reich.«

»Hat sie keine Lehrstelle?«

»Gunni ist sechsundzwanzig, mein Lieber«, erwiderte Frau Heimbüchler und lachte belustigt. »Sie hat nach dem Abitur ein bißchen Design studiert, in Westberlin übrigens, dann ist sie mit einem Typen in die Staaten abgeschwirrt, fast für ein Jahr, bis der Holländer kam, da hat sie genäht, ich meine selbst genäht, was sie entworfen hat.«

»Ist so was rentabel?« fragte Körbel, der eine Designerin aus der Fachschule in Oberschöneweide kannte, die selbst nie an einer Nähmaschine gesessen hatte.

»Die Konkurrenz ist groß«, seufzte Frau Heimbüchler, und Friedemann bekam festen Boden unter die Füße; das Schwanken des Zimmers ließ nach.

»Ja, wenn es nur eine Designerin gäbe, mit einer Nähmaschine, da könnt' sie sich vor Aufträgen nicht retten. Leider gibt es Hunderte . . .«

»Hunderttausende«, verbesserte ihn Erika Heimbüchler, »wenn man den Weltmarkt im Auge hat.«

»Den muß man im Auge haben«, bestätigte Friedemann und dachte an die Mahnung heimischer Experten.

Erika Heimbüchler erweiterte die Elogen an die alte Heimat. Behauptete, in der Bundesrepublik heimsten ihre ehemaligen Landsleute Jugendbuchpreise ein, machten höhere SPD-Politik, gehörten zu den Topmoderatoren im Fernsehen. Stellte die These auf, die Akademie der Künste in der DDR sei fest in böhmischer Hand. Als sie nach der Flasche griff und den Wodka Stolitschnaja mit dem milde gestimmten Tod bei Rilke verglich, kam ihr Friedemann zuvor und verlangte energisch nach einer Kaffeepause. Wie von einem gütigen Engel geschickt, kam Gunni mit einer Packung Melitta ins Zimmer.

31

Auch nach der Pause unternahm Erika Heimbüchler bei ihrer Erzählung immer wieder Ausflüge. Friedemann ermahnte zur Konzentration; es führte zu einem Wutausbruch.

»Gehen Sie doch zu Ihrem Verlag und bieten ihm einen erfundenen Candy-Aufguß an, wenn ich Ihnen zu weitschweifig bin. Vielleicht haben Sie Erfolg, überfüttert seid ihr wohl nicht in dieser Hinsicht. Die Lady Chatterley, mein Gott, das Kitzelbüchlein von neunzehnhundertachtundzwanzig, warum kommen Sie nicht gleich mit Kin Ping Meh, danach haben es sich die Chinesen schon vor vierhundert Jahren besorgt!«

»Kin Ping Meh ist ein Renner bei uns, er wird sogar gegen frische Schrippen gehandelt«, bemerkte Körbel.

Erika Heimbüchler sah ihn verständnislos an, und Friedemann verspürte keine Lust, ihr Interna aus dem Literaturleben seines Landes zu erklären. Andys Ratschlag, laß dich ruhig vollquatschen, kam ihm in den Sinn, er entschuldigte sich wegen der Unterbrechung und bat, in beliebiger Folge weiterzuerzählen.

»Das werd ich auch tun, Sie Voyeur! Bei mir bekommen Sie sowieso nur einen Zipfel Valentin zu Gesicht. Darum begnügen Sie sich jetzt gefälligst mit dem Zipfelchen, von dem Franzl der Hedi erzählt hat. Und Franzl hat's von Valentins Cousine Gilda.

An einem gewittrigen Augusttag waren Mutter, Großmutter und Tanten auf dem Felde, um Roggen einzufahren. Mit der Überwachung der Schreibübungen des sechsjährigen Valentin war Cousine Gilda beauftragt. Sie führte ihm den Griffel über die Schiefertafel, half, die vorgeschriebenen O zu malen, die noch Pflaumen waren für Valentin. Er hätte es nicht sagen dürfen. Die Cousine legte den Griffel weg und fragte: ›Willste sehn?‹ Sie zeigte ihm, was für Valentin mit seinen gemalten Pflaumen keinerlei Ähnlichkeit hatte. Da er kein

Spielverderber sein wollte, knöpfte er sich bereitwillig auf, war verlegen über die Bemerkung: ›Du host ja og su a Dingl.‹ Trotzdem versuchte Gilda, die auf der Schiefertafel zwischen Griffel und Pflaumen hergestellte Beziehung nachzuahmen, was mißlang. Valentin war froh, als er wieder malen durfte.

Sein Verhältnis zu mir war Teil seines Ausgeliefertseins an Franzl, ich würde Ihnen etwas vormachen, wenn ich es nicht erwähnte. Seine Liebe war eine Auftragsliebe, eine Mutprobe, wenn Sie wollen. Franzl hatte ihm eingeblasen: Die Erika wäre doch was für dich; Unkas, los, schmeiß dich ran! Er war der Ältere, er hatte seinen Spaß am Schwanzlspiel, wollte es aber hinter sich bringen. Drum setzte er Valentin auf mich an.

Das war im September achtunddreißig, der Zeppelin schwebte wie eine Zigarrenreklame über Reichenberg und warf Flugblätter ab, auf denen die Sudetendeutschen aufgefordert wurden, bei der bevorstehenden Volksabstimmung mit Ja zu stimmen, sich also zu der Parole Heim ins Reich! schriftlich zu bekennen. Die deutschen Truppen waren einmarschiert, Hitler war, von Kratzau kommend, auch durch Traumsiedel gefahren. In Reichenberg gab's eine Kundgebung mit Konrad Henlein, der seine Ernennung zum Gauleiter in der Tasche hatte. Es waren die letzten warmen Sommertage, die Kratzbeeren standen gut, und meine Großmutter, die daraus Säfte und Liköre machte, sagte: Laß die Leute nach dem Zeppelin rennen, du gehst in die Kratzbeeren. Dazu mußte ich ein Stück radeln. Heidelbeeren gab's ringsum, aber die Zeit war vorbei. Auch die der Himbeeren, sie waren noch in der Tschechoslowakischen Republik geerntet worden. Die Schwarzbeeren reiften schon im Sudetengau. Natürlich fuhr ich nicht allein, das Gahler Mielchen kam mit, ihr Vater hatte sie zu einer im unteren Neudorf angesetzten Jubelkundgebung nicht gehn lassen. Wir radelten den Feldweg in Richtung Schönborn, versteckten unsere Räder in einem dichten Hoh, Schonung sagt man wohl, und näherten uns zielstrebig

33

einem Basaltgewirr, von dem es hieß, der Teufel habe da gepflügt. Ich weiß nicht, ob die Brombeeren Teufelsbeeren sind, jedenfalls wuchsen sie dort in Massen. Wir pflückten, sangen Wenn das Annel mit dem Kannel in die Schwarzbeern gieht, eijoh! Das Mielchen erzählte, zwei Kommunisten, der kleine Michel und der Steinbrucharbeiter Nigrin, seien verschwunden, nicht verhaftet, sondern abgehauen nach Innerböhmen, ins Biemsche, wie es bei uns hieß. Beide waren Zugereiste. Von den einheimischen Kommunisten waren zwei verhaftet worden, die andern mußten in den verlassenen tschechischen Befestigungsanlagen Stacheldraht aufrollen. Die Simon Traudl, die mit einigen Dutzend andern ins Reich geflüchtet war, in den letzten hysterischen Wochen, als im Egerland die Heimwehr Krieg spielte, überall Militär patrouillierte und auch bei uns nachts manchmal geschossen wurde, war zurückgekommen, mit brauner Kletterweste beschenkt, schwarzem Halstuch und schwarzem Rock. Die Bürgerschule in Kratzau hatte einen neuen Direktor bekommen, weil der alte Sozialdemokrat war. Der tschechische Zeichenlehrer Slavík durfte im Dienst bleiben, er hatte im Weltkrieg als Offizier bei den Kaiserjägern gedient. Den Appelt-Lehrer hatte man von der Mädchen- in die Knabenschule versetzt, weil er Mädchenhände in seine Hosentasche gelockt hatte. Was es halt so zum Klatschen gab. Ach ja, der Eger-Junge treibe sich im Forst herum, das Mielchen hatte ihn bei ihrer Anfahrt über den Lindnerberg wandern sehn. Seit dem Anschluß habe er eine Vorliebe für den Forst, vorher trieb er sich fast nur im Tandlerberg rum. Es interessierte mich wenig, wo sich der Eger-Junge rumtrieb. Manchmal, wenn Liefertermine drängten und sein Vater mittags nicht nach Hause fuhr, brachte er ihm das Essen. Wenn wir uns dabei begegneten, wußte er außer einem knappen Diener nichts zu sagen, fragte höchstens, ob ich die Etüden im sechsten Heft der Püschel-Schule schon hinter mir hätte oder ob ich mir Ben Hur ansehe. Ein Gespräch wurde nie daraus. Auch nicht, als der Basler-Schuster ein Hauskonzert veranstaltete, bei dem Tochter Zion, freue dich, Das Schiff streicht über die Wellen und Hast du noch ein Mütterchen gespielt wurden. Valentins Eltern waren eingeladen, es gab Kaffee und Kuchen, der Basler-Schuster lobte das Geigenspiel Valentins, und sein Vater bekam feuchte Augen. Als alles längst vorbei war und ich mit einer Etüde nicht zurechtkam, bemerkte mein Vater, ich solle mir an Valentin ein Beispiel nehmen. Sie können sich denken, wie mich das angeödet hat. Ich glaube kaum, daß ich dem Mielchen davon erzählt hab an dem Nachmittag. Jedenfalls dachte keiner mehr an den Eger-Jungen, als wir bei den Rädern waren und Mielchen mir eröffnete, sie wolle nicht nach Hause, sondern mache einen Abstecher nach Schönborn und werde von da die Straße fahren. Nun hätte ich sagen können, ich komme mit; aber ich hatte keine Lust, mit der vollen Kanne den Umweg zu machen, außerdem wußte ich, daß sie versuchen würde, sich mit dem Köhler-Jungen zu treffen, und da wollte ich nicht stören. Dieser Umstand hat sicher mein Verhalten bei der folgenden Begegnung beeinflußt.

Sie fand statt, kaum daß Mielchen weggekurvt war. Hinter einem Hagebuttenstrauch sprang Valentin hervor, wie ein Strauchritter. Natürlich in Klothose; dazu Turnschuhe und ein kariertes Hemd.

›Ich zeig dir was, Erika!‹ Das war ein Eröffnungszug; nicht originell, damit fangen die Jungen schon im Kindergartenalter an. Komm mit, ich zeig dir was. Da war alles drin, von einer Murmel bis zu einem toten Hirsch und was es so dazwischen gibt. Ich sagte das, was als Ausrede am meisten gebraucht wird, weil es am wenigsten anfechtbar ist.

›Ich habe keine Zeit.‹

Darauf die Drohung: ›Du wirst es bereun!‹ Beides war nicht ernst zu nehmen. Jetzt mußte das Angebot kommen.

›Ich hab ’n Flugzeug für dich!‹

Ein Flugzeug hatte in Traumsiedel nur einer, und das war Rudl. Er hieß Graf, aber aus dem A wurde bei uns ein O. Obend aus Abend, Orsch aus Arsch, entschuldigen Sie, und aus dem vornehmen Graf wurde gleichmacherisch Grof. Er war der einzige Flieger des Dorfs. Wenn ein Flugzeug in der Luft brummte, hieß es, Grof Rudl kommt! Und alle hoben die Köpfe; denn so ein Vogel war selten vor dem Anschluß. Wenn Valentin behauptete, einen zu besitzen, war das entweder gesponnen oder es war ein Anschlußwunder. Solche Wunder geschahen nicht selten in jenen Tagen. Im Hämmerich hatten Waldarbeiter einen Lastwagen voller Konserven gefunden, der von der abziehenden tschechoslowakischen Armee zurückgelassen worden war. Der Traumsiedeler Arzt Dr. Kratky verschwand vor dem Einmarsch der deutschen Truppen und hinterließ eine nur halb ausgeräumte Villa. Die Kratzauer Bürgerschule bekam Tafeln, Bänke und Lehrmittel geschenkt, weil die tschechische Schule geschlossen worden war. Finanzanwärter wurden über Nacht zu Finanzinspektoren, weil ihr tschechischer oder jüdischer Vorgesetzter verschwunden war. Das waren damals alltägliche Wunder. Ich muß das betonen, weil man sonst meine Reaktion nicht begreift. Ich sagte zwar vorsichtshalber: Du spinnst!, ging aber mit. Als wir an die Schonung kamen, versteckten wir mein Rad und die Kanne mit den Schwarzbeeren. Dann ging es ein Stück durch den Hochwald, wir fanden trotz des scharfen Tempos drei Steinpilze und einige Maronen, die Valentin ins verknotete Taschentuch steckte. Eine zweite Schonung war nur gebückt zu unterlaufen, in Richtung der gepflanzten Baumreihen. Valentin war immer vor mir, fing die Spinnweben ab, pflückte noch zwei Pilze, und mir kamen Zweifel, ob ich den Weg allein zurückfinden würde.

Dann sah ich das Flugzeug. Es mußte auf Fliegerschultern in das Versteck getragen worden sein; denn bei einer Landung in diesem Dickicht wäre es zu Bruch gegangen. Natürlich war es demontiert. Die Tragflächen lagen längsseits. Einen Motor hatte es nicht, auch keine Räder, nur ein kleines Spornrad, also ein Segelflugzeug! Da hätte ich eigentlich sagen können: Och, bloß a Segelflugzeug! Es kam mir nicht in den Sinn, weil es doch ein beachtliches Anschlußwunder war für zwei Zwölfjährige. Es hieß Mucha D 4 - 1, hatte am Leitwerk im Kreis die rotweißblauen Staatsfarben. Das schönste war die Kanzel aus Plexiglas, die in der Herbstsonne glänzte und den Blick freigab auf ein Armaturenbrett, auf Steuerknüppel und rotes Glanzleder. Valentin entriegelte die Glashaube und stieg ein. Er trat die Pedale, und das Seitenruder bewegte sich. Mit dem Steuerknüppel brachte er das Höhenruder in Bewegung, es war imponierend. Natürlich wollte ich auch mal, und er rückte zur Seite. Wir hatten mühelos Platz nebeneinander, der Sitz war ja für einen ausgewachsenen Pilotenarsch samt Höhenanzug konstruiert. Valentin klappte die gläserne Haube zu, ich merkte es nicht. Dann legte er mir den rechten Arm um die Schulter, das merkte ich schon, da er aber mit dem linken auf das Armaturenbrett wies und zu erklären begann, was da Höhenmesser, Kompaß und Wendezeiger war, und mir vormachte, wir würden Günther Groenhoffs Gewitterflug von 1932 nachmachen, empfand ich den Arm als beruhigend. Valentin ernannte mich zum Kopiloten, teilte mir die Verantwortung zu, indem er mir den Steuerknüppel in die Hand gab und meine Füße in die Lederschlaufen der Pedale schob.

Keine Angst, sagte er, du schaffst das spielend. Eine Henschel 126, die auch als Aufklärungsflugzeug verwendet wird, schleppt uns auf siebenhundert Meter Höhe, dann marschieren wir mit der Thermik, ziehen eine Schleife um die Wasserkuppe, höher und höher, wir steigen trotz Haß und Hohn, das sagte er tatsächlich, hatte 'es von seinem kommunistischen Onkel, dem Kretzschmar-Max, Gott hab ihn selig, ich hab ihn gekannt, die bayrische Erde werde ihm leicht. Valentin erklärte mir, daß unser Flugzeug steigt, wenn ich am Knüppel ziehe, daß es fällt, wenn ich ihn nach unten stoße. Die Fußsteuerung war wie im Paddelboot, das kannte ich von der Schade-Siglinde, meiner Ruppersdorfer Freundin, die mit so einem Fahrzeug die Neiße unsicher machte. Valentin half mir, den Knüppel an den Bauch zu ziehn, zeigte auf weiße Haufenwolken, zu denen wir tatsächlich aufstiegen; jedenfalls kam es mir so vor. Er sagte: Erika, du machst das ganz prima, und kniff mich vor Begeisterung in den Oberschenkel. Dann redete er etwas von Turbulenzen, denen wir nur nach oben ausweichen könnten, höher, immer höher und: Merkst du, wie dir die Luft wegbleibt? Sie blieb mir tatsächlich weg, und es war seine Hand, die sie mir nahm, aber nicht am Hals. Wir müssen Sauerstoffmasken anlegen, sagte er, und das Atmen wurde mir leichter. Daß ich durch seinen Mund atmete, merkte ich nicht, weil ich zu sehr mit dem Steuerknüppel beschäftigt war. Obwohl das Wort höher nicht mehr gefallen war, hatte ich das Gefühl, höher geht's nicht mehr, und dann gab auch die Sauerstoffmaske keine Luft, ich schrie, ließ den Knüppel los, wir stürzten, und irgendwann hörte ich Valentin sagen: Jetzt kann Franzl nicht mehr behaupten, bei mir kommt nichts!

Daß ich naß war, erklärte ich mir mit dem Gewitterflug. Ich stieg aus und lief weg, fand den Weg ohne Valentin, fand das Fahrrad und die Kanne mit den Schwarzbeeren und radelte nach Hause. Am Görsbach stellte ich das Rad an einen Baum, zog die Schuhe aus, stieg ins Wasser, kühlte meine zerkratzten Beine, tauchte ein bißchen tiefer, und es tat gut. Jetzt brauchte ich keinen Gewitterflug mehr als Erklärung.

Ich habe Ihnen den Vorgang anschaulich geschildert, um zu zeigen, wie ich überrumpelt worden bin. Die Anschlußhysterie, der Zeppelin, den unsere Weiber anhimmelten, als wär's der Führerpimmel, die Flugzeugkanzel und Valentins Beschwörung des Höhenflugs, all das machte mich zugänglich. Aber der Zustand, in dem das geschah, war nicht wiederholbar; so geschah auch nichts mehr. Hinzu kamen praktische Hindernisse. Ich habe eingangs das Wort Auftragsliebe verwendet, was mir etwas leid tut; aber unter anderem war es das auch, und so konnte es nicht ausbleiben, daß Valentin an Franzl Vollzugsmeldung machte, um es militärisch auszudrükken, was nicht verkehrt ist, weil das Leben zunehmend militarisiert wurde. Dabei meldete er auch den Tatort, also das Segelflugzeug. Nun werden Sie sagen, bei einer Jungenfreundschaft wie der geschilderten hätte Valentin Franzl schon am Tage der Entdeckung von dem Flugzeug erzählt. Er hat es nicht getan. Der Wert des Findelseglers stieg, wenn nebenbei gesagt werden konnte: Damit spiel ich schon acht Tage. Dann die Überpointe: Darin habe ich mit Erika geschmust!

Die Mitteilung machte Eindruck auf Franzl. Der ging damals schon mit der Geißler-Martl, natürlich schob sich da zu Hause nichts zusammen, und eine regendichte Schlupfbude wäre ihm recht gewesen. Aber die Martl hatte einen Bruder, der vor dem Anschluß bei der Heimwehr gewesen war und dann als erster im Dorf in einer schwarzen SS-Uniform herumlief, der die Segelfliegerliebelei bald spitzgekriegt hätte. Dann wäre der Hitlerjunge Franzl gefragt worden, warum er den tschechoslowakischen Aeroplan nicht längst gemeldet hätte, seinem Vater zum Beispiel, dem frischgebackenen Blockwart. Drum entschied Franzl: Das müssen wir melden; der Schlitten ist Reichseigentum. Reichseigentum war in jenen Tagen alles, was von seinem vorigen Besitzer im Stich gelassen worden war, egal, aus welchen Gründen. Wer sich an Reichseigentum verging, war ein Reichsfeind, und Reichsfeinden erging es schlecht. Näher als das Reich war Valentin in diesem Herbstmonat das Mädchen Erika, das darf ich ohne Überheblichkeit sagen. Was sind schon Heimabendsprüche gegen Küsse und Lustfingerspiele? Was galt, daß alles auf Franzls Order hin geschehen war? Es war geschehen, und Valentin war gekettet an mich durch die süße Berührung. Es muß so gewesen sein, sonst wären die nächsten Vorgänge unerklärbar. Denn Valentin hat das Segelflugzeug nicht ausgeliefert, wie es von Franzl verlangt wurde, er hat es zerstört. Es ist viel darüber geredet worden in Traumsiedel, nachdem der Vorfall bekannt geworden war; auch ein amtliches Wort ist in der Sache gesprochen worden. Der Minařík-Franzl, auch er hieß Franzl, viele hießen Franzl, kein Wunder bei einem Kaiser, der von 1848 bis 1916 regiert hatte, länger, als ein Mensch denken kann. Also der Minařík-Franzl wurde wegen mutwilliger Zerstörung von Reichseigentum eingesperrt. Nun werden Sie fragen, wie kamen die Behörden auf den tschechischen Knecht, und da muß leider gesagt werden, daß Valentin nicht schuldlos ist. Er hat falsch Zeugnis gegeben gegen Franzl Numero zwei, auf dringlichen Rat von Franzl Numero eins, und er fand sich bereit dazu, weil die Geschichte eine Vorgeschichte hat. Sie trug sich zu im Jahre 1937. Die Prager Regierung fühlte sich durch Hitler bedroht, mit gutem Grund, wie sich bald zeigte, und so baute sie nach dem Vorbild der Maginotlinie einen Grenzwall aus Betonbunkern, der sich später als genauso unnützes Festungswerk erwies wie das französische. Aber zur Zeit des Baus war es für die Tschechen eine Art nationaler Opferstätte; nicht so sehr, weil da ihr Geld reinfloß, sondern weil sich da ihr Widerstandswille steinerne Zeichen setzte. Vielleicht waren die Bunker geheim. Für Franzl und Valentin waren sie feindlich. Bunker eins versperrte ihnen den Weg zu ihrem Pueblo, wie ein Erdloch hieß, in dem sie lagerten und feuerten. Bunker zwei setzte sich mit seinem Betonarsch ins Heidekraut am Südhang des Tandlerberges, wo die Steinpilze wuchsen. Darum beschlossen Franzl und Valentin, gegen die Bunker anzugehn.

1937 war das Jahr der Eichhörnchen. Auf jedem Baum turnten Dutzende, und wer eine Flinte hatte, schoß nach ihnen und zog ihnen das Fell ab. Nacktgepellt lagen sie überall umher, wie tote Gnome. Auch Franzl und Valentin machten Jagd, nicht mit Schrotflinten, sondern mit Gummischleudern. Sie durchpirschten den Tandlerberg, verschossen ihre Kieselsteine, getroffene Eichkater jaulten auf und retirierten ins Wipfelgrün, mehr war nicht. Die Jungen ärgerten sich nicht darüber, sie hatten sich nur als Eichhörnchenjäger getarnt, um auszukundschaften, was hinter dem Sperrzaun vor sich ging, der sie von ihrem Pueblo trennte. Sie sahen Bauarbeiter, die Drahtskelette flochten, sahen Schalbretter und Betonmischer, sahen einen Soldaten aus einem Blechnapf essen, sahen sein Gewehr im Grase liegen. Minařík-Franzl sahen sie nicht. Sie holten Papier und Bleistift hervor und begannen zu zeichnen, wie sie es im Turnverein gelernt hatten. Schonung, Hochwald, alleinstehender Kugelbaum, Daumensprung links, was weiß ich, jedenfalls mit deutlichem Kreuz die Lage des Bunkers markiert und zum Schluß der Nordrichtungspfeil, wie es sich gehört für eine militärische Skizze. Als sie Datum und Uhrzeit darunterschrieben, kam Minařík-Franzl und fragte: ›Was macht'n ihr hier?‹ Franzl faßte sich als erster, sagte: ›Eichkatzl jagen‹, und holte sein Katapult aus der Hosentasche, was verdächtig war. Kein Junge rückte freiwillig ein Katapult heraus. Aber der tschechische Franzl scherte sich nicht um die Gummischleuder, sondern verlangte das Gemalte. Franz hat der Hedi später erzählt, er habe erwogen, das Papier aufzuessen, aber die Überlegung, Valentin werde nicht so schnell schalten und auch das seine fressen, hätte ihn davon abgehalten. Also bekam der tschechische Franzl die Skizzen; für ihn waren die Kritzeleien Spionagebeweise. Er alarmierte den Wachsoldaten, der war nicht bereit, etwas zu unternehmen. So sagte Minařík-Franzl: ›Pojd'te sem!‹, das hieß mitkommen, und brachte die beiden zum Gendarm Janda. Der ermahnte die Jungen, in Bunkernähe nicht mehr zu spielen, und schickte sie nach Hause. Daraufhin zeigte Minařík-Franzl dem Gendarm einen Vogel. Janda brummte: ›Poliž mi prdel‹ und putzte weiter an den Knöpfen seiner Uniform.

Franzl zwei muß irgendwie nachgehakt haben; denn Gendarm Janda brachte Tage später einen Strafbescheid über fünf Kronen wegen Verletzung der Aufsichtspflicht. Dem Gendarm war die Sache peinlich, aber er konnte sie nicht mehr ändern. Beide Väter berappten. Franzl bekam Dresche, Valentin wurde das Eintrittsgeld für den neuen Tarzanfilm verweigert, was schlimmer war.

12.

Einen Herbst später spielten die Jungs mit den Bunkern. Strolche lockten Pilzsucherinnen hinein und griffen ihnen ins Körbchen. Liebespaare prüften die Festigkeit der Mauern. Es ist viel über den schlechten Beton geredet worden. Die Wehrmacht veranstaltete Probeschießen, ich habe die Kratzer gesehn; hätte sie die Bunker erobern müssen, wäre es ihr hart angekommen. Sie brauchten es nicht, Friedensretter Chamberlein verschenkte sie und hatte sich damit in den zweiten Weltkrieg gerettet. Im Oktober färbte Nordlicht den Himmel, als stünde Dresden in Flammen. Alle Leute redeten von Krieg. Den Kommunisten hatten sie nicht geglaubt, dem Nordlicht glaubten sie, und es behielt recht.

Aber wir sind noch bei achtunddreißig. Franzls Vater war Blockwart, Valentins Vater drechselte der SA eichene Stiele für Übungshandgranaten. Im Kino sahen wir ›Trommelfeuer an der Westfront‹, ›Dreizehn Mann und eine Kanone‹, ›Hitlerjunge Quex<, >Der Fuchs von Glenarvon< und >Der Herr-scher<. Im Reichenberger Stadttheater spielten sie >Robinson soll nicht sterben< von Friedrich Forster und Fred Raymonds >Perle von Tokay<. Ich plagte mich mit dem Menuett von Boccerini, da meldete Franz seinem Vater, und der eilte zum Ortsgruppenleiter. Franzl, der in einer Dachkammer neben Valentin schlief, nur durch eine Bretterwand von ihm getrennt, klopfte vertraute Signale und flüsterte die Neuigkeit ins Holz; es war eine Beichtstuhlsituation. Das Flugzeug müsse der Flieger-HJ in Reichenberg übergeben werden. Franzl sagte böhmisch Hajeh. Aber ob nun Hajeh- oder Hajott-Ärsche in der Kiste ihre C fliegen sollten, das Flugzeug gehörte uns. Ich hab mir Bilder von Groenhoffs Fafnir angesehn, unsere Kiste stand ihr in keiner Beziehung nach. Valentin hatte natürlich eine stärkere Bindung zu ihr als ich. Wer weiß, wie oft er unsere Begegnung in der Kabine träumerisch wiederholt hat. Und dieses Stück Traumwelt sollte in einen Hangar verfrachtet und für den Dienstbetrieb nutzbar gemacht werden. Die Vorstellung muß für Valentin unerträglich gewesen sein. Jedenfalls nahm er ein Beil mit in den Wald und machte Kleinholz aus dem Flugzeug. Nicht genug damit! Er schleppte jedes Wrackstück bis zu einem in der Nähe gelegenen Steinbruch und warf es in die Tiefe; ließ die Teile ein letztes Mal fliegen. Gendarm Janda meldete nach der ersten Inansichtnahme, ein aus dem Protektorat kommender Segler sei über dem Steinbruch abgestürzt, der Pilot entkommen. Nachdem er aber Franzl und Valentin vernommen hatte, auf einen Wink des Ortsgruppenleiters, mußte er sich von der Version des illegalen Einflugs trennen; die Suche nach dem flüchtigen Piloten erübrigte sich, notwendig wurde die Suche nach dem Flugzeugzerstörer. Abendliche Klopfzeichen in der Kammer lösten ein längeres Wispergespräch aus, und am nächsten Tag erklärten Franzl und Valentin einträchtig, Minařík-Franzl beilbewaffnet im Forst gesehn zu haben. Die Reichenberger Kripo machte Haussuchung, und der tschechische Franzl wurde verhaftet.

Nach sechs Wochen fuhr er wieder auf dem Wagen stehend durchs Dorf, Peitsche knallend. An einem Novembertag fragte er Valentin, der zu Fuß vom Bahnhof kam, ob er mitfahren möchte. Der lehnte ab.

13.

Valentins Austritt aus meinem Leben ging in mehreren Etappen vor sich. Den Anfang machte ein Streit mit Franzl, der zu einem Duell führte. In der Pimpfenzeitung ›Hilf mit‹ war zu lesen gewesen, Jungen sollten einander zum Duell auffordern, wenn sie sich beleidigt fühlten. Duellwaffe war der Stockdegen. Nun ist das Holzschwert oder auch der Degen aus Haselnuß keine Erfindung der HJ, in einem bestimmten Alter rennen Jungs seit eh und je damit rum. Aber seitdem sie Fahrtenmesser trugen, auf denen Blut und Ehre eingraviert war, bekamen auch die Rüpeleien einen höheren Sinn.

In den Sommerferien hatte Valentin Besuch aus Friedland. Ein Cousin war da, der sogenannte Friedländer Gotthardl, und der war Bannschießwart. Er verwaltete nicht nur die dienstlichen Kleinkalibergewehre, sondern auch die von unliebsamen Personen eingezogenen Flobertgewehre, die für den Dienstgebrauch nicht zugelassen waren. Ein solches Gewehr hatte er Valentin mitgebracht samt einigen Schachteln Munition. Es war ein simples Ding, mit glattem Lauf, die Geschosse überschlugen sich und wirkten wie Dumdum, ich hab's gesehn, wenn Valentin Spatzen schoß. Mit dem Gewehr rannten sie im Tandlerberg umher, schossen von Bunker zu Bunker, erschreckten Holzweiblein; passiert ist weiter nichts, schießen konnten sie. Die Flinte machte Valentin zum King, und Franzl wurde neidisch. So erzählte er beim Forellenbraten im Pueblo, in der Dunkelheit sei Valentin ein Angsthase, und belegte es mit einer Geschichte: Es war während eines Zeltlagers am Pfingshübel gewesen. Valentin hatte Wache gestanden zu nächtlicher Zeit, umgeben von Waldschwärze, hatte Rascheln gehört und aus Angst mehrmals mit seinem Luftgewehr ins raschelnde Laub geschossen. Der Fähnleinführer war mit einer Taschenlampe gekommen, und sie hatten einen Igel entdeckt, der zwischen weggeworfenen Konservenbüchsen rumorte. In Franzls Erzählung wurde aus dem Igel eine Maus, und vor Mäusen hatten nur Mädchen Angst. Schon das war schlimm. Aber Franz trumpfte noch mit der Behauptung auf, Valentin habe sich vor Angst in die Hosen geseicht. Bei der Erzählung war eines der Simon-Mädchen dabei, das sagte: ›Man sieht's noch!‹ und zeigte auf einen Terpentinfleck, der beim Waschen schlecht herausgegangen war. Alle lachten, Valentin wurde rot, und um über die Verlegenheit zu kommen, benützte er eine Lieblingsfloskel Franzls, sagte: ›Das sollst du mir büßen!‹ und forderte ihn zum Zweikampf heraus, mit Stockdegen, vor dem Heiligen Baum. Franzl tippte sich an die Stirn.

›Hast Angst, weil ich besser fechten kann!‹ triumphierte Valentin. Ich war zufällig dabei, weil mich die Knallerei angelockt hatte. Wegen des Terpentinflecks tat er mir leid, der war nichts Blamables an der Hose eines Tischlersohnes. Drum stand ich ihm bei und sagte: ›Franzl ist bestimmt stärker, aber Valentin kann besser fechten!‹ Nun heißt fechten im Böhmischen auch soviel wie betteln. Bettler waren Fechter, und Franzl nutzte das aus.

›Ach, so meinst du das; ja, dann kommt er gleich hinter Schani!‹

Schani war ein dorfbekannter Säufer und Bettler. Natürlich wurde wieder gelacht, Valentin warf mir einen bösen Blick zu, weil er glaubte, ich hätte ihn gehänselt. Er nahm sein Taschenmesser und begann wortlos einen Ebereschenast abzuschneiden. Als der entlaubt war und auf Spazierstocklänge gestutzt, warf er ihn Franzl zu und machte sich von neuem an die Arbeit. Wenn Franzl jetzt gegangen wäre, hätten ihn alle für feig gehalten. So griff er nach dem Stock und sagte: ›Übernimm dich nicht, Ankesch!‹ Wenn er ihn reizen wollte, sprach er Valentins Spitznamen Unkas englisch aus. Der Friedländer Gotthardl wurde zum Schiedsrichter ernannt, wir andern bildeten einen Kreis, auf den Weg zum Heiligen Baum wurde verzichtet, damit der Zorn nicht verrauchte.

Valentin ging Franzl an wie ein japanischer Samuraikämpfer, geduckt, mit weit ausholenden Schlägen, die Franzl alle parierte. Grinsend sagte er: ›Du übernimmst dich, Ankesch!‹ Was mit einem verächtlichen Schnaufen beantwortet wurde. Da ich Partei bezogen hatte mit der Behauptung, Valentin könne besser fechten, wollte ich ihn anfeuern und schrie: ›Hau ihn, Valli!‹ Noch nie hatte ich Valli zu ihm gesagt. Es war, als ob das Karl-May-Pferd Rih sein Geheimnis ins Ohr geflüstert bekommen hätte.

Valentin reckte sich, schlug eine doppelte Hochquart, die Franzl abfing, bückte sich und hieb zweimal mit voller Wucht nach den Beinen. Was gegen jede Regel war und deshalb auch voll traf. Franzl stieß einen Schmerzensschrei aus, fiel auf die Knie und stöhnte. In seinen Augen waren Tränen. Er stand langsam auf, warf den Stock weg und ging wortlos davon. ›Sieger durch Aufgabe Valentin Eger!‹ verkündete der Friedländer Gotthardl. Valentin rief: ›So toll wollt ich nicht, Franzl!‹ und lief ihm nach. Franzl sagte nur: ›Leck mich am Arsch!‹

Valentin machte später noch einige Annäherungsversuche, ohne Erfolg. Die Freundschaft war an ihrem Ende, sie wäre es auch ohne das Duell gewesen. Das begriff Valentin nicht, er litt unter dem Verlust des Freundes und fühlte sich schuldig. Gab mir einen Teil der Schuld, weil ich ihn aufgestachelt hatte. Andererseits war ich jetzt ein Erbstück. Auf Franzls

Weisung hatte er mit mir angebandelt, hatte sich Respekt verschafft mit unserm Flugzeugabenteuer. Plötzlich war die Zeit der Vollzugsmeldungen vorbei, ich war auf meinen eigentlichen Wert reduziert, den ich für Valentin hatte. Er war nicht unbeträchtlich, wie sich zeigte. Vom Herbst 1941 an fuhr er täglich nach Reichenberg in die Lehrerbildungsanstalt, hatte sich einzunisten in Stadt und Schule, sich einen Freundeskreis zu suchen. Er hatte keine Kontaktschwierigkeiten in der Klasse; es waren ja nur Jungs, die Mädchen gingen in die Parallelklasse. Aber ein bißchen geschockt war er doch. In Traumsiedel war er in jeder Beziehung ein As gewesen; der schnellste Schwimmer, der beste Kletterer, der Stärkste unter seinesgleichen. Der Friedländer Gotthardl, der ebenfalls in der Lehrerfabrik anfing, hatte Sagenhaftes erzählt. Dann kam das erste Wettschwimmen, und Valentin ging rettungslos ein. Reichenberger Jungs, mager und im Hallenbad ganzjährig trainiert, schwammen ihm spielend davon. Ein zusätzlicher Kummer war der Zwang zum Handball. Valentin war ein schlechter Fänger, wurde nur in der Verteidigung eingesetzt. Alles Gründe, die dem Erbstück Erika neues Gewicht verschafften. Er lud mich zu einem Stammessen in den Ratskeller ein und erzählte bedrückt von seiner Schwimmniederlage. Ich tröstete ihn und sagte: ›Mir genügt es, wenn du in Traumsiedel ein großer Schwimmer bist.‹ Es war ein schicksalhaftes Wort.

14.

Ich springe jetzt einfach in die Talsperre, die Mühlscheiber, versteht sich. In der Traumsiedeler war eine öffentliche Badeanstalt, das kostete Eintritt, außerdem war sie eine halbe Radwegstunde entfernt. Am Ufer der Mühlscheiber stand ein Schild: Baden verboten! Das scherte niemand, man hatte bei uns keinen Respekt vor amtlichen Schildern. Als ich die Sperrmauer erreichte, sah ich, daß auf der andern Seite eine Horde Jungen rumtobte. Valentin war unter ihnen, er winkte mir. Für mich ein Grund mehr, auf dieser Seite zu bleiben, wo niemand war, wo ich mich hinter den Sträuchern ausziehen konnte, ohne daß mir einer nachschlich. Obwohl ich das so schlimm nicht fand, weniger lästig als die Astlochguckerei in den Umkleidekabinen. Ein nacktes Mädchen hinter einem Strauch nimmt sich jedenfalls vorteilhafter aus als eins, das sich in einem Bretterkäfig den nassen Badeanzug abwickelt oder auf einer Sitzbank hockt und versucht, sich untenrum abzutrocknen. Ich hatte einen grünen Badeanzug, der zu meinen rostbraunen Haaren paßte, ich war gut entwickelt mit meinen vierzehn, ein Backfisch, den kein Matrose ins Meer zurückgeworfen hätte. Schwimmen hatte ich im Reichenberger Hallenbad gelernt, und man hatte mir auch beigebracht, wie man ins Wasser geht. Nicht erhitzt und kopfheister, sondern langsam, mit angefeuchteter Brust. Das wollte ich auch, aber nach den ersten Schritten fiel das Ufer ab wie ein Dach, ich rutschte, verlor den Boden unter den Füßen und mußte schwimmen.

Das Wasser war kühl, obwohl wir August hatten, Mariä Himmelfahrt, ich werde es nicht vergessen, weil es auch meine Himmelfahrt hätte werden können. Ich schwamm der Mitte zu; ängstlich am Ufer umherzupaddeln, hätte ich mich geniert. Valentin kam mir entgegen; er tauchte bei jedem Zug mit dem Kopf unters Wasser, wie es ihm Franzls Vater beigebracht hatte. Ich faltete die Hände beim Vorwärtsstoß zum Gebet und behielt den Kopf oben. So sah ich auch, wie zwei andere Jungen, die ich nicht kannte, Kurs auf mich nahmen. Nun gab es die dumme Sitte, Mädchen zu tauchen; es sollte eine Neckerei sein, mir war es ein Greuel. So wendete ich, um zurückzuschwimmen. Aber die Angst begann mit ihrer Arbeit, lähmte Arme und Beine. Mein Körper wurde immer schwerer, es war, als zöge mich jemand nach unten. Ich schluckte Wasser, bekam Todesängste und schrie um Hilfe. Ich schrie

48

noch, als Valentin heran war, klammerte mich an ihn. Er stieß mir die Hand ins Gesicht, als wäre ich ein Feind, tauchte weg und griff mir von hinten unter die Arme, brachte mich in Rückenlage und ruderte dem Ufer zu. Es dauerte die berühmte Ewigkeit, dabei waren es höchstens fünf Minuten. Dann lagen wir im Gras, auf die Arme gestützt, erschöpft. Ich machte mich aus seiner Umschlingung frei, wischte mir das Wasser aus dem Gesicht, sah blaue Wegwarte neben mir und lila Skabiosen, die bei uns Donnerblumen hießen. Die Vorstellung, das alles nie wiederzusehn, in die Binsen zu gehn, hinabzusinken ins grüne Dämmerlicht, von Froschbiß und Laichkraut umgeben, und nach drei Tagen als aufgedunsene Wasserleiche wieder aufzutauchen, brachte mich zum Heulen. In meiner Kehle würgte es, ich hatte Mühe, mich nicht zu übergeben. Valentin legte mir die Hand auf die Schulter und sagte: ›Es ist ja nichts passiert.‹ Dann pflückte er eine Skabiose und steckte sie mir ins Haar. Das verheulte Gesicht, rostbraunes Nixenhaar und darin eine lila Blume, es muß entzückend ausgesehen haben. Inzwischen waren auch die beiden andern Jungen aus dem Wasser gekrochen. Sie glotzten mich an, als sei ich eine gestrandete Nixe, der nur der Schwanz fehlt. Ich wollte allein sein, so erhob ich mich, griff Valentins Hand und sagte: ›Heißen Dank!‹, mußte dabei noch einmal über die Augen wischen. Er winkte lässig ab, als hätte ich mich für einen aus dem Wasser gefischten Ball bedankt; dabei war es mein Jungmädchenleben, das er gerettet hatte. So zur Nebensache gemacht zu werden ärgerte mich, und impulsiv erhob ich die Rettungstat, indem ich den Dank erhöhte. Ich legte den Arm um seinen Hals und küßte ihn, daß den beiden Zuschauern die Luft wegblieb. Was machte der große Schwimmer, als ich ihn losließ? Er riß beide Hände nach oben, hechtete ins Wasser und tauchte erst weit vom Ufer entfernt wieder auf.

15

Der Kuß hatte Langzeitwirkung. Bei Valentin wurde er durch die Erinnerung an die Lustfingerspiele in der Flugzeugkanzel potenziert. Dabei war mein Entgegenkommen nichts anderes gewesen als Dankbarkeit für den Lebensretter. Dankbarkeit nimmt ab, je weiter der Anlaß dafür zurückliegt. Ein uneingelöstes Liebesversprechen dagegen wirkt gefühlverstärkend. Dieser Kuß, der in meiner Aufgelöstheit vielleicht heftiger ausgefallen war, als er es hätte sollen, war für Valentin ein Liebesversprechen, und er drängte auf Einlösung. Er hätte mich in die stillgelegte Simon-Fabrik bestellen können, in die Schaltzentrale für Turbinen, um dort mit einem Hebelgriff ein blauweißes Funkengewitter herzustellen, das Mädchen knieschwach machte und Küsse nach Salpeter schmecken ließ. Er hätte mich durch eins der kaputten Bodenbretter ins Magazin einsteigen lassen können, um mit mir in die lose Baumwolle zu fallen, aus der man nur schwer wieder herauskam. Er hätte frech werden können an einem bestimmten Sommernachmittag, als ich ihn gebeten hatte, meinen Fahrradschlauch zu flicken. Die Mutter war nicht zu Hause, den Vater gab's nicht mehr. Valentin blies den geklebten Schlauch auf, zog ihn durch die Wasserschüssel, würgte Schlauch und Reifen wieder auf die Felge, dabei blieb's. Vielleicht irritierte ihn die Wohnung; jedenfalls zog es ihn hinaus, und er bat mich, mit ihm in der Talsperre schwimmen zu gehn.

Als wir angekommen waren, lief er bis zur Mauermitte, um den Betrieb auf der Liegewiese zu erkunden. Ich blieb stehn und lehnte mich über das Geländer. Als ich die Froschköpfe sah, dachte ich mir noch nichts dabei. Dann wunderte mich die Unruhe und daß es so viele waren. Erst glaubte ich, sie paaren sich, bis mir einfiel, wie friedlich sie dabei aufeinanderhockten. Dann sah ich, was los war. Man hatte ihnen die Schenkel abgeschnitten. Wiesenfrösche sind braun bis lehmgelb, je nach der Umgebung. Ich weiß nicht, warum ich plötzlich an Embryos denken mußte. Vielleicht lag es nur daran, weil Marika Rökk damals das Lied vom Dach der Welt sang, auf dem ein Storchennest steht, in dem hunderttausend kleine Babys liegen. Vielleicht lag's an den in Spiritus aufgesetzten Exponaten des Naturkundemuseums, jedenfalls waren die verstümmelten Frösche Embryos für mich, und ich mußte heulen. Valentin kam angelaufen, sah die armen Viecher und schimpfte auf die Reichenberger Angler, die Froschschenkel absäbelten und es nicht für nötig hielten, die Frösche zu töten. Wenn er beim Grasmähen so einem Hüpfer den Bauch aufschlitzte, was häufig vorkam, schlug er ihn mit dem Sensenbaum tot. Ich wollte weg von den sterbenden Fröschen, wir gingen zur Wiese mit dem Schild Baden verboten, lagerten uns abseits der herumschreienden Kinder unter einer Salweide. Ich ging ein paar Schritte in den Wald und zog mir den Badeanzug an. Valentin badete in der Klothose, die er als Unterzeug trug, er hatte sich den Umweg nach Hause erspart, seine Mutter mußte auch nicht wissen, daß er mit der Gürtler-Erika baden ging. Natürlich war er unter Wasser weit hinaus gerudert; er wartete aber auf mich, ermunterte mich, über ihn Bock zu springen, was hieß, von hinten heranzuschwimmen und den Vordermann an den Schultern kräftig unters Wasser zu stoßen, so daß man über ihn hinwegkam. Er ließ sich von mir willig tauchen, zeigte mir, wie man durch einen Fußtritt den Bock in kühle Tiefen befördern konnte. Ich lernte schnell, seine Gutmütigkeit gab mir Sicherheit. Als wir an Land waren, sagte er: ›Ich muß ein bissel rumlaufen, damit meine Hosen trocknen.‹ Obwohl ich mich lieber hingelegt hätte, sagte ich: ›Ein paar Schritte komm ich mit.‹

Er fing mit Dauerlauf an, quer durch die Wiesen dem Tandlerberg zu, bis zur alten Straße nach Olbersdorf, die ein Feldweg war, grasvernarbt mit zwei Fuhrwerkspuren. Da blieb Valentin stehn, hob die Arme und atmete ein paarmal durch. Dann sagte er: ›Da unten liegt mein Beobachtungsgebiet.‹

›Wen beobachtest du da?‹ fragte ich und brachte mit dem Daumen meinen Badeanzug wieder in die richtigen Kerben.

›Salamander, Kaulquappen, Libellen, Froschlöffel, Laichkraut und was halt so vorkommt; für Biologie.‹ Er führte mich an eine abgesoffene Kiesgrube. Oben wuchsen Wacholder und Hagebuttensträucher, unten sah ich zwischen Schilf und Rohrkolben Wasser glitzern. ›Da kommt doch kein Mensch runter‹, sagte ich. Valentin nickte und ergriff meine Hand. Er zog mich hinter einen Wildrosenstrauch, ging mit mir auf Zehenspitzen einen schmalen Pfad zwischen mannshohen Brennesseln zum Wasser hinab. Dort erklärte er mir den Unterschied zwischen Froschlöffel und Froschbiß, zeigte mir Molche und versprach den Anblick von Feuersalamandern. Ich hatte genug von Lurchen, legte mich hin und fragte: ›Kannst du nicht einen Moment Ruhe geben?‹

›Meine Hosen sind noch nicht ganz trocken‹, erwiderte er und hielt sie mir mit spitzen Fingern vor.

›Mann, dann zieh sie aus, hier sieht's doch keiner.‹ Ich sagte es wirklich nur, weil mir sein Getue auf die Nerven ging.

Er zog sie tatsächlich aus, hängte sie über einen Zweig, legte sich auf den Bauch und zeigte mir seinen Knabenpopo. Um nicht in die Sonne blinzeln zu müssen, rückte ich ein Stück weiter, lag halbwegs im Schatten und hatte samtbraune Rohrkolben über mir, die kerzengrade in den Sommerhimmel hineinstanden. Viel später erst ist mir klargeworden, warum die Dinger auch Bumskolben genannt werden. Ich schloß die Augen und sah wieder die amputierten Froschleiber in verzweifelter Bewegung, menschenhäutig, wie die Olme in der Adelsberger Grotte, die jedes böhmische Schulkind in einer Lebenskundestunde vorgesetzt bekam, obwohl Adelsberg längst Postumia hieß und zu Jugoslawien gehörte. Als ich die Augen öffnete, saß Valentin auf mir und machte sich an den

Trägern meines Badeanzugs zu schaffen. Ich sah wieder die kupierten Frösche, die wie hunderttausend kleine Babys auf dem Dach der Welt im Storchennest zappelten, und bekam Angst. Sagte: ›Mann, Valli!‹ So hatte ich ihn nur genannt, als ich ihn zum Duell mit Franzl anfeuerte. Meine Angst wuchs, je nackter ich wurde. Valli lag schwer auf mir, weil er mich beidhändig von der Baumwolle befreite. Als ich die Übersicht verlor, stieß ich um mich und traf ihn mit dem Ellenbogen an der Nase, die zu bluten anfing. Ich faßte seinen Kopf mit beiden Händen, drückte ihn ins Gras und flüsterte: ›Du mußt ruhig liegen bleiben.‹ Er nickte mit geschlossenen Augen. Ich dachte an den Schlüssel, das alte Hausmittel, nahm einen Stein, wusch ihn und legte ihn Valentin unter den Nacken.

›Ist es jetzt besser?‹ fragte ich. Er atmete ein paarmal heftig durch, wischte probeweis mit der Hand unter der Nase hinweg, ging zum Wasser und wusch sich. Dann setzte er sich hin und begann mit geschlossenen Augen an seinem Ding Franzl-Bewegungen zu machen. Obwohl meine Angst nicht verschwunden war, schrie ich: ›Valli, du darfst dir das nicht selbst besorgen!‹

›Mit dir wird's ja doch nichts‹, sagte er. Ich gab ihm keine Antwort, sah zu, bis es wie Kuckucksspucke an irgendwelchen Gräsern hing, die ich nicht benennen konnte, weil ich sie nicht kannte, und Valentin hatte keinen Sinn dafür.«

16.

Einer seiner älteren Freunde hatte Friedemann Körbel berichtet, der Dichter Kuba sei auf Reisen immer mit einem Notizbuch oder wenigstens einem Zettel in der Hand herumgelaufen und habe aller Augenblicke etwas notiert. Friedemann hatte geantwortet, er verlasse sich auf seine Notate im Kopf. Jahre später staunte er beim Lesen alter Notizen, die er sehr sporadisch in ein Diarium gekritzelt hatte, was sein Kopf alles nicht behalten hatte. Seitdem zwang er sich zu täglichen Eintragungen, hatte für die Reise eigens ein neues Heft begonnen, in dem der Abschnitt »Besuch bei Erika Heimbüchler« bereits drei Seiten füllte. Er hatte sich sein Frühstück aufs Zimmer bringen lassen, um seine Morgengedanken nicht vom Klatsch der fünfköpfigen Familie stören zu lassen. Er war zufrieden mit sich. Frau Heimbüchler hatte trotz des vormittäglichen Wodkas eine eßbare Gulaschsuppe gekocht und ihm versprochen, nach der Adresse einer Freundin zu telefonieren, mit der Valentin in die Lehrerbildungsanstalt gegangen sei, die alles wissen müsse über seine Freiwilligenmeldung. Sie heiße Eda Körner und sei wohl die eigentliche Liebe. Da Frau Heimbüchler kein Telefon zu Hause hatte, wollte sie am Nachmittag zur Post gehn. Sie empfahl Friedemann eine Bergtour. Das Wetter war beständig geworden, und Körbel hätte so eine Wanderung auch ohne den guten Rat unternommen. Friedemann versprach für den nächsten Tag noch einen Kurzbesuch, um die Adresse in Empfang zu nehmen. Sollte sie die Anschrift nicht bekommen haben, war er entschlossen, die Redaktion der »Reichenberger Zeitung« anzurufen. Er hatte das Blatt in Kempten an einem Kiosk gesehn; es enthielt einen ausgedehnten Anzeigenteil mit Todesnachrichten, mit Hinweisen auf silberne und goldene Hochzeiten ehemaliger Sudetendeutscher, informierte auch über den Aufenthalt von Kindern und Enkeln.

Es klopfte, das Dirndlkleid erschien und verkündete: »Verzeihen S' die Störung, Herr Körbel, der Herr Feuerwehrhauptmann möcht Sie gern sprechen.« Friedemann war erstaunt und ließ bitten.

Der Feuerwehrhauptmann stellte sich als Josef Kammhuber vor; er war Mitte Dreißig, trug eine Diensthose und einen grünen Parka. Friedemann bot ihm seinen Stuhl an und setzte sich aufs Bett.

»Sie sind Schriftsteller und kommen aus Ostberlin . . .«

»Hauptstadt der DDR . . .«

»Das wissen inzwischen sogar wir Bayern; Sie waren gestern bis nach dem Mittagessen bei Erika Heimbüchler . . .«

»Sind Sie von der Feuerwehr oder der Kriminalpolizei?« fragte Körbel.

»Von der Feuerwehr. Wir mußten Frau Heimbüchler heute nacht ins Krankenhaus schaffen. Sie hat versucht, sich umzubringen, mit Valium. Theoretisch könnte ihr auch ein anderer die Schlaftabletten gegeben haben . . .«

Friedemann erschrak. Versuchter Selbstmord oder versuchter Mord, so etwas war in seinem Besuchsprogramm nicht vorgesehn. War die Befragung gar eine Verdächtigung?

»Ich bin nach meiner Wanderung gegen sechs in die Pension gekommen und hab sie auch nicht mehr verlassen. Das kann die Wirtin bezeugen . . .«

Feuerwehrhauptmann Kammhuber grinste und sagte: »Ihr sehts wohl auch zuviel Fernsehkrimis im Osten. Niemand verdächtigt Sie. Ich muß nur einen Bericht schreiben, und da wird drinstehn, daß wir im Zimmer zwei leere Wodkaflaschen gefunden haben, russischer Originalexport . . .«

»Ich habe nur eine mitgebracht!«

»Ja, die zweite stammt aus unserm Discount-Laden; in den ist sie gegangen, nachdem sie auf der Post telefonieren war. Ist Ihnen bei Ihrem Gespräch etwas aufgefallen? Hat sie sich über etwas erregt, über ihre familiären Probleme zum Beispiel?«

Friedemann mußte nicht groß nachdenken. Eben noch hatte er geschrieben über seine gestrigen Erlebnisse. Es schien ihm sinnlos, Mutmaßungen über ihr Verhältnis zu Django und zu Gunni herzustellen, wo auf der Straße nachzulesen war, daß man sie diskriminierte. Er sagte das zu Kammhuber ruhig, ohne Eifer. Bezeichnete die Schmiererei als mittelalterlich, eine Art An-den-Pranger-Stellen; damit könne man eine Frau in den Selbstmord treiben.

Der Feuerwehrhauptmann fragte, ob er rauchen dürfe. Friedemann erlaubte es ihm. Kammhuber machte einige tiefe Züge, nickte dabei bekümmert.

»Sehn Sie, Wiggensbach ist ein aufstrebender Kurort, noch in der Entwicklung begriffen; Sie werden über Ihre Reise schreiben, das ist Ihr Job, vielleicht sogar in einer Zeitung bei uns. Ich sage Ihnen, wir ham überhaupt nix gegen Zugereiste. Als nach'm Krieg die Schlesier zu uns gekommen sind und die aus'm Sudetenland, ham wir denen eine Chance gegeben, und die was getaugt haben, die ham's zu was gebracht, schauen Sie sich Neu-Gablonz an. Mit den Zigeunern ist es ein bissel anders, nicht jeder Bürgermeister sieht sie gern, aber wenn sie sich anständig aufführn, ham wir nix gegen sie. Gegen den Django Thormann liegt nix vor. Er übt sein ambulantes Gewerbe aus, zahlt seine Steuern. Nur in der letzten Zeit, da sind Gerüchte entstanden . . .« Kammhuber unterstrich ihre Bedeutung durch längeres Schweigen.

»Was für Gerüchte?« fragte Körbel bereitwillig.

»Daß der Django manchmal das Bett verwechselt. Und da es ein paar junge Männer gibt, die auch gern zu Gunni ins Bett gekrochen wären, ist es zu der Straßenbeschreibung gekommen. Ich persönlich habe die Abwaschung veranlaßt; mit Lauge aus drei C-Rohren; so sauber war die Straße noch nie!«

Josef Kammhuber drückte seine Zigarette aus und erhob sich. Er strich mit der Hand flüchtig über Friedemanns Diarium. »Übrigens hat die Gunni der Mutter bei der zweiten Flasche Wodka am Abend Gesellschaft geleistet. Dabei hat sie ihr reinen Wein eingeschenkt, was den Django angeht. Ein klassisches Motiv für den Selbstmordversuch . . .«

Der Feuerwehrhauptmann griff in die Tasche seines Parka und sagte: »Fast hätt' ich's vergessen. Der Brief lag auf dem Vertiko. Er ist für Sie!«

Friedemann bedankte sich und sagte: »Auf Wiedersehn!« Josef Kammhuber blieb.

»Ich glaube, es ist besser, wenn Sie den Brief vor Zeugen öffnen. Noch ist Frau Heimbüchler nicht außer Lebensgefahr. Wenn sie stirbt, haben wir es mit Selbstmord beziehungsweise mit Mord zu tun. Es könnte sein, daß man Sie dann erneut besucht . . .«

»Was waren Sie eigentlich beim Bund?« fragte Körbel.

»Ich brauchte Ihnen nicht zu antworten; aber weil Sie mir sympathisch sind, verrat ich's Ihnen: Hauptmann.«

Friedemann schlitzte den Brief auf. Er enthielt einen Zettel mit der Adresse: Eda Körner, Augsburg, Am Vorderen Lech 20.

Der Hauptmann schrieb sie auf und sagte: »Es wird schon alles gut gehn. Schließlich ist es ihr dritter Selbstmordversuch!«

II. KAPITEL
Edas Erzählung

I.

Ins vieltürmige Augsburg kam Friedemann am Dreikönigstag und fand es verschlossen, die Kirchen ausgenommen. So durchwanderte er zwischen Feiertagsmenschen die St.-Ulrichs-Basilika und die Jakobskirche, ließ sich von einem böigen Wind durch die Prinzregentenstraße treiben und stieg hinab in das Labyrinth der Fuggerei, wo die Straßen Am Oberen Lech hießen, Am Unteren Lech, Am Hinteren Lech und auch Am Vorderen Lech, also nach einem durchschaubaren System benannt waren. Den Vorderen Lech zu finden mußte etwas Einfaches sein. Es erwies sich als jenes Einfache, das schwer zu machen ist. Friedemann Körbel wunderte es nicht, schließlich war Augsburg die Heimatstadt des Dichters Brecht, nach dessen Namen er beim Umherirren Ausschau gehalten hatte. Gefunden hatte er ihn in einem Reformgeschäft, auf Kräutersalzpackungen gedruckt, nicht Bertolt, sondern Ferdinand Brecht. Eine junge Nonne, auf die er in der Barfüßergasse traf, sagte: »Sie meinen sicher das Holbeinhaus« und brachte ihn auf den rechten Weg. An dem Fachwerkhaus Am Vorderen Lech 20 konnte man auf einer Tafel lesen, daß hier der Maler Hans Holbein geboren war und das Haus eine Gedenkstätte beherberge. Friedemann suchte aber Eda Körner und weder den älteren noch den jüngeren Malerhans mit Namen Holbein. Eine strickende Einlaßdame empfahl ihm, den Hauswächter Gundolf Tau zu fragen, der kenne halb Ausburg.

Nach dem Klingeln erschien ein Mann, der eine schwarze Brille aufhatte, wie sie Mafia-Bosse in Filmen tragen. Sein Gesicht hatte eine sanfte Röte, die Haare waren silbergrau. Er trug einen farbenbeklecksten Malerkittel, und Friedemann überlegte, wie einer malen konnte, wenn er die Welt durch diese Brille sah.

»Was kann ich für Sie tun?« fragte Herr Tau mit auffallend jugendlicher Stimme.

»Man hat mir diese Adresse genannt, Am Vorderen Lech zwanzig«, sagte Friedemann unsicher, weil er nicht wußte, wie er Herrn Tau einordnen sollte.

»Ah, Sie kommen aus der DDR?«

Friedemann gab es zu.

»Los, komm rin!« Herr Tau zog Friedemann in die Wohnung, verschloß die Tür und sagte: »Ich bin Gundolf; wie heißt du?«

»Friedemann Körbel.«

»Also, Friedemann!« Er nahm seinem Gast den Anorak ab, schüttelte mißbilligend den Kopf und sagte: »Immer diese Kutten! Ihr könntet euch endlich mal andere Klamotten zulegen!«

Sie betraten ein Atelier, und wenn Herr Tau kein Gauner war, dann war er ein Maler und Zeichner. Überall, wo man hinsah, war Tau. Er lag in einem Hexenbett, nackt und pfeiferauchend, auf einem überlebensgroßen Foto, er prostete kelchschwingend imaginären Trinkern zu, war faunig zugange bei Weibern aller Hautfarben, rüsselte als Käfer durch Graswälder, war honigsuchendes Insekt mit schwarzen Facettenaugen, Nachtmahr an Frauenbusen, flötespielender Mantelpavian, listiger Kaschube und Augsburger Lustbürger, Beschwörer der Madonna mit den gespreizten Beinen, Zinkezaungast, Schnellbruder und Fuchskumpel, von bitterer Sehnsucht ganz langsam fortgetragen ins masurische Nichts. Tau holte eine Flasche Ballantiner hervor, schenkte Körbel deutlich mehr ein als sich selber und fragte: »Was macht 'n der olle Wiesenthal? Räumen ihm seine Gören immer noch den Kühlschrank aus?«

Da Körbel weder den ollen Wiesenthal kannte noch seine Gören, sagte er: »Manchmal schon — aber andererseits, aus Kindern werden Leute!«

»Gib's zu, du warst mal in seine Tochter verschossen«, forschte Tau.

»Warum warst? Traust du mir das nicht mehr zu?«

»Nee, für die biste zu alt; die hat sich 'n schnuckligen Zwanziger unter den Nagel gerissen, da kannst du nicht mithalten.«

Wenn das so weiterging, konnte Friedemann auch im Disput nicht mehr mithalten, mußte die Karten werfen. Dann setzte ihn Gundolf Tau wahrscheinlich an die frische Luft. Er schlürfte an seinem Whisky und fragte mit Verschwörerton in der Stimme: »Kennst du eine gewisse Eda Körner?«

»Ich kenne sie nicht nur, ich habe sie gemalt.« Gundolf begann in großen Mappen zu wühlen, schimpfte vor sich hin, weil er nicht gleich fand, was er suchte. Friedemanns Blick wanderte zum Bücherregal. Wenn er in eine fremde Wohnung kam und Muße hatte, las er Buchtitel. Masereel, Liebermann, »Die Phantasie in der Malerei«, Buchheims »Blauen Reiter«, Bühnenbilder von Wolfgang Znamenacek, Alfred Rohde, »Bernstein«. Der Schreck, den er beim Anblick der von Dracula Gepfählten verspürt hatte, war harmlos gewesen. Das Buch Dr. Rohdes war das zweite Menetekel, es ließ Friedemann abergläubisch werden. Er griff danach, es war eine Ausgabe von 1943, er brauchte nicht viel zu blättern und sah die Prunkwände des Bernsteinzimmers. Er las von verlorengegangenen Teilen von unschätzbarem Wert, von einem Bernstein mit eingeschlossener Eidechse und überhörte, daß er schon zweimal gefragt worden war, ob er sich nicht Eda Körner anschauen wolle. Tau griff nach dem Buch, hielt es vor seine kurzsichtigen Augen und stellte es wieder ins Regal. Auf dem Tisch lag ein Pappkarton, quadratmetergroß, ein Häusergewirr in Plakatfarben, mit Köpfen durchsetzt, von Korrekturlinien überzogen wie mit Spinnweben. Er stellte eine Lupe auf das Blatt, rückte sie zurecht und sagte: »Das ist sie.«

Friedemann sah das Brustbild einer blondhaarigen Frau, hatte Mühe, sich darauf zu konzentrieren, weil er die Bernsteinbilder noch vor Augen hatte. Weniger Chancen als für einen Fünfer im Lotto hatte er sich gegeben, als er losgezogen war. Jetzt sah es aus, als marschierte er im Geschwindschritt auf sein Ziel los. Und die Frau auf dem Bild sollte ihn näher bringen. Ihr Körper ragte aus dem Fenster eines Patrizierhauses, neben dem eine Garnpuppe aufgestellt war. »Augsburger Stoffe« konnte man lesen.

»Das war sie neunzehnhundertzweiundfünfzig. Jetzt sieht sie etwas molliger aus; sie ist dreißig Jahre älter geworden; wie wir alle. Außerdem ist auf dem Karton nicht viel zu erkennen; du müßtest dir das Originalbild im Stadtsaal anschauen.«

»Ich werde mir das Original ansehen«, sagte Friedemann.

»Was willst du eigentlich von ihr?«

Friedemann tischte vorsichtig die Geschichte von dem Romanprojekt »Verschollene Liebe« auf, erzählte von den Recherchen bei Erika Heimbüchler und behauptete, Eda Körner sei wahrscheinlich die eigentliche, die fündige Liebe.

»Also fündig zu werden hoffst du bei ihr, du Großschriftsteller!« Das Wort klang wie Großmaul. Friedemann verwandelte sich schleunigst in einen Kleinschriftsteller.

Gundolf Tau goß zweimal Whisky nach, zog höhnisch Luft durch die Nase und sagte: »Und für so einen Schmarr'n kriegst du ein Dienstvisum?« Das war leicht zu parieren. Wieso war Liebe ein Schmarren? Alle großen Romane der Weltliteratur ... Friedemann kam nicht weiter. Sein Gegenüber hatte mit sicherem Griff das Bernsteinbuch aus dem Regal geholt, knallte es auf den Tisch und sagte leise: »Du suchst den Bernstein, gib's zu!« Ehe Friedemann antworten konnte, schaltete Tau das Radio ein. »Das ist 'ne gefährliche Sache. Weißt du, daß sie Doktor Rohde gekillt haben?«

Natürlich wußte das Friedemann; schließlich hatte er sich auf die Reise vorbereitet. So antwortete er kühl: »Doktor Rohde ist von einem Werwolfjungen erschossen worden.«

»Du bist nicht zu retten!« Gundolf Tau behämmerte seine Stirn. »Wenn es den Werwolf überhaupt noch gab in Ostpreußen um die Zeit, hätte er einen General erschossen, aber nicht 'n Museumskurator. Das war 'ne ganz spezielle Mafia, sag ich dir. Ich hab das Bernsteinzimmer gesehn, ich weiß es!«

»Nein!« Friedemann schrie es mit schwacher Stimme und kam sich vor wie König Belsazar. Das dritte Menetekel! Er stieß auf einen Mann, der das Bernsteinzimmer gesehn hatte! Vielleicht sogar geblendet worden war; der verrückte Gedanke kam ihm beim Anblick der schwarzen Gläser. Der seitdem geheimnisvolle Boten empfing in der Hoffnung, daß eines Tages jemand kam und flüsterte: »Ich weeß, wo man den Ougstein findet ...« Ougstein war Augstein, und Augstein war Bernstein ... Das alles ging Friedemann durch den Kopf, und er flüsterte: »Erzähl!«

»Erst du«, flüsterte Gundolf Tau.

Friedemann griff nach der Flasche, schob sie zurück, nein, jetzt keinen Fehler machen, kein Wort zuviel, eher drei zu wenig, obwohl vielleicht schon eins zuviel gefallen war. Vor allen Dingen durfte er Andy Quahl nicht ins Spiel bringen. Mit dem Liebesroman kam er aber auch nicht weiter. So erhöhte er kurz entschlossen die Bedeutung seiner Schriftstellerei, indem er sich zum Mitarbeiter des Enthüllungsautors Dr. Basilius Wader ernannte. Wader hatte Recherchen angestellt über zusammengeraubte Schätze von Nazigrößen, er hatte einen Skorzeny-Report geschrieben und, was noch wichtiger war, einen Bestseller mit dem Titel »Who is who in CIA?«. Nach seinem Erscheinen verübten drei der enttarnten

Mitarbeiter Selbstmord, ein vierter, bereits pensionierter, verlangte, bei der nächsten Auflage in das Verzeichnis aufgenommen zu werden. Friedemann kannte Dr. Wader von einem Urlaubsaufenthalt im Rilagebirge als ebenso dicken wie gescheiten Böhmen, der zu Kaiser Franz Josefs Zeiten bei einem einzigen Sprudelrundgang in Bad Ischl herausbekommen hätte, daß Oberst Redl ein Spion war.

»Wader«, flüsterte Tau. »Ich hab immer damit gerechnet, daß der sich an das Bernsteinzimmer ranmacht.«

»Ich muß mich deswegen an Eda Körner ranmachen.«

»Verheiratete Durchholzer«, ergänzte Tau. »Es wäre ein großartiger Witz, wenn sie einem fremden Mann den Weg zum Bernsteinzimmer weisen könnte ...«

»Warum?«

»Weil ihr eigner die Tauchexpedition zur ›Wilhelm Gustloff‹ finanziert hat.«

Friedemann mußte mehrmals schlucken und atmete dann tief durch. Stand nicht geschrieben: Wer sich in Gefahr begibt, kommt darin um? Er war drauf und dran, sich in Gefahr zu begeben. Das von den Nazis als Truppentransporter umgebaute Ferienschiff »Wilhelm Gustloff« lag zwanzig Seemeilen vor der polnischen Küste in sechzig Meter Tiefe auf der Stolpebank. 1973 drangen polnische Taucher zum Wrack vor und fanden mehrere Laderäume mit Schneidbrennern geöffnet und geplündert vor. Zu den Hyänen hatten also Froschmänner des Augsburger Fabrikanten Durchholzer gehört. Was sie auch an Schätzen gefunden haben mochten, das Bernsteinzimmer war nicht darunter; so eine Beute wäre nicht geheim geblieben. Bernstein war für Herrn Durchholzer also weiterhin ein Reizwort.

»Ich habe ihm damals abgeraten von der Tauchexpedition«, sagte Tau, »weil ich überzeugt bin, die Kisten mit dem zerlegten Bernsteinzimmer wurden auf das Gut derer von Dohna gebracht.«

»Ein Dohna gibt's in der DDR, bei Pirna«, flüsterte Friedemann.

»Ich meine das Gut der Fürsten Dohna in Schlobitten, im Ostpreußischen . . .«

»Woher weißt du das?«

»Will ich ja grade sagen . . .« Im Radio begannen Nachrichten. Tau wählte Tegernseer Blasmusik und erzählte: »Erstens bin ich geborener Ostpreuße, aus Johannisburg, zwanzig Kilometer nördlich der alten preußischen Grenze, heute heißt das Nest Pisz, das sagt alles. Zweitens mochten mich die Nazis nicht, und ich mochte sie noch weniger. So holten sie mich trotz meiner kranken Augen in die Wehrmacht. Ich bekam einen Druckposten im Königsberger Stadtschloß, in dem die Kunstsammlungen untergebracht waren; darunter die größte Bernsteinsammlung. Sie wurde von Doktor Alfred Rohde betreut, und ich gehöre zu denen, die für ihn Kisten genagelt haben.«

»Auch für das Bernsteinzimmer?«

»Ich würde es gern behaupten, aber es wäre gelogen. Das hatte der Sonderstab Rosenberg nach dem Einmarsch der Wehrmacht in Puschkin abmontieren und verpacken lassen. Mehrere Leute rissen sich darum, Gauleiter Koch machte das Rennen und versprach, das Zimmer im Königsberger Schloß aufzustellen. Dazu kam es nicht, weil der Krieg sich anders entwickelte, als von diesen Herren geplant war. Ich hab die Kisten gesehn, im Südflügel des Schlosses, und ich habe einem Lichtbildervortrag beigewohnt, den Doktor Rohde vor Parteibonzen gehalten hat, als noch mit einer Aufstellung des Zimmers in Königsberg zu rechnen war.«

»Neunzehnhundertdreiundvierzig?«

»Neunzehnhundertdreiundvierzig!«

In derselben Sekunde klopfte es an die Tür. Friedemann erschrak, riß das Glas um, und Whisky ergoß sich auf Gundolf Taus Hose. Dessen Gesicht zeigte Ekel. Herein kam eine Frau, rüstig, mütterlich. Gundolf Tau erhob sich, hielt sich das nasse Hosenbein mit zwei Fingern vom Leibe und stellte vor: »Friedemann, ein neuer Wiesenthal-Eleve — Klothilde, meine Frau.«

»Wollt ihr nicht etwas essen?« fragte Klothilde.

Friedemann nickte erleichtert. Gundolf Tau wies auf seine Hose, erklärte: »Ich muß erst baden!« und entschwand.

»Dann können wir in Ruhe einen trinken«, sagte Klothilde und fischte die Flasche aus dem Versteck. »Baden dauert bei ihm eine Stunde.«

2.

Gundolf Tau hatte nicht nur gebadet, er hatte auch telefoniert. In einen samtenen Hausmantel gehüllt, moschusduftend, glattgesträhnt, mit einem Triumphlächeln im Gesicht kam er herein und verkündete: »Morgen um zehn kommt Frau Durchholzer zu einem Atelierbesuch. Ihr Mann ist in London, sie hat Langeweile.«

»Als ob dein Atelier ein Mittel gegen Langeweile wäre«, sagte Klothilde höhnisch.

Tau konterte nicht, sondern bemerkte sachlich: »Ich hab sie gebeten, das Porträt der Gräfin Bielenstein zu begutachten, das kurz vor seiner Fertigstellung steht.«

»Die versnobte Bielenstein? Hast du vor zehn Jahren gemalt!«

»Sogar zweimal, und die erste Fassung hab ich noch; die frisch ich mit ein paar Pinselstrichen auf und frag, ob ich die Gräfin getroffen hab.«

»Als was willst du mich dabei benützen?« fragte Friedemann.

»Als das, was du bist, als Störenfried. Du klopfst und sagst: ›Verzeihung, Klothilde ist nicht da.‹ Dann werde ich sagen: ›Wir hatten uns für Nachmittag verabredet! Ich konnte Frau

Durchholzer mit keinem Wort auf die Begegnung vorbereiten.‹ Dann mußt du dir etwas einfallen lassen, und ich sage: ›Na schön, dann mach ich jetzt Tee!‹ und geh.«

3.

Der olivgrüne Mercedes hielt vor dem italienischen Restaurant, wo sich die Straße Am Vorderen Lech zu einem Platz erweiterte. Eine Dame in einem Pelzmantel stieg aus, schloß den Wagen ab und kam auf das Holbeinhaus zu. Friedemann beobachtete sie durch das Fenster des Badezimmers. Sie trug Stiefel, war ohne Kopfbedeckung, ihr Haar wurde durch einen hochgeschobenen Schal gegen den Wind geschützt. Es war so blond, wie es Gundolf Tau vor dreißig Jahren gemalt hatte. Als Eda Durchholzer die Straßenseite wechselte, schloß Friedemann Körbel das Fenster und vertiefte sich in die Kulturbeilage der »Süddeutschen Zeitung«. Nach einer Viertelstunde war seine Zeit gekommen. Tau saß im Malerkittel vor der Staffelei und funkelte ärgerlich durch schwarze Gläser. Eda Durchholzer blinzelte mehrmals mit langen Wimpern; wahrscheinlich konnte sie ohne Brille nur vage erkennen, wer da eintrat.

»Pardon, ich dachte, Klothilde wäre hier«, sagte Friedemann.

»Klothilde ist zum Supermarkt gefahren. Soviel ich weiß, waren wir für den Nachmittag verabredet. Ich konnte Frau Durchholzer noch mit keinem Wort vorbereiten ...«

Eda Durchholzer lockerte mit einer nervösen Handbewegung ihre Haare und sagte: »Lieber Gundolf, hören Sie endlich auf mit Ihren konspirativen Mätzchen. Wir haben nicht mehr neunzehnhundertachtundsechzig. Wieviel braucht der junge Mann?«

»Es geht nicht um Geld, gnädige Frau«, mischte sich Friedemann ein. »Es geht um einen Freund aus Ihrer Jugendzeit; um Valentin Eger.«

Sie zuckte zusammen, als habe sie ein Explosionsknall erschreckt oder das Blitzlicht eines Fotografen.

»Sie wissen, wo er ist?«

»Noch nicht genau«, sagte Friedemann. »Ich bin ihm auf der Spur und brauche Ihre Hilfe.«

Frau Durchholzer griff nach den Enden ihres Halstuchs und zog den Knoten zusammen. »Warum suchen Sie ihn? Hat er etwas verbrochen?«

»Nein, nein«, sagte Friedemann rasch, obwohl er das noch gar nicht wußte. Valentin konnte an all jenen Verbrechen beteiligt gewesen sein, an denen Siebzehn- bis Achtzehnjährige in den Jahren 1944 und 1945 beteiligt gewesen sein konnten, und das waren so wenige nicht.

»Ich bin auf seiner Lebensspur, als Schriftsteller, und möchte . . .«

»Reichen Sie mir mal den Kürschner rüber«, unterbrach ihn Frau Durchholzer. Tau stand auf und gab ihr das gewünschte Buch. Dann sagte er sein verabredetes Teesprüchlein und verschwand.

»Wie heißen Sie?«

Friedemann nannte seinen Namen, und ihm wurde klar, Frau Durchholzer bezweifelte seine Angaben.

»Ich stehe nicht im Kürschner, ich bin ein Anfänger.«

»Im Kürschner steht jeder Stümper, vorausgesetzt, er hat mal ein paar Zeilen veröffentlicht.«

»Außer ein paar Zeitungsgeschichten gibt es keine Veröffentlichung von mir. Bei uns ist man noch jung mit fünfunddreißig Jahren . . .«

»Also kommen Sie aus der DDR.«

Friedemann nickte und fragte: »Wollen Sie meinen Ausweis sehn?«

Eda Durchholzer tippte sich an den Kopf. »Wenn Sie denken, Sie können meine Gefühle benützen, um mich in irgendwelche Geschichten reinzuziehn, haben Sie sich geirrt. Ich brauch nur anzurufen, und Sie wandern auf Nummer Sicher!«

»Sie sind es, die sich irrt, gnädige Frau, und zwar in der Beurteilung meiner Person«, sagte Friedemann mit Würde. »Ich will nichts anderes von Ihnen als ein Stück Lebensgeschichte, um Valentin Eger zu seinem Glück zu verhelfen.«

»Also sitzt er im Unglück; ihr habt ihn eingesperrt!« Ihre Augen waren aufgerissen und versprühten dunkelbraune Funken.

»Dann wüßte ich, wo er ist, und brauchte seinetwegen nicht umherzureisen.«

»Was hat Ihre Schreiberei mit Valentins Glück zu tun? Das sind doch Ungereimtheiten! Die Männer, die früher zu Tau kamen, waren geschickter als Sie, Herr Körbel.«

Es schien Friedemanns Schicksal im Holbeinhaus zu sein, für einen andern gehalten zu werden, als er war. Seine Lage wurde auch nicht verbessert, als Gundolf Tau hereinkam. Er stellte die Tassen hin und fragte: »Na, kommste voran?«

Friedemann entnahm seiner Brieftasche den Zeitungsausschnitt mit dem Erbenaufruf, legte ihn vor Eda auf den Tisch und sagte: »Ich bin kein Eleve irgendeines Herrn Wiesenthal, sondern Angestellter eines Antiquitätenladens.«

Eda Durchholzer öffnete ihre Handtasche, entnahm ihr eine Brille und las. Schweigend steckte sie die Brille wieder weg, fuhr sich mit der Hand über die Stirn und fragte: »Wie kommen Sie gerade auf mich?«

Friedemann erzählte von seiner Fahrt in das Allgäu, und als er den Namen Erika Gürtler erwähnte, kam ein schwaches Lächeln in ihr Gesicht.

»Erika war vor mir«, sagte sie leise. Da wußte Friedemann, er hatte gewonnen.

4.

Die Durchholzervilla stand inmitten eines großen Gartens, war zur unteren Hälfte verdeckt durch eine kantig beschnittene Taxushecke, die ein Eisenzaun beschützte. Am Eingang Koniferen, wie es sich gehörte, in Hausnähe Magnolien und ein Ginkgobaum. Friedemann erkannte ihn auch ohne Blätter, er hatte Gelegenheit, ihn bei heimatlichen Spaziergängen im Garten eines berühmten Wirtschaftsprofessors zu studieren. Er drückte den Klingelknopf, betete seinen Namen in die Sprechanlage, wartete den Summerton ab und öffnete. Winterharte Stauden säumten den Weg, dazwischen Inseln von Schneeheide. Staudenzüchter Forsters Losung »Es wird durchgeblüht!« kam ihm in den Sinn. Ein Dienstmädchen nahm ihm seine Kutte ab, fand keinen Aufhänger, bis er ihn ihr zeigte. Nein, die Umhängetasche nahm er mit, da waren seine Papiere drin.

Eda Durchholzer erwartete ihn im ersten Stock in ihrem Arbeitszimmer. In Jeansrock und Sandalen kam sie ihm entgegen, in kariertem Baudenhemd, die Haare mit einem Kopftuch nach hinten gebunden. Sie führte ihn an einen Schreibtisch, auf dem Farbnäpfe standen und Gläser mit Pinseln, wies auf einen Zeichenkarton und fragte: »Wie finden Sie es?«

Das Blatt trug die Überschrift »Schloß Boncourt«, und es passierte viel auf ihm. Buntes Volk zog Arm in Arm durch Straßen, ein Boot glitt über einen Teich, hinter dem Affen und ein Tiger lauerten. Unter einer Trauerweide kopulierte ein Liebespaar, von einem Berg namens Jeschken fuhren Rodler herab, ein Segelflugzeug mit einem rotweißblauen Wappen schwebte über einer Wiese und ließ ein Band hinter sich herflattern, auf dem in Fraktur »Das Paradies« geschrieben war. Darunter sah man den Baum der Erkenntnis, reich behangen mit Äpfeln, lauernd die Schlange.

»Das Schloß«, sagte Friedemann und wies auf ein dreitürmiges Prunkstück, »wirkt eher wie ein Rathaus.«

»Es ist das Reichenberger Rathaus. Die Überschrift soll symbolisch genommen werden. Ich dachte, Sie kennen das Chamissogedicht.«

Friedemann kannte es nicht, und Eda Durchholzer rezitierte:

»Ich träum als Kind mich zurücke
Und schüttle mein greises Haupt;
Wie sucht ihr mich heim, ihr Bilder,
Die lang ich vergessen geglaubt.

Mein Boncourt heißt Reichenberg, und es hatte auch ein Schloß, das den Grafen Clam-Gallas gehörte. Ich habe es weggelassen, weil es mich nie heimgesucht hat.«

»Verstehe; von diesem neogotischen Monster kann man eher heimgesucht werden.«

»Falsch; im Ratskeller gab's markenfreies Stammessen und ausländische Kellner, mit denen man flirten konnte.«

»Sie meinen Tschechen?«

»Nein, Franzosen«, entgegnete Eda. »Nie wäre eine von uns auf die Idee gekommen, mit einem tschechischen Kellner anzubändeln. Wir hatten alle den Film ›Die Goldene Stadt‹ gesehn, in dem Kurt Meisel als tschechischer Kellner Tontschi die unschuldige Kristina Söderbaum schwängerte und ins Wasser trieb...«

»...worauf sie zur Reichswasserleiche ernannt wurde«, ergänzte Friedemann.

»Sie kommen auch aus Böhmen?«

»Beinahe; ich bin aus Olbersdorf bei Löbau, und wenn ich mich anstrenge, kann ich das R rollen wie einer aus Rumburg.«

Eda lachte und sagte: »Die haben wir in der LBA immer gehänselt.«

»Wo haben Sie die Rumburger gehänselt?«

»In der LBA ... ach so, Lehrerbildungsanstalt heißt das. Die meisten sagten Lehrerfabrik.«

»Das hab ich bei Frau Gürtler schon mitbekommen ...«

»Wie sieht sie denn aus, die Erika?« Eda setzte sich, schlug ein Bein über das andere, und Friedemann mußte zugeben, für eine Mittfünfzigerin hatte sie hübsche Beine.

»Gut schaut sie aus; das Haar erstaunlich blond, für ihr Alter ...«

»Na, na, so was macht man ja wohl auch bei Ihnen drüben!«

»Sicher«, sagte Friedemann. Dann zeigte er auf das Liebespaar und fragte: »Ist es Valentin, der hier zugange ist?«

»Nein, das hätte er nie gewagt; ihn zog es in Höhlen. Außerdem dürfen Sie nicht vergessen, unsere Devise hieß: Reif werden und rein bleiben.«

»Der Spruch muß ziemlich verbreitet gewesen sein ...«

»Einer der beliebtesten Poesiealbumsprüche; zumal man dazuschreiben konnte: Walter Flex, gefallen neunzehnhundertsiebzehn beim Sturm auf die Insel Ösel.«

»Wissen Sie, wie die Insel jetzt heißt? Saaremaa.«

»Ist das russisch?«

»Nein, estnisch.«

»Aber sie gehört zu Rußland.«

»Zu Rußland gehörte sie seit siebzehnhunderteinundzwanzig; jetzt gehört sie zur Estnischen Sowjetrepublik.«

»Waren Sie mal da?«

»Noch nicht; augenblicklich recherchiere ich weiter westlich. Königsberg, Schlobitten, Stolpmünde.«

Edas Blick wurde böse, als sie sagte: »Sie scheinen meine Warnung nicht verstanden zu haben. Ich lasse mich in keine Geschichten hineinziehn, schon gar nicht in die meines Mannes. Wenn Sie gekommen sind, um in seiner Bernsteintaucherei herumzuschnüffeln, dann verschwinden Sie!«

»Die Expeditionen Ihres Mannes interessieren mich nicht«,

versicherte Friedemann. »Herr Tau hat sie erwähnt, als wir über Ihre Lebensumstände sprachen. Wenn Valentin Eger nichts mit dem Bernsteinzimmer zu tun hat, will ich gar nichts davon wissen.«

»Was soll Valentin damit zu tun haben? Wer im März fünfundvierzig in Bayreuth heiratet, der kommt nicht mehr nach Kurland. Das war längst eingekesselt samt dem verdammten Bernsteinzimmer!«

In Friedemann löste das Wort Bernsteinzimmer keinen Reiz mehr aus. Die Freude, die er verspürte, wurde von der Neuigkeit über Valentin Eger ausgelöst. Die Spur war wiedergefunden.

»Können Sie bezeugen, daß er in Bayreuth geheiratet hat?« fragte er aufgeregt.

»Glauben Sie, ich war bei der Hochzeit dabei? Das Herz ist mir gebrochen, als ich davon erfahren habe. Ein halbes Jahr zuvor hatte er mir beim Abschied ewige Liebe versprochen, und jeder seiner Briefe war ein neues Versprechen. Aber das spielt wohl keine Rolle bei Ihren Recherchen.«

»Die größte«, widersprach Friedemann. »Wie sollte ich sonst meinen Roman ›Verschollene Liebe‹ schreiben? Selbst wenn ich Valentin auftreibe, was ich hoffe, bekomme ich auch von ihm nur Teilwahrheiten. Ich möchte die ganze!«

»Hören Sie meine«, sagte Eda, machte es sich auf der Couch bequem und begann zu erzählen.

5.

»Valentin war mein Märchenprinz. Wann er es geworden ist, vermag ich nicht zu sagen. Er ist weder aus einer Dornenhecke hervorgetreten noch einem Bärenfell entstiegen, noch war er vorher krötig. Eigentlich übermannte mich der Liebeszauber erst nach unserer Trennung, als er mich in der Bahnhofstraße ein letztes Mal geküßt hatte, recht ausgiebig, obwohl über seiner Lippe ein Pflaster klebte. Ausgerechnet am Morgen unseres letzten Tages hatte er sich beim Rasieren geschnitten, vielleicht gerade deshalb. Es war der erste Versuch mit einem eigens für das Soldatenleben gekauften Rasierapparat gewesen, sonst hatte er sich seinen Jünglingsflaum mit dem Rasiermesser seines Vaters abgeschabt, der sich seit neunzehnhunderteinundvierzig in Nordnorwegen den Landserbart kratzte. Sicher war dieser Morgen für Valentin kein Morgen wie jeder andere gewesen. Er kam im dunkelblauen Anzug in die Schule, Friedensware der Stoff, reines Kammgarn, das eine Haindorfer Tante gestiftet hatte, weil ihr Rudi es nicht mehr brauchte, ihn deckte seit dem Sommer zweiundvierzig bei Charkow die russische Erde. Ich hatte Valentin nur einmal in dem Anzug gesehn, das war bei der Uraufführung der Operette ›Die Liebesbrücke‹ gewesen, die Peter Hamel für den Komponisten Bernhard Eichhorn geschrieben hatte. Lassen Sie mich also meine Geschichte mit dem Abschied anfangen, der für uns ein Anfang war. In der großen Pause zeigte mir Valentin die Einberufungskarte, die ihm befahl, den Rock des Führers anzuziehen, wie es damals hieß. Ich hatte gewußt, daß es kommen mußte, um die Siebzehn wurden alle eingezogen, und er hatte sich freiwillig gemeldet, das wird zu erzählen sein. Jedenfalls brachte ich ihn zum Bahnhof, wir gingen die Schückerstraße hinab auf den Tuchplatz zu, am Café Winkler vorbei, in dem damals Omar Lamparter spielte. In der Bahnhofstraße blieb er stehn und sagte: ›Hier war es.‹ Ich wußte sofort, was er meinte. Dann legte er mir den Arm um die Schulter und begann mich aufzuessen. Mitten auf dem Bürgersteig, vor einem Schaufenster, in dem Beißkörbe und Hundeleinen hingen, Apportierhölzer herumlagen und Trimmscheren. Es hing mit einer Geschichte zusammen, die ein Jahr zurücklag, sich im Herbst dreiundvierzig abgespielt hatte, nach einem Liederabend, Richard Stamm hatte ihn gegeben, unser

73

Bariton, lauter gefälliges Zeug, von ›Zelte, Posten, Werda-Rufer‹ bis zum ›Traum durch die Dämmerung‹. Studienrat Prokesch hatte uns die Karten angeboten; er wußte, mit wem er rechnen konnte. Wir waren zu viert, aber unter den Kolonnaden setzten wir uns ab. So weit waren Valentin und ich, daß wir zusammen nach Hause gingen. Wir quatschten irgendwas über die Schule, da kam es wie Pferdegetrappel aus einer Seitengasse. Es waren aber keine Pferde, sondern eine Horde Jungen, die uns umringten, einander einhakten und den Kreis um uns verengten. Im Mondlicht erkannte ich als Anführer Pahl-Manni aus der vierten. Er funkelte uns an und befahl: ›Küßt euch!‹ Mein Gott, die harmloseste Sache von der Welt, Hochzeitsspaß bei Slawenvölkern, Befehl, sich gegenseitig Liebe zu beweisen. Aber eben Befehl und zehn Augenpaare, die ihren Spaß an der Befehlsausführung haben wollten. Valentin fühlte sich angegriffen, eingekesselt, vergewaltigt, und er setzte sich zur Wehr. Warf sich zwischen Pahl-Manni und seinen Nebenmann, sprengte die Kette, rief: ›Los, hau ab!‹ Ich rannte davon, und er rannte hinterher. Man johlte, einige liefen uns wohl ein paar Schritte nach, von einer Verfolgung konnte keine Rede sein. Wir waren fast am Bahnhof, standen uns gegenüber, noch außer Atem, und wußten nicht, was wir uns sagen sollten. Eigentlich hatte er getan, was ihm zukam; sein Mädchen beschützt, befreit, dabei Kraft und Mut bewiesen. Er war aber auch vor etwas davongelaufen. Jedenfalls trennten wir uns nach kurzem Händedruck und gingen uns einige Tage aus dem Wege.

6.

Was nicht heißen soll, wir wären uns nicht mehr begegnet. Wenn die Jungen aus dem Musiksaal kamen, mit Studienrat Goldgrün an der Spitze, ihre Geigenkästen unterm Arm, ka-

men wir aus der Klasse und ließen uns von Studienrat Prokesch durch Händeklatschen in den Musiksaal treiben. Wir
trafen uns im Chemiesaal beim Bereitstellen von Kochkolben
und Reagenzgläsern, wir begegneten uns auf der Treppe,
wenn Valentin und sein Freund Götz unsern gemeinsamen
Deutschlehrer Dr. Conrad Kren abholten, während wir es uns
nicht nehmen ließen, Studienrat Kren bis ins Lehrerzimmer
nachzuhimmeln. Manchmal sahen wir uns auch in der
Schwimmhalle. Valentin mochte die Halle nicht, ging aber
seinem Freunde Götz zuliebe manchmal hin. Götz war ein
schwarzhaariger Junge, ein bißchen melancholisch, weil seine
Eltern geschieden waren, er aber weder bei Vater noch bei
Mutter bleiben durfte, sondern bei einer Pensionswirtin in
der Bahnhofstraße einquartiert worden war. Die Mädchen
umschwärmten ihn, wegen seines braunen Teints und seiner
seidigen Wimpern. Vielleicht auch, weil er Sanftheit ausstrahlte und leiser war, als Jungen um die Sechzehn im allgemeinen zu sein pflegen. Er war nicht groß, er war schlank,
aber wenn man ihn in der Badehose sah, fiel sein gewölbter
Bauch auf, der vielleicht einem mittelalterlichen Schönheits-
ideal entsprochen hätte. In einer Zeit, in der das Schönheits-
ideal von Arno Breker in Stein gehauen vor der Reichskanzlei
stand, mit eingezogenem Bauch und schwellenden Muskeln,
war der Bauch des Knaben Götz ein Reisbauch, also etwas
Fernöstliches, und das war, bei aller Freundschaft mit Japan,
etwas Entartetes. Ich werde nie vergessen, wie mir Valentin
ein Stück Kunstbetrachtung des Dr. Kloss vorlas, eine Rezen-
sion über ›Madame Butterfly‹, in der behauptet wurde, die
Liebe zwischen Angehörigen verschiedener Rassen sei durch
die Nürnberger Gesetze ein für allemal geregelt, drum sei die
Oper nur noch von historischem Interesse. Ich will nicht behaupten, Götzens Sicht auf seinen Bauch sei von solchen
Theorien beeinflußt gewesen. Jedenfalls bekämpfte er den
Reisbauch mit Hilfe der Sauna, seitdem ihm irgendein alter

Saunasack erklärt hatte, man könne den Bauch in der heißen Luft wegatmen. Valentin leistete Götz Gesellschaft; Sauna war seit dem Finnlandkrieg modern. So sah ich ihn eines Tages aus dem Ruheraum kommen, krebsrot gepeitscht, in Badehose und mit einer schwarz und weiß gestreiften Leinenkappe auf dem Kopf. Wir begrüßten uns, redeten über Wilhelm Pleyers ›Tal der Kindheit‹, das damals reichsweit gelobt wurde, setzten uns an den Beckenrand, ich war ganz froh, ihn getroffen zu haben. Da winkte von der andern Seite Forster-Ernie, ein blonder Sonnyboy. Valentin sagte: ›Entschuldige, mal sehn, was er will!‹ und lief gehorsam davon. Mir war schon öfters aufgefallen, daß er gegenüber den Jungen aus der Stadt, die Freunde oder Freundinnen im Gymnasium hatten, Beflissenheit zeigte, die an Liebedienerei grenzte. Er kannte niemanden im Gymnasium; Franzl war längst bei den Gebirgsjägern in Finnland, und zwischen Gymnasiasten und Lehramtskandidaten gab es keine Verbindungen, wenn sie nicht aus gemeinsamer Volksschulzeit herrührten. Ernie hatte solche Verbindungen, er war außerdem ein Schwimmer, der an Bannmeisterschaften teilnahm, was ihn veranlaßte, in der Schwimmhalle in einer weißen Dreieckbadehose herumzulaufen, auf deren Vorderteil die Raute mit dem Hakenkreuz genäht war. Da ich keine Lust hatte, wartend herumzustehn, verschwand ich im Umkleideraum, zog mich an und ging nach Hause.

Am andern Morgen erzählte mir die Prade-Christine wichtigtuerisch mit flatternden Händen, was sie von ihrem Gymnasiastenbruder gehört hatte: Valentin hatte geholfen, einen Skandal zu verursachen, hatte an einer Provokation teilgenommen. Was war geschehn? Einer der Ernie-Freunde, bewährter Bann-Schwimmer, Sohn eines Oberstudienrats, Gymnasiast also, hatte sich in ein schwarzhaariges Mädchen aus der Gablonzer Straße verknallt, mit dem exotischen Namen Viola. Ich kannte sie flüchtig, sie hatte Kirschaugen, war sommersprossig. Ernie schwärmte auch ein bißchen für sie.

Eines Tages sagte er: ›Es heißt, Viola sieht aus wie eine Jüdin. Ich finde das prima, Jüdinnen sollen sehr schön sein.‹ Ernies Gymnasialfreund hatte mehrere Annäherungsversuche gemacht, ohne Erfolg. Da Viola Klavierunterricht nahm, sonderbarerweise bei einem unserer deutschnationalen Komponisten, ich glaube, er hieß Karl-Michael Beistrich, vielleicht etwas· lateinischer, kam einem die Idee des Ständchens. Zu singen bereit war der Verliebte, nur der Instrumentalist mußte gefunden werden. Man fand ihn in Valentin. Mit seiner Fiedel bei Mondschein unter Mädchenfenstern ein Liedel zu spielen, war er sofort bereit. Er ließ sich sogar etwas einfallen dazu. In einem Schlagerheft der zwanziger Jahre hatte er eine Tanzmusikbearbeitung der Barkarole aus ›Hoffmanns Erzählungen‹ gefunden, mit dem untergelegten Text ›Laß dir nichts von Hoffmann erzählen . . .‹. Da er fix im Reimen war, dichtete er die Blödelei dem Anlaß gemäß um: ›Laß dir was von Konni erzählen, statt dich nachts im Bett rumzuquälen . . .‹ und so weiter. Natürlich hatte es Wirkung. Die schöne Viola zog das Verdunklungsrollo hoch und zeigte sich im erleuchteten Fenster. Sie soll sogar im Nachthemd gewesen sein, mit offenen Haaren. Ob das nun stimmt oder nicht, die Jungen fühlten sich zur zweiten Strophe ermutigt, Valentin hatte mit seiner Geigerei zu tun, die andern starrten auf das Mädchen, keiner hörte den Ruf ›Verdunkeln!‹, keiner sah den Luftschutzwart, bis er da war. Köln und Hamburg waren bereits zerbombt, wir hatten schon Fliegeralarm gehabt, waren jedoch noch nicht angegriffen worden; aber Verstoß gegen das Verdunklungsgesetz war kein Kavaliersdelikt mehr. Im lilagedämpften Taschenlampenlicht wurden Ausweise kontrolliert, dann hieß es: ›Haut ab, ihr Stinte! Schämt ihr euch nicht, einer Judenhure in den Arsch zu kriechen!‹ Nicht die feine englische Art, auch ungenau formuliert, die Beschuldigungen; denn als Judenhure wurde damals ein nicht jüdisches Mädchen beschimpft, das mit einem Juden ins Bett ging. Viola ging mit niemandem ins Bett, und so hatte es der Heimatkrieger auch nicht gemeint. Viola sah nicht nur aus wie eine Jüdin, sie war auch eine. Halbjüdin nach den Nürnberger Gesetzen, echte nach jüdischen, weil sie von einer jüdischen Mutter geboren worden war. Ihr Vater, Ingenieur in einem Chemielabor, war sogenannter Arier und allein dadurch Beschützer von Frau und Tochter; sie brauchten auch keinen Judenstern zu tragen, wie es seit 1941 verordnet war. Der Gymnasiastenbengel redete sich darauf heraus, von der jüdischen Herkunft des Mädchens nichts gewußt zu haben. Valentin hatte Ernies Bemerkung, Viola sehe aus wie eine Jüdin, zu dem Scherz mit der Barkarole inspiriert. Daß Jacques Offenbach ein Jude war, wußte er. Ich habe selbst ein Notenheft der Collection Litolff bei ihm gesehn, wo er im Inhaltsverzeichnis vor die Namen Mendelssohn Bartholdy, Meyerbeer und Offenbach einen Davidstern gemalt hatte. ›Warum machst'n du so was?‹ hab ich ihn gefragt, und er antwortete: ›Na, weil sie Juden sind! Aber zum Üben sind sie gar nicht schlecht.‹ Er plapperte einen Satz des Studienrats Prokesch nach, der den Streichern im Musiksaal einen Band Mendelssohn-Quartette zugeworfen hatte mit der Bemerkung: ›Zum Üben gar nicht schlecht!‹ Der Mann war Parteigenosse, und wenn man die Worte im zeitgemäßen Kontext sieht, waren sie aufmüpfig. Valentin hatte das nicht empfunden, für ihn war die Auswahl der Barkarole, ihre textliche Verhohnepipelung ein Scherz gewesen, nicht mehr. Nun, da sich herausstellte, daß Viola eine Jüdin war, wurde aus dem Scherz bitterer Ernst. Der Luftschutzwart begnügte sich nicht mit der Anzeige wegen des Verstoßes gegen das Verdunklungsgesetz, sondern benachrichtigte auch die Schulleitung. Vielleicht war es auch eine Dienststelle, die den Vorfall weitermeldete, jedenfalls erfuhr unser Direktor davon. Er hieß Waldemar Storm, kam aus der deutschnationalen Singebewegung des Herrn Walter Hensel, war von Haus aus Musiklehrer, spielte außer Blockflöte kein Instrument und fühlte

78

sich recht unsicher auf seinem Posten. Gab sich deshalb eifrig völkisch, schimpfte langhaarige Schüler Tangojünglinge, zeterte über Schlagertexte, pflegte bodenständiges Liedgut. Wie oft haben wir seinen Lieblingskanon gesungen: ›Kas und Brut, das schmeckt gut, und a Negl Bottermilli, das schmeckt gut...‹ Alles in allem ein umgänglicher Mensch. Wie überhaupt das Klima in unserer Schule gemäßigt genannt werden konnte im Vergleich zu den Lehrerbildungsanstalten im Reich. Die waren kaserniert, es gab Uniformzwang, ihre Leitbilder waren die Nationalpolitischen Erziehungsanstalten, die Napolas. Ähnliche Zustände brachen bei uns erst vierundvierzig aus, als der einarmige Zupnik Direktor wurde. Er war es auch, der die nächtliche Serenade ein zweites Mal benützte und mich dazu, leider. Aber bleiben wir bei Waldemar Storm. Er bestellte Valentin ins Direktionszimmer, sah ihn durch ungerahmte Brillengläser kopfschüttelnd an, wobei seine wirren Locken in Bewegung gerieten, obwohl sie keineswegs Überlänge hatten. ›Was machst du für Sachen? Ausgerechnet Offenbach, dieser krankhafte Salonmusiker, was hat er zu bieten? Raffinesse, Artistik, gewiß, aber alles Oberfläche, keine Tiefe. So sind sie alle, Meyerbeer, Mendelssohn Bartholdy; hör dir das hohle Pathos an!‹ Und er begann zu singen: ›O Täler weit, o Höhen... — Alles leer, erklügelt, aber nicht empfunden, das ist eine Linie bis zu Weills Bekenntnis: Nur wer im Wohlstand lebt, lebt angenehm! So etwas unterstützt du im vierten Kriegsjahr!‹

Valentin war erschrocken. In ihm lebten Sprüche wie ›Gemeinnutz geht vor Eigennutz‹, ›Du bist nichts, dein Volk ist alles‹, ›Wer auf unsre Fahne schwört, hat nichts mehr, was ihm selbst gehört!‹. Er war Kameradschaftsführer, hatte in Traumsiedel zehn braune Schäfchen zu hüten; was sollten sie denken, wenn sie erfuhren, in welch moralischen Sumpf ihr Hirte geraten war? Drum sagte er: ›Herr Direktor, diesen Vorwurf muß ich zurückweisen. Nie hätte ich eine so undeutsche

Losung unterstützt. Ich habe die Offenbach-Barkarole benützt, zugegeben; aber ich habe einen eigenen Text dazu gemacht, sie parodiert, ins Lächerliche gezogen, so wie das unser Rundfunk mit dem englischen Kriegslied The Washing on the Siegfriedline gemacht hat.‹ Valentin begann es zu pfeifen. Der Direx hielt sich die Ohren zu und befahl: ›Hör sofort auf! Der Rundfunk! Einen schlechteren Schutzheiligen konntest du dir nicht suchen. Ich bin dort gewesen, habe mit Fritz Gans gesprochen; ein Tangojüngling, mit einer Schmalztolle bis auf den Kragen, und so schmalzig ist auch sein Geschmack! Für diese Sorte ist Herms Niel ein Kunstgipfel!‹

›Wenn Sie so strenge Maßstäbe anlegen, können Sie auch das Horst-Wessel-Lied wegwerfen, musikalisch, meine ich.‹ Die Bemerkung Valentins war gezielt, und sie traf. Von einem Lehrersohn in Traumsiedel, mit dem ihn Karl-May-Bücher verbanden, hatte er gehört, Waldemar Storm hätte das Horst-Wessel-Lied bei einem Umtrunk als Küchenlied bezeichnet und zum Beweis ›Es wollt ein Mann nach seiner Heimat reisen‹ zu der staatlich geschützten Melodie gesungen. Valentin besaß einen Band Moritaten mit Bildern des Karikaturisten Erik, er hatte die darin notierte Melodie auf der Geige nachgezupft, sie hatte keinerlei Ähnlichkeit mit dem Appendix der Reichshymne. Er ließ sich das Lied von seiner Großmutter vorsingen, und siehe da, man hörte die braune Nachtigall trapsen. Also hatte der Verleger Edmund Ullmann vorsorglich eine unverfängliche Melodie aussuchen lassen, was die Behauptung des Direktors als verfänglich erscheinen lassen mußte. Waldemar Storm überlegte, was Valentin von dem Umtrunk in Leglers Gasthaus wissen konnte, wußte nicht, was der wußte, wußte nur, sechzehn war ein gutes Denunziantenalter, besonders in Deutschland 1943. So bemerkte er diplomatisch: ›Wenn du die Horst-Wessel-Melodie parodiert hättest mit Quatschtext in der Preislage Es wollte ein Mann zu seinem Mädchen reisen, er sehnte sich nach ihrem Käsebrot ... oder so ähnlich, ich deute nur an‹ — er sang die Zeilen wahrhaftig zu der geheiligten Melodie —, ›dann wäre es eindeutig Verunglimpfung nationalsozialistischen Gedankenguts. Bei der Barkarole könnte man Unkenntnis geltend machen, schließlich wurde Offenbach im Musikunterricht nicht behandelt. Ein eifriger Geiger wie du kann an der monotonen Melodie Gefallen finden, sie ist leicht zu spielen und zu singen, der umgeformte Text ist platt, aber nicht feindlich, die Abstammung des Mädchens war euch nicht bekannt, bleibt die nächtliche Ruhestörung ... Übermorgen führt die LBA eine großangelegte Luftschutzübung durch. Wenn du dabei zeigst, daß du mehr kannst, als unangebrachte Nachtmusiken veranstalten, könnten wir den Vorfall vergessen.‹

Es war ein Angebot, das Valentin dankbar annahm. Was hätte er bei einer Luftschutzübung anderes im Sinn haben sollen, als sich zu bewähren?

7.

Glauben Sie nicht, es sei ein Kunstgriff von mir, wenn jetzt Pahl-Manni wieder auftaucht. Es ist ein Zufall, wie ihn die Wirklichkeit sich leistet; dennoch nicht ohne innere Folgerichtigkeit, wie Sie bald merken werden. Manfred Pahl war nicht nur Anführer von nächtlichen Herumtreibern, er war auch Truppführer in unserer LBA-eigenen Luftschutzorganisation. Ich sehe ihn vor mir, im schwarzen Kombinationsanzug, mit breitrandigem Luftschutzhelm, geröteten Gesichts, Begeisterung in den Augen, einem Luftschutzwerbeplakat entstiegen. Ob es auch Zufall war, daß Valentin zu seinem Löschtrupp gehörte, weiß ich nicht; die Mannschaften waren im Lehrerzimmer aufgestellt worden. Jedenfalls war Valentin Manfreds Kommando unterstellt, und er gehorchte hervorragend. Die Jungen stürzten in den Keller, als Alarm gegeben wurde, rollten Schläuche das Treppenhaus empor, bekämpften Stabbrandbomben und Phosphorplättchen mit Feuerpatsche, Sand und Handspritze, räumten künstlich geschaffene Schuttberge, um nach Überlebenden zu suchen, imitierten Mauerdurchbrüche. Die Lehrer standen herum und verteilten Punkte. Valentin rannte, schleppte und löschte wie ein Berserker, hatte er sich doch zu bewähren. Manfred sah es, der Sieg war ihm sicher, soviel war von der Leitstelle schon signalisiert worden, und er sagte: ›Du hast einen Splitter in den Oberschenkel bekommen, ruh dich aus!‹ Er winkte eine Krankentrage heran, Valentin wurde festgebunden und die Treppe hinab in den Sanitätsraum geschleppt. Da waren die Mädchen, die einen Sanitätskurs besucht hatten, dazu gehörte auch ich. Als Valentin hereingetragen wurde, erschrak ich, weil er völlig erschöpft und verschwitzt war; ich dachte, er hätte sich tatsächlich was gebrochen. Dann sah ich den Zettel an seinem Bein, ›Splitter im Oberschenkel‹, und ich sah Manfred an der Tür stehen, wie er den Helm abnahm, sich den Schweiß von der Stirn wischte und mich angrinste, fröhlich, freundlich. ›Na, Eda, willst du den armen Jungen nicht verarzten?‹ fragte er. Eigentlich hatte ein Sani vom Roten Kreuz das Sagen bei uns. Aber so, wie Manni dastand, mit dem erschöpften Siegerlächeln des Frontoffiziers, konnte es keinen Einspruch geben. Jedenfalls ließ ich es nicht dazu kommen. Ich kniete mich neben Valentin und knöpfte ihm die Hose auf.

›Bist du verrückt?‹ schrie er und wollte hoch, aber er war ja an die Trage gefesselt.

›Halt den Mund‹, sagte ich. ›Eigentlich müßte ich sie aufschneiden, damit ich die Schlagader abbinden kann. Es geht um dein Leben! Siehst du nicht, wie das arterielle Blut aus dir herauspulst, hellrot und stoßweise? Willst du verrecken wie Franzls Truppführer?‹ Ich zog ihm die Hose herab, er hatte eine Klothose darunter, die schob ich zurück und drückte den Daumen auf die Stelle, wo in den Lehrbüchern die große

Körperschlagader abgesperrt wird, ließ mir von einer verdatterten Gehilfin Verbandszeug reichen und legte einen vorschriftsmäßigen Druckverband an. Valentin hielt die Augen geschlossen. Die Erinnerung an Franzls Truppführer schien ihn hypnotisiert zu haben. Er hatte mir die Geschichte vor kurzem erzählt. Sein Jugendfreund Franzl hatte sich freiwillig zur Waffen-SS gemeldet, war in München als Kavallerist ausgebildet worden, dann hatte man ihn aber ohne Pferde an die finnische Front geschickt. Beim ersten Spähtruppunternehmen hatte sein Truppführer einen Oberschenkelschuß bekommen, auf einer Zeltplane hatten sie ihn geschleppt, immer bemüht, die Schlagader abzudrücken. Als sie zurückkamen, war der Mann verblutet.

Die Luftschutzübung wurde ein großer Erfolg. Manöver verlaufen immer siegreich. Pahl-Mannis Trupp war der beste, Valentin wurde belobigt wegen selbstlosen Einsatzes, und ich bekam ein Sonderlob für psychologische Kriegführung; so würde man das heute wohl nennen. Jedenfalls wurde neben meinen sanitätspraktischen Kenntnissen auch meine einfühlsame Überzeugungsarbeit hervorgehoben. Was ich gesagt und getan hatte, um unsere gemeinsame Niederlage in der Bahnhofstraße auszumerzen, wurde gedeutet als Glaubensbekenntnis. In Wirklichkeit ging die Sache nur Valentin und mich etwas an und vielleicht auch Pahl-Manni.

8.

Dann kam Zupnik. In Reithosen, Stiefeln, Braunhemd, einarmig. Ich kann nicht sagen, aus welchem Nest es ihn herangeweht hatte, jedenfalls wehte ein kalter böser Wind vom Tage seines Einzugs. Er führte für das Lehrerzimmer ein Rapportbuch ein, wer vorsprechen wollte, mußte sich vorher eintragen, zu grüßen war militärisch, mit lautem Hackenschlag, bei jeder sich bietenden Gelegenheit wurde Uniform verlangt, Fahnenappelle und Feierstunden häuften sich. Manfred Pahl brachte es fertig, uns eine zusätzliche Feier zu bescheren. Ihre Durchführung lag ausschließlich in Schülerhänden; das Streichquartett wurde gechartert, Valentin spielte in ihm die Bratsche; Gedichte und Lesestücke wurden verteilt. Mir hatte man die Ausschmückung übertragen, ich drapierte das Rednerpult in gewohnter Weise mit einer Fahne und nagelte einen silbernen Pappadler darüber. Zufällig kam Zupnik dazu und fragte, warum ich da werkelte. Ich sagte es ihm, und unter seinen Brillengläsern blitzte es; er wußte nichts von der geplanten Feier. Äußerte sich aber nicht weiter darüber, knurrte nur über den Pappadler, den er nationalen Kitsch nannte. Die Zöglinge seiner früheren Anstalt hätten solche Adler laubgesägelt und handbemalt; er versprach mir ein Exemplar davon, empfahl Dekoration mit echtem Eichenlaub. Ich brachte das Laub, er brachte den Adler; braungebeizt, so daß die Holzmaserung durchschimmerte, schwarzgeschnäbelt, weißbekrallt. Mit dem Eichenlaub wirkte er wie ein erster Preis beim Schützenfest.

In der Aula nachmittags um eins waren nicht mehr als zwanzig Schüler, von den Lehrern nur Studienrat Prokesch, der seinem Streichquartett auf die Finger sehn wollte, und Direktor Zupnik. Das Quartett spielte eine getragene Melodie an der Grenze zum Dissonanten, von Wolfgang Fortner, wie mir Valentin später verriet. Dann trat Norbert in Aktion, einer unserer Bannsprecher, mit Hölderlinversen.

> ›... lebe droben, o Vaterland
> Und zähle nicht die Toten! Dir ist
> Liebes! Nicht Einer zu viel gefallen.‹

Eine Überraschung war das nicht, das Ding war ein Hit damals. Ein Gedicht, das Dwinger in russischer Kriegsgefangenschaft geschrieben hatte, hieß vielleicht Sehnsucht nach der

Heimat, ich hab alles vergessen, bis auf das Wort Blumenhügelweiden, das sich wohl auf leiden gereimt hat. Ein Mädchen aus der eins b las eine Passage aus Hans Carossas ›Rumänischem Tagebuch‹, in dem über die Leiden der Kriegspferde philosophiert wurde. Da stutzte ich. Es war Juni vierundvierzig, die Ostfront zog sich kämpfend zurück, Stalingrad und der Tscherkassykessel saßen den Leuten in den Knochen, nachts kam die Royal Air Force, tagsüber kamen die Amis mit ihren fliegenden Festungen und bombten das Reich in Klump, und da klagte ein BDM-Mädchen in einer Feierstunde über tote Pferde. Ich sah, wie Zupnik mit der Stiefelspitze wippte. Valentin hörte aufmerksam zu, die Bratsche untern Arm geklemmt. In seinem letzten Brief schrieb er mir im März 1945 von toten Pferden, die auf der Straße nach Paderborn lagen, mit Wahnsinnsaugen und blutigen Zähnen, zusammengeschossen von amerikanischen Tieffliegern. Ob er dabei an den Carossa-Text gedacht hat, weiß ich nicht, möglich ist es; was aus Dichters Mund kam, fand bei ihm ein offenes Ohr. So fragte er auch noch am selben Tag nach Georg Trakl. Unser Bannsprecher hatte ein Gedicht vorzulesen, es hieß ›Im Osten‹, und wir alle dachten, es sei die Arbeit eines unbekannten Frontdichters. Von wildem Orgeln des Wintersturms war da die Rede, von sterbenden Soldaten und erschrockenen Frauen. Es war seltsam fremd, aber die Schlußzeile brachte für uns alles ins rechte Lot. ›Wilde Wölfe brachen durchs Tor‹, da dachte jeder an den von Osten heranstürmenden Feind. So interpretierte es auch Manfred Pahl. Der Dichter Georg Trakl sei neunzehnhundertvierzehn am Krieg zerbrochen. Der Mut unserer Soldaten hingegen sei ungebrochen, sie würden die bösen Wölfe erschlagen, wie es Brauch sei bei den Wehrbauern des Ostens seit Jahrhunderten. Für die Gefallenen würden neue Kämpfer auferstehen, Heinrich Lersch war dran, Deutschland wird leben, und wenn wir sterben müssen. Pahl verlas die Namen der gefallenen Schüler unserer Anstalt, der bekannte Satz aus dem Kaiserquartett von Haydn wurde gespielt, und als alle aufstanden, verkündete Pahl, er möchte sich bis zum Endsieg verabschieden, er habe sich freiwillig gemeldet und sei ab morgen Soldat. Es war ein gelungener Abgang.

Valentin suchte den Dichter Trakl in seiner Literaturgeschichte, fand ihn nicht. So fragte er Studienrat Dr. Kren und erntete Stirnrunzeln. Was denn, den? sollte es heißen. Den hat Pahl für seine Abschiedsvorstellung benützt? Sehr sonderbar. Ein Spinner, ein Träumer, ein religiöser Schwärmer, ein expressionistischer Wirrkopf, ein Drogenabhängiger, ein suizider Saufbold, auch ein Dichter allerdings, kein Hugo Salus. Dieser Mann war für Dr. Kren die Fleischwerdung des Dilettantischen in der Dichtkunst, wobei bemerkt werden muß, daß er sich diese Abneigung in Prag während seiner Studienzeit geholt hatte, als es unter deutschnationalen Studenten Mode war, jüdische Poeten zu verunglimpfen. ›Hugo Salus war Gebu- / rtshelfer und Poet dazu‹, dichtete man. Ich will für Salus keine Lanze brechen und schon gar nicht für Dr. Kren, dessen Gedichte weitaus schlechter waren als die von Hugo Salus. Trakl wurde zum Mirakelwort für uns. Noch heute denke ich bei Salzburg immer zuerst an Trakl und dann an Mozart. Es hängt mit dem weiteren Verlauf der Geschichte zusammen.

9.

Dazu gehörte ein Septembertag. Im Park am Gondelteich bluteten die Ebereschen, von den Äckern wehte der böhmische Wind den Rauch der Kartoffelfeuer bis in unsern Garten, in den Wäldern war Pilzzeit. Rotkappen und Steinpilze drängten sich unter das lilafarbene Herbstkleid der Erika, Maronen reckten sich im Farnkraut, unter totem Laub verbargen sich Pfifferlinge. Die Zeitungen schrieben über das Fleisch des

Waldes, das vorzüglich geeignet sei, den schmalen Küchenzettel des fünften Kriegsjahres aufzubessern. Für unsere Klassenleiter, zwei alte Studienräte, war es eine lieb gewordene Gewohnheit, die Hektik des Schuljahresbeginns mit Ausflügen zu dämpfen. Obwohl sie das ganze Jahr über jammerten, den Lehrplanstoff nicht zu bewältigen, begann das Schuljahr langsam und klang auch langsam aus. Wir wanderten zur Kühneibaude, zu den Drachensteinen, zum Jaberlich mit dem Riesenfassl Numero eins, zum Jagdschloß Neuwiese, nach Klein-Iser, einmal sogar bis nach Harrachsdorf im Riesengebirge. Diesmal ging es nach Haindorf und Bad Liebwerda, mit Abstecher zur Stolpichschlucht und zum Nußstein. Mit dem Zug über Raspenau nach Haindorf, drei, vier Stunden Wanderung und abends per Bahn nach Hause. Unser Klassenlehrer hieß Anton Wurzauf, kam aus dem Egerländischen, mit lebhaften Augen, die aufblitzten, wenn wir kurzröckig an ihm vorbeirannten. Er trug einen Janker mit Hornknöpfen und aufgenähtem Eichenlaub und erzählte gern von der Zeit, in der er sich mit seinem sozialdemokratischen Direktor wegen einer Kornblume geprügelt hatte; das war für ihn nicht die blaue Blume der Romantik, sondern das henleindeutsche Gegenstück zur roten Nelke. Die Jungen reisten mit ihrem Karl Sünderhauf, der ausschließlich Mathematik unterrichtete und auch so aussah. Immer Anzug mit Weste, Krawatte, die Haare abgezirkelt, regenschirmbewaffnet bei jedem Wetter. Beide Herren waren nicht mehr die Jüngsten, das muß nicht betont werden, nur der Turnlehrer war unter vierzig, und zum Jahresende mußte auch er einrücken.

Bleiben wir bei jenem Tag im blauen Mond September, um es einmal augsburgisch zu sagen. In Reichenberg stiegen die beiden Klassen in verschiedene Abteile, weil jeder Klassenleiter zu tun hatte mit Zählen und Meldungentgegennehmen vom Klassenführer. Zupniks Psychoterror wirkte auch in seiner Abwesenheit. Beim Umsteigen in Raspenau brach die verordnete Ordnung zusammen, Sünderhauf hockte neben Wurzauf, die Geschlechter vermischten sich, die Kolosza-Helga rauchte unter Beifallsklatschen die erste Zigarette, Erben-Alfons stellte die Scherzfrage nach dem geilsten Mann der Welt: Kolumbus, bei ihm standen sogar die Eier. So weit verlief alles normal. In Haindorf entbrannte Streit, ob zuerst zur Stolpichschlucht oder nach Bad Liebwerda gewandert werden sollte, wo es auch ein Gasthaus ›Zum Riesenfassl‹ gab. Wurzauf und Sünderhauf, die sonst nicht immer einer Meinung waren, entschieden sich für das ›Riesenfassl‹. Dem widersprachen Klassenführerin Jutta Kaiser von der drei b und Erhard Rudel aus der drei a, beiden war der wehrertüchtigende Nebenzweck des Ausflugs eingebleut worden, zwanzig Kilometer Gepäckmarsch. Auf Gepäck war verzichtet worden, dafür Sonderaufgabe: das Einbringen von zwanzig Pfund Pilzen. So hatte es Zupnik formuliert und von den Klassenführern im Rapportbuch unterschreiben lassen. Wenn Sünderhauf und Wurzauf im ›Riesenfassl‹ Bier tranken, das gab es noch vierundvierzig in Böhmen, und gebratene Forelle aßen, auch die gab es, obwohl man die im September — Monat mit ›r‹ — nicht mehr bestellte, hieß das noch lange nicht, daß auch wir unser Spaßvergnügen suchen konnten. Wir hatten die Marschkilometer zu bringen und die Pilze. Also machten wir uns auf den Weg Richtung Stolpichschlucht und Nußstein, tranken auf dem Markt vor der Wallfahrtskirche ein Glas Maffersdorfer Weberquelle; die vergoldeten Heiligenfiguren in der Kirche beeindruckten uns wenig, wir rätselten vor Lateinischem, spöttelten vor der Muttergottes, die sich hier in Höhlen bemerkbar gemacht hatte wie anderswo auch. Valentin nannte sie scherzhaft das Höhlenmensch. Wir waren sechs oder acht Mann hoch, Männlein und Weiblein, als wir der Stolpichschlucht zustrebten. Wir fanden Steinpilze und Maronen schon unter den Buchen, mit denen der Wald begann. Dann kamen die Fichten und das Unterholz in der Schlucht, wo

Dämmerlicht herrschte zwischen Granitblöcken und verrenkten Bäumen, wo Häher Warnschreie ausstießen, als wir kamen, lauter redend als gehörig, weil uns die pittoreske Abgeschiedenheit unsicher machte, weil jeder wußte, hier hatte der Freischütz die Kugeln gegossen, hier war Samiel erschienen. Obwohl uns bekannt war, daß auch andere Schluchten als Vorbilder in Frage kamen, für uns lag die Wolfsschlucht an der Stolpich beim Wallfahrtsort Maria-Haindorf, das Sie heute als Hejnice auf jeder tschechischen Touristenkarte finden, mit einem Sternchen wegen der Barockkirche des Meisters Fischer von Erlach.

Nun sollte es eigentlich zum Nußstein hinaufgehn, Simon-Karli hatte seine Voigtländer-Kamera mit, machte gerne Blödelfotos und wollte vor dem hölzernen Gipfelkreuz eine komische Pieta darstellen, bei der die Dünnste von uns, die Prade-Christine, als weiblicher Christus vom Kreuz genommen und von den Männern beweint werden sollte. Er hatte das verlockend ausgemalt, und Christine hatte sich auch einverstanden erklärt, unter der Bedingung, daß sie den BH anbehalten dürfte; ein überflüssiger Vorbehalt, weil sie obenrum wie ein Junge aussah. Ich erzähle das, um zu betonen, daß wir tatsächlich alle auf den Gipfel wollten. Wenn wir uns unterwegs verloren, hatte das nichts zu bedeuten, wir kannten den Weg, und auf die Minute kam es nicht an, also konnte ein bißchen Küssekraut gepflückt werden, um es mit Hermann Löns zu sagen. Valentin verehrte mir einen Strauß Einbeeren, die nicht schwer zu finden waren unter den Buchen, und sagte, wenn wir gemeinsam sterben wollten, brauchten wir nur die schwarzen Beeren zu essen. Ich zeigte ihm einen Vogel, er warf sie weg und küßte mich zur Strafe. Als er zwischen Buchenstämmen eine Felsspalte erblickte, kroch er hinein, und ich kroch ihm nach. Dann sagte er, schon im Dunkeln: ›Es riecht brenzlig.‹ Ich schnupperte dicht an seinem Kopf und erntete einen Kuß, den ich mit meinem nackten

Arm ein wenig verlängerte. Es war Valentin, der den Kopf zurückzog. Er schnüffelte noch eine Prise Luft in sich hinein und entschied: ›Da ist Rauch.‹

›Vielleicht macht Maria die Milch für das Jesuskindlein warm‹, sagte ich, weil ich mich ärgerte, wie leicht er sich ablenken ließ. Immer hatte er Angst, von jemandem gesehn zu werden, wenn wir ein bißchen Liebe spielten. Er zog seine Streichhölzer aus der Tasche, machte Feuer. Als er einen Ast so weit hatte, daß er einigermaßen brannte, tappte er in die Höhle hinein. Mir war das zu blöde, ich wollte mich nicht dreckig machen, außerdem hatte ich Angst vor Fledermäusen. So ging ich nach draußen, setzte mich auf einen Stein und knabberte Sauerklee. Als ich Schritte hörte und Laubrascheln, glaubte ich, Valentin komme. Es kam aber ein wildfremder Mann, unrasiert, mit kurzem Borstenhaar, flackeräugig, in schmutziger Jacke, mir blieb das Herz stehn. Er rannte an mir vorüber und verschwand bergabwärts. Da sprang ich auf, schrie nach Valentin und stürzte in die Höhle; ich stieß gegen Steine, stolperte im Finstern und hörte nicht auf zu schreien, bis er mich auffing, festhielt und mit heiserer Stimme auf mich einsprach, ich möge ruhig sein. Dabei zitterte er selbst am ganzen Körper. Als wir wieder im Freien standen, flüsterte er: ›Ich glaub, es war ein Pole.‹

›Er hatte aber kein P auf seiner Jacke‹, sagte ich einfältig.

›Klar, daß er das abmacht, wenn er ausreißt!‹

Das war das Schicksalswort. Polen arbeiteten auf den Dörfern bei den Bauern, sie waren an einer aufgenähten gelben Raute mit einem P zu erkennen. In den Fabriken gab es Ostarbeiter, die hatten auf weißer Raute ein schwarzes O. Sie rissen seltener aus, weil sie es weiter hatten nach Hause und weil sie besser bewacht wurden. Die Polen wohnten bei Bauern, durften zwar nicht mit Deutschen an einem Tisch sitzen, konnten sich aber nach Feierabend mit ihresgleichen treffen. Manche hatten sich sogar ein Fahrrad zusammengespart, radelten zu

Gleichgesinnten in Nachbardörfer. Daß da nicht nur Freundlichkeiten ausgetauscht wurden über die Deutschen, läßt sich denken. Ich betone das, weil damals für uns die Nachricht ›Ein Pole ist ausgerissen‹ nichts anderes bedeutete, als daß einer nach Hause wollte, keine Lust zum Arbeiten mehr hatte oder gar als Dieb wegen Angst vor Entdeckung flüchtete. Es gab aber auch unter den polnischen Zwangsarbeitern in Deutschland einen organisierten Widerstand, und mancher Ausreißer hatte einen politischen Auftrag zu erfüllen. Deshalb war man so sehr hinter ihnen her. Das wußten wir damals nicht, aber eins wußten wir: Wer auf einen geflüchteten Polen traf, mußte es melden! Diese Erkenntnis beendete unsern Schulausflug, unsere Nußsteinbesteigung, unsere Unschuld. Ich könnte heute noch wahnsinnig werden bei dem Gedanken! Als Adam und Eva im Paradies vom Baum der Erkenntnis aßen, da war ein Glücksapfel im Spiel, und als sie später ihr Brot im Schweiße ihres Angesichts verdienen mußten, hatte es sich gelohnt. Wir hatten den Apfel in der Hand gehabt und hatten nicht davon gekostet, weil in der Grotte, in der es hätte passieren können, keine gnadenreiche Maria gewesen war, auch keine heilige Afra, die ein Auge zugedrückt hätte, sondern ein Pole.

›Er hat mich umgestoßen und ist an mir vorbeigerannt‹, sagte Valentin. Wir standen herum und überlegten, ob weiter zum Nußstein zu marschieren war oder der Rückzug nach Haindorf angetreten werden sollte. Wäre einer gekommen und hätte gesagt: Laßt den Polacken laufen, Christine wird vom Kreuz abgenommen, in Slip und BH, und von den Männern beweint, wir wären zum Nußstein gepilgert. Aber es kam keiner. Valentin war unentschlossen, und mir fiel das Falsche ein.

›Sie werden sagen, erst hofierst du ein Judenmädchen, dann läßt du einen Polen laufen.‹ Die Bemerkung genügte. Wir gingen nach Haindorf zurück und meldeten unser Erlebnis dem Gendarmerieposten. Ein paar Tage später wurden wir von Direktor Zupnik für bewiesene Wachsamkeit öffentlich belobigt. Dabei hatten wir in der Höhle nichts anderes gesucht als ein bißchen Liebe.

10.

Der Tag, an dem die Werber kamen, war ein Montag. Ich weiß es, weil mir Valentin die schreckliche Polengeschichte erzählte, die sich am Sonntag in Wittig abgespielt hatte. Valentin war beim morgendlichen Grasmähen aufgefallen, daß Fremdarbeiter in Gruppen, sonntäglich gekleidet, mit verschlossenen Gesichtern im Eilschritt Richtung Kratzau liefen. Er fragte Franzls Vater, den Blockleiter, und er erfuhr, in Oberwittig werde ein Pole erhängt, an der Dorflinde. Warum? Weil er seinem Bauern frech gekommen war. Das genügte als Begründung. Valentin überlegte, wie oft er seiner Mutter frech gekommen war; oft nicht, aber einmal genügte ja. Er fragte Ähnliches die Mutter, und die sagte: ›Es ist eben Krieg!‹ Ihr Mann plagte sich bei Kirkenes mit den Norwegern herum, die Bauern des Dorfs plagten sich mit Franzosen und Polen, sie plagte sich mit den vier Hektar Feld und den drei Kühen und was alles dazugehörte, Rudi war gefallen, Holdi war seit Stalingrad vermißt, die Kartoffeln waren zu roden, Getreide zu dreschen, die Milch mußte abgeliefert werden, wer wollte sich da um einen Polen kümmern, der dem Bauern frech gekommen war? Wo die Gefallenenanzeigen in den Zeitungen immer mehr Seiten verschlangen, obwohl sie immer kleiner wurden; zusammengedrängte Kreuze, wie auf einem Massengrab. Mütter mit besonders stolzer Trauer verwendeten anstelle des Kreuzes die germanische Todesrune, den mit seinen drei Ästen in die Erde gestülpten Baum. Auf die stolze Trauer verzichteten auch die mit den Kreuzen nicht.

Möglicherweise waren es die Redakteure, die den Text in Durchhalteform brachten. Einen Diskurs darüber hatte es mit Valentin schon 1942 gegeben, als sein Cousin Rudi gefallen war. In der Todesanzeige erschien er als Angehöriger einer SS-Division, was er nie gewesen war. Ich habe ein Foto gesehn, sein Adler saß auf der Brust der Feldbluse, wie es bei der Wehrmacht Vorschrift war, und nicht auf dem Ärmel, wie bei der Waffen-SS. Valentins Vater kam auf Urlaub, Bausoldat der Luftwaffe, mit schwarzen Kragenspiegeln, ein Prolet, und was sagte er: ›Die wollten immer was Besseres sein!‹ Er wußte: Rudi war nicht bei der SS, die Eltern hatten es einrükken lassen, weil die Waffen-SS etwas Besseres war; auch in den Augen des böhmischen Tischlers Eger. Es ist zum Heulen, aber es war so.

Valentin paßte mich an dem Montag im Musiksaal ab, als ich mit der Porsch-Liese noch einige Noten durchklimperte, und sagte: ›Kommst du mit, 'n Eis essen?‹ Ich sagte zu, die italienische Eisdiele war nur wenige Minuten von unserer Lehrerbude entfernt, das Eis war ein bißchen wäßriger geworden, wir genossen es trotzdem. Ich war früher da als er, was mich ärgerte; denn die Porsch-Liese sagte: ›Die Liebe läßt wohl nach?‹ Ich war keine Kassandra, aber ich spürte das Unheil, das in der Luft lag, und gab ihr zur Antwort: ›Manchmal bist du eine dumme Zicke!‹ Sie stand auf und ging, was mir recht war.

Ich hatte noch ein paar Zucker- und Brotmarken, bestellte mir eine Tasse Muckefuck und ein Stück Gitterkuchen; ich hatte Hunger. Ich aß meinen Kuchen, ließ mir Zeit dabei, Valentin kam nicht. Da wuchs meine Unruhe, ich zahlte und ging zur Schule zurück, fragte den Hausmeister, ob für die Jungen ein Sondereinsatz angeordnet worden wäre. Nein, aber die Werber seien in der Klasse. Wer unterschrieben habe, könne gehen, die andern würden geknetet, bis sie weich wären.

93

Überraschend kam das nicht. Mit sechzehneinhalb ging man damals zum Arbeitsdienst, mit siebzehn wurde man eingezogen. Lehramtskandidaten brauchten nicht zum Arbeitsdienst, sie waren ROB, also Reserveoffiziersbewerber, und wurden mit siebzehn eingezogen. Bis Jahresende würde es keine vier a mehr geben, das war klar. Trotzdem rissen sich die verschiedenen Wehrmachtsteile um Freiwillige. Obwohl es derselbe Kerl war, den sie zum selben Termin bekamen, egal, ob gezogen oder freiwillig, sie wollten ihn freiwillig und bekamen ihn auch noch im Herbst neunzehnhundertvierundvierzig, als die Russen am Duklapaß standen, als Italien und Rumänien aus dem Krieg ausgestiegen waren, als die Amerikaner in der Normandie vorrückten. ›Der Führer setzt seine ganze Hoffnung auf den Jahrgang neunzehnhundertsiebenundzwanzig‹, hieß es, und der konnte ihn doch nicht im Stich lassen, wo ihn Generäle und Offiziere am 20. Juli verraten und ihm nach dem Leben getrachtet hatten! Natürlich mußte manchmal ein bißchen Druck gemacht werden; wie das vor sich ging, erzählte mir Valentin, während wir in der Herbstsonne auf einer Bank neben einem großen Rhododendronstrauch saßen, der schon seine Knospen für den Mai neunzehnhundertfünfundvierzig bereit hatte.

11.

Sie waren ohne Voranmeldung in die Klasse gekommen, in der letzten Stunde. Wahrscheinlich sollte sich keiner zu Hause über Ausreden beraten; die Zustimmung der Eltern brauchten Freiwillige schon seit dem Sommer nicht mehr. Valentin hätte sich nicht weiter beraten, weder seine Mutter noch Franzls Vater verstanden etwas von Waffengattungen. An das Wunder eines siegreichen Kriegsendes glaubten beide. Franzls Vater hatte den Patentsatz ausgesprochen, nach dem Grasmähen,

94

beim Vesperbrot. ›Wir werden siegen, weil wir siegen müssen!‹ Vom Standpunkt eines Amtswalters begreiflich; denn daß im Falle der Niederlage ein gewaltiges Goldfasantreiben beginnen würde, war klar. Und Valentin war klar, daß ihn spätestens die ersten Schneestürme aus der Schulstube wehen würden, in eine Kaserne oder Baracke, an eine der vielen Fronten, die immer näher kamen und nur vom Jahrgang siebenundzwanzig aufgehalten werden konnten. Aber welche Front sollte er aufhalten und mit welcher Truppe, das war die Frage. Meldete man sich freiwillig, konnte man sich die Waffengattung aussuchen, wurde behauptet. Sonst kam man mit Sicherheit zur Infanterie. Auch wenn der Verein Volksgrenadierdivision hieß, es blieben Fußlatscher, und die meisten von ihnen wurden an der Ostfront verheizt. Vor der Ostfront hatte Valentin Angst, Reichenberg war auch Lazarettstadt, er sah die Soldaten herumhumpeln, mit ihren Gefrierfleischorden und den schneebleichen Gesichtern. In einem Gespräch mit seinem Jungzugführer Josl, der im Osten eine Panzerabwehrkanone richtete, hatte Valentin die Panzer mit Sauriern verglichen, die sich schwerfällig auf die Stellungen zubewegten; so hatte er es bei Werner Beumelburg gelesen. Josl hatte nervös gelacht und gesagt: ›Schön wär's, mit sechzig Sachen kommen die. Da geht dir die Muffe eins zu hunderttausend!‹ Aus solchen und ähnlichen Berichten setzte sich Valentins Angst vor der Ostfront zusammen. Sie hatte seine Cousins Rudi und Holdi verschlungen, er wollte nicht der dritte im Todesbunde sein. Seine Theorie war: Man muß sich zu einer Spezialeinheit melden. Das waren Ein-Mann-U-Boote, Kampfschwimmer, Sprengboote und ähnliches. Da Valentin Fliegerfan war, träumte er von freier Jagd mit einer Me 109, wie sie Mölders, Wick und Galland geflogen hatten. Die ersten beiden waren tot, der dritte war inzwischen Inspekteur der Jagdflieger und flog nicht mehr, aus gutem Grund. Gegen die in Großformationen angreifenden fliegenden Festungen konnte eine Me 109 nichts mehr ausrichten in freier Jagd. Da mußte die Rudeltaktik angewandt werden, wie bei den U-Booten, die Bomberpulks mußten durch massiven Jägereinsatz gesprengt werden, am besten durch Geheimwaffen, Wunderjäger mit Windmühlenflügeln, die Feindbomber häckselten, oder noch geheimeren Apparaten, wie sie Johanna Reitsch geflogen hatte, die ihr als einziger Frau das Eiserne Kreuz einbrachten und gebrochene Knochen. So etwas wollte Valentin. Nicht die gebrochenen Knochen, aber den Geheimauftrag, die neue Waffe. Einen Truppenteil, bei dem es auf Spezialausbildung und Können ankam und nicht auf Gleichschritt und Exerzieren. Valentin war kein militärischer Typ, und seine Abneigung gegen diese Lebensart hatte er sich in einem Gebiets-Führerlager geholt. Zupnik hatte sie ihm in Erinnerung gebracht, und wachgehalten hatte die Erinnerung eine kleine Truppe der Waffen-SS, die in einer Traumsiedeler Fabrik stationiert war und Gefangene zu bewachen hatte. Der diensthabende Unterscharführer, also ein gewöhnlicher Unteroffizier, schliff seine zehn Kameraden zum Gottserbarmen und meistens auf dem Egerschen Bergacker, so daß Valentin zusehn mußte, wie sie gescheucht wurden und robbend den Acker pflügten, den sie am Abend aus ihren Klamotten bürsten mußten. Ein glatzköpfiger Berliner hatte Valentin an der Mühlscheiber Talsperre ein paar Takte über die Truppe gesagt, in Badehose, bis zum Kinn im Wasser. Studienrat Dr. Bittrich hatte nach dem Heydrich-Attentat verkündet: ›Die SS ruft nicht zweimal halt, stehnbleiben!‹ Und mit pöpöpö lautmalerisch nachgemacht, wie die SS tschechische Demonstranten niedergemacht hatte. Das hätte sich einordnen lassen in Dr. Bittrichs Münchhausiaden aus dem Weltkrieg, die er lausig gern zum besten gab, aber die Meldungen des Senders Melnik, auch Prag II genannt, straften Dr. Bittrichs Burlesken Wahrheit. Jeden Morgen hörten wir Dutzende Namen von Leuten, die wegen Beherbergung polizeilich nicht angemeldeter Personen hingerichtet worden waren. Ja, die Beherbergung polizeilich nicht gemeldeter Personen war eine der häufigsten Todesursachen jener Tage. Und damit hatte die SS zu tun, im sogenannten Protektorat. Nicht die Waffen-SS, sondern die Schwarze, aber daß es da eine Symbiose gab, ahnten wir. Franzl selber hatte auf seinem letzten Urlaub gesagt: ›Meld dich bloß nicht freiwillig, du Idiot!‹ Mir gegenüber sagte Valentin: ›Zur Waffen-SS gehe ich nicht, da wird zuviel geschliffen, das kotzt mich an.‹ Vielleicht hat er auch formuliert: Da wird zuviel geschnickt! Bei der böhmischen HJ war damals schnicken das Modewort für schleifen. Das kotzte ihn wirklich an, und er hatte auch Angst davor. Das alles erzählte er mir, und ich fragte: ›Wozu hast du dich gemeldet?‹ Daß er sich nicht gemeldet haben könnte, kam mir nicht in den Sinn.

›Das ist geheim‹, sagte er. Und als ob das nicht genügte, fügte er hinzu: ›Ich darf nicht darüber reden.‹

Es dauerte ungefähr zwanzig Minuten, da hatte ich es heraus. Zupnik hatte ihn aufs Kreuz gelegt und mich dazu benützt, schamlos. Warum hätte sich auch ein Mann schämen sollen, der ein halbes Jahr später daranging, weibliche Werwölfe aus uns zu machen? Mit einem Feldwebel, der das Deutsche Kreuz in Gold trug, und zwei Unterscharführern, beide mit Verwundetenabzeichen, Nahkampfspange, EK und Panzerabschußstreifen, also in voller Kriegsbemalung, war Zupnik in die Klasse gestürmt, hatte Sünderhaufs Mathestunde für beendet erklärt und eine kurze, scharfe Rede gehalten, mit den üblichen Parolen vom totalen Krieg, hatte sich dann erlaubt, an die Pahl-Feier zu erinnern, und hatte die Trakl-Zeile ›Wilde Wölfe brachen durchs Tor‹ benützt, um zum Totschlagen dieser Wölfe aufzufordern. Zum freiwilligen Totschlagen! Der Feldwebel hatte dann ganz sachlich, im Stile eines Gefechtsberichts geschildert, wie die Ankunft einer frischen Entsatztruppe seiner im schweren Abwehrkampf liegenden Kompanie den entlastenden Gegenangriff ermöglicht habe. Die beiden Unterscharführer hatten darauf hingewiesen, daß die Elite-Einheiten der Waffen-SS mit modernsten Waffen ausgerüstet würden, die SS-Division Hitlerjugend mit dem Sturmgewehr 44, die Panzereinheiten mit dem Tiger und dem Königstiger, dem Sturmgeschütz Ferdinand und was weiß ich noch. Und mit vielem, was noch geheim ist, hatte er hinzugefügt. Brachte aber als Beispiel nur den über Rundfunk und Presse verbreiteten Goebbels-Renommiersatz: ›Ich hatte Gelegenheit, der Erprobung dieser neuen Waffen beizuwohnen. Das Herz ist mir stehengeblieben, liebe Volksgenossinnen und Volksgenossen . . .‹ Valentin war bereit, sich zu der Wunderwaffe zu melden, bei der dem Reichsminister für Volksaufklärung und Propaganda das Herz stehengeblieben war, wollte aber die Waffengattung wissen. Der Werber schlug ihm die SS-Division Hitlerjugend vor, die nach ihrem Abwehrkampf in der Normandie dringend der Auffüllung bedürfe. Also Infanterist. Aber mit dem Sturmgewehr 44, einer ganz neuen Waffe! Ähnliches hat bei den Amis jeder GI, dachte Valentin, sagte es aber nicht. Sagte: ›Ich habe eine Fliegerspezialausbildung, ich muß zu den Fliegern.‹ Welcher Art die Ausbildung sei? Fliegerschule am Hohen Meißner. Das war eine Flugmodellbauschule. Der Frager merkte es nicht, aber Zupnik erhaschte es mit halbem Ohr, weil er die in der Klasse simultan geführten Gespräche überwachte. Da sagte Valentin: ›Außerdem hab ich Segelfliegererfahrung bei der Masaryk-Flugliga, mit einer Mucha D-4.‹ Damit gab er sich preis. Lief ins offene Messer aus einer Trotzhaltung heraus, benützte sein Erika-Spielzeug als Traumvorhang, als Tarnkappe, um der Realität zu entkommen. Zupnik nahm ihn bei der Hand und zerrte ihn in den Biologieraum, weil der Weg ins Direktorenzimmer durchs Lehrerzimmer führte, er wollte kein Aufsehen erregen. So kam es, daß der Disput zwischen Zupnik und Valentin in unmittelbarer Nähe eines Skeletts stattfand, eines durch Drähte und Stützgerüst zusammengehaltenen Knochenmannes, wie ihn jedes naturkundliche Kabinett einer höheren Schule hatte. Zupnik verschloß die Tür und sagte ungefähr folgendes: ›Jetzt langt's mir, Eger! Du bringst einem Judenliebchen Serenaden, Judenlieder noch dazu, du beteiligst dich an einem Requiem für unsere gefallenen Mitschüler, das eher etwas mit ihrer Verhöhnung zu tun hatte; wäre Pahl-Manfred nicht an die Front gegangen, ich hätte die Sache aufgedeckt. Jetzt versteckst du dich hinter einer tschechischen Flugliga, um dem Fronteinsatz zu entgehn. Und ich habe dich für einen Nationalsozialisten gehalten, habe deine vorbildliche Haltung öffentlich belobigt, die du in Haindorf gezeigt hast! Ich schäme mich für dich!‹

In diesem Augenblick ging das Lehrer-Schüler-Verhältnis zu Ende. Valentin war innerlich entschlossen, sich zu melden, er war ein Freiwilliger, also brauchte er sich nicht mit beleidigenden Tricks dazu machen zu lassen.

›Ihre Vorwürfe treffen mich nicht‹, sagte Valentin. ›Und die Belobigung war mir peinlich. Ich bin in die Höhle gekrochen, weil ich allein sein wollte mit Eda. Wenn der Pole nicht durchgedreht hätte, wär' er nicht geschnappt worden.‹

›Aha, ficken wolltet ihr also, und der Rest war Feigheit!‹ schrie Zupnik und mußte mit der Prothese seine zitternde Hand festhalten.

›Ich werde dem Unterscharführer berichten, wie Sie mit jemand reden, der sich freiwillig gemeldet hat‹, sagte Valentin. Zu den Werbern bemerkte er nur: ›Mein Direktor hat mich darauf hingewiesen, daß ich aufgrund meiner Sonderausbildung geeignet bin, den neuen Volksjäger zu fliegen, der demnächst die feindlichen Bomber vom Himmel fegen wird und dessen Steuerknüppel der Führer vertrauensvoll in die Hände der Hitlerjugend legt. Einer von denen will ich sein, freiwillig!‹ Der Unterscharführer schaute den Jungen, der da mit gerötetem Gesicht und geballten Fäusten neben ihm stand, schräg von unten an und füllte hastig ein Formblatt aus. ›Ich komme auch sicher zu den Fliegern?‹ fragte Valentin.

›Sicher‹, sagte der Unterscharführer, zeigte mit dem Finger auf die entscheidende Zeile, und Valentin unterschrieb.

12.

Damit bin ich wieder am Anfang meiner Geschichte, der ja auch das Ende war, wie ja überhaupt Anfang und Ende nur scheinbar einen Gegensatz bilden. Wo etwas anfängt, hört anderes auf, und was auch immer aufhören mag, ihm folgt ein neuer Anfang, und manchmal sind die Übergänge fließend. Vielleicht hat da Herr Freud schon seinen berühmten Finger im Spiel. Valentins Finger war es jedenfalls nicht, den ich spürte, als wir uns küßten, mitten auf dem Bürgersteig, vor einem Schaufenster, in dem Beißkörbe und Hundeleinen hingen, Apportierhölzer herumlagen und Trimmscheren. So eine Situation ist wenig zum Denken geeignet, das geb ich zu, trotzdem dachte es in mir, es war eine Art Widerstand gegen die Schwäche in meinen Knien, so sehe ich es jedenfalls heute, und ich dachte ausgerechnet an die Äußerung eines tschechischen Signalmeldesekretärs, der meinem Vater unterstellt war und manchmal bei uns Kaffee trank; der meinte, die Toten würden immer jünger und mancher der armen Soldaten hätte noch nicht einmal gepudert. Natürlich wußte ich, was pudern war, wir sagten fünfkronenschieben dazu und alles mögliche. Pudern war mir das liebste Wort dafür. Ich sah die nackten Babys auf den Windeln liegen, sah Mütter weißes Pulver zwischen die gespreizten Beinchen schütten, damit nichts mehr juckte. Mein Gott, ich wollte gepudert werden, und nicht von meiner Mutter. Ich zog Valentin in die Elektrische, wir standen umschlungen im wenig besetzten Anhänger, stiegen in Ober-Hanichen aus, gingen eine Weile mit denen, die zur Jeschkenseilbahn wollten, und verschwanden dann im Wald. Um es kurz zu machen: Was mir als Höhle der heiligen Afra erschien — er hatte mir das Trakl-Gedicht vorgelesen, kurz nach seiner Meldung —, war ein Bierkeller, in den Felsen gehauen, davon gab es viele bei uns. Wir krochen hinein, und Valentin kroch in mich, verzweifelt, ich mußte ihm helfen dabei, und wenn ich's runterhole, ins Banale, könnte ich sagen, er hat mich auf Bierkästen gestemmt. Irgendwann habe ich geheult, wie es sich gehört, er ist sich waschen gegangen; in unsern Gebirgen gluckern und schmatzen überall Wässerchen, und als er zurückkam, sind wir eingehängt bis zur Haltestelle der Elektrischen gelaufen, er ist zum Bahnhof gefahren und ich nach Hause. Und wenn Sie jetzt spöttisch sagen: Aha, das war das Ende Ihrer Liebe!, sage ich Ihnen: Es war der Anfang; denn jetzt kamen die Briefe. Zwei Drittel der Lieben im Dritten Reich waren Brieflieben, weil sich der eine Liebende immer woanders befand als der andere.

13.

Ich könnte jetzt an das Bücherregal gehn, Hettners Literaturgeschichte beiseite räumen und dahinter die Valentinbriefe hervorziehen. Ich tue das nicht, ich hole einen Brief aus meiner Handtasche, wo er sich allerdings nur befindet, weil mir Ihr Besuch ins Haus stand. Sonst liegt er bei den übrigen. Ich werde Ihnen den Brief vorlesen. Den Reim darauf müssen Sie sich selber machen.«

Eda setzte sich eine Brille auf und las: »Meine über alles geliebte Prinzessin! Was für ein Niedergang! In Mölders Manen wollte ich aufsteigen, wie Lützow und Hartmann die Gegner vom Himmel holen!! — und hocke im Splittergraben bei Bad Lippspringe, karabinerbewaffnet, mit fünf Schuß Munition. In den Lüften reiten die Todesschwadronen der Amis auf weißen Nebelpfaden von der Morgenfrühe, die einmal unsere Zeit war, in den Schatten des Abends. Und wenn es eine knappe Ruhestunde gegeben hat, kommen die Todesvögel der Nacht, kommt die Royal Air Force. Und wir bekämpfen den Feind auf dem Übungsplatz mit unsern Vierzigmannpanzern. Einer sitzt drin, und neununddreißig schieben, weil es keinen Sprit mehr gibt. Ab und zu können wir ins Kino. Wenn die Wochenschau zeigt, wie unsere neuen Königstiger-Panzer alles niederwalzen, lachen die Landser. Meine ganze Hoffnung sind die Wunderwaffen. Die in den Himmel gesteilten Leichenfinger der V 2 sehe ich täglich. Einmal rauschten Strahltriebjäger über uns hinweg, wie Wotans wilde Jagd. Ich könnte heulen vor Wut, wenn ich daran denke, daß auch ich in so einer Kiste sitzen könnte... Wann unsere Cäsarwagen kommen, weiß nur der liebe Gott, und der will nichts mehr wissen von uns. Wir sind ganz auf uns gestellt, deshalb mußt du mich sehr liebhaben, meine braunäugige Prinzessin, meine geliebte Schutzpatronin, damit wir uns wiederfinden in Deiner Höhle, unter des Holunders Schweigen, von Afra mit rotem Lächeln behütet. — Es umarmt Dich Valentin, der für immer an Deinen Stern Gefesselte! PS Dieser Brief geht nicht über die Schreibstube, ein Kumpel nimmt ihn mit nach draußen. Erneuter Zusatz: Ich kann es noch gar nicht fassen; eben mußte ich zur Schreibstube, dort wurde mir wegen guter Schießergebnisse eine Fahrkarte nach Bayreuth verpaßt und drei Tage Sonderurlaub dazu! Ach, flöge doch ein Sonderschwan aus Bayreuth in die böhmischen Berge! Wie bald wär' ich dann Schwan in Deinem Schoß!

Erlesen, kann man da nur sagen. Mit diesem con fuoco angeschlagenen Akkord ging unsere gemeinsame Lebensmusik zu Ende. Was folgte, war der Brautmarsch aus Lohengrin für Lucinde; er hat es mir gestanden in einem letzten verzweifelten Brief. Dann kam die Götterdämmerung. Ob er sie überlebt hat, weiß ich nicht, er ist verschollen seitdem. Kein Suchdienst, kein Rotes Kreuz hat mir helfen können, in den Gefallenenlisten war er nicht zu finden, mein Prinz kroch in eine andere Höhle und ist seitdem verschwunden. Mich hat es nach Augsburg verschlagen, und ich bin in Augsburg geblieben, weil die heilige Afra Schutzpatronin dieser Stadt ist. Sie hat ihn nicht herbeigewinkt mit ihrem segenspendenden Tannenzapfen, hat sich alter Erfahrung erinnert, die sie als Hierodule gemacht hat, daß es auch gottgefällig sein kann, die Männer zu wechseln, daß auch der Wechsel Glück bringen kann, vielleicht nur der Wechsel. Nicht umsonst ist sie Schutzheilige der Dirnen. Hätte ich Valentin bekommen, hätte ich ihn vielleicht längst ausgewechselt. Kein leibhaftiger Prinz hält ein Leben lang, das können nur Märchenprinzen, die sich durch immerwährende Abwesenheit auszeichnen. Valentin hat diesen Vorzug.«

14.

Es war nachts, als Friedemann ins Holbeinhaus zurückkehrte. Im Atelier brannte noch Licht. Er trat ein und fand Gundolf Tau über einen Karton geneigt, mit dem Pinsel zugange, von zwei Lampen angestrahlt wie bei einem Verhör. Auf dem Papier war ein Insekt zu sehen, mit großen schwarzen Augen und gespreizten Flügeln, spinnenbeinig, von Bernstein eingeschlossen.

»Was malst'n da?« erkundigte sich Friedemann.

»Immer mich. Bis ich eines Tages rauskomme...«

»Aus dem Bernstein, meinst du?«

»Aus dem verfluchten Bernstein, ja. Leider werd ich's nicht mehr erleben!« Gundolf Tau malte ein Spinnenbein zu Ende, schnaufte verdrossen und legte den Pinsel weg. »Vergiß meine Kakerlaken und erzähl von Eda.«

»Sie hat meinen Mandanten aus den Augen verloren, weil

er März fünfundvierzig in Bayreuth eine andere geheiratet hat. In der Kirche des Heiligen Nikolaus, kurz vor dem Einmarsch der Amerikaner.«

»Kirchenbücher werden auch bei Einmärschen fremder Armeen weitergeführt. Wenn du in der Matrik nachforschst, wirst du fündig, glaub mir!«

»Leider bin ich ungläubig«, erwiderte Friedemann und forschte im Kursbuch nach einem Zug nach Bayreuth.

III. KAPITEL
Luzis Erzählung

I.

Friedemann saß im Zug von Nürnberg nach Bayreuth. Die aus der Schachtel gezogenen Puppendörfer verschwanden, mit denen, die erschienen, war schon gespielt worden. Manchen war übel mitgespielt worden; Kugelspritzen eigener und fremder Heere hatten auf Giebelwänden Willkommens- und Abschiedsgrüße eingeschrieben, noch lesbar nach vierzig Jahren. Friedemann war das vertraut, auch die eingestürzten Dächer der Feldscheunen. Nur die Sparren hielten stand, wettergegerbt, einander zuverlässig stützend, wie es Zimmermannsgroßväter vor grauen Zeiten erklügelt hatten. Der Länge nach halbiert oder auch geviertelt, waren sie immer noch gut genug, Datschendächer ins nächste Jahrhundert zu tragen. Friedemann verscheuchte die Heimatgedanken, aß eine der Wurstsemmeln, die ihm Gundolf Tau mit auf den Weg gegeben hatte, und ging die Liste seiner Geschenke durch, die für St. Nikolaus in Frage kamen. Der Wodka war alle, die Dietz-Broschüren schieden aus, die Klassiker der Weimarer Volksbücherei waren zu schade, also blieb die letzte Flasche Radeberger, die irgendwo zwischen den Socken im Koffer stecken mußte. Egal, ob er es mit dem Pfarrer zu tun bekam oder mit einem Kirchendiener, ein gutes Bier würde wohl keiner verachten.

Der Bahnhof war mittelstädtisch, hätte auch in Naumburg stehen können; aber dann ging es los. Friedemann durchtrabte die Walkürenstraße, die Siegfriedallee, überquerte den Nibelungenplatz, ließ Mathilde Wesendonk links liegen, wie es ihm eine ältere Bayreutherin geraten hatte, fand am Gurnemanzring St. Nikolaus, ein neogotisches Kirchlein aus gelben Backsteinen, und fand auch das Pfarramt, hinter viel Efeu. Der Pfarrer war unterwegs, aber der Kirchendiener, ein Mann in den Vierzigern mit schwarzem Anzug und silbernem Haarkranz, erklärte sich bereit nachzuschlagen. März 1945 waren wenig Ehen geschlossen worden, die wenigsten in Kirchen. Modern waren Ferntrauungen im Standesamt, wo auf dem Sessel des Bräutigams ein Stahlhelm lag, den die Braut zu berühren hatte beim Treueschwur, bis daß der Tod euch scheide, und es war vorgekommen, daß der Tod bereits geschieden hatte, was der Standesbeamte bei Grammophonklängen zusammengefügt, so daß die Braut durch das Ja zur Witwe wurde. In jenen Tagen geschlossene Ehen waren Unvernunftsehen, Panikehen, Kurzschlußehen, Wahnehen, Zwangsehen, Fluchtehen, Verzweiflungsehen, Erlösungsehen, bemerkte der Kirchendiener. Man wisse zu gut, was aus den meisten geworden sei. Der Empfang des heiligen Sakraments der Ehe setze Prüfungen voraus, Gewissenserforschung, Erkundung und Abwägung, all das verlange nach Stille, und die habe es am wenigsten gegeben in jenen Mordstagen.

Friedemann sah auf seine Uhr, bemerkte, er sei auf eine Bahnverbindung angewiesen. Der Kirchendiener nickte betrübt, immer das alte Lied, keine Zeit, bis dann die letzte Eintragung komme in die Matrik. Dabei fuhr sein Zeigefinger über die Zeilen nach hastigem Blättern, Namen und Daten waren in Sütterlinschrift eingetragen, Friedemann konnte es über die schwarze Kammgarnschulter hinweg deutlich sehen. Der Finger verhielt, der Kirchendiener las, und Friedemann las es laut mit: Den heiligen Bund der Ehe schlossen am 1. März 1945 Valentin Eger, röm.-kath., geboren am 4. 2. 1927 zu Traumsiedel, Beruf stud. paed., und Luzinde

Biermoser, röm.-kath., geboren am 13. 2. 1925 in Wimpfen; Beruf ohne. Trauzeugen: Alois Biermoser, Fleischermeister, Ännchen Tiefgesand, Modistin.

»Das sind sie«, stellte der Kirchendiener zufrieden fest. Friedemann holte seine Flasche Radeberger hervor. Der Kirchendiener stellte sie zur Seite, bemerkte, er werde sie abends mit seiner Frau austrinken, und verlangte 5,80 DM Gebühr. Friedemann zahlte seufzend und fragte, ob der Name Biermoser am Ort bekannt sei.

»Aber natürlich. Die Fleischerei in der Lohengrinstraße kennt jeder; die machen einen guten Leberkäs.«

»Und die Luzinde?«

»Da bin ich leider überfragt; ich bin erst seit sechsundfünfzig in Bayreuth. Bis dahin war ich in Klausenburg, und das ist weit weg.«

Friedemann ärgerte sich, keinen transsylvanischen Rauch erschnüffelt zu haben, bemerkte: »Rumänisch Cluj« und verließ mit mürrischem »Grüß Gott« die Kanzlei.

2.

In Biermosers Laden verlangte er hundert Gramm Leberwurst, und die Verkäuferin, eine Frau um die Fünfzig, sagte: »Da müssen S' sich schon etwas genauer ausdrücken, mein Herr. Wir haben siebzehn Sorten Leberwurst; wenn ich Ihnen einen Rat geben darf, dann empfehle ich Ihnen die getrüffelte.«

Natürlich, das Teuerste vom Teuern: Friedemann schüttelte energisch den Kopf, verlangte Zwiebelleberwurst, das Billigste in seiner heimatlichen Kaufhalle, die Frau sagte: »Ganz wie der Herr wünschen«, säbelte die verlangte Menge ab, kein Gramm mehr, packte es ein, knipste den Preis daran und fragte, ob der Herr noch einen Wunsch habe. Friedemann hatte. Er verlangte eine Frau Luzinde Eger zu sprechen, geborene Biermoser. Die geheime Hoffnung Friedemanns, die Verkäuferin möge es selbst sein, erwies sich als trügerisch.

»Da müßten S' schon mit der Chefin selbst sprechen . . .«

»Das möcht ich gern . . .«

»Versuchen Sie's im Büro, übern Hof links, eine Treppe.«

Friedemann ließ sich von der Ladentür hinausklingeln, überquerte den Hof und klopfte eine Treppe höher an die Bürotür. Trat ein nach dem Herein und wurde von einer fülligen Mittvierzigerin begrüßt: »Freut mich, Müller und Sägewald, hab ich recht? Höchste Zeit, daß wir ins Geschäft kommen!«

Friedemann bedauerte, die gewiß bedeutsame Firma Müller und Sägewald nicht zu vertreten. Er komme überhaupt nicht geschäftlich, sondern privat, eigentlich familiär.

»Setzen Sie sich eahna doch«, forderte ihn die Chefin mit überraschend unsicherer Stimme auf, als habe familiär etwas mit Steuerhinterziehung zu tun.

»Eine Geschichte aus verklungenen Tagen; angefangen hat sie mit der etwas übereilten Hochzeit einer gewissen Luzinde Biermoser, verehelichte Eger am ersten März neunzehnhundertfünfundvierzig . . .«

»Wo kommen Sie her?« fragte die Chefin.

Nun hätte Friedemann wahrheitsgemäß antworten können: »Aus der DDR.« Aber er wußte, so ein Bekenntnis brachte Vorurteile mit sich, die sich bei seinen Recherchen als Nachteile bemerkbar machten. Drum sagte er diplomatisch: »Ich komme aus einer anderen Welt, genaugenommen . . .«

»Aus der Neuen Welt?« fragte die Chefin mit piepsiger Stimme, und Friedemann antwortete ehrlichen Herzens: »Wenn Sie so wollen, ja!«

Die Chefin schlug die Hände zusammen und jammerte: »Dann sind Sie Fred?«

Da sich in Friedemanns Heimat jeder zweite Künstler, der Peter hieß, Pat nannte, erschien es ihm nichts Unrechtes, sich auf Fred reduzieren zu lassen.

Seltsames geschah. Die Chefin umarmte und küßte ihn, griff sich an den Kopf, durchmaß zweimal die Breite des Zimmers, küßte ihn noch einmal und sagte: »Ein Glück, daß du nicht gleich zur Luzi gegangen bist. Der Schlag hätt' sie getroffen. Sie muß man diplomatisch vorbereiten. Verlaß dich auf mich, ich mach das.« Sie ließ sich in ihren Schreibtischsessel fallen, holte dann mit raschem Griff eine Flasche und Gläser hervor, goß ein und sagte, mit goldenen Flämmchen in den Augen: »Auf deine Wiederkehr, Fred!« Jetzt wäre eigentlich etwas zu berichtigen gewesen. Pardon, Frau Chefin, der Friedemann läßt sich allemal in Fred kupieren, aber derselbe Mann wird's deshalb noch lange nicht. Ich bin kein Fred Zinnemann, kein Fred-Astaire-Enkel und kein Frederic-March-Verschnitt aus den Staaten. Ich bin Friedemann Körbel aus Berlin, DDR, ein schreibender Prätorianer des ungekrönten Königs Andy Quahl, ein Suchender, ein Umherirrender, aber kein Heimgekehrter. Friedemann sagte es nicht. Er wurde ein zweites Mal für jemand gehalten, der er nicht war. Bei Gundolf Tau hatte er nach kurzem Farbe bekannt, weil er das geheime Spiel nicht durchschaut hatte. Hier fiel ihm eine Rolle zu, die er auszufüllen vermochte. Die Heimkehr des verlorenen Sohns, inszeniert in der Art von Charleys Tante. Warum sollte das nicht gehn in der Wagner-Stadt Bayreuth, wo Könige Frauen eroberten unter der eindeutig konspirativen Bedingung, Namen und Herkunft zu verschweigen? Wo Tarnkappen etwas Vertrautes waren wie anderswo Filzhut oder Schiebermütze, wo eine ganze Stadt vom schönen Schein lebte? Wenn Friedemann zum Schein mitspielte, in die Sohnesrolle schlüpfte, das Mutterherz zum Überlaufen brachte, erfuhr er die Wahrheit. Der Schein brachte sie an den Tag.

Friedemann trank, es war Kirsch-Whisky, was ihn einnahm gegen seine noch nicht eruierte Verwandte. »Um ehrlich zu sein, ich kann mich nicht einmal mehr an deinen Vornamen erinnern.«

»Hat dir dein Vater nie etwas von Tante Rosi erzählt? Na ja, ein Wunder ist es nicht, schließlich war ich ja nur ein paar Jahre älter als du, als dich James in die Staaten geholt hat.«

Aha, amerikanischer Soldat bringt illegalen Sproß aus Nachkriegsdeutschland heim in die Neue Welt, überlegte Friedemann. Wenn sich das Drama zwischen 1950 und 55 abgespielt hatte, war sie also fünf bis zehn Jahre alt gewesen, eine junge Tante, in der Tat. Also war sie das Nesthäkchen und Luzinde die ältere Schwester; denn ihr Geburtsdatum war bekannt, das Wagner-Datum 13. Februar, Geburtsjahr 1925. War also fünfundvierzig zwanzig gewesen, ein Alter, in dem Besatzungskinder allein durch den Anblick einer scharf gebügelten Militärhose entstanden oder durch Antippen mit einem Riegel Cadburyschokolade; wenigstens der Sage nach. Er selbst hatte demzufolge Deutschland im Kindesalter verlassen, war von Mutterhand in Vaterhand gewechselt, Amerikanismen waren ratsam. »Wo kann man hier — wie sagt man deutsch — washing the hand ...«

Sie erhob sich, reichte ihm einen Schlüssel und wies auf eine Flurtür.

Er schlug sein Wasser ab und überlegte: Warum war das Nesthäkchen die Chefin und nicht die ältere Schwester? War nicht Herablassung aus der Antwort der Verkäuferin spürbar gewesen? Da müssen Sie schon die Chefin fragen. Arbeitete Luzinde als Einlasserin im Haus Wahnfried oder als kalte Mamsell im Festspielhaus? Friedemann wusch sich die Hände, kämmte sich und kehrte zurück ins Zimmer. Dort dampfte Kaffee, und neben der Tasse stand ein zweites Glas dieses Ekelzeugs, das Friedemann irgendwann Ladykiller getauft hatte. Er benützte seine Wortschöpfung und bemerkte: »Bei uns in Tennessee sagt man dazu Ladykiller.«

Tante Rosi lachte und bemerkte: »Bei uns heißt es Büchsenöffner; gemeint ist wohl dasselbe!« Sie kippte den Schnaps mit einigen Lachperlen, holte eine Flasche Napoleon, vor dem Friedemann kapitulierte.

»Wie lange bleibst du?«

»Vielleicht eine Woche oder zwei ... Das hängt vom Gang der Geschäfte ab.«

»Darf man die Branche erfahren?«

»Schmuck«, sagte Friedemann. »Speziell Bernstein.«

»Oi«, machte Rosi und meinte, Friedemann sei vom lieben Gott geschickt. »Wegen eines Geschäfts streiten wir uns mit deiner Mutter; du wirst uns helfen!«

»Du bist mir ausgesprochen sympathisch, Tante Rosi; aber meinst du nicht, der Sohn sollte zuerst seiner Mutter helfen?«

Rosi umrundete zum zweitenmal ihren Schreibtisch, fiel Friedemann um den Hals und küßte ihn. »Natürlich soll er das, mein Junge!«

»Laß doch dieses Millowitschtheater«, sagte Friedemann, durch Napoleon ermutigt.

»Ich wußte gar nicht, daß man Willi Millowitsch auch in den Staaten sieht ...«

Friedemann erschrak. Er versuchte die Scharte auszuwetzen, indem er erklärte: »Bei den Regionalprogrammen gibt's auch spezielle Sendungen für Deutsche, und ich hab mir so was öfter angesehn ...«

»Hat der Bub Heimweh gehabt ...« Sie tätschelte ihm die Wange, und Friedemann war versucht, sie auf den Hintern zu hauen. Unterließ es, da er fürchtete, sie würde ihm erneut um den Hals fallen.

»Vielleicht sollten wir zur geschäftlichen Seite kommen«, sagte er.

»Recht hast, kleiner Yankee, lassen wir die Sentimentalitäten. Da dein Vater alle Brücken hinter sich abgebrochen hat, wirst du von unserem weiteren Schicksal auch nichts wissen.«

Friedemann nickte und lauschte.

»Unsere Metzgerei hat nach 'm Krieg keine schlechten Geschäfte gemacht mit den Amis, was ein gewisses Verdienst deiner Mutter war, sie hat als erste Feindberührung gehabt, um es einmal militärisch zu sagen. Das wird sie dir sicher berichten. Danach ist sie seltsame Wege gegangen; hat eine Art Kinokarriere gemacht. Von der Kartenabreißerin im Besatzungskino zur Kinobesitzerin und Besitzerin eines Etablissements ›For members only‹, ich hoffe, du verstehst.«

»Natürlich; in unsern Studentenclub durften auch nur Mitglieder. Und deren Gäste natürlich, sonst hätte man sich ja kein Mädchen mitbringen können.«

»Die braucht man in das Etablissement deiner Mutter nicht mitzubringen, die sind da, zu Dutzenden.«

»Willst du damit sagen, meine Mutter ist eine Puffmutter?« fragte Friedemann und bemühte sich um Empörung in der Stimme.

»So deutlich wollte ich es nicht sagen; aber sie ist es.«

Friedemann goß sich noch einen Napoleon ein. Er mußte an die gelbe Schrift auf der regennassen Straße in Wiggensbach denken. Zum Hurenhaus Heimbüchler! Nun spielte ihm das Schicksal eine echte Hierodule zu, die es für Geld getrieben hatte und davon lebte, indem sie es andere für Geld treiben ließ. War das noch Schicksal? Wie hatte Schopenhauer gesagt? »Was aber die Leute gemeiniglich das Schicksal nennen, sind meistens ihre eigenen dummen Streiche.« Friedemann war kein Schopenhauerfan, aber wo der Mann recht hatte, hatte er recht.

»Ihr gehört der Sexshop in der Richard-Wagner-Straße, gleich neben ›Big Bens Pub‹, und der ›Hörselberg‹ in der Tannhäuserallee. Um die Jahreszeit ruht der Verkehr weitgehend; aber in der Saison hat sie immer ein volles Haus, da wird rund um die Uhr gearbeitet. Liebe macht hungrig, das weiß man, und wenn einer ausnahmsweise keinen Hunger hat, ißt er trotzdem, weil er mit dem Eintrittspreis einen Verzehrbon erworben hat.«

Friedemann nickte verständnisvoll und bemerkte: »Und dabei sahnst du ab; denn die Fleischerei Biermoser hat natürlich einen Exklusivvertrag mit dem ›Hörselberg‹. Wenn ihm nicht sogar ein Teil der Aktien gehört.«

Rosi stach mit dem Finger ein Loch in die Luft, bekam wieder ihre Piepsstimme und jammerte. »So könnte es sein, und so müßte es auch sein unter Geschwistern, aber so ist es nicht. Luzi bezieht ihre Ware aus Sulzbach-Rosenberg von einem gewissen Lechleitner, bloß weil er mit ihr zur Schule gegangen ist, vor fünfzig Jahren . . .«

Friedemann dachte flüchtig an das Testament der Sophia Trost und sagte: »Nimm mir's nicht übel, Rosi, ich bin überzeugt, meine Mutter hat für ihre Entscheidung noch ein paar andere Gründe . . .«

»Hast schon recht, es gibt da eine alte Geschichte . . . aber nach 'm Krieg ging ja alles ein bissel drunter und drüber, und wenn man das nachtragen möcht, bis ins siebte Glied, wo käm' man da hin?« Rosi sah auf die Uhr. »So, jetzt läßt deine Mutter nimmer länger warten. Draußen steht der Franzi mit 'n Lieferwagen, der geht jetzt auf Tour, der nimmt dich mit.«

»Warten ist wohl übertrieben«, sagte Friedemann. »Sie weiß ja noch gar nichts von ihrem Glück . . .«

»Als ob wir kein Telefon hätten in Europa; sie hatte grad einen Friseurtermin. Sonst hätte sie dich längst abgeholt.«

»Was fährt sie denn?«

»Was Französisches, irgend so 'n Citroën, den sich 'n anständiger Mensch nich merken kann.« Sie sagte Sitröhn, wie es Friedemann von den heimatlichen Fleischersgattinnen gewohnt war.

Es war ein Bürgerhaus der Jahrhundertwende, mit Säulen an
der Eingangstreppe, die einen griechischen Giebel trugen. Auf
dem knieten zwei muskulöse Männer und stützten einen Bal-
kon, der von einer violetten Markise überdacht war, die ein
goldenes H zierte. Hinter dem Fenster war eine Kette bunter
Lämpchen erkennbar, unbeleuchtet zu dieser Tageszeit. Friedemann schritt die Marmortreppe empor und läutete neben
dem Namensschild Luzy Eger, das sich über dem Schild Hörselberg, Club für niveauvolle Geselligkeit, befand. Auf den
Wer-da-Ruf antwortete er mit Fred, und eine Frauenstimme
schnarrte: »Komm rauf, mein Junge!«

Blond mußte Mode sein bei den Fünfzigerinnen des andern
deutschen Staates. Vielleicht fiel es Friedemann auf, weil er in
heimatlichen Gefilden den Dunkelhaarigen nachsah. An den ge-
rollten Löckchen Luzindes ließ sich der Friseurtermin noch auf
die Stunde genau bestimmen. Ihre Augen hatten ein dunkles
Bernsteinleuchten, die Lippen glänzten rosa-metallic über ma-
kellosen dritten Zähnen, der Hals war von einem halbhohen
Kragen umschlossen, der ein langwallendes Hauskleid aus chi-
nesischer Seide krönte, drachenbemustert. Friedemann bekam
zwei Küsse, wurde zurechtgerückt von kräftigen Händen mit
lachsrosa Nägeln, aus leicht gekneisteten Augen gemustert.

»Vom James haste nix, Gott sei Dank!« So lautete der Mut-
tergruß nach über dreißigjähriger Trennung, und es erleichterte Friedemann. James schien nicht beliebt zu sein im Hause
Eger. So würde er wohl auch nicht allzu viele James-Ge-
schichten erfinden müssen. Sie bugsierte ihn in einen beque-
men Sessel, ließ sich selbst auf die Couch fallen, angelte mit
rosigen Zehen nach Samtpantöffelchen und fragte: »Warum
bist net gleich zu mir gekomm'? Was mußt erst bei der Rosi
herumscharwenzeln? Und schreiben hätt'st auch können oder
ein Telegramm schicken ...«

Friedemann schüttelte entschieden den Kopf. All das hätte er nicht tun können, selbst wenn er der waschechte Yankee aus Nashville in Tennessee gewesen wäre. Für Nashville als Herkunftsort hatte er sich entschieden, weil er als Country-Freund wußte, daß es in Tennessee lag. Wo es dreißig Jahre keinen Briefwechsel gab und keinen Kartengruß zwischen gewesenen Lebensgefährten, da gab es auch im Notizbuch des Sohns keine Adresse. Höchstens Bayreuth, Germany. Und wenn good old Daddy James nicht eine kleine Erbschaft gemacht hätte, dann hätte Freddyboy die Reise über den Ozean nicht antreten können. Erst die bescheidene Erbschaft hatte Daddy den Einstieg ins Bernsteingeschäft ermöglicht. Ein schwieriges und wenig einträgliches Geschäft übrigens. Wenn er nicht dieses frappierend günstige Angebot vom VEB Ostsee-Schmuck aus der German Democratic Republic erhalten hätte, wäre die ganze Reise ein Reinfall. Wie hätte er der Mutter schreiben sollen? Er wußte so gut wie nichts von ihr. Nur, daß es gegen Kriegsende zu einer crazy Wedding-celebration gekommen war in einer, wie sagt man deutsch... Santa-Claus-Church...

»Kirche zum heiligen Nikolaus.«

»Ja, und da bist du eine Frau Eger geworden, am ersten März neunzehnhundertfünfundvierzig. Hast einen Valentin Eger geheiratet und dir kurze Zeit später von meinem Daddy ein Kind machen lassen. Das begreife ich nicht.«

»Ich werd es dir erklären, du mußt nur etwas Geduld haben.« Luzi holte eine Karaffe, goß Gelbliches in zwei Gläser, befahl eine Kostprobe. Es schmeckte ein bißchen süß und ein bißchen bitter, ein bißchen nach Schnaps und ein bißchen nach Wein, es schmeckte nach mehr.

»Mein Grapefruitwein«, verriet Luzi. »Er ist hervorragend geeignet für bittersüße Geschichten.«

4·

»Seit 1939 hießen die Bayreuther Wagner-Festspiele offiziell Kriegsfestspiele. Hitler stellte dafür das gesamte künstlerische und technische Personal frei. 1944 waren es ausschließlich Blessiertenfestspiele, wenn man von unversehrten Rüstungsarbeitern und Rotkreuzschwestern absah. Was Uniform trug und um die Zeit nach Bayreuth kam, war lädiert. Ich hatte die Apothekerfachschule hinter mir und war als Verkäuferin tätig in der Amalien-Apotheke. Einige von uns waren auch als Rotkreuzschwestern eingesetzt zum Betreuen von Verwundeten. Wir mußten uns in der Leitstelle Samariterstraße melden, dort wurden wir dann eingesetzt. Lazarettdienst, Rollstuhlschieben und Schlimmeres. Ich war unterwegs dahin, nachmittags, in Uniform, versteht sich, mit Häubchen und Sanitasche.

Da sah ich ihn. Gar nicht weit vom Bahnhof stand er an einer Kreuzung, hatte einen Stadtplan in der Hand und sinnierte.

›Kann ich Ihnen helfen, Kamerad?‹ fragte ich. Wir mußten Soldaten prinzipiell mit Sie anreden, auch wenn sie jünger waren als wir selber. Daß er nicht älter war als ich, sah ich auf den ersten Blick. Er trug die schwarze Panzeruniform mit gelber Kordel, also Panzerspäh, tiefen Kniff in der Schirmmütze, weißes Halstuch, was ungeheuer Mode war damals.

›Ich möchte zum Wagner-Festspielhaus‹, sagte er, und ich sagte: ›Das ist auch das einzige Festspielhaus, das wir haben in Bayreuth, sonst müßten Sie weiterfahren bis Salzburg.‹ Ein Scherz, den ich öfters anbrachte. Und er antwortete: ›Trakl und Salzburg interessieren mich hundertmal mehr als Wagner und Bayreuth.‹ Aha, dachte ich, eine Hirnverletzung hat er auch; daß er das rechte Bein unangemessen auswinkelte, war mir gleich aufgefallen. Den Namen Trakl hatte ich nie gehört, und als sich in mir die Wortverbindung Trakl-Festspiele herstellte, fand ich es paranoid.

›Ich bring Sie hin‹, sagte ich und hakte ihn unter, wie wir
es geübt hatten für Bein- und Hirnverletzte, die gestützt werden mußten und auf die außerdem durch nachdrückliche Gesten ein beruhigender Einfluß auszuüben war. Als zusätzliche
nachdrückliche Geste wandte ich das Verschränken der Finger
an.

›Wo hat Sie's erwischt?‹ fragte ich.

›Mich? Überhaupt nicht. Wie kommen Sie darauf?‹ Und
hinkte noch deutlicher. Typischer Fall von Amnesie, dachte
ich, weiß nichts von seiner Verwundung oder will nichts davon wissen, weil es ihn erniedrigt. Ich dachte an Hodenschuß
und ähnliches, und der Kerl tat mir leid. So jung und schon
über den Jordan; na ja, das dachte ich damals nicht wörtlich,
aber sinngemäß.

Als wir den roten Ziegelbau des Festspielhauses vor uns sahen, knöpfte er einen Silberknopf seiner Panzerjacke auf,
kramte eine Weile, holte mit einem Päckchen Fromms Akt
eine Theaterkarte heraus, wurde ein bißchen rot und sagte:
›Wenn Sie wollen, könnten Sie mitkommen. Mein Kumpel
hat gesagt, er sucht sich lieber einen Heuboden.‹

›Sicher ein Bauernjunge‹, sagte ich geistesgegenwärtig, warf
einen Blick auf die Eintrittskarte, Beginn sechzehn Uhr. Wegen der Fliegerangriffe begann damals die Kultur früh. Auf
dem Programm standen die ›Meistersinger‹, die letzte Neuin-
szenierung vor Kriegsende, Furtwängler dirigierte, Helge Ros-
waenge, Jaro Prohaska, Bühnenbilder von Wieland Wagner,
wer hätte da nein sagen können? Es war kurz nach drei, ich
überlegte, daß die Aufführung an die fünf Stunden dauerte,
sagte: ›Sie setzen sich hier brav auf eine Bank und warten, bis
ich wiederkomme. Ich mach uns ein paar Stullen, sonst kippen
Sie mir noch um.‹ Die Karte behielt ich vorsichtshalber. Natürlich saß er nicht mehr da, als ich kam, kurz vor vier. Ich
rannte durch den Park, meine Sanitäteruniform schaffte mir
freie Bahn, und bei den ersten Takten des Vorspiels drängte

ich mich durch die Reihen. Hoffentlich hat er sich nicht inzwischen auch für den Heuboden entschieden, dachte ich; da sah ich ihn sitzen, mit kurzgeschnittenen Haaren, die Mütze auf den Knien, ein schwarzer Ritter mit gelber Paspel und Silberbuchstaben. Ritter war Quatsch, höchstens ein Knappe, zu mehr reichte es nicht. Ich kam mir alt vor mit meinen Zwanzig. Während Furtwängler mit großen Fuchtelbewegungen das Blech aus dem Orchestergraben herausholte, setzte ich mich und nutzte den Lärm, das Stullenpaket aufzuwickeln. Das Brot duftete, trotz des fünften Kriegsjahres, Bäcker und Metzger waren Brüder. Ich breitete das Papier über meinen Schoß, legte die Brote darauf, berührte ihn andeutungsweise, seine Hand kam sofort, griff nach dem Brot und verschwand. Es war die hübscheste Meistersingeraufführung, die ich je erlebt habe. Mein Patient ging mit, von Stolzings ›Morgendlich leuchtet im rosigen Schein‹ bis zu Beckmessers Schimpflied. Du kennst das sicher nicht, wann wird Wagner schon in Tennessee gespielt.«

»Dauernd«, sagte Friedemann und sang: »Das Mädchen zu betören, das nur auf ihn sollt' hören.«

Luzi schaute aus großen Augen, strich einmal unter der Nase lang, einfingrig, und sang: »Du Schuster voller Ränken und pöbelhaften Schwänken, jajajaja, hab ich dich da!« Sie klopfte Friedemann anerkennend auf die Schulter und meinte: »Für den Sohn eines GIs, der in Unfrieden aus Germany geschieden ist, hast du erstaunlich viel Deutsches intus!«

Das war der zweite Schuß vor den Bug, und Friedemann wurde erneut bewußt, was für einen Drahtseilakt er vollführte. Er beschloß, seinem Vaterbild einen weiteren Stoß zu versetzen, machte eine großartig wegwerfende Handbewegung und sagte: »Red nicht von Vaddern! Wenn's nach dem gegangen wäre, könnte ich heute Hamburger oder Cheesburger verkaufen in Hot Springs.«

»Kein schlechtes Geschäft, wenn man's groß aufzieht!«

»Groß, ja! Aber genau das hat Vaddern immer gefehlt!«

»Warum sagst 'n du immer Vaddern?«

»Will ich grad erzählen. Aus irgendeiner Vergnatztheit her-aus redete Vater mit mir kaum noch ein deutsches Wort. Ich kam auf eine normale Schule und hätte die Muttersprache bald vergessen, wenn wir nicht einen Nachbarn gehabt hätten, der einem Fräulein aus Berlin-Reinickendorf nachtrauerte, irgendeiner Ursula oder Monika, die ihn für die Länge einer Camelstange geliebt hatte. Ich mußte mit ihm deutsch parlie-ren, ihm beim Sauerkrautessen Gesellschaft leisten, und eines Tages sagte er meinem Vater, er hätte einen Platz in einer deutschen Schule für mich reservieren lassen. Das Schulgeld zahlte der Nachbar, da war für meinen Vater die Sache gelau-fen. Dann kamen die Heimatvereine, die Heimatfeste, der Wagner-Club, Liebhaberaufführungen, und so kann ich auch heute noch einstimmen, wenn ein Männergesangsverein singt: ›Steuermann, halt die Wacht!‹ «

»Das beruhigt mich«, sagte Luzi. »Es gab eine Zeit, da kann-ten das die jungen Leute nur als ›Wassermann positiv‹, ich hoffe, du weißt, was das heißt.«

»Natürlich«, sagte Friedemann. »Tripper, Gonorrhoe oder auch Clap, wie wir in den Staaten sagen; ich könnte dir noch ein Dutzend Ausdrücke liefern. Eine Clapstick-number, mein Gott, wer hätte die nicht geschoben...«

»Dein Realitätssinn imponiert mir, du wirst ihn brauchen mit dem Fortgang meiner Erzählung... wo war ich stehnge-blieben?«

»Beim gemeinsamen Picknick im Festspielhaus.«

»Prima«, sagte Luzi, »du hast's erfaßt. Natürlich waren die Stullen aufgegessen, lange, ehe die Oper zu Ende ging, wer kann für eine Wagneroper genügend Stullen einpacken, im fünften Kriegsjahr. Mit den Stullen hatte ich ihn angefüttert, um es im Anglerlatein zu sagen, und so krabbelte er an mir rum, als schon längst nichts mehr da war, Eßbares, mein ich.

Mir blieb nichts anderes, als durchzugreifen, ich sagte: ›Wenn Sie sich nicht sofort beruhigen, Schütze Eger, muß ich einen Arzt holen lassen!‹ Nicht holen; holen lassen, mußte sagen, da wittern die Kerle Macht und kuschen. Von da ab saß er brav wie ein Abc-Schütze, klimperte mit den Fingern auf seinen Knien, daß es mir schon wieder leid tat. Ich überlegte, wie ich den Tag am besten zu Ende brachte. Hans Sachs ehrte die deutschen Meister, auf der Festwiese wurde mit Fahnen rumgewedelt, es gab keinen Fliegeralarm, die letzte Note mußte heruntergespielt werden, das Klatschen wollte kein Ende nehmen, mein Landser tobte kräftig mit, und dann standen wir draußen im Park, schoben raschelndes Herbstlaub vor uns her, er hängte sich ein bei mir und fragte, wo ich wohne. Er sollte in ein Soldatenheim, hatte noch den morgigen Tag, um sich das Haus Wahnfried anzusehen.

›Wollen wir nicht zum ‚Bräustübl' gehn‹, hab ich gesagt, ›da gibt's ein trinkbares Bier, und wenn wir Glück haben, ist der Dollinger-Sepp da, der spielt Ziehharmonika im hintern Zimmer, da kann man tanzen.‹

›Ich kann nicht tanzen‹, sagte er.

›Wegen deiner Verwundung?‹

›Ich hab keine Verwundung, ich kann nicht tanzen; einfach so.‹

›Und warum setzt du den rechten Fuß so nach außen?‹

›Das hab ich von meinem Vater geerbt, der ist Tischler, der mußte schon mit vierzehn Jahren mit der schweren Rauhbank hantieren, da muß man den rechten Fuß nach außen stemmen, sonst kriegt man das Messer überhaupt nicht ins Holz.‹

›Und das soll sich vererben‹, fragte ich, ›in der ersten Generation?‹

Er sagte nur mürrisch: ›Du siehst es doch.‹ Da war ich von der geheimnisvollen Verwundung erst recht überzeugt und dachte mir: Dem kommst du auf die Schliche!

Wir gingen also ins ›Bräustübl‹, der Wirt kannte mich, er

servierte meinem Schützen eine Portion Faschiertes, die sich sehen lassen konnte, und schnippelte mir augenzwinkernd fünfzig Gramm Weizenmehl von der Brotkarte. Mein Schütze nannte mich Luzinde, obwohl ich ihn mehrmals bat, Luzi zu sagen, wie jedermann. ›Ich bin nicht jedermann‹, sagte er, ›und Luzi heißt ein Kalb, das meine Mutter großfüttert.‹ An sein heimatliches Kalb wollte ich ihn natürlich nicht erinnern und ertrug die Luzinde. Der Wirt hörte es, tippte, als Valentin es nicht sehen konnte, bedeutungsvoll an die Stirn, und ich nickte. Irgendwie war der Junge aus den Fugen. Machte auch mit den Fingern dauernd bestimmte Bewegungen. Als ich ihn fragte, was die Fingerspielerei soll, lachte er verlegen und meinte, es seien Übungen für Geiger, um die Finger der linken Hand geschmeidig zu erhalten. Da sagte ich, auf dem Schrank in meinem Zimmer läge die Geige meines großen Bruders, der auf Kreta gefallen sei.

›Mensch, da möcht ich mal drauf probieren‹, sagte er. ›Ich hab ein Vierteljahr keine mehr in der Hand gehabt . . .‹ Ich sah richtig, wie er scharf wurde. Der hatte 'n Knax weg, das war für mich klar, und er tat mir noch mehr leid. ›Wenn du nicht zu laut spielst, könnten wir's probieren‹, sagte ich.

Die Gelegenheit war günstig. Mama war zu einem Lehrgang der NS-Frauenschaft, Papa ging zeitig schlafen, weil er früh raus mußte. Donnerstag war Schlachttag. Du wirst sagen, mein Gott, mit zwanzig kann dir's wurscht sein, was Mama und Papa denken. War aber nicht so. Ich mußte mir das bißchen Liebe immer zusammenstehlen. Nachdem ich meinen Schützen im Zimmer hatte, kontrollierte ich erst das Verdunklungsrollo und schaltete dann die Nachttischlampe an. Man sollte denken, er hätte einen Blick aufs Bett geworfen und zwei auf mich. Nein, sofort hatte er den schwarzen Kasten auf dem Schrank entdeckt, holte ihn runter und war eins, zwei, drei dabei, das Ding zu stimmen, steckte einen Dämpfer auf den Steg und fing an zu geigen. Ich sagte: ›Zieh die verdammten Stiefel aus!‹, denn er wanderte beim Spielen unruhig im Zimmer hin und her. Das hat er auch gemacht, aber dann ging's gleich wieder los, irgendwelche ungarischen Tänze von Brahms. Ich tanzte ihm ein bißchen was vor, hob auch mal den Rocksaum, konnte ihn aber nicht aus der Fassung bringen.

›Was krieg ich, wenn ich dir den Tanz der sieben Schleier vortanze?‹ fragte ich.

›Was willst du?‹ fragte er, und ich sagte: ›Ich möchte dich als nackten Spielmann sehn.‹ Da legte er die Geige weg, zog sich aus, und eh ich überhaupt den BH aufgeknöpft hatte, war er schon wieder mit seiner Geige zugange. Solveigs Lied diesmal. Ich schaute mir ihn genau an, von einer Verwundung war nichts zu sehn, es war ein gewöhnlicher Nackter, der da fiedelte. Er ließ sich auch nicht ablenken, als ich mein Hemd über den Kopf hatte, und ich dachte, dann ist es eben seelisch. Ich legte mich auf mein Bett und fragte: ›Findest du nicht, daß ein Frauenkörper und eine Geige einander ähnlich sind?‹ und streifte ihn mit dem Nagel meines großen Zehs. Da zeigte er Wirkung, strich mir mit der Bogenspitze über die Brustwarzen, und ich sagte: ›Leg doch endlich deine verdammte Geige weg!‹ Das tat er denn auch, nicht ohne sie zuzudecken wie ein kleines Kind und den Bogen zurückzuschrauben. Irgendwann weckte er mich, weil er raus mußte und nicht wußte, wo die Toilette war. Ich schaute auf die Uhr, es war kurz vor fünf, Zeit für meinen Vater. Es ging alles gut, bald lagen wir wieder im warmen Bett, ich flüsterte ihm zu, schön ruhig zu bleiben. Als mein Vater in der Küche das Radio anstellte, war ich nicht mehr so streng, und irgendwie muß ich dann selber den Mund nicht haben halten können. Es klopfte an die Tür, und Vater fragte: ›Was hast denn, Luzi, ist dir nicht gut?‹ Ich hab mich erst besinnen müssen und hab dann schnell gesagt: ›Mir fehlt nix, Vater!‹ Da macht er die Tür auf und sagt: ›Weilst so gestöhnt hast...‹ Na ja, und da sieht er das Mannsbild in meinem Bett. Ich hatte vergessen, den Riegel vorzuschieben.

Der Vater hat schon seine Fleischerschürzen umgehabt, und in der Hand hatte er das große Beil, weiß der Kuckuck, warum er das mit in die Stube raufgenommen hatte. Auf einmal hab ich eine furchtbare Angst bekommen und hab geschrien: ›Vater, tu ihm nix!‹ Da hat er den Kopf geschüttelt und hat gesagt: ›Du depperes Ding!‹ Und hat die Tür zugemacht. So ein Vater war das.

Dann sagte er von draußen: ›Scher dich in die Küche und koch Kaffee. Dein Bräutigam soll sich anziehn, ich möcht ein Wort mit ihm reden!‹

Valentin öffnete das Fenster und holte tief Luft; vielleicht überlegte er auch, ob es sich lohnte, zu springen. Es war aber der zweite Stock, er hätte sich die Knochen gebrochen. Ehe ich mich in die Küche verdrückte, küßte ich ihn und sagte: ›Du hast dich nicht freiwillig gemeldet, verstanden, du bist gezogen worden!‹

Während ich in der Küche nach versteckten Kaffeebohnen suchte, trat Vater in meinem Zimmer in Aktion, ich hab es von ihm und von Valentin, kann mir also ein Bild machen.

5.

Als Vater hereinkam, stand Valentin am Fenster, schwarz betucht, nur ohne Mütze, ein Todesengel. Der Vater schloß das Fenster und sagte: ›Erst das Madl unglücklich machen und sich dann auf englisch empfehlen. Das können S' mit mir nicht machen, Herr...‹

›Schütze Eger!‹

›Schütze, wenn ich das schon hör. Schürzenjäger sind Sie, weiter nichts, und auf so was muß die Luzi reinfallen.‹ Valentin gab keine Antwort, und das war gut so, denn Vater kannte mich, er wußte, die Einfädlerin war ich. Er fluchte ein paarmal Kreuzteifi und so weiter, dann holte er zwei Gläser unter der

Schürze hervor und eine Flasche Enzianschnaps. Während er eingoß, stöhnte er: ›'s ist schon ein Kreuz mit den Weibern. Wenn man keine hat, möcht man eine haben, und wenn man s' hat, möcht man s' wieder loswerden. Mir müssen S' nix erzählen, ich weiß Bescheid! Prost!‹

Sie kippten den Enzian, und Valentin hustete.

›Was denn, schwach auf der Brust?‹ fragte der Vater besorgt.

Nein, nein, früh um fünf war nur für Valentin nicht die richtige Zeit für Enzian. Für Enzian war bei meinem Vater immer die richtige Zeit. Dann rang er sich zu dem Bekenntnis durch: ›Es ist mein Temperament, was der Luzi so einheizt; aber wo einen Mann hernehmen, im fünften Kriegsjahr? Wo man hinschaut, nur Blessierte . . .‹ Dabei musterte er Valentin und sagte: ›Sie san ja ganz gut beisamm', scheint's. Wenn Sie eine Zeitlang besser im Futter stehn, wachsen Sie sich noch raus. Was ham S' denn gelernt? — Schulmeister? Na ja, vielleicht gar kein schlechter Beruf, nach dem Krieg wird man eh alles neu lernen müssen. Sie ham sich doch nicht freiwillig gemeldet?‹

Nein, er sei gezogen, was ja im höheren Sinne auch stimmte.

›Lassen S' sich bloß nicht weiter reinziehen; ein paar Monat noch, und der ganze Spuk ist vorbei.‹

So hatte zu Valentin noch niemand gesprochen. Nicht seine Lehrer, nicht seine Mutter, nicht seine Tanten und Onkel, keiner seiner Ausbilder, auch wenn sie fünfmal verwundet worden waren, kein Luftschutzwart beim Aufräumen in Paderborn, auch nicht der davongekommene Lokomotivführer, dessen Zug amerikanische Tiefflieger bei Bad Lippspringe auf ihre Leuchtspurgarben gefädelt hatten. Ein bayrischer Fleischermeister mußte ihm das sagen. Und er beließ es nicht bei den Worten. Er sagte: ›So, jetzt gehn ma runter ins Schlachthaus und stechen die Sau ab. Sie kommen mit. Blut rühren!‹

›Ich kann das nicht.‹

›Natürlich können Sie das. Denken S' an die armen Front-
schweine, dann werden S' begreifen, daß mein Schlachthaus
ein Ort des Friedens ist, eine Sommerfrische im kältesten
Winter!‹

Valentin ergab sich in sein Schicksal.

6.

Wenn ich jetzt einige Bilder aus dem Soldatenleben ein-
flechte, so hat das seine Gründe, du wirst es mit dem Fortgang
meiner Erzählung begreifen. Valentins Abteilung lag im Sennelager bei Paderborn. Mag die Mark Brandenburg des Heiligen Römischen Reiches Streusandbüchse gewesen sein, das
Sennelager war seine Sanduhr. In Bewegung gehalten wurde
der Sand durch viele tausend Landserstiefel, durch Panzerket-
ten, durch Vierrad- und Achtradspähwagen und durch aus Rädern und Ketten kombinierte Mahltechnik der sogenannten
Cäsarwagen. Die waren im Winter neunzehnhundertfünfundvierzig für Valentins Einheit von unschätzbarem Wert; denn
sie kamen nicht. Das Škodawerk in Pilsen und die drei Dutzend Zulieferbetriebe wurden nicht fertig mit dem Flicken
der Bombenlöcher, für eine Verlagerung in unterirdische
Stollen war die Produktion des Cäsarwagens nicht kriegswich-
tig genug. Kompanie um Kompanie wanderte ab, um mit
Espewe oder mit fahrenden Särgen die Ostfront anzuhalten,
die zweite Kompanie blieb und wartete auf ihre Cäsarwagen.
Im Herbst vierundvierzig dauerte eine Grundausbildung vier
Wochen, dann ging's ab aufs Schlachtfeld. Die zweite Kompanie übte vom Oktober vierundvierzig bis Weihnachten. Die
Jungs schliefen in Klamotten auf dem Barackenboden, wenn
sie Alarmkompanie spielen mußten, sie standen bei Luftan-
griffen frierend in Splittergräben. Aber sie lebten. Was man

von denen, die losgezogen waren, die Russen aufzuhalten, vielleicht schon nicht mehr sagen konnte. Deshalb betete ich, der Cäsarwagen möge nie kommen, und meine Gebete wurden auch erhört, der Wagen kam nicht. Aber noch etwas anderes blieb aus, was für mich von größerer Bedeutung war. Meine Regel. Ich zählte die Tage, rechnete und kam zu dem Ergebnis: Ich war schwanger. Was tun? An eine Abtreibung war nicht zu denken, dem Führer ein Kind zu schenken war auch noch im letzten Kriegsjahr Hauptaufgabe der deutschen Frau, unsere ganze Erziehung diente der Vorbereitung auf die Mutterschaft. Was ein paar Jahre später jedem Mädchen wieder einfiel, Chinin schlucken, Rotwein trinken mit Nelken drin, vom Stuhl springen, heiße Fußbäder, all das fiel mir nicht ein. Ich überlegte, ob ich Mama oder Papa zuerst beichtete, und entschied mich für Pater Esau. Das Ergebnis kannst du dir denken. Heiraten, so schnell wie möglich, um dem in Sünde empfangenen Kind durch das Sakrament der Ehe seine Legitimität zu geben. Mama bekam einen Weinkrampf, Papa ging eine Viertelstunde fluchend im Zimmer auf und ab und sagte immer wieder, das habe er kommen sehn. Beide kamen nach dem Lamentieren zu dem Ergebnis: Um Gottes willen kein uneheliches Kind, sofortige Heirat! Schließlich waren wir alle gute Katholiken. ›Hast du überhaupt eine Adresse?‹

›Ja.‹ Die Adresse hatte ich. ›Und wenn er nicht will?‹ jammerte die Mutter. ›Das laß meine Sorge sein‹, sagte der Vater. ›Ich hab mir 'n angeschaut, beim Blutrühren, der war ganz bei der Sache, und beim Brühen und Schaben ist er mir zur Hand gegangen, alles was recht ist, richtig abgebrüht, der will, sag ich euch! Er müßt ja blöd sein, in eine Fleischerei einheiraten im Krieg, was Besseres gibt's gar nicht. Und wenn erst der Frieden ausbricht, da wird's ein noch größeres Glück sein!‹ Wie recht er hatte, wenn man Glück mit Gewinn und Erfolg gleichsetzt! Mein Vater setzte es gleich, vier Jahre Krieg hatten ihn dahin gebracht. Natürlich schaute man den Fleischern auf die Finger, und manch einer ist wegen Schwarzschlachtens ins Zuchthaus gewandert, aber wenn man die richtigen Leute kannte und sie richtig behandelte, hatte man mehr als sein Auskommen. Vater kannte seine Leute. Er war zahlendes Mitglied im NS-Kraftfahrkorps, und er hatte einen Stein im Brett bei der NS-Volkswohlfahrt. Das eine hatte was mit Auto zu tun und das andere mit Fressen. Um die Zeit gingen fast täglich Hilfssendungen ins Ruhrgebiet, das grade mit Ausbomben dran war. Mit einem Schwein, einem Marschbefehl und mir machte er sich auf die Reise, hielt sich von Kassel an nördlich, was nicht seiner vorgeschriebenen Route entsprach, aber der Schirrmeister Nehring, der in Hövelhof die Einfahrt ins Sennelager bewachte, weil er ein Meister ohne Schirr geworden war, über keinen funktionsfähigen Fuhrpark mehr verfügte, hatte nach dem Empfang einer Dauerwurst gegen die Einfuhr eines Schweins nichts einzuwenden. Er versah Vaters Papiere mit wunderbaren Stempeln, und es dauerte nicht lange, und Vater wurde bei Major Gruner vorstellig, das war der Bataillonskommandeur. Gruner, ein Schwabe mittleren Alters, mit goldenem Verwundetenabzeichen und grauen Haaren, bekam traurige Augen, als er das tote Schwein sah.

›Über eine Woche bin ich hinter einer Wildsau her, immer wieder entwischt sie mir. Durch die ewige Schießerei sind die Viecher völlig unberechenbar geworden. Und Sie bringen mir ein Dreizentnerschwein!‹

›Vier Zentner‹, sagte der Vater, ›wenn man bedenkt, daß es schon ausgeschlachtet ist... Die Volkswohlfahrt des Gaues Bayrische Ostmark, Sitz Bayreuth, schätzt sich glücklich, den tapferen Kämpfern und so weiter...‹ Der Major lud meinen Vater zu einem Glas Wein ein und fragte, was der Vater eigentlich wolle.

›Den Schützen Valentin Eger brauch ich; wenigstens für drei Tage.‹ Und erklärte, warum. Ein Mann, ein Schwein, das war reell, zumal der Mann nur verborgt wurde und das

Schwein gefressen werden durfte. Natürlich gab's keinen Heiratsurlaub. Der Major verwandelte Valentin Eger in einen Kurier mit dem Auftrag, ein Scharfschützengewehr aus Zella-Mehlis abzuholen. Es war eine Spezialanfertigung für den Major und eigentlich nichts anderes als eine doppelläufige Bockflinte mit Nachtglas. Nachdem das alles zwischen den Autoritäten ausgehandelt war, durfte ich meinen Bräutigam sprechen. Der Major hatte ihm zuvor eine Standpauke gehalten, mein Vater hatte ihm die Vorteile klargemacht, jetzt saß ich ihm gegenüber in einer Besucherbaracke, er hatte keine schwarze Ausgehuniform an, sondern die üblichen feldgrauen Klamotten, die Mütze lag neben ihm auf dem Tisch, er sah übermüdet aus und verhungert. Ich küßte ihn auf die Stirn, drückte seinen Kopf an mich und sagte: ›Wenn du es bereust, können wir uns nach 'm Krieg wieder scheiden lassen. Hauptsache, das Kind hat seinen ehrlichen Namen.‹ Da antwortet der Kerl: ›Sei mir nicht böse, Luzi, von diesem Angebot werde ich Gebrauch machen.‹ Ich dachte mir: Kommt Zeit, kommt Rat, die Liebe kommt mit der Ehe, Kleinkinderscheiß ist der beste Ehekitt und was es der dummen Sprüche mehr gibt. Vater brachte uns mit seinem Maybach trotz mehrfachen Fliegeralarms sicher nach Hause. Mutter ging das Aufgebot bestellen und kam in höchster Aufregung zurück. Valentin war minderjährig. Der deutsche Mann erlangte in jener Zeit seine Heiratsfähigkeit mit dem einundzwanzigsten Lebensjahr. Wollte er sich vorher verehelichen, brauchte er die Zustimmung der Erziehungsberechtigten. Valentins Vater war Bausoldat auf einem Flugplatz in Nordnorwegen. Mir war, als überkomme meinen Bräutigam Erleichterung. Wie sollte über tausend Kilometer hinweg eine Zustimmung eingeholt werden, innerhalb von vierundzwanzig Stunden? Ich sah meinen Brautkranz davontreiben. Es war Vater, der meine Hochzeit rettete. Er packte Valentin und fuhr mit ihm zum Hauptmann einer Flakbatterie, den er kannte. Der brachte das Kunststück fertig, über Dienstleitung Verbindung mit dem Flugplatz hinter dem Polarkreis herzustellen. Ein Obergefreiter Eger wurde an den Apparat gezaubert, Vater sprach zu Vater ernste Worte, und nach einer Schreckenspause redeten Sohn und Vater miteinander. Das war etwas, was es sonst nur bei Heinz Goedecke im Wunschkonzert gab, der Eger-Vater war glücklich, daß sein Sohn noch lebte, warum sollte er nicht in eine Fleischerei einheiraten, und wer wußte überhaupt, was dieser Krieg noch alles bringen würde? Drum sagte er: ›Ich war immerhin einundzwanzig, als ich geheiratet habe. Aber meinen Segen hast du, Hauptsache, du bleibst gesund.‹ Der Hauptmann und der Telefonist fungierten als Zeugen, es wurde ein Papier aufgesetzt und mit Stempeln versehn, die auch Pater Esau nicht anfechten konnte.

7.

Wir hatten eine schöne Hochzeitsnacht, alles was recht ist. Vielleicht hat auch meine Schwangerschaft dazu beigetragen, daß ich mehr Spaß an der Sache hatte als üblich. Wir säumten ausgiebig Ohren an, Vater verschaffte Valentin zusätzlich Freizeit, indem er ihm die Fahrt nach Zella-Mehlis abnahm. Es waren nicht viel mehr als hundert Kilometer, und er fand einen Kraftfahrer, der die Bockflinte mitbrachte. So dampfte Valentin am dritten Tag wohlbewaffnet und wohlversorgt ab, mit weichen Knien. Die Geige hatte auch einiges auszuhalten, ich hab's gern über mich ergehn lassen, und irgendwann traf er mit seinem Fiedelbogen in mein Herz. Wenn du jetzt kräftig nachstößt, sagte ich mir, gelingt es dir vielleicht, den Geiger zu gewinnen, der sich trotz der Heirat nur als Geiger auf Zeit verstand. Er hatte mir das nicht nur einmal gesagt, er hatte mich auch mit Eda angesprochen, wenn es bei ihm verschwamm. Drum beantragte ich kurz entschlossen meine Versetzung nach Paderborn. Das war nicht schwer, Lazarette gab's dort auch, und da es im Dreieck Ruhrstadt, Hannover, Kassel lag, war es von Fliegeralarmen mehr geplagt als unser Bayreuth. Es gelang mir, ein Zimmer bei einer Offizierswitwe zu bekommen, in einer Villa am Stadtrand, von wo ich es nur eine Viertelstunde zu Fuß bis zum Krankenhaus hatte. Ich mußte die Diphtherieabteilung übernehmen, unterlag also allen Vorsichtsregeln, die bei Infektionskrankheiten üblich sind.

Major Gruner war noch da, das Schwein meines Vaters lebte in seiner Erinnerung, die neue Flinte hatte Gruner zu einem kapitalen Rehbock verholfen, Valentins Sterne standen günstig. Er bekam Wochenendurlaub, und ich wurde sein Bratkartoffelverhältnis. Das muß man wörtlich nehmen; denn Bratkartoffeln waren das einzige, was ich ihm mit Sicherheit vorsetzen konnte. Manchmal tranken wir dünnen französischen Rotwein, den er mitbrachte, der weder ihm noch mir schmeckte, wir gingen ins Kino und einmal auch zu einem Violinabend, der aber nach einer halben Stunde durch Fliegeralarm beendet wurde, zu meiner Erleichterung. Mein nackter Geiger zu Hause war mir lieber als der Herr im Frack, der sich bei Kerzenlicht mit Tartini abquälte. Ich spürte befriedigt, wie auch für Valentin das Zusammensein mit mir immer selbstverständlicher wurde. Vielleicht war ich der Spatz in der Hand; ob die ferne Taube Eda so gut mit ihm picken konnte wie ich, mußte sich erst erweisen.

Dann kam Valentin mit der Nachricht, seine Kompanie werde nach Osten abtransportiert, ohne Cäsarwagen, aber mit dem Sturmgewehr 44, als Infanterie, und sein Unteroffizier habe erklärt, er brauche drei Mann zum Blutrühren, und einer werde Geiger Valentin sein. Ich war verzweifelt. Die Vorstellung, Valentin könnte in irgendeinem Kessel von Stalins Orgeln zu Hackfleisch verarbeitet werden, machte mich wahnsinnig. Das durfte nicht passieren! Aber wie sollte ich ihn festhalten? Der Frontsoldat muß mit dem Tod rechnen, aber er kann auch durchkommen; den Deserteur erwartet der sichere

Tod. Das war die Losung, die Goebbels ausgegeben hatte. Ich wußte von Männern, die sich den Tripper geholt hatten, um ein paar Tage ins Lazarett zu kommen, andere hatten sich Petroleum gespritzt, um sich eine Phlegmone zu holen, und manches dieser armen Schweine war wegen Selbstverstümmelung erschossen worden. Mein Gott, warum arbeitete ich in der Diphtheriestation? Diphtherie war eine lebensgefährliche Infektionskrankheit, Inkubationszeit zwei bis sieben Tage. Diphtherie konnte jeder Sani feststellen, und er war gezwungen, den Mann sofort ins Lazarett zu schicken, wegen der Ansteckungsgefahr! Bazillen mußten her, sofort. Infektion durch Atmung möglich oder Kontakt. Kontaktinfektion war die sicherste! Es war Freitag abend, als mir das einfiel. Samstag sollte Valentin kommen. Ich hastete zurück ins Krankenhaus, sah mich nach Neueingängen um. Es war kein Mangel, März fünfundvierzig. Eine junge Frau in meinem Alter war dabei, ihre Sachen waren zur Desinfektionsabteilung zu bringen. Ich schnappte mir die Klamotten und verschwand.

Valentin kam spät, er hatte eine Menge anstellen müssen, um überhaupt heraus zu dürfen. Er verschlang seine Bratkartoffeln und wollte sich über mich hermachen. Ich ließ ihn nicht ran und erklärte: Du bist ein langweiliger kleiner Preuße. Immer dasselbe. Bratkartoffeln, Beischlaf zum Nachtisch und dann ›Das Reich‹. Er las tatsächlich ›Das Reich‹, eine Art Empirezeitung der Nazis, in der Goebbels Leitartikel schrieb. Mit Preuße und klein hatte ich ihn beleidigt. Preuße war er wirklich nicht, aber mir gegenüber verhielt er sich preußisch aus Gleichgültigkeit.

›Was willst du denn?‹

›Ich möchte, daß es ein Junge wird‹, sagte ich.

›Was soll's denn sonst werden?‹

›Es gibt immerhin zwei Möglichkeiten: an einen Zwitter wollen wir nicht denken.‹

Nein, das wollte er nicht. Ich erklärte ihm, wann sich das

Geschlecht im Mutterleib fixierte, und sagte Richtiges. Dann sagte ich, wie man das beeinflussen könnte, und das war Quatsch. Ich wollte meinen Spaß und einen infizierten Valentin.

›Intensiv erlebtes Dominanzverhalten kann maskulinen Anlagen zum Durchbruch verhelfen. Außerdem hab ich Lust dazu, und schwangere Frauen müssen bekommen, worauf sie Lust haben.‹

›Schön, ich hol dir eine saure Gurke.‹

›Ich will keine saure Gurke, ich will dich!‹

›Mein Gott, ich wollte doch grade . . .‹

›Du wolltest mich; aber ich will dich!‹

›Das ist doch dasselbe . . .‹

›Eben nicht!‹ rief ich lauter, als nötig war. ›Unten und oben ist nicht dasselbe; unten ist unten, und oben ist oben!‹

›Wenn's bloß das ist . . .‹

›Nein, das ist es nicht bloß. Du ziehst jetzt die Klamotten an, die ich dir mitgebracht habe.‹

›Was für Klamotten?‹

›Das Hemd, die Schlüpfer, das Kleid; du wirst 'n Mädchen, kapiert?‹

›Bist du noch zu retten?‹

›Unser Junge ist noch zu retten, wenn du machst, was ich dir sage, verstanden?!‹

Er sagte jawohl, zog sich aus, streifte sich die Schlüpfer über, kroch ins Hemd, ich hakte ihm den BH zu und stopfte ihn aus, er hatte längst einen Harten, ich beachtete es nicht, zog ihm das Kleid übern Kopf, kämmte ihn, gab ihm ein Glas Sirupwasser in die Hand, schob ihm einen Stuhl zwischen die Beine und sagte: ›Du sitzt bei uns im ‚Bräustübl‘, bist dienstverpflichtet, dein Freund ist irgendwo in Afrika, und du möchtest, daß was passiert.‹ Ich trug als Kleidungsstück seine Landserjacke mit dem silbernen Reichssportabzeichen drauf, es war der einzige Orden, den er hatte. Die Aussicht auf neue wollte ich ihm vermasseln. Ich sagte: ›Servus, Puppe!‹

›Ich heiße Wally‹, sagte er.

›Na, dann, Servus, Wally. Solo heute?‹

›Immer solo. Mein Freund ist längst 'n Eiszapfen in Karelien.‹

›Man darf die Hoffnung nicht aufgeben. Eiszapfen kann man auftaun.‹ Ich faßte ihn an, wo nichts mehr aufgetaut werden mußte, und es wäre fast gekommen wie immer.

›Doch nicht hier‹, sagte ich, ›das ist 'n anständiges Lokal. Ich hab 'n Zimmer eine Treppe höher, da könnten wir uns in Ruhe meine Briefmarken ansehn.‹

›Was sammelst du denn?‹ fragte er, als ich mit ihm andeutungsweise eine Treppe höher gegangen war.

›Nur Kamerun‹, sagte ich, ›wegen der Bananen.‹

›Aha, deutsche Kamerunbananen.‹

›Das wird sich finden . . .‹

Und es fand sich. Als der Soldatensender Belgrad das Lied vom Kleinen Wachtposten spielte, küßte ich ihn, sagte inbrünstig: ›Bleib gesund, mein Schatz!‹ und jagte ihn hinaus in die Kälte. Dann klopfte ich meine Wirtin heraus und verlangte ein heißes Bad. Sie schaute mich an, sagte nichts und heizte den Badeofen an. Ich schüttete eine ganze Flasche Antiseptikum in die Wanne, ließ sie vollaufen und blieb erschöpft im warmen Wasser liegen. Kurz vor Mitternacht klopfte mich die Wirtin heraus, weil ich eingeschlafen war.

8.

Drei Tage vor dem Abmarsch der Kompanie bekam Valentin Fieber, starke Halsschmerzen, mußte aufs Revier. Der Sani warf einen Blick in seinen Hals und sagte: ›Hast du ein Schwein!‹ Mittags brachte ihn ein Sanka ins Lazarett. Am

Abend hatte er vierzig Fieber, er machte eine ziemliche Krise durch, aber schließlich gab es das Serum des Herrn Behring, und das half, wenn man nicht herzkrank war oder ein unterernährtes Kleinkind. Beides war Valentin nicht. Ich besuchte ihn zweimal; er sah blaß, aber nicht verhungert aus. Die Verpflegung war gut, irgendein Standortkommandant hatte einen Lichtblick gehabt und ein Wehrmachtsvorratslager für die Bevölkerung freigegeben. Die Lazarette hatten ihr Teil abbekommen. Ich war inzwischen im fünften Monat, mir ging es gut. Ich fühlte meine Brust wachsen, die Monde um die Brustwarzen vergrößerten sich, und wenn ich die Hand auf meinen Bauch legte, spürte ich, da war Leben drin. Ich glaubte an meinen Männlichkeitszauber und taufte mein Schoßkind Johannes. Da hatte es am 24. Juni Namenstag, am Johannestag, an dem der heilige Johannes den Kindern Schokolade auf farnblattgeschmückte Teller legte, an dem Johannesfeuer angezündet wurden, der die kürzeste Nacht im Gefolge hatte, Sommersonnenwende, und nicht zuletzt auch Hans Sachsens Namenstag, auf den er in den ›Meistersingern‹ ein Feierlied sang, das ich mit Valentin gemeinsam gehört hatte, händchenhaltend. Ach, Johannes, was hätte aus ihm werden können, hätte es diesen Fliegerangriff nicht gegeben! Die Amis hatten ein paar Tage zuvor Köln genommen, eine Stadt weniger, die sie zerrumsen konnten, nun knöpften sie sich Paderborn vor, die alte Bischofsstadt. Tagsüber malten sie Hunderte von weißen Streifen an den Himmel, daß es aussah, als hätte man eine Sträflingsjacke über die Stadt gespannt. Um die Pulks kümmerten wir uns nicht. Wir wußten, sie flogen nach Kassel, Schweinfurth, Berlin oder sonstwohin, und wir dachten wie die Bauern, die an ihre Häuser schrieben: Heiliger Sankt Florian, behüt mein Haus, zünd andre an! Bis dann der Nachtangriff kam. Als die Pfadfinder ihre Christbäume abgeworfen hatten, um den Bombern das Ziel zu beleuchten, wußte ich, es wird Ernst. Ich nahm mein Köfferchen und rannte in den Keller. Wir waren nicht mehr als sechs, sieben Leute, die jüngere Schwester meiner Schlummermutter und eine ausgebombte Familie aus dem Ruhrgebiet, die man uns ins Haus gesetzt hatte. Die Flak fing an zu schießen, und dann orgelten die Bomben herab, jaulten, kreischten, pfiffen und wummerten. Es war, als hätte ein Riese den Veitstanz bekommen und zerstampfte mit teuflischem Gelächter die Stadt. Wo er hintrat, zerbarst das Mauerwerk, aus seinem Fußtritt wuchsen Feuerblumen, durch die Straßen blies er Gluthauch, der Menschen zu Pfefferkuchenmännlein verbuk. Der Keller vibrierte wie bei einem Erdbeben, einer der Riesenfüße trat eine Reihe Knallerbsen aus, dann kam Stille auf. Ich sog Brandluft ein, hörte ein Knistern und Prasseln, unser Haus brannte. Todesangst überkam mich, ich rannte die Kellertreppe hoch, die Tür ließ sich nicht öffnen. Ich schrie nach einer Axt, sie stand unter dem Notlicht, neben dem Sandkasten, der Feuerspritze und der Spitzhacke. Man reichte sie mir, ich schlug auf die Tür ein, sinnlos zuerst, bis mir einfiel, wenn es überhaupt eine Chance gab, dann mit Hebelwirkung. Ich setzte die Axt in den Türspalt, drückte, ruckelte, ein Balken stürzte herab, draußen, die Tür gab nach, einen halben Meter, der genügte, ich drängte hinaus, sah es brennen über mir, atmete Glühluft und spürte stechende Schmerzen in meinem Leib, wie ich sie nicht kannte, von denen ich sofort wußte, was sie bedeuteten. Hinter der Straße begann eine Laubenkolonie, der Diagonalweg führte direkt zum Krankenhaus. Ich lief, einige der Holzlauben brannten wie Johannesfeuer, ich kannte den Weg, er war nicht weit. Als ich das Ende der Laubenkolonie erreichte, lief es heiß an meinen Beinen herab, mein Gott, nein, dachte ich und wollte es festhalten, erwischte auch etwas, dann taumelte ich den langen Gang durchs Krankenhaus, ins Schwesternzimmer, das leer war, wegen des Fliegerangriffs, fiel zu Boden und jammerte: Johannes, Johannes, und hatte etwas in den Händen, blutverschmiert, was ein Gesicht hatte und mich nicht ansah, es war ein Junge. Ich schrie, ich weiß nicht, wie lange, und als man mich hörte und fortschleppte in den Sessel mit den Beinschalen, schrie ich: Wo ist Johannes, wo habt ihr Johannes hingebracht, ihr Hunde. Ich bekam einen Ätherrausch, man kürettierte mich, legte mich in ein frischbezogenes Bett, das rötlich schimmerte von den nächtlichen Feuern, und während ich den Morphiumschlaf schlief, haben sie Johannes verbrannt, zusammen mit amputierten Gliedern und herausgeschnittenen Wurmfortsätzen und abgetrennten Tonsillen! Meinen fünf Monate alten Johannes!

9.

Valentin sah dem Angriff auf Paderborn vom Splittergraben aus zu. Sah die Feuerbäume in den Himmel wachsen, hörte das Bersten der Bomben, zum Schluß sei der Horizont dunkelrot gewesen wie bei der Himmelfahrt des Fliegenden Holländers in einer Reichenberger Inszenierung, fast kitschig. Als ich am nächsten Tag nicht kam und nicht am übernächsten, machte er sich Sorgen; auch wenn er ein Zerrissener war und die Dame seines Herzens in den Sudetenbergen hauste, ich war seine Frau. Als ich anderntags auf wackligen Beinen stand, hatte ich zu tun, mir einen Bombenschein zu holen. Ich gehörte zu den Totalgeschädigten, für die gab es Kleiderkarten, Lebensmittelkarten und eine Notwohnung, die war für mich im Krankenhaus, was glücklicherweise unbeschädigt geblieben war. Ich hauste in einer Dachkammer, schlief auf einer Tragbahre. Währenddessen machte Valentin eine große Dummheit. Er war noch geschwächt von der Krankheit, hatte erst zwei negative Abstriche, war also noch nicht frei von Diphtheriebazillen. Der Lazarettarzt bereitete die Übergabe an die Amerikaner vor und stellte es den gehfähigen Patienten frei, zu verschwinden oder zu bleiben und sich als Rekonvaleszenten in Gefangenschaft zu begeben. Valentin, der Idiot, hatte Angst vor der Gefangenschaft, und so händigte man ihm Entlassungspapiere aus, die ihn verpflichteten, sich im Sennelager bei einer Genesungskompanie zu melden. So kam mein Held wieder in die Senne, mußte vom ersten Tag an Wache schieben, obwohl er noch krankgeschrieben war, ein paar Tage später durfte er seinen eignen Truppenübungsplatz verteidigen, ohne Cäsarwagen, ohne Acht- oder Vierradspähwagen, mit einer Pistole. Es war die einzige Waffe, die man für ihn hatte, Gott sei Dank! Daß von seiner Einheit keiner mehr da war, das war ein weiteres Glück. Die Genesungskompanie war ein müder Haufen, der sich planmäßig absetzte, sowie ihm der Feind zu nahe kam, und der sich zusehends auflöste. Valentin hatte das Pech, einer Streife in die Hände zu laufen, und wurde der Kampfgruppe Meyer eingegliedert, die der sogenannte Panzermeyer anführte. Der lieferte sich mit den Amis gerade eine Schlacht im Teutoburger Wald, an der Valentin drei Tage teilnahm. Als er irgendwo nachts im Keller von Panzeralarm überrascht wurde und eine Bauersfrau ihm ein Bündel Zivilkleider hinwarf, überwand er seine Angst, zog die Uniform aus, ließ sich von den Amis überrollen und machte sich auf den Weg zu meinem Lazarett. Wir sind uns in die Arme gefallen wie zwei Liebende, das kann ich wohl sagen, ich hab ihm vom Schicksal des kleinen Johannes erzählt, es machte ihn sichtlich betroffen, und vielleicht wäre alles gut geworden mit uns, wenn nicht die amerikanische Kommission gekommen wäre. Valentin zeigte seinen Krankenschein vor, er nützte nichts. Für die Amis war er ein Werwolf und fürs Kriegsgefangenenlager gesund genug. Ich packte in Windeseile für ihn einen Karton mit Zigaretten, Keksen und ein paar Fleischbüchsen zusammen.

›Auf Wiedersehen in Bayreuth!‹ rief ich ihm zum Abschied nach.

Nun war die Reihe an mir, eine Dummheit zu begehn, und ich ließ mich nicht lumpen. Auf Wiedersehn in Bayreuth, hatte ich gesagt, und entgegen jeglicher Vernunft verfiel ich dem Wahn, Valentin könne früher in Bayreuth sein als ich und meine Abwesenheit als Anlaß nehmen, sich aus dem Staube zu machen. Also nichts wie nach Hause zu Muttern, obwohl ich nach Muttern am wenigsten Sehnsucht hatte. Ich klaute ein Fahrrad und radelte los, Richtung Südosten. Mal nahm mich auch ein LKW der Amis mit, es waren grüne Bengels, bis auf ein paar anzügliche Gesten blieben sie friedlich. Irgendwo vor Nürnberg schmissen sie mich raus, ich bekam sogar mein Rad und dachte mir, lange kann's nicht mehr dauern. Bis ich begriff, Bayreuth war noch Teil der Bayrischen Ostmark, es kommandierte dort noch der Gauleiter Wächtler und erklärte vielleicht gerade das Haus Wahnfried zur Festung. Das hätte geheißen, sich durch die Frontlinie zu schmuggeln, um sich ein paar Tage später in Bayreuth noch einmal erobern zu lassen. Wenn ich kam, wollte ich als Eroberer kommen. Es war in der Nähe von Kulmbach, Georgsreuth hieß das Nest, ich fand es später symbolisch, daß ich Drachentöter spielen durfte. Die Amis hatten den Ort am gleichen Tag besetzt, in einem schnellen Ritt von Norden her, aus den Fenstern hingen weiße Laken, es war so gut wie kein Schuß gefallen. Da überfiel mich die Idee: Du rufst an. Ich wußte, es war ein Ding der Unwahrscheinlichkeit, ein Ding der Unmöglichkeit war es nicht. Ohne Befehl wurden Telefonleitungen weder zugeschaltet noch abgeschaltet. Ich lief zur Poststelle, es war eine jüngere Witwe, die das öffentliche Telefon verwaltete. Ich sagte: ›Eine dringende Verbindung nach Bayreuth, 27 36.‹ Darauf sie: ›Das darf ich nicht, wegen des Werwolfs.‹ Wegen des Werwolfs, sagte sie, wie in einer Grammatikstunde. Mich packte die Wut, und ich fauchte:

›Du Zimtzicke, wenn du mich nicht sofort verbindest, hängst du!‹

Sie fing an zu stöpseln und sagte: ›Einen Augenblick, ich verbinde‹, reichte mir den Hörer und flüsterte: ›An Führers Geburtstag, du hast wirklich Mut!‹ Tatsächlich, wir hatten den zwanzigsten April, und sie hielt mich für irgendeine geheime Wölfin. Eine müde Stimme fragte, wen ich wolle, und ich sagte: ›NSKK Obertruppführer Felix Biermoser.‹ Mein Vater hatte tatsächlich diesen schwachsinnigen Dienstrang im Nationalsozialistischen Kraftfahrkorps. Als er meine Stimme hörte, wurde er fast verrückt vor Freude und fragte, von wo ich anrufe. Ich sagte: Vom Gefechtsstand des 3. Bataillons der zwölften amerikanischen Panzerarmee unter Generaloberst Patton. Mein Vater sagte nein, und ich sagte ja, und das machten wir dreimal. Dann kriegte Vater plötzlich die Schlachthausstimme, die so was Ähnliches ist wie die des Chirurgen während der Operation: Skalpell, Schere, Tampon, alles ganz ruhig, beinah leise: ›Paß auf, gegen achtzehn Uhr dreißig komme ich mit meinem Maybach, polizeiliches Kennzeichen Ba-13-78, die Kulmbacher Chaussee, mit abgeblendeten Lichtern. Du wirst dafür sorgen, daß auf dieses Fahrzeug nicht geschossen wird. Parole: Walküre! Wir retten Bayreuth! Verstanden?‹ Verstanden hatte ich, obwohl sich mir alles im Kopf drehte. Daß Walküre der Befehlscode nach dem Attentat auf Hitler war, wußte ich nicht, mein Vater vielleicht. Wir sind nicht mehr dazu gekommen, darüber zu sprechen. Die Telefonkuh sagte Heil Hitler, als ich hinausging. Ich machte kehrt, verabreichte ihr zwei Ohrfeigen und zischte: ›Das ist geheime Reichssache, verstanden?!‹ Sie nickte unter Tränen.

Ich fragte eine GI-Patrouille nach einem Offizier, ich hätte eine wichtige Botschaft, ›important message‹, wir hatten immerhin vier Jahre Englisch gehabt in der Realschule. Ich kam zu einem Major, der hörte sich die Geschichte an, ließ sich Walküre und Rettung Bayreuths vom Dolmetscher noch einmal übersetzen und schickte einen Melder hinaus. Vater kam mit zehn Minuten Verspätung und zerrte aus seinem Maybach zwei stockbesoffene Uniformierte; einen Kreisleiter der NSDAP und einen Hauptsturmführer der Waffen-SS, die Scharfmacher in der Kampfkommandantur. Morgen würde die weiße Fahne auf dem Rathaus gehißt; der Bürgermeister und ein Major wären bereit, die Stadt kampflos zu übergeben. Als Vater wieder ins Auto stieg, bat ich ihn inständig hierzubleiben. Nein, unmöglich, er würde noch gebraucht, und die Bayreuther hätten ein Recht, am Tage ihrer Befreiung bei Biermoser auf ihre Fleischmarken frischen Leberkäs zu kaufen.

Am nächsten Tag verlief alles planmäßig, die Leute hängten weiße Laken heraus, Shermans rollten an die Stadt heran, und da die Amis vorsichtige Leute sind, schauten sie sich die Sache auch aus der Luft an, aus einem Beobachtungsflugzeug, das unserm Fieseler Storch sehr ähnlich sah und genauso langsam flog. Da fängt im Park hinter dem Haus Wahnfried eine Vierlingsflak an zu schießen. Irgendein Leutnant war nachts vom Fichtelgebirge her in die Stadt gekommen, setzte sich über den Befehl des Kampfkommandanten hinweg, vielleicht kannte er ihn auch nicht, vielleicht war er lebensmüde oder einfach nur dumm. Mein Vater stürzt ins Auto und rast hin, da war es schon zu spät, der Aufklärer trudelte zur Erde. Fünf Minuten später waren die Lightnings da, mein Vater flüchtete sich ins Haus Wahnfried, um in den Keller zu kommen. Die Amis verratzen die Flak mit Bordwaffen, im Hochziehn werfen sie ihre Bomben. Eine erwischt das Haus Wahnfried, und so starb mein Vater in der Wagnervilla, die er vorher nie betreten hatte, weil er Wagner nicht leiden konnte. Vaters Lieblingslied war ›Morgenrot, leuchtest mir zum frühen Tod!‹. Es wurde auch gespielt, als man ihn unter die Erde brachte.«

IV. KAPITEL

Luzis Erzählung, zweiter Teil

I.

»Sollte ich jetzt den ersten Tag der Freiheit in Bayreuth schildern, an dem ich im Fahrerhaus eines Dodge zwischen zwei GIs in meine Heimatstadt rollte, müßte ich von der Verzweiflung meiner Mutter reden, von meinem Schmerz über den Tod des Vaters und gleichzeitig über die Kontakte zu den Amerikanern, die sich für uns durch das tragische Schicksal meines Vaters ergaben. Wir waren für die Amerikaner Angehörige eines aktiven antifaschistischen Kombattanten, wie der Dolmetscher erklärte. Was nur ein Teil der Wahrheit war. Denn sowenig meine Mutter sich den NS-Frauenschaftsknoten abschneiden ließ, so wenig trennte sie sich von ihren Anschauungen. Sie hielt es für eine Schande, daß ich mit den Amis in die Stadt gekommen war, was Vater getan hatte, begriff sie nicht. Für sie war er im Kampf gefallen. Ach, es kotzt mich jetzt noch an, wenn ich daran denke. Ich werde nicht umhinkönnen, darüber zu reden, vorläufig bleibe ich bei Valentins Schicksal, was bunt genug ist, und wenn sich seine Wege mit meinen berühren, will ich auch wieder über die Familie tratschen. In jenen Maitagen führten sie weg von mir, von Bad Hersfeld nach Bad Kreuznach. Es ist ein Hohn, daß seine ersten beiden Lager Bäder waren; denn für die Gefangenen war das Lagerleben alles andere als eine Badekur. In Bad Kreuznach vegetierten achtzigtausend unter freiem Himmel in Erdlöchern, ich weiß, Eisenbahntunnel waren gesprengt, die

Amis schafften es nicht mit der Verpflegung, auch bei gutem Willen nicht und warum sollten sie den haben, nachdem sie Buchenwald gesehn hatten und Dachau? Die Jungs hockten nachts in ihren Löchern, ließen sich tagsüber von einem Cage ins andere jagen, um ein paar Backpflaumen, einen Löffel Milchpulver und eine rohe Kartoffel zu empfangen, Lemonpulver hab ich vergessen, Seife und Toilettenpapier, das gab's reichlich. Valentin magerte zum Skelett ab, er sah teilnahmslos zu, wie Leute erschossen wurden, die durch den Stacheldraht kletterten, er versuchte sich mit Hilfe einer Büchse durchzugraben, er hatte nicht die Kraft dazu. Eines Tages wurde über die Lagerlautsprecher verbreitet, alle ehemaligen HJ-Angehörigen hätten sich zu melden. Er meldete sich, man verlud die Leute auf Lastkraftwagen und brachte sie nach Hechtheim bei Mainz. Das war ein Zeltlager, Wehrmachtsviererzelte, aufgebaut in ein grünes Kornfeld, leer. Als es die Prisoners in Besitz nahmen, gelenkt und geleitet von Feldwebeln und Unteroffizieren, die Vorgesetzte blieben, die ganze Lagerzeit lang, da war das Getreide innerhalb weniger Minuten verschwunden, abgemäht mit Messern, herausgerupft, gerissen und abgebissen. Das Rhein- und Maintal ist fruchtbar, aber was sollte schon dran sein an einem Getreidehalm im Mai? Sie bereiteten sich ein Kornbett in den Zelten, fielen hinein wie tot, und als sie wieder antreten mußten, gab es für zehn Mann ein Brot, wattiges Weißbrot, aber Brot. Und irgendwann bekamen sie Suppe, und das Brot brauchte nur mit sieben Mann geteilt zu werden. Es ließ sich leben in Hechtheim, was heißen soll, man mußte nicht verrecken. Darüber hinaus gab es eine Beschäftigungstherapie im Lager, die von den Amis gefördert wurde. Es gab Vorträge über Ackerbau und Viehzucht, Sprachkurse und natürlich auch Kultur. Singegruppen, Laienspielgruppen, Tanzgruppen und Instrumentalgruppen entstanden, das Lager verwandelte sich in eine Art Odenwaldschule. Wer nämlich an so etwas teilnahm, erhielt zusätzlich Verpflegung. Wenn Valentin hungrig und tatenlos herumlag und grübelte, wie er seine Lage verbessern konnte, liefen seine Gedanken in zwei Richtungen: Künstlerzelt oder Dolmetscherbaracke. Er hatte mit dreizehn und vierzehn in der Bürgerschule Englisch gelernt, es dann auf eigne Faust ein bißchen weiterbetrieben, als ihn die Lehrerfabrik auf Tschechisch umprogrammierte. Der Versuch scheiterte. Es gab genug Leute, die Englisch so gut wie Deutsch parlierten; ein Radebrecher wurde nicht gebraucht. Es gab anscheinend überhaupt alles in diesem Lager. Wenn einer in braungefärbter GI-Bluse mit aufgemaltem PW von einer roh gezimmerten Bühne herab ›Holde Aida!‹ schmetterte, dann war es mindestens ein Tenor der Dresdner Staatsoper. Valentin sah einem Mann zu, der mit Pastellkreide auf in Rahmen gekeilte weiße Zuckersäcke Porträts amerikanischer Soldaten malte, so hübsch und so heldisch, wie Wolf Willrich die Ritterkreuz- und Eichenlaubträger porträtiert hatte. Dieser Maler hatte sein Künstlerzelt, seinen eignen Dolmetscher und einen Rechnungsführer, der die Preise, die in Zigaretten berechnet wurden, in Kaffee, Konserven und ähnlich konvertierbare Währung umrechnete. Es gab ein kleines Orchester, das Potpourris aus ›Schwarzwaldmädel‹ und der ›Czardasfürstin‹ herunterfiedelte, als seien die Melodien keinen einzigen Tag verboten gewesen. Kein Wunder, es waren Ungarn im Lager und Slowaken, Rumänen, Serbokroaten, sogar Tschechen. Mit all denen hätte Valentin nicht mithalten können; die Instrumente waren vergeben, neue nicht in Aussicht, was tun? Valentin hatte ein Fallschirmjägermesser, das er für Zigarren einem Luftwaffenfeldwebel abgehandelt hatte, noch in Bad Hersfeld. Sein Löffel war ihm zerbrochen, beim Ausbuddeln wilder Mohrrüben, aus denen zusammen mit Melde unter Zugabe von Lemonpulver eine chinesische Bettlersuppe gekocht werden konnte. Aus einem Stück Holz hatte er sich einen Löffel geschnitzt. Wenn er sich als Holzschnitzer ausgab? Immerhin war er Tischlersohn, in einer Werkstatt aufgewachsen, mit Hobelbank und Drechselbank. Bei Drechselbank fühlte er einen Stich im Herzen. Hatte nicht sein Vater Handgranatenstiele gedrechselt? Hatte er sich nicht selbst an Kegelpuppen versucht und Kerzenständern? Tischler war ›joiner‹, und Drechsler war ›turner‹. Excuse me, Sergeant, I am a very good turner, you see, that is a special german ... Was konnte er anbieten? Einen speziellen deutschen Löffel, Kegel, Kerzenständer! Valentin grübelte und kam auf Nußknacker. Das war's! Die Grundform war einfach wie ein Handgranatenstiel, alles andere machte die Bemalung. Bergleute, Polizisten, Offiziere, Jäger, Förster, vielleicht sogar Goldfasane, denen man den erhobenen Arm herunterdrückte und die dann eine Nuß knackten, mit hochrotem Gesicht? Valentin hatte gesehn, wie die Amis Naziorden aufkauften — war so ein nüsseknackender SA-Mann nicht ein Souvenir an die ›European dark and bloody grounds‹? Valentins Hoffnung war schwach, weil er wenig Vertrauen in seine Drechselkünste hatte und weil er nicht wußte, daß er etwas entdeckt hatte, was heute Marktlücke heißt.

2.

Geholfen hat ihm ein slowakischer Volkskünstler. Er sah zu, wie Valentin mit seinem Fallschirmmesser versuchte, aus einem Ahornklotz einen Nußknacker herauszuschnitzen. Erst dachte er, es sollte Jesus werden; es dauerte eine Weile, bis er begriff. Da nahm er ihm das Messer weg und holte mit wenigen kräftigen Schnitten das heraus, was einen Nußknacker ausmachte. Valentin nahm ihm das Schmuckstück ab und sagte: ›This is a special german nutcracker!‹

Mit diesen Worten betrat er anderntags das Künstlerzelt, erreichte mit Radebrechen, einem Hundertmarkschein und einem Füllhalter, daß er den Nußknacker mit Farben aus US-

Armee-Beständen bemalen durfte. Er entschied sich für eine Polizistenuniform, ein nußknackender SA-Mann hätte vielleicht doch zu sehr dem Reeducate-Gedanken widersprochen. Der diensthabende Sergeant sah sich das Ding an, ließ sich den Mechanismus vorführen und entschied: ›Gutt. Du machst mir zwanzig Stück.‹

Valentin nickte und verlangte eine Drechselbank. Handwerker, die begriffen, daß da was zu machen war, bastelten aus einer Nähmaschine eine Drechselbank. Der Slowake drechselte, Valentin malte und fand einen Kritiker seiner Malerei, einen Kunststudenten aus Werdohl in Westfalen. Der Mann hieß Wesselin Herzog. Er war ein Jahr älter als Valentin und sprach gut Englisch, so wurde er Valentins speaker, wenn's um das Feilschen mit den Amis ging. Eine Art Kooperative entstand: Der Slowake drechselte nach Valentins Anweisungen, Valentin malte nach Wesselins Vorlagen, und Wesselin sorgte für Maximalprofit bei den Geschäften mit den Amis. Die original german nutcrackers wurden ein Schlager, Valentin gelang der Einzug ins Künstlerzelt, und da er mit Wesselin viel zu bereden hatte, organisierten sie einen Tausch der Schlafplätze. Gegen zwei Camel und einen Kanten Brot zog ein Haidaer Glasarbeiter bereitwillig ins andere Cage. Wesselin war nun auch Valentins Pennbruder, Bruderschaft entstand, in einem Wehrmachtsviererzelt gibt es keine Geheimnisse. Bald kannte Wesselin Valentins Vorleben so gut wie sein eigenes, umgekehrt war es genauso. Obwohl Wesselin nicht verheiratet war, strotzte er vor Weibergeschichten, vielleicht gerade deshalb. Als ihm Valentin seine Heirat geschildert hatte, möglicherweise hat er sie auch Zwangsheirat genannt, soll Wesselin in lustvolles Stöhnen ausgebrochen sein: ›Eine Fleischerstochter! Hast du ein Glück!‹ Und er hörte genüßlich zu, wenn ihm Valentin unsere Liebes- und Leidensgeschichte erzählte, vom ersten Kuß im Schatten der Richard-Wagner-Fabrik bis zu Valentins Abtransport aus dem

Lazarett in Paderborn. Auch meine Verheißungsformel: Auf
Wiedersehn in Bayreuth! muß er mehrmals gebraucht haben.
Je mehr der Kunststudent gezwungen war, Valentin über die
Bemalung von Nußknackern zu unterweisen, desto mehr
neigte sich sein Interesse dem Handel mit Schweinernem zu.
Und je öfter Valentin vom Abstechen der Sau im Schlachthaus und von Blutrühren erzählte, desto stärker fühlte er sich
von seinen buntbemalten Kunstfiguren angezogen. Sie waren
seine Kinder, lackglänzend wie seine Geige und wie sie zum
Leben zu erwecken — durch keinen Bogenstrich zwar, aber
durch Augenschließen und leise Berührung; da tanzten sie en
suite zu der Musik des Meisters Tschaikowski. Und sicher
tanzte in seinen Träumen auch die Märchenprinzessin Eda
mehr oder weniger verschleiert mit. An einem übermütigen
Abend, das gab es im Lager für die Privilegierten der Künst-
lerbaracke, überredete Wesselin Valentin, mit ihm zu tauschen. Sie hatten von irgendwelchen Schnäpsen genippt, den
Gangster in der Küchenbaracke aus Zucker brannten. Die Kü-
chenbullen waren herausgefüttert wie Schwergewichtsboxer,
erzählte mir Valentin später. Im Spaß schilderte Wesselin, wie
er als Valentin Luzi samt der Fleischerei erobern würde, Valentin korrigierte ihn bereitwillig, wenn er etwas Falsches
machte. Und da Lagerabende lang sind, mußte Valentin sich
als Kunststudent in Düsseldorf immatrikulieren lassen und
Prüfungstexte über alte Holländer und französische Impressio-
nisten aufsagen. Da Valentin über eine oberflächliche Bildung
verfügte, bestand er sein Examen so gut wie Wesselin seins
im Saustechen. Wesselins Vater war ein Siemens-Ingenieur,
der Fahrstühle baute, die Mutter eine biedere Deutschlehrerin,
Valentin versprach, zu beiden nett zu sein; die körperlichen
Unterschiede wollte man mit den Strapazen des Lagers erklären. Sie redeten sich in Traumwelten, und ein unruhiger
Schlaf hielt sie darin bis zum Morgen fest. Nichts kentert
leichter als ein Traumboot; die Ernüchterung ließ nicht auf

146

sich warten. Um es kurz zu machen: Die Amerikaner zogen ab
und übergaben das Lager den Franzosen, die selber schlecht
gekleidet waren, schlecht ausgerüstet, selber knapp mit Le-
bensmitteln. Mit den Künstlergeschäften und den Privilegien
war es vorbei, die Franzosen verteilten an jeden Gefangenen
am Tage ihres Einzugs einen Liter heißes Wasser. Die Gefangenen wurden nervös, die Posten noch mehr; sie schossen
nachts ins Lager. Ein paar Tage später marschierten alle Bengel
unter zwanzig nach Bingen ins Entlassungslager, wie es hieß.
Man konnte von dort in französische Kohlenbergwerke entlassen werden, in die Fremdenlegion und besondere Glücks-
pilze auch nach Hause, vorausgesetzt, ihr Zuhause lag nicht in
der sowjetisch besetzten Zone. Eingedrahtet in einen Wein-
berg, verbrachten Valentin und Wesselin schlimme Tage. Jedes Entlassungsgespräch war ein Werbegespräch für die Fremdenlegion. Den Versuchungen widerstanden beide; dann hieß
es, entlassen würden vorerst nur Jugendliche, die nach dem
fünfzehnten Mai neunzehnhundertsiebenundzwanzig geboren
waren. Wesselin war Dezember neunzehnhundertsechsundzwanzig geboren, schied also aus. Valentin mit seinem Geburtsdatum vierter Februar siebenundzwanzig war nicht besser
dran. Zahlen verändern hatte keinen Sinn. Aber vor die Zwei
eine Eins zu schreiben auch nicht? Aus dem vierten Februar
einen vierten Dezember zu machen? Valentin versuchte es;
fälschte sein Soldbuch; tat etwas, wofür er noch vor wenigen
Wochen vors Kriegsgericht gekommen wäre. Die Schreiber
im Lager nahmen es nicht mehr so genau, drückten ein Auge
zu, wenn Tinte nicht mit Tinte übereinstimmte. So bekam
Valentin einen Entlassungsschein, der ihn berechtigte, das Lager Bingen am achtzehnten Juni neunzehnhundertfünfundvierzig zu verlassen. Wesselin gratulierte ihm zu dem Erfolg.
Der dritte Dezember neunzehnhundertsechsundzwanzig ließ
sich nicht so leicht verändern; der dreizehnte Dezember war
kein Gewinn, und aus der Sechs war keine Sieben zu zaubern.

Es gab die letzte Nacht in den Binger Weinbergen, mühselig erhellt durch Flackerlichter schlecht brennender Rebstöcke. Die Gefangenen trauerten den geteerten Pappkartons der Amis nach, aus denen sich immer ein wärmendes Feuerchen zaubern ließ. Wesselin übergab Valentin einen Brief an seine Eltern und hoffte, noch im Sommer von den Borbethöhen auf Werdohl herabschauen zu können. Er mahnte Valentin, alle wichtigen Sachen beisammenzuhalten. Ja, sie waren im Rucksack; der Entlassungsschein, das Fallschirmjägermesser, ein Nußknacker, das Soldbuch, das klebrige Entlassungsbrot, das Feldbäcker aus der Gerstenernte neunzehnhundertfünfundvierzig hergestellt hatten, der ersten Friedensernte. Valentin schlief in den Junimorgen hinein, keine Kühle weckte ihn; denn ihn wärmte eine schwarze Lederjacke. Die ihm nicht gehörte. Es war Wesselins Jacke. Wesselin war verschwunden und mit ihm Valentins Rucksack. Valentin rannte zum Lagertor und fand sich in der Entlassungsliste ordnungsgemäß abgehakt. Tja, Kumpel, da können wir dir nicht helfen. Das mußt du draußen mit ihm ausmachen, mit Hilfe der Polizei, wenn's so was gibt. Aber raus kommst du erst, wenn Wesselin Herzog entlassen wird, und das kann sich noch hinziehen. Zeig mal deine Papiere, jaja, natürlich sind es nicht deine, aber eine Weile wirst du mit ihnen leben müssen. Valentin suchte in der schwarzen Lederjacke nach einem Soldbuch, fand nur eine Monatskarte der Städtischen Verkehrsbetriebe Werdohl, ausgestellt auf den Namen Wesselin Herzog, geboren am dritten Dezember neunzehnhundertsechsundzwanzig. Kein Soldbuch, U-Boot-Jacke, riecht verdammt nach Waffen-SS. Da wird dir die Kohle nicht erspart bleiben, Kumpel ... Der Mann behielt recht.

Wesselin kam in der Nacht zum vierundzwanzigsten Juni, in der Johannisnacht also, auf den Bergen lohten Feuer, die ersten Friedensfeuer nach fünf Kriegsjahren. Die Amis fuhren verstärkt Streife, vielleicht hielten sie den Feuerzauber für einen nationalsozialistischen Brauch, jedenfalls war James in der Kaserne. Da Männer nie die Wahrheit sagen können, wenn sie ihrer Eitelkeit im Wege steht, will ich dir auch erzählen, wie ich James kennengelernt habe. Mir war aufgefallen, daß die Schwarzen ihr Essen an einer besonderen Feldküche empfingen, jedenfalls mit ihren Kochgeschirren in einer anderen Reihe standen als die Weißen. Nach dem Tod meines Vaters hatten wir öfters Amerikaner im Haus, du erinnerst dich, sie hielten uns für antifaschistische Kombattanten, und meine Mutter, die alte Nazisse, arrangierte sich ziemlich schnell mit den neuen Herren, gab Nachmittagstees, sie war ja erst vierzig und hoffte vielleicht, irgend so ein Captain könnte auf sie reinfallen, Vater war ja schon acht Wochen unter der Erde, das Leben ging weiter, Sterben war inflationiert, man redete kaum noch darüber, so nebensächlich war es. So waren die Teestunden meiner Mutter richtige Kaffeekränzchen, und als ich nach den besonderen Negerreihen fragte, sagte meine Mutter: ›Aber, Kind, welcher zivilisierte Mensch setzt sich mit einem Neger an einen Tisch.‹ Da legte ich mich mit Andy ins Bett, und Andy war ein schwarzer Sergeant aus Louisiana. In seiner Heimat hätte man ihn dafür gelyncht. Ich muß ihm soviel Spaß gemacht haben wie er mir, denn er hat über mir irgendeinen verdammten Armeetermin verpaßt, jedenfalls polterte es die Treppe herauf, und dann standen zwei Militärpolizisten im Zimmer, mit Maschinenpistolen, und dazu Sergeant James Bernstein von der Dolmetscherkompanie. Andy mußte gehn, und Mister Bernstein sagte: ›Lizzy, ich bin tolerant, glauben Sie mir. Aber wenn Sie schon mit einem

Schwarzen ins Bett gehn, hätten Sie es auch mit einem Juden versuchen können.‹

Es wurde ein Verhältnis daraus, und ich bin ihm treu geblieben bis zu dem Tag, an dem Valentin zurückkam, also Wesselin. Du wirst denken, mein Gott, was für ein verderbtes Frauenzimmer. Man kann es auch so sehn, aber es ist falsch. Die Welt war aus den Fugen; Himmel und Erde brannten, Sterne fielen herab, und wenn sie den Boden berührten, waren sie aus Phosphor, niemand wußte, ob er den nächsten Tag erlebte. Bäume überkommt vorm Absterben noch einmal ein Blütenrausch, mit ihrem letzten Saft wollen sie einen Sprößling erzwingen, so erging es den Menschen in der Endzeit des Krieges. Natürlich nehme ich die sechsunddreißig Gerechten aus, die in den Kellern fromm die Befreiung herbeibeteten oder die Zukunft berechneten nach wissenschaftlichen Büchern. Die andern waren außer Rand und Band; egal, ob sie in Shermans saßen und Artilleriebeobachter wegputzten oder mit Panzerfäusten Shermans in Brand schossen. Dazu rechne ich auch Leute wie meinen Vater. Zwei Obernazis besoffen machen und mit ihnen durch die Linien zum Gegner fahren, das ist keine Arbeit, die man mit normalem Pulsschlag erledigen kann; auch nicht Zündschnüre herausreißen aus einem Brückenpfeiler, der gesprengt werden soll, oder Lebensmittel an die Bevölkerung verteilen, statt sie befehlsgemäß in die Luft zu sprengen, das alles ist wie der Blütenrausch des sterbenden Baumes. So war's auch mit den Frauen. Die Männer verkrochen sich in sie aus Angst, und die Frauen umklammerten die Männer aus Angst; wenn sie schon krepieren sollten, wollten sie wenigstens noch einen Zipfel Leben spüren in der Stunde ihres Absterbens. So ließen sie sich umlegen in der Maienzeit, und um Sankt Nikolaus legten sie sich ins Wochenbett, und es war gut so. Jedenfalls war ich allein in der Nacht, als Wesselin kam. Es klingelte, und als ich fragte, wer ist da, sagte es: Valentin, dein Mann! Die Stimme war heiser, so wie Stimmen vor Aufregung heiser werden. Ich reiß das Fenster auf und seh von oben eine Landsermütze, einen Kerl mit einem Brotbeutel, mit dem Gesicht an die Tür gelehnt, vor Erschöpfung, denk ich und renn runter, im Hemd, wie ich war. Er umhalst mich und drängt mich zur Tür hinein, ich schließ auch hinter ihm ab, faß ihn an der Hand und zieh ihn die Treppe nach oben und sage noch: ›Ach, Valli, daß du da bist!‹ Valli hatte ich ihn nie genannt vorher, das war mir nur so zugeweht worden, bei Nachtgesprächen über meine Vorgängerinnen. Im Zimmer nimmt er die Mütze ab, streicht sich durch die Haare, sieht mich mit hungrigen Augen an — es waren nicht Valentins Augen.

›Du bist nicht mein Mann‹, sagte ich. ›Er hat nicht so tiefliegende Augen ...‹

›Wenn einem der Hunger den Kopf auszehrt, sinken die Augen nach hinten‹, sagte er.

›Dein Haar war dunkler ...‹

›Bad Kreuznach hat es gebleicht.‹

›Valentin war kleiner; du kannst nicht gewachsen sein im Lager.‹

›In deinen Augen schon, Sehnsucht vergrößert!‹

›Zeig mir das Muttermal‹, sagte ich. Er zog die Jacke aus, riß sich das Hemd vom Leib, der weiß war und abgemagert, daß es mich erbarmte. Er wandte mir den Rücken zu, krümmte die rechte Schulter, und ich sah das Muttermal.

›Es war die linke‹, sagte ich.

›Es ist gewandert. Wenn du in Bad Kreuznach liegst, auf der linken Seite, und du weißt, daß ich immer links liege, dann ist die rechte Bayreuth näher als die linke. So ist das Muttermal gewandert, aus Liebe.‹

›Sag mir, wie du bei mir ins Körbchen gekommen bist.‹

Da erzählte er mir die Meistersingernacht, mit Vorspiel und Zwischenspiel und Nachspiel, daß mir die Luft wegblieb, erwähnte die Fiedelbogenberührung und den Vater, daß ich in

meiner Verzweiflung den schwarzen Kasten vom Schrank riß
und sagte: ›Los, spiel!‹ Und er nahm die Geige und fiedelte
die Toselliserenade herunter, die Valentin nur naserümpfend
gespielt hatte, weil sie für ihn ein abgelatschter Schuh war. Ich
sah ihn spielen, mit nacktem Oberkörper, ich schloß die
Augen, hielt mir die Ohren zu und schrie: ›Valentin spielt
nackt!‹ Entschuldige, solche Zeiten waren das, ich habe es tatsächlich geschrien. Den Rest kannst du dir denken.

4.

Ich weiß nicht, was James getrieben hat; angemeldet war er
jedenfalls nicht. Er hatte zwölf Stunden Dienst hinter sich;
Übermüdung kann erotisieren, vielleicht war's auch eine Ah-
nung, eine Laune, ein Anfall. Er hatte einen Schlüssel, konnte
in unser Haus; es war hellichter Morgen, wir schliefen. James
sah uns, sah die Landserklamotten und handelte, wie es ihm
zukam. Er zog seine Dienstpistole, schoß gegen die Zimmer-
decke, daß eine Putzwolke auf uns herabrieselte, und sagte:
›Show me your papers, son of a bitch!‹ Mein armer Nackter
sprang aus dem Bett und wollte sich an der Uniformjacke zu
schaffen machen. James ließ es nicht zu, schrie ›hands up‹, Gesicht gegen die Wand und so weiter, mein Nackter folgte aufs
Wort, er verstand gut Englisch. Ich mußte die Papiere heraus-
holen und lispelte: ›This is my husband...‹, obwohl ich
wußte, wie gut James Bernstein Deutsch verstand. Der nahm
die Papiere, das Wort ›fucking‹ hatte ich vorher von ihm nie
so oft gehört wie in diesen fatalen Minuten. Er las lange, wo
es nicht viel zu lesen gab. Daß ich verheiratet war, wußte er,
ich hatte ihm von meiner war-marriage erzählt, wieso hätte
ich es verschweigen sollen, den GIs war es egal, ob sie mit
einer getrauten oder ungetrauten Frau ins Bett gingen. Dann
sagte er: ›Heb deinen Arm, du Schwein!‹ Mein Nackter

mußte sich umdrehn, mit dem Hintern gegen die Wand stellen und die Arme spreizen, daß er aussah wie der Gekreuzigte. Der Sergeant sah die blaue Tätowierung am Oberarm, an der Innenseite, wo er bleich und weiß ist, eine Raute, wie sie Kinder und Soldaten an Wände malten, nur ohne Mittelstrich; es war die Chiffre für die Blutgruppe o. Für Sergeant James Bernstein war es das Kainsmal. Er schloß die Augen für eine Sekunde oder zwei, dann schlug er mir rechts und links ins Gesicht, einmal und noch einmal und schrie dabei: ›Du ekelhafte Hure, warum hast du mir nicht gesagt, daß dein Mann bei der SS ist! Du ekelhafte Hure!‹ und so weiter. Ich mach es kurz. James Bernstein, dessen Eltern in Auschwitz vergast worden waren, glaubte, mit einer SS-Zicke geschlafen zu haben. Ich schwor, mein Mann sei nie in der SS gewesen, James zeigte mit dem Pistolenlauf auf die Tätowierung und schrie; der einzige, der schwieg, war mein Nackter; der wußte, er war überführt.

Er sagte leise: ›Sergeant, beg your pardon, ich weiß, ich habe Schuld auf mich geladen als Soldat, und ich möchte sie sühnen als Soldat. Bitte, bringen Sie mich zum nächsten Büro der Legion étrangère.‹

James fuchtelte mit der Pistole herum, betete alle Flüche herunter, von ›son of a bitch‹ bis zu ›old fucking cacksacker‹, wünschte mir dann einen angenehmen Tag und brachte Wesselin zur Fremdenlegion.

Ich hab den halben Vormittag geheult, dann hab ich mich aufgerafft und bin ins Büro der Legion étrangère. Wesselin hatte bereits unterschrieben, war auf dem Weg in ein Sammellager. Ich hab ihn noch erwischt, er war schon wieder hinter Stacheldraht. Ich hab ihn angefleht, mir zu sagen, wo der echte Valentin steckt.

›Wozu?‹ sagte er eiskalt. ›Er wird noch früh genug erfahren, daß sein Eheweib eine Amihure geworden ist.‹

5

Als Valentin kam, war ich im dritten Monat. Die Franzosen hatten ihn aus den Elsässer Kohlengruben entlassen wegen Krankheit. Er hatte sich einen Bauchdeckenbruch geholt, eine langwierige Geschichte. Gott sei Dank kam er nicht nachts; die Vorstellung eines erneuten Zusammenstoßes mit James wäre mir unerträglich gewesen. Wir umarmten uns, ich mußte heftig weinen, wußte ich doch, ein gutes Ende war nicht mehr drin für unsere Liebe. Er verlangte als erstes zu baden; ich heizte den Badeofen und erzählte ihm dabei das traurige Schicksal meines Vaters, das ihn bewegte; er hatte ihn gern gehabt, trotz der kurzen Zeit, die sie sich kannten. Ich mußte ihm sagen, daß die Fleischerei von meinem Schwager geführt wurde; ein Mannsbild war vonnöten, und ich hätte wohl auch in ihm keinen Fleischer gefunden. Er nickte nur. Als er in der Wanne saß, erzählte ich ihm, daß ich schwanger sei.

›Von diesem Schwein Wesselin?‹ fragte er. ›Der mir meinen Namen gestohlen hat, dessentwegen ich in die Kohle mußte?‹

Mir blieb nichts, als ihm die Wahrheit zu sagen. Daß Wesselin nur eine Nacht hiergewesen war, längst in Siddi bel Abbés oder in Französisch-Indochina Dienst tat und daß der Vater des Kindes James heiße und Amerikaner sei. Die Tatsache, daß Wesselin in unerreichbare Fernen verschwunden war, mit Valentins Papieren, beeindruckte ihn mehr als meine Liaison mit James und meine Schwangerschaft. Er schrie mehrmals: ›Dieses Schwein, dieses dreckige Schwein!‹ und redete davon, auch zur Fremdenlegion zu gehn, um Wesselin aufzuspüren und ihn zu zwingen, ihm seinen ehrlichen Namen wiederzugeben. Natürlich kam James, wie hätte es auch anders sein können. Inzwischen war es September geworden. Landserklamotten signalisierten bei ihm nicht sofort entflohene Kriegsgefangene, er griff auch nicht zur Pistole. Während ich ihm

hastig erzählte, das sei mein angetrauter Mann, leider mit falschen Papieren, warf er einen Blick auf die schwarze U-Boot-
Lederjacke, ging ins Bad und ließ sich Valentins linken Oberarm zeigen, an dem es keine Blutgruppe gab.

›Was wirst du machen?‹ fragte er mich ruhig, und ich antwortete wahrheitsgemäß: ›Ich weiß es nicht, James!‹ Es war
Valentin, der uns die Entscheidung abnahm. In Vaters blau
und weiß gestreiftem Bademantel kam er ins Zimmer, barfüßig, und ich stellte ihm schnell ein paar Hausschuhe hin, es
waren die, die James immer trug. Er zog sie an, setzte sich auf
die Couch, wohl um zu zeigen, daß er hier nicht ohne Rechte
war, und sagte: ›Du hast mir bei unserer Heirat versichert, ich
könne mich wieder scheiden lassen; du wolltest nur einen Vater für dein Kind. Jetzt bekommst du wieder ein Kind, dem
ich von ganzem Herzen ein besseres Schicksal wünsche als
unserm Johannes, du hast einen Vater dafür, und mit dem
sollst du auch leben. Ich will nach Böhmen zurück und Eda
suchen. Daß ich sie liebe, weißt du, und ich hoffe, dort findet
sich auch ein Weg, meinen Namen wiederzubekommen.‹ Als
er das von Johannes gesagt hat, mußte ich natürlich heulen,
aber schließlich war es Vergangenheit, auch wenn es nur ein
halbes Jahr her war, und ich hatte mich um das Kind in meinem Bauch zu kümmern. Darum sagte ich: ›Es ist sicher das
beste, wenn wir uns scheiden lassen.‹

›Dazu brauch ich richtige Papiere‹, sagte Valentin. Wir
dachten, es ginge mit Zeugen und eidesstattlichen Erklärungen zu machen. Es ging nicht. Pater Esau war nicht bereit, die
Identität zwischen dem Rekruten und Heimkehrer Valentin
auf Eid zu nehmen. Zuviel an Betrugs- und Bestechungsversu-
chen hatte er erleben müssen, er wollte kein falsch Zeugnis
geben. Meine Mutter erkannte ihn natürlich, weigerte sich
aber, ihn zu identifizieren, weil sie glaubte, Valentin wolle
die Fleischerei in seinen Besitz bringen. Alle Hoffnung ruhte
auf James, er war ein Stück Besatzungsmacht, und das hatte

damals wirklich mit Macht zu tun. Ihm tat Valentin leid, er hat es mir gestanden, und insgeheim hat er vielleicht überlegt, ob es nicht besser sei, einen deutschen Vater für das zu erwartende Baby zu legitimieren. Er hat das nicht versucht; wahrscheinlich schien ihm Valentin nicht geeignet für so eine Rolle, und außerdem hing er wohl ziemlich an mir. Drum sagte er nach zweitägigem Überlegen: ›Valentino‹ — so nannte er ihn —, ›ich hab eine Idee. Hier ist alles so konservativ, nur was in Papieren steht, gilt; hier findest du dich nicht wieder. Weißt du was, wir fahren zu den Russen. Du hast selbst gesagt, dort lebt deine große Liebe. Ich mach dir ein feines Papier, wir haben Formulare in vier Sprachen, so etwas schreibe ich aus für dich, bring dich nach Čechoslovakia, bis Eger stehn unsere Jungs, von dort zu den Russen kommst du leicht.‹

›In dem Papier bin ich wieder Valentin Eger‹, rief Valentin begeistert aus. James schüttelte den Kopf, hob die Schultern. Nein, das war nicht möglich, maßgebend waren die Entlassungspapiere, und die lauteten auf Wesselin Herzog. Aber in seiner Heimat werde er schon sich selber wiederfinden. Das Wort Heimat gab den Ausschlag. Ich organisierte zwei Schlackwürste und eine Büchse Schmalz, umhalste ihn heftig und bat ein dutzendmal: ›Wenn du alles geregelt hast, Valentin, schick mir die Scheidungsklage zu, ich mach dir keine Schwierigkeiten!‹ Dann stieg er in den Jeep, und am Abend versicherte mir James erleichtert, die Russen hätten versprochen, Valentin nichts in den Weg zu legen.

Ob sie ihr Versprechen gehalten haben, weiß ich nicht; Valentin hat nie wieder etwas von sich hören lassen. Mit James verbrachte ich fünf Jahre, dann mußte er in die Staaten zurück. Ich sollte mit, meine Mutter und mein Schwager drängten mich geradezu, aber ich wollte nicht als verheiratete Frau mit einem Kind von einem andern Mann in die Staaten kommen. Ich hatte Valentin suchen lassen und auch Wesselin, über das Rote Kreuz, über verschiedene Suchdienste, es blieb alles vergebens. Für tot konnte ich ihn nicht erklären lassen, die dafür vorgeschriebene Frist war noch nicht verstrichen. So kam es, daß James mit dem Jungen allein abreiste.«

Friedemann Körbel war mit dem Verarbeiten der Neuigkeiten beschäftigt, und es entging ihm, daß Luzi in der dritten Person über ihn redete. ·

»Du scheinst dich nicht mehr zu erinnern an deine weinende Mutter«, sagte sie und goß sich noch ein Glas ihres Grapefruitweins ein.

Friedemann spürte, es war Zeit, aus seiner Rolle zu schlüpfen, und er gestand.

Luzi tat einen tiefen Schluck und sagte: »Ich hab von Anfang an gewußt, daß du nicht mein Sohn bist, obwohl er so ähnlich aussehen könnte.«

»Haben Sie kein Foto von ihm?«

»Nein, James hat sich nie wieder gemeldet.«

»Aber Tante Rosi hat mich doch gleich als Fred angesprochen, als stünde sein Besuch ins Haus . . .«

»Das hab ich immer mal durchblicken lassen, wenn sie mir zu dumm gekommen sind, die lieben Verwandten. Fred hat nämlich vom Testament meines Vaters her Anteil an der Fleischerei.«

»Als Fred geboren wurde, war Ihr Vater doch längst tot.«

»Er war ein vorausschauender Mann. Er kannte mich und mein Temperament, von ihm hatte ich es schließlich. Er kannte die Bayern, er war ja selber einer, er kannte seine Frau . . . jedenfalls wollte er, daß mein Kind nicht benachteiligt wird, wenn es vielleicht nicht ganz ehrbar zur Welt kommen sollte, wie es so schön heißt. Und das ist es dann ja auch. Ich war eine Hur, ein Ami-Liebchen, und obwohl meine Schwester und mein Schwager von meiner Freundschaft mit James nur Vorteile hatten, haben sie es verstanden, mich aus dem Geschäft rauszuekeln. Ich hab mir mein Erbteil auszahlen lassen und hab mir dafür eine heruntergekommene Pension gekauft. Zu der Besatzungsmacht hatte ich die besten Beziehungen, mein Haus wurde gern frequentiert, so kam eins zum andern, ein intimes Kino, ›Old Bens Pub‹, man muß mit der Zeit gehn. Jetzt hab ich mehr Kies als das Schwesterchen, und heute werde ich wieder einen Schnitt machen! Keinen bedeutenden, aber einen wohltuenden. Mit Ihrer Hilfe — und es wird Ihr Schade nicht sein.«

Friedemann dachte an seine knappen Diäten und fragte beklommen: »Was erwarten Sie von mir?«

»Nichts Besonderes. Sie bleiben für heute nacht mein Sohn Fred und erklären, daß Sie nichts dagegen hätten, wenn Ihr Erbteil auf das Konto Ihrer Mutter überschrieben würde.«

»Erklären kann ich das«, sagte Friedemann. »Es wird wenig nützen; wenn Ihr Schwager meinen Paß sehen will, muß ich schon passen.«

»Er wird nicht danach fragen, verlassen Sie sich darauf. In dem Rahmen, in dem die Begegnung stattfindet, fragt man nicht nach Pässen.«

»Was ist das für ein Rahmen?«

»Mein Puff!«

6.

Friedemann Körbel hatte um Bedenkzeit gebeten, und um sie nützen zu können, hatte ihm Luzi Biermoser alias Eger ein Zimmerchen zugewiesen, mit einer Couch, einem Radio und einer Radierung von Bayros, die ein nacktes Mädchen zeigte, das im Heu einer Futterkrippe eingeschlafen war und von einem Reh an salziger Stelle geleckt wurde. Es machte Friedemann deutlich, in was für einen Sumpf er geraten war. Keine heimatliche Pensionswirtin hätte gewagt, so ein Bild aufzuhängen. Andererseits konnte er nicht umhin zu überlegen, wieviel Andy Quahl für das Bild geboten hätte, wenn es eine

Originalradierung gewesen wäre. Leider war es nur ein Druck, wenn auch ein recht guter. Selbst solche Drucke ... es gab nichts, womit man nicht Geschäfte machen konnte, wenn man etwas davon verstand. Friedemann Körbel verstand mancherlei davon, er hatte Einblicke tun dürfen, auch in grenzüberschreitende Transaktionen, wegen so etwas war er hierhergeschickt worden. Seit Luzis Erzählung sah er einen Hoffnungsschimmer. Valentin Eger war in keiner Fremdenlegion, er war nicht nach Australien ausgewandert, sondern zurückgekehrt in seine böhmische Heimat. Als Wesselin Herzog zwar, aber er ließ sich mit den gleichen Erfolgsaussichten suchen wie ein Valentin·Eger. Natürlich konnte er später wieder ausgewandert sein, aber Spätauswanderer waren registriert, ihre Spur ließ sich verfolgen. Daß sie nach einem Ort in der DDR führte, war nicht unwahrscheinlich. Die Oberlausitz, der Harz, bestimmte Flecken Mecklenburgs waren übersät mit Umsiedlern. Wo sie auch hergekommen sein mochten, sie waren registriert und eingeordnet, also auffindbar. Sein Dienstauftrag war somit erledigt. Bis zum Ablauf seines Visums blieben ihm noch drei Tage, die er nach Belieben nutzen konnte. Drei Tage und die Komödie des heutigen Abends. Durfte er sie spielen? Er sollte eine partielle Umverteilung mehrwerthekkenden Kapitals bewirken. Läppische Summen, hatte man den Staatshaushalt im Auge. Dem real existierenden Sozialismus schadete es nichts, und hier verschärfte es vielleicht einige Widersprüche, sehr partielle natürlich, aber die Summe der verschärften Widersprüche war keine mathematische Summe, sie konnte auf dialektische Weise in eine neue Qualität umschlagen. Also war auf Numero Sicher gehn dasselbe wie alles wagen. Darum wagte Friedemann Körbel alles. Weil er fünfunddreißig Jahre alt war und weil bei ihm Phantasie und Realität im rechten Verhältnis zueinander standen, in einem produktiven.

7

Gegen zehn klopfte es diskret. Auf Friedemanns »Herein« erschien ein Thaimädchen. Als es sich verbeugte, dachte Friedemann: Verweile doch, du bist so schön! Und es verweilte; dann zwitscherte es: »Ihre Frau Mutter läßt bitten.« Das Mädchen ging voran, und Friedemann folgte ihm. Beim Öffnen der Tür verneigte es sich noch einmal und ließ ihm den Vortritt. Er stolperte ins Zimmer. Luzi fing ihn auf, drückte ihn an ihre samtbespannte Brust und sagte, zu einem vierschrötigen Schnauzbart gewandt: »Er kann es gar nicht erwarten, seine liebe Mami zu umarmen.« Der Schnauzbart hatte einen runden Glatzkopf, trug einen grünen Janker, hatte etwas Bauch; war der Schwager, mußte um die Sechzig sein. Friedemann erinnerte er an einen auch in der DDR beliebten Fernsehkommissar aus Wien.

»Rausgemacht hat er sich, der Bub, alles was recht ist«, sagte der Schwager. »Wenn ich denk, was er für ein Hascherl war, als er uns verlassen hat ...«

Friedemann erwiderte kühn: »Du hattest mehr Haare auf dem Kopf, Onkel ...«

»A g'scheits Bürscherl, und Witz hat er auch; der kommt nach uns, Luzi, da sieht man wieder amal, wie sich das Bodenständige durchsetzt.«

Er haute Friedemann auf die Schulter, und der antwortete mit einem kräftigen Boxhieb auf des Onkels Oberarm.

»Sakra, da ist ja Zug drin; das hätt' ich dir gar nicht zugetraut, Frederl. Da kriegt man direkt Lust, mit dir zu hakeln ...«

»Laß meim Buben in Ruh, hakeln tun wir zwei«, entschied Luzi, drückte Friedemann in einen Stuhl und strich ihm durch die Haare. »Bist ja nicht beim Rapport!«

»Das weiß man in Deutschland nie«, erwiderte Friedemann diplomatisch und verursachte einen Lachanfall des Onkels.

»Du hast's erfaßt, Bub, was deine Mutter mit dir heut inszeniert, is nix als ein Geschäftsbericht, man könnt' auch Rapport sagen. Vollzugsmeldung erstatten, wie es früher hieß!«

Luzi wies auf einen Serviertisch mit allerhand Flaschen und sagte: »Jetzt trinken wir erst amal. Was magst, Bub?«

»Ich wär für Rotwein«, sagte Friedemann.

Sofort protestierte der Onkel: »Ach was, so a labriges Gesöff. Ein Geschäft wird mit Enzian begossen in Bayern.«

»Dann verlange ich Bourbon«, sagte Friedemann und war nur zu einem Kompromiß mit Scotch bereit.

»Machen wir einen Kompromiß«, sagte der Onkel. »Ich trink Enzian, das Frederl trinkt seinen Whisky, und du, liebes Schwesterlein, hast sicher irgendwo eine Flasche von deinen selbstgebrauten Fruchtweinen, denen du mit so sichtbarem Erfolg zusprichst . . .«

»Irrtum«, sagte die Mutter, »ich trink Bourbon mit meinem Sohn. Schließlich ziehn wir an einem Strang . . .«

»Wir ziehn alle an einem Strang«, sagte der Onkel, ehe Friedemann zur Besinnung kam. »Geschäft zum beiderseitigen Vorteil nennt man das heute, was natürlich Blödsinn ist, denn Vorteil setzt immer Nachteil voraus, sonst wär's kein Vorteil. Auch in unserm Falle machst du den Reibach, während unsereins gerade so seine Unkosten decken kann.«

»Mir kommen die Tränen«, sagte Friedemann, weil er wußte, daß diese Fernsehfloskel amerikanischen Ursprungs war. »Du hast mit dem Kapital meiner good old mama zwanzig Jahre lang gearbeitet und dir eine goldene Nase verdient; ich meine natürlich mein Kapital, aber es gehört meiner good old mama, das möchte ich mal in aller Deutlichkeit sagen! Ich brauch es nicht in den Staaten, ich möchte, daß es hier für mich arbeitet.«

»An welche Summe denkst du, konkret?« fragte der Onkel.

Friedemann schaute hilfesuchend zu Luzi, und Luzi sagte: »Zwanzigtausend, du Idiot; wenn du nichts kannst, rechnen kannst ja wohl!«

»Bar?«

»Glaubst du, ich zahle Erbschaftssteuer?«

»Gut, dafür kündigst du deinen Vertrag mit Lechleitner. Ich hab ein bissel was aufgesetzt, wie ich mir unsere Lieferbedingungen vorstell...« Er holte ein Papier aus seiner Jackentasche, Luzi las, Friedemann fixierte ihr Gesicht, es zeigte keine Regung. Nachdem sie das Blatt zusammengefaltet hatte, sagte sie: »Schick mir's morgen ins Büro. Wenn ich die zwanzig Mille hab, unterschreib ich.«

»Gegen zehn?« fragte der Schwager.

»Mir soll's recht sein.«

Da erhob sich der Schwager, umarmte die Schwägerin, berührte auch Friedemann mit seinem Schnauzbart, hob das Glas und sagte: »Da sieht man's mal wieder, wo ein Wille ist, da ist auch ein Gebüsch, in dem man zueinanderfindet. Es hat lange gedauert mit uns, liebe Luzi, manchmal hab ich gesagt: Die Luzi, das ist die eiserne Lady von Bayreuth, mit der kommst du nie ins reine, und wahrscheinlich hätt' ich recht behalten bis an mein seliges Ende, wenn uns nicht der liebe Gott den Frederl geschickt hätt'. Das Herz der eisernen Lady war nicht zu erweichen, aber das Mutterherz! Was Gott zusammengefügt, das soll der Mensch nicht trennen, heißt es, und vor dreißig Jahren ist die Mutter vom Sohnerl getrennt worden, und ihr Herz ist verhärtet. An nix anders hat sie mehr gedacht als ans Geschäft, und erst mit dem Tag, an dem der geliebte Sproß ans Mutterherz zurückkehrt, regt sich in ihm auch wieder der Sinn für die Familie. In der Chemie nennt man das einen Katalysator; was du bewirkt hast, lieber Frederl, ist hundertmal mehr, tausendmal, du hast die geschwisterliche Liebe erweckt. Drum möcht ich dir von ganzem Herzen danken, auch im Namen meiner lieben Frau, die leider heut abend unabkömmlich ist, und ausrufen: Du hast die Familie Biermoser wieder zusammengefügt.« Man stieß an, nicht nur einmal. Luzi knurrte einige Bemerkungen dazwischen, die den allgemeinen Frieden gefährdeten, zweimal fing sie der Schwager ab und einmal Friedemann. Dann mußte er Histörchen aus seinem nordamerikanischen Leben zum besten geben; er zog sich mit Mark Twain aus der Affäre und in einem späteren Reizzustand mit Bukowski. Er hatte mit beiden Erfolg; der Schwager verstieg sich zu der Bemerkung: »Man soll die Dinge ruhig beim Namen nennen, sagen, wie's is. Ich wünschte, es kommt der Tag, wo sich auch unser Franz Josef dazu durchringt.«

Friedemann hielt das für unmöglich.

»Ja, aus deinem amerikanischen Exil her magst schon recht haben. Ich kenn ihn aber besser; ich halt's schon für möglich. Vielleicht werden wir alle noch einmal staunen!«

Friedemann hatte Sorge, sich beim politischen Disput zu entlarven, der Bourbon klopfte ihm gegen die Schläfen, machte ihn aggressiv. Luzi merkte es, sie schaute demonstrativ auf die Uhr und sagte: »Wir Geschäftsleut müssen früh raus, wir sollten Schluß machen. Der Frederl hat's besser, der kann in den Federn bleiben, so lang er will, und ich denk, er wird sich noch ein biss'l umschaun, schließlich hat mein Haus mehr zu bieten als zwei streitsüchtige Verwandte!«

Dafür hatte der Schwager Verständnis, er rieb seinen Schnurrbart an Friedemanns Wange, flüsterte: »Verlang die Mizzi, die is Klasse!«

Luzi fragte: »Soll ich dich an die Bar bringen?«

Nein, Friedemann wollte in sein Zimmer. Aus dem Keller drang laute Musik, irgendwo funkte eine Lichtorgel. Friedemann durcheilte mehrere Gänge, sah ein Schild: Zur Sauna, und dachte: Das ist es, was ich brauche! Schwitzen, kalt duschen und dann lange schlafen. Auf seinem Nachttisch fand er einen Euro-Scheck über dreihundert Mark.

8

An die gebuchte Strecke Berlin—Kempten mußte Friedemann
zurück, ob er wollte oder nicht. Stuttgart war kein großer
Umweg, so beschloß er, nach Stuttgart zu fahren: nicht ohne
Erinnerung an den Grenzbeamten. War es nicht möglich, daß
gefragt wurde: »Na, wie waren die Verhandlungen beim Verlag ... wie hieß er doch gleich?«

Thienemann hieß er. Friedemann war nicht sicher, ob er
den Verlag aufsuchen würde, nach Stuttgart zu fahren, ent-
schloß er sich. Im letzten Krieg beinah so stark zerstört wie
Dresden, geschichtsträchtig, Schillers Flucht aus Stuttgart,
Herzog Karl Eugen, Christian Daniel Schubart auf dem Hohen-
asperg, Stammheim nicht zu vergessen und Bambule, Stuttgart war eine Reise wert.

Es enttäuschte ihn nicht. Nahm ihn freundlich auf in seinem Bahnhof mit dem Mercedesstern auf dem Dach, beför-
derte ihn mit unterirdischer Straßenbahn in die Pension »Lin-
denblatt«, die ihm empfohlen worden war; in der er sich aus-
schlief und die Anstrengungen Bayreuths vergaß. Dann suchte
er eine Sparkasse auf, warf mit lässiger Geste seinen Euro-
Scheck auf den Tisch, wurde nach dem Paß gefragt, und schon
war es passiert. »Bedaure, mein Herr, das Geld können wir
Ihnen nicht auszahlen.« Betont wurde das »Ihnen«.

»Warum nicht?«

»Die Bestimmungen sind nun mal so. Kennen Sie niemanden in Stuttgart, der den Scheck für Sie einlösen könnte?«

»Nein.«

»Da kann ich Ihnen leider nicht helfen.«

Fluchend verließ Friedemann die Sparkasse, überquerte die
Straße und landete in einer Buchhandlung. Dort verlangte er
alle Thienemann-Prospekte, bekam eine Menge Kunstdruck-
papier. Unterwegs kaufte er eine Flasche Rotwein, Brot und
Wurst und zog sich auf sein Zimmer zurück. Er mußte eine

Konzeption ausarbeiten für seinen Besuch; schließlich konnte er nicht einfach sagen: »Ich bin ein DDR-Autor, können Sie mir bei der Einlösung eines Euro-Schecks behilflich sein?« Eine der Thienemann-Editionen nannte sich Edition Weitbrecht. Friedemann erinnerte sich, in seiner Jugend Schriften eines Carl Weitbrecht begegnet zu sein; darunter auch einem Lustspiel, das Schillers Flucht aus Stuttgart behandelte. Die Schwaben waren ein literarisch begabtes Völkchen. Wie lautete das Sprüchlein, das er von einem ehemaligen Staatsanwalt aufgeschnappt hatte:

> »Der Schiller und der Hegel,
> der Uhland und der Hauff,
> das ist bei uns die Regel,
> das fällt hier gar nicht auf!«

Etwas Kulturhistorisch-Anekdotisches mußte her, mit dem er sich einführen konnte. Von weiteren Plänen zu schwatzen war dann leicht. Er nahm sich in Klausur und schrieb in der Zeit, die er für eine Flasche Rotwein brauchte, folgende Anekdote:

Wie der Verleger Weitbrecht zu seinem Namen kam.

Der Kräutersalzhersteller Johann Gottlieb Brecht, der am 7. Mai 1783 wegen mehrfachen Giftmordes zum Tode verurteilt worden war, fragte auf dem Wege zum Hochgericht einen Gaffer, den er seines frommen Aussehens wegen für einen Pfaffen hielt, wie weit es wohl in die Ewigkeit sei. Der Befragte war aber kein Pfaffe, sondern ein namenloser Verleger, der aus dem Leidensweg des Verurteilten Kapital zu schlagen gedachte. Da er als Verleger an lange Fristen gewöhnt war und sich auch nicht festlegen wollte, sagte er: »Weit, Brecht!«

Die Horchposten des Herzogs hielten das für einen Namen und schrieben ihn auf. Da nicht falsch sein konnte, was in den Papieren der geheimen Polizei geschrieben stand, wurde aus dem namenlosen der namhafte Verleger Weitbrecht.

Friedemann schrieb die Geschichte ins reine, steckte sie in einen Umschlag und fragte das Postfräulein, ob der Brief am nächsten Morgen an Ort und Stelle sei, sonst würde er ihn lieber persönlich hinbringen. Das Postfräulein sah ihn beleidigt an und sagte spitz: »Innerhalb der Stadt wird am Aufgabetag zugestellt, mein Herr!«

Friedemann sah den »Letzten Tango von Paris« und fand lange keinen Schlaf.

9.

Die Leuchtfarben der Bilder, die im Gang und in den Zimmern hingen, erinnerten ihn an Worpswede, an Modersohn-Becker oder Hans am Ende. Sie waren aber von Edgar Ende. Friedemann platzte in eine Beratung hinein. Was auffiel, waren die Weinflaschen, die überall herumstanden, die vollen und leeren Gläser. Ehe Friedemann etwas sagen konnte, bekam er ein volles und durfte auf ein Geschäftsjubiläum des Mitinhabers trinken. Friedemann wollte fragen, ob es nicht etwas zu früh sei zum Trinken, erinnerte sich an den Ausspruch des Luzi-Vaters: Für einen Enzian ist immer die richtige Zeit. Das Wort konnte man getrost auf den Württemberger Wein anwenden, der hier getrunken wurde. Gegen Mittag überreichte ihm ein Lektoratsmitarbeiter eine Ablichtung seiner Weitbrecht-Anekdote, der Chef sei erst abends von einer Reise zurück, würde sich aber freuen, den jungen Autor aus der DDR in Degerloch beim Haxenwirt begrüßen zu können. Der Euro-Scheck wurde der Kassiererin übergeben, die dafür den Gegenwert in Deutscher Mark zum Tagesumrechnungskurs auszahlte. Friedemann kehrte in sein Hotelzimmer zurück, legte sich aufs Bett und fand Verlagsarbeit anstrengend.

10.

Der Abend verlangte noch einmal den Einsatz aller Kräfte.
Herr Weitbrecht hatte zwar geschäftlich auf Sylt zu tun gehabt, kam aber erholt zurück, von der winterlichen Nordsee-
luft erfrischt, hungrig, durstig, auf Gespräche gierig. Friedemanns Vortrag über den Hofpoeten Freiherr von Canitz
hörte er mit Interesse, knüpfte sofort daran die Überlegung,
gerade die Satiren der besoldeten Hofdichter, verpflichtet, den
Herrschern zum Munde zu reden, müßten dringlich aufgear-
beitet werden. Dort Spott und Kritik anzubringen, wo Apolo-
getik Arbeitsauftrag sei, erfordere die Kunstfertigkeit eines Ai-
sopos und den Fleiß eines Karl May. Aus dem Handgelenk
entwickelte Weitbrecht eine Editionsreihe französischer und
deutscher Hofdichtung, schränkte allerdings ein, sie könne
nicht begonnen werden, ehe die Bibliothek der Arabischen
Klassiker abgeschlossen sei, und das werde noch zehn Jahre
dauern.

Friedemann verzehrte seine Schweinshaxe, hatte immer
wieder Mühe, die Finger vom Serviettenpapier zu befreien,
und stellte Betrachtungen an über die Rolle der Geduld bei
der Entstehung von Literatur. Hatte sie der Verleger, war es
ein Segen, verlangte er sie vom Autor, wurde sie zur Qual.
Um Mitternacht bestellte Herr Weitbrecht ein Taxi, brachte
Friedemann zum Hotel und überreichte ihm dort einen Karton mit sechs Flaschen Wein.

»Betrachten Sie es als Honorar für Ihre reizende Anekdote«,
sagte er und fragte, nachdem er die Tür schon geschlossen
hatte, durchs heruntergekurbelte Wagenfenster: »Hätten Sie
etwas dagegen, wenn ich sie gelegentlich verwende?«

Friedemann hatte nichts dagegen. Er ging schweren Schrit-
tes in sein Zimmer, entkleidete sich mühsam und fiel ins Bett.
Gegen Morgen träumte er von seiner Rückfahrt mit dem D-
Zug München—Berlin. Vor Probstzella kam der Bundes-

grenzschutz ins Abteil, fuhr mit dem Finger ins Fahndungs-
buch, nachdem er Friedemanns Paß und die Zählkarte studiert
hatte, fragte: »Na, waren s' erfolgreich, Ihre Verhandlungen in
Stuttgart?«

»Ich hoffe schon«, sagte Friedemann.

»Mit dem Verlag, wie hieß er doch gleich ...«

»Thienemann«, sagte Friedemann.

»Richtig«, antwortete der Beamte. »K. Thienemanns Verlag,
siebentausend Stuttgart. Da wünsch ich Ihnen auch daheim
viel Erfolg!«

Genauso verlief zwei Tage später der Grenzübergang.

V. KAPITEL

Mimis Erzählung

I.

Eine Flasche genuinen Whiskys stand in Friedemanns Kühlschrank, aufgespart für Barbara Dick in der Verwaltung der Schreiber, um die Erinnerung an ungebührliche Reden wegzuschwemmen mit sanftbrauner Woge. Da Friedemann nicht wußte, ob er der Verwaltung auch Schriftliches über das Forschungsergebnis seiner Reise mitteilen sollte, schrieb er vorsichtshalber ein paar Sätze auf, des Inhalts, Freiherr Friedrich Rudolf von Canitz sei offenkundig nie im Allgäu gewesen, ließe sich weder in Kempten nachweisen in den einschlägigen Chroniken noch in Füssen, was allerdings noch keine Klarheit bringe, da in Füssen auch Johannes R. Becher nicht nachgewiesen werden konnte, obwohl es ihn nachweisbar zu dem Reim »Das ist der Weg nach Füssen, den wir alle gehen müssen« inspiriert habe. Die bürgerliche Literaturwissenschaft vernachlässige bekanntlich sträflich ... und so weiter. Er steckte den Text in einen Umschlag, überlegte, ob er die Jeansjacke anziehn sollte oder die samtene, entschied sich für Samt, da kam Loki. Friedemann erschrak, denn er sah an Lokis Nasenflügeln jenes feine Beben, das an den Nüstern der Pferde zu sehn ist, wenn sie nach längerer Durststrecke eine Tränke wittern. Loki schrieb aus Gerichtsberichten Kriminalhörspiele und holte sich bei Friedemann Rat, wenn es um Kunstdiebstahl ging.

»Eigentlich bin ich auf dem Wege zu einer Dienststelle«, sagte Friedemann.

»Ich will dich nicht aufhalten.« Loki sah auf die Uhr, schüttelte mitleidig den Kopf. »Zwischen zwölf und zwei triffst du auf einer Dienststelle niemanden an.« Es war eins, und Friedemann konnte nicht widersprechen.

»Wie war's beim Klassenfeind; hast du deinen Millionenerben gefunden?«

Friedemann gedachte es kurz zu machen und sagte: »Noch nicht, er ist neunzehnhundertfünfundvierzig bei Eger in die Tschechoslowakei gebracht worden.«

»Ich kenn da einen Major von der Pressestelle, und der kennt einen, der sich in SNB-Akten auskennt . . .«

»SNB, was ist das?«

»Sbor Národní Bezpečnosti, soviel wie Staatssicherheit. Sag mal, hast du nicht einen kleinen Schluck zu trinken? Das Wetter geht mir furchtbar auf den Kreislauf . . .«

Friedemann wußte, die Pressestelle, mit der Loki seine Kriminalhörspiele abstimmte, hatte Einfluß. Wenn er, mit einer Empfehlung ausgerüstet, ins befreundete Nachbarland fuhr, wurde ihm aufgetan, wo er anklopfte. Das war ein Weg, der eine Flasche Whisky wert war. Nach dem zweiten Glas erinnerte sich Loki an die Zeit der Kinderlandverschickung, in der es ihn als Zwölfjährigen ins Hopfenland nach Saaz verschlagen hatte. Als Friedemann mit unsicheren Fingern das Versepos »Der Ackermann aus Böhmen« suchte, das ein gewisser Johannes von Saaz geschrieben hatte, fiel Loki der Name Johannes von Tepl ein. Mit schwerer Zunge versuchte sich Friedemann in einem Exkurs über Namen in der Literaturgeschichte. Angenommen, er hätte Johannes von Saaz gesucht, hätte er ihn finden müssen? Nein, weil sich der Kerl auch Johannes von Tepl genannt hatte. Loki pflichtete ihm bei, Namen waren Schall und Rauch. Hieß Brecht etwa Bertolt? Nein, Eugen hieß er und nannte sich Bertolt nach einem Arnolt, der aber nicht Bronnen hieß, sondern Bronner. Einen Wesselin Herzog gab es nicht in der DDR, das hatte Andy Quahl herausfinden lassen. Eine Reise ins Böhmische war fällig, um die alte Spur wiederzufinden.

2.

Friedemann saß im Hungaria-Expreß, sah zu, wie der Ober mit leicht geknickten Knien Pilsner Urquell eingoß, ins schräg gehaltene Glas, bestellte ein Beefsteak à la tartar und war zufrieden. In seiner Reisetasche steckte ein Verlagsbrief, der ihn als Autor auswies und in dem die Redakteure eines tschechischen Verlags um Hilfe gebeten wurden. Er wußte schon, daß er einen ehemaligen Plukovník, also Oberst, namens Bohumil Dvořak in Litvinov aufsuchen mußte. Prag war ein Umweg, aber ein unvermeidlicher. Es war nicht möglich, in dem Verlagsbrief aus Berlin Herrn Dvořak direkt um Mithilfe zu bitten, da mußte schon der Dienstweg eingehalten werden. Friedemann hatte nichts gegen den Umweg; er fühlte sich wohl in Prag, stöberte gern in seinen Antiquariaten, in denen man noch alte Malik-Bücher fand, saß gern in Bierstuben mit blank gewetzten Holzbänken und blanken Tischen, trank Halbeliter, die auf dem Rand des Porzellanuntersatzes angestrichen wurden wie zu Zeiten des Geheimpolizisten Brettschneider, er amüsierte sich in den Westentaschenrevuen des SE-MAFOR-Theaters, bewunderte die Wortfindung des Namens, der sowohl die Abkürzung für »Sieben kleine Formen« war und außerdem noch Verkehrsampel bedeutete, was ja mit mal »stop«, mal »grünes Licht« nicht schlecht gewählt war für ein satirisches Theaterchen.

Er ließ sich den Graben entlang treiben, kaufte eine »Volksstimme«, die nur drei Tage alt war, und freute sich aufs Bier bei »Pinkas«. Vor den mächtigen Portalen einer Bank, die er seit Bielers »Mädchenkrieg« kannte, trat eine junge Zigeunerin an ihn heran, mit Bernsteinaugen in einem braunen Gesicht, einem überreifen Küssemund, und flüsterte: »Komm mit mir, lieben!« Friedemann dachte an sein Dienstreisegeld, die bevorstehenden Dienstbesprechungen und ähnlich Zigeunerunfreundliches, tupfte dem Mädchen mit dem Finger auf seine hübsche Nase und sagte: »Sorry. For members only!« Eigentlich hätte er in die Spalena gehn müssen zum Verlag, dort wartete Redakteur Sedlaček auf seinen Besucher, um mit ihm den Plan für den andern Tag zu besprechen. Den Zug nach Litvinov hatte sich Friedemann aber schon auf dem Bahnhof herausschreiben lassen. Er ging um neun. So rief er den Kollegen an und fragte, ob's nicht genüge, wenn man sich auf dem Bahnsteig träfe. Es genügte, obwohl Soudruh Sedlaček betonte, wenn der Genosse aus der DDR etwas brauche ... Friedemann brauchte nichts, er war von dem Grafiker Jiři Pramen eingeladen für den Abend, und der ersetzte das Programm einer Revuebühne.

3.

Jiři Pramen hatte eine Vernissage; eigentlich hatte er immer eine Vernissage, da er sich aber nicht zerreißen konnte, nahm er nur an auserwählten Ausstellungseröffnungen teil, pendelte in einem nach staatspolitischen Gesichtspunkten ausgeklügelten Rhythmus zwischen Tokio, Havlíčkův Brod, Greiz, Istanbul, Bordhigera, Knokke-Heist, Toronto, Hildesheim und der besonderen Einheit Berlin (West). Wann die staatspolitischen Gesichtspunkte eine Reise möglich machten, legte seine Ehefrau Ada fest, indem sie den Dienststellen telefonisch mitteilte, Jiři hat Zeit oder hat keine Zeit. Möglicher Ausgangspunkt des Vernissage-Booms war eine Ausstellung im Kulturbundklub in der Nuschkestraße, die durch eine Ausstellung in der Galerie am Prater unterstrichen wurde; da hatte Berlin schon die Legende erreicht, der Prager Newcomer Jiři Pramen sei Hutfetischist, Fezklauer, mützengeil, turbanoman, kappenoid. Friedemann sah damals das Ausstellungsplakat, auf dem ein Herr sich selbst kupierte, um der Dame seines Herzens zu gefallen, er hatte sich vorgenommen, zum Ausstellungsgespräch zu gehn, das angekündigt war zur Ausstellungshalbzeit. Da er nie unvorbereitet an Kunstdinge heranging, telefonierte er ein bißchen und erfuhr, der Vielbehelmte sei auf eine preußische Pickelhaube scharf. Zu der Zeit liebte Friedemann ein Regieluder vom Fernsehn, und da er alles für sie machte, machte sie für ihn manches. Sie klaute eine Pickelhaube aus der Requisite, und Friedemann überreichte sie Meister Pramen mit einem freundlichen Spottwort über Helme. Das blieb haften, und wenn er in Prag war, traf er sich mit Pramen in einem kreuzgewölbten Keller auf der Kleinseite und schwatzte bei Kerzenlicht und viel Rotwein über Möglichkeiten und Grenzen des internationalen Kunsthandels bis um zehn, danach über die Lebensmöglichkeiten überhaupt. Zwischen zwölf und zwei, je nach Tagesform der Disputanten, bezahlte Ada Pramen die Zeche, mit sicheren Zählgriffen, wie sie nur Juice und Tomatensaft ermöglichten, setzte sich ans Steuer des Audi und brachte Friedemann zum Hotel »Krívan«. Es lag am Paulsplatz, war überaltert, überfüllt, überfordert, hatte aber eine Bar. Eine Bar ist immer überfordert, aber es kann immer noch jemand hinein, besonders nachts um drei. Friedemann stolperte in einen Dämmerschuppen, der von unregelmäßigen Blitzen erhellt wurde, wie ein Schützengraben vom feindlichen Mündungsfeuer. Das Wort Nahkampfdiele stellte sich ein, gepaart mit Unternehmungslust.

»Einen Campari, bitte!«

»Sehr wohl, der Herr!« Er wußte, Campari kostet das Fünffache eines einheimischen Wodkas, Stará řeznás oder Borovičkas. Er schüttelte die Eiswürfel, sah sich um, die Augen ge-

173

wöhnten sich an die Lichtspiele, er sah die bestrumpften Knie, die silberglitzernden Hinterteile; dann sah er die Zigeunerin mit den Bernsteinaugen. Sie saß an einem reservierten Tisch neben der Kapelle, bei einem Glas Cola, wie in aller Welt Bräute oder Frauen der Musiker an reservierten Tischen in der Nähe der Kapelle saßen. Die Kapelle bestand aus einem Klarinettisten, einem Zymbalspieler und einem Bassisten. Der Klarinettist war ein Milchgesicht mit roten Haaren, der Bassist hätte ihr Vater sein können, so zigeunerisch sah er aus, der Zymbalspieler mußte es sein, ein Dreißiger, gelbhäutig, mit Geheimratsecken, mit einem kurzärmligen Grünhemd, braunen Fäusten und zwei Schlegeln, die unruhig über die Saiten huschten. Friedemann ging an den Tisch der Zigeunerin und sagte: »Schön, daß ich Sie wiedertreffe, jetzt hätte ich Zeit.«

Die Zigeunerin stand auf, ging zu dem Zymbalspieler und fuhr ihm durch die Haare mit zwei Fingern, andeutungsweise. Der schlug ihr mit dem Schlegel auf den Hintern, nickte und zwinkerte dabei.

»Wohin gehen wir?« fragte die Zigeunerin müde.

»Zu mir«, sagte Friedemann, zahlte und ließ sich eine Flasche mährischen Wein in Silberpapier einwickeln. Als sie unter der Dusche standen und Friedemann sah, wie das Wasser unter den Brustwarzen der Zigeunerin zwei Rinnsale bildete, die sich am Bauchnabel vereinigten und von da ins haarige Dreieck tropften, hielt er die Hand darunter und trank. Sie fragte: »Wozu hast du den Wein gekauft?«

»Für nachher!«

»Ich möchte ihn aber vorher trinken.«

»Sag bloß, du hast noch nichts getrunken.«

»Nein.«

Da lief Friedemann von der Dusche weg ins Zimmer, wühlte aus seiner Tasche einen Korkenzieher, öffnete die Flasche und winkte der Zigeunerin. Sie kam, ins Laken gewik-

kelt, mit einem Glas in der Hand. Er goß ein, sagte »prost«
und trank aus der Flasche.

Die Zigeunerin fragte: »Wo gehst du hin?«

»Ist das wichtig?«

»Es ist wichtig. Bevor sich zwei Leute lieben, sollten sie fragen: Wo kommst du her, wo gehst du hin?«

»Also gut, ich fahre nach Litvinov, früher Oberleutensdorf.«

»Nicht gut«, sagte sie.

»Warum? Litvinov war ein sowjetischer Außenminister,
und Oberleutensdorf ist ein schöner Name, da kann man hin-
fahren ohne ein schlechtes Gewissen, auch wenn's mit
der Luft nicht zum besten steht.«

»Ihr seid daran schuld!«

»Wir, die DDR?« fragte Friedemann.

»Ihr, die Deutschen! Ihr habt das Hydrierwerk gebaut, weil
ihr Benzin gebraucht habt für eure verdammten Flugzeuge
und eure verdammten Panzer. Und alle armen Leut' haben für
euch arbeiten müssen, waggonweise habt ihr sie hingefahren,
und als schon alles vorbei war, habt ihr sie waggonweise ver-
hungern lassen. Auch Zigeuner! Drei Tage lang haben sie geschrien, in den Waggons von Oberleutensdorf, niemand hat
ihnen geholfen!«

Friedemann hielt sich die Ohren zu und stöhnte: »Mußt du
mir das jetzt erzählen?«

»Ich dachte, junge Deutsche interessieren sich für ihre Vergangenheit«, sagte sie ruhig und legte ihr Kissen zurecht.
»Bitte, jetzt darfst du!«

Friedemann schwieg und drehte sich zur Seite.

4

Herr Sedláček war ein freundlicher Fünfziger, der Körbel ins Schwitzen brachte, weil er ihn über die Kriminal- und Abenteuerliteratur der DDR ausfragte, frühe Romane Harry Thürks mit späteren verglich, Neues über Wolfgang Schreyer und Hasso Laudon wissen wollte. Körbel hatte außer der »Stunde der toten Augen« und »Unternehmen Thunderstorm« von den genannten Autoren nichts gelesen, immerhin manches aufgeschnappt, so daß er sich über Wasser halten konnte. Bei Science fiction mußte er passen, und so erzählte ihm Sedláček zwischen Louny und Most den Inhalt von Gerhard Branstners »Reise zum Stern der Beschwingten«. Friedemann sah dabei die Mondkraterlandschaft der Braunkohlentagebaue, die Abraumhalden mit ihrem dürftigen Flor, die toten Grubenteiche, und Beschwingtheit wollte sich nicht einstellen. Er sah von fern die spätgotische Maria-Himmelfahrt-Kirche, die 1975 auch in heimatlichen Zeitungen ein gern gezeigtes Motiv war, weil man sie auf Eisenbahngleise gesetzt und einen knappen Kilometer verschoben hatte, um an die Kohlen heranzukommen, die unter ihrem geweihten Boden lagen. Das neue Most war eine moderne Satellitenstadt, obwohl es kein Zentrum hatte, um das es hätte kreisen können. Litvinov ähnelte ihm wie Marzahn und Halle-Neustadt. Die Wahrheit des Lichtenbergsatzes, daß alles Wichtige durch Röhren gemacht werde, wurde hier überdimensional veranschaulicht. Meterdicke Monster liefen die Straßen entlang, begleitet von dünnen Rohrschlangen, glitzernden, umwickelten, mit Tarnfarbe gestrichenen, dampfenden, zischenden; sie übersprangen Häuser, überbrückten Straßen, unterliefen Flüsse. Ihr Pumpherz klopfte in Zaluži, trieb Flüssiges und Gasförmiges, Heißes und Kaltes durch das Röhrenlabyrinth, bis ins ferne Böhlen. Dem ganzen Land blies das Riesenwerk Leben ein, nur den Bäumen blies es das Lebenslicht aus. In Millionen Jahren daran gewöhnt, mit einem Luftgemisch aus vier Fünfteln Stickstoff und einem Fünftel Sauerstoff zu leben, kamen sie mit den Stickoxiden nicht zurecht, bekamen Atemnot, wurden krebsrot und braun, hörten auf zu atmen. Wälder verwandelten sich in Baumfriedhöfe, wie sie es im ersten Weltkrieg vor Ypern gegeben hatte, nach Stahlgewittern und Gelbkreuzschwaden und fünfzig Jahre später nach dem Dioxinmord der Amerikaner am vietnamesischen Dschungel. Trotzdem sangen die Volkskünstler unverdrossen: Arzgebirg, wie bist du schie, wo die Wälder haamlich rauschen, 's Wasser ist so klar und kiesig und die Luft geht frisch und raa. Auch in Litvinov ging die Luft nicht frisch und rein, hier behauptete es auch keiner, und außerdem hieß das Erzgebirge hier Krušné Hory und fing grade erst an, aus dem verlängerten Egergraben aufzusteigen.

5.

Nach dem dritten Klingeln kam aus dem Schuppen hinter dem Haus ein alter Mann auf das Tor zu, schloß auf, mit der wiederholten Entschuldigung, seine Haushälterin sei einkaufen und in der Werkstatt höre er das Klingeln nicht. Der Mann war Bohumil Dvořak, Oberst a. D., ein guter Siebziger. Er sagte beim Türschließen: »Ich hob grad den jungen Bivoj in der Pflucke, und solche heldigen Burschen machen einem die größten Schwierigkeiten, weil sie nämlich noch kein Gesicht nicht haben. Den Urvater Tschech oder König Svatopluk, den holst du aus jeder Wurzel raus. Wo das Leben was vorgekerbt hat, braucht's der Holzschnitzer nur nachzuschneiden. Aber der junge Bivoj mit dem Eber auf dem Kreuz, da gibt das Gesicht nichts her; rot wird's gewesen sein, sonst nix. Wie schnitzt man rot? Können Sie mir das verraten?«

Als weder Friedemann noch Herr Sedlaček eine Antwort wußten, verriet Bohumil Dvořak: Unlängst war ein Kollege aus Deutschland da, aus München, der sagt zu mir: »Wissen Sie, was Sie für mich sind? Der Herrgottschnitzer von Litvinov!« Gelungen, nicht?

Sedlaček gab eine tschechische Antwort, von der Friedemann nur das Wort Soudruh verstand, seinen Namen und nemecka demokraticka republika. Es mußte eine sanfte Ermahnung gewesen sein; denn Dvořak wandte sich hilfesuchend an Körbel und sagte: »Wenn ich behaupte, München liegt in Deutschland, bin ich ja noch kein Pangermanist, oder?«

Friedemann gab dem Mann recht. So saß man schließlich beim Kaffee in der guten Stube, die mit holzgeschnitzten tschechischen Königen, Herzögen und Gestalten aus der Sagen- und Märchenwelt vollgestopft war. Dvořak erklärte sie alle, rühmte ihre Taten oder tadelte sie. Friedemann erhielt eine Lektion in böhmischer Geschichte, lernte Přemysliden, Libussa, Vlasta und die listige Šarka, zwei Heldinnen des Mädchenkrieges, kennen, sah die schöne Kazi, derentwegen sich Ritter Bivoj mit dem Wildschwein abbuckelte, sah Žizka, den einäugigen Trommler, den umflammten Hus, den blinden Jüngling, auf dessen Prophezeiungen die Könige nicht hören wollten, und er sah, auf einer bemalten Eichentruhe, die drei Kaiser stehn, die in Prag ruhten, den vierten Karl, Rudolf den Zweiten und Ferdinand den Ersten. Es war schon was los gewesen in diesem Böhmen, und es war immer noch allerhand los. Dvořak schilderte es in bewegten Worten, souverän inmitten seiner geschnitzten Gnome wie der Regisseur eines Puppentheaters. Als Sedlaček zum drittenmal bemerkte: »Aber, Genosse Dvořak, das interessiert doch den deutschen Genossen nicht!«, erst da winkte er resigniert ab und fragte: »No, was interessiert ihn denn?«

»Wir hatten Ihnen geschrieben, in dieser Sache ...«

»So ein Brief ist leider nicht in meine Hände gekommen. Meine Haushälterin ist sehr zerstreut, sie wird ihn verbummelt haben. Ich versteh auch gar nicht, wo sie bleibt.«

Friedemann war überzeugt, diese Haushälterin gab es gar nicht, Herr Dvořak benutzte sie nur als Schutzschild. Noch etwas ging Friedemann auf. Auch die Weitschweifigkeit Dvořaks hatte Schutzfunktion; wer ihm vortrug, hatte sich kurz zu fassen. Ein Oberst durfte schwatzen, der Rapportierende nie, und das war Friedemann. Drum brachte er in knappen Worten sein Anliegen vor, fündig zu werden bei der Suche nach einem P. P. Wesselin Herzog alias Valentin Eger, hierzulande nur als Herzog beurkundet, wenn überhaupt. Alter, Dienstgrad, Aussehen, über die Grenze gekommen von Hof in Bayern, bei Cheb, früher Eger. Marschziel Liberec, früher Reichenberg. Herr Sedlaček wiederholte die Angaben noch einmal tschechisch, unter Benützung seines Dienstauftrags.

»Im Kriegsgefangenenlager Hechtheim hat er Nußknacker geschnitzt, wenn das ein Hinweis sein sollte«, ergänzte Friedemann.

»Es ist einer, aber Nußknacker werden nicht geschnitzt, die drechselt man!« Körbel gab beschämt zu, auch Valentin alias Wesselin habe die Nußknacker gedrechselt.

»Louskaček!« Dvořak ließ das Wort bei geschlossenen Augen auf der Zunge zergehn, repetierte deutsch: »Nußknacker!« Trank dreimal von seinem Kaffee und fragte: »Wann ist er über die Grenze gekommen?«

»September neunzehnhundertfünfundvierzig.«

»Da waren in Hof die Amerikaner, in Asch waren sie auch, die Grenze war leicht zu überschreiten, aber bei Eger mußte er zu den Russen . . .«

»Sie meinen, die von den sowjetischen Freunden besetzte Zone war streng bewacht«, bemerkte Sedlaček.

»Genau das meine ich, allerdings nur an den Straßen. Wer weiter wollte, mußte Feldwege benutzen oder schlimmstenfalls ein paar Schritte durch den Wald gehn. Das wird er auch gemacht haben. Da er nach Reichenberg wollte, wird er sich eine Bahnstation gesucht haben, es war immerhin eine Strecke von über zweihundert Kilometern. Mit der Bahn zu fahren war aber für Deutsche verboten, in der Zeit . . .«

»Laut Aussage einer Zeugin war Wesselin alias Valentin sehr abgemagert, wog nur zweiundfünfzig Kilo. Könnte es nicht sein, er wäre mit ärztlicher Bescheinigung doch in den Zug gekommen?« fragte Körbel.

»Ich gratuliere Ihnen zu Ihrem Realitätssinn«, erwiderte Dvořak. »Genau so war es, darauf geh ich jede Wette ein. Da ist er spätestens in Brüx von unsern Leuten aus dem Zug geholt worden. Die nächste Station wäre das Gefängnis. Brüx war schon in der k. u. k. Monarchie Kreisstadt, hatte also ein Kreisgericht, ein Kreisgefängnis, ein Kreiskrankenhaus, was wird es also neunzehnhundertfünfundvierzig gehabt haben?«

»Ein Kreisgefängnis, ein Kreisgericht, ein Kreiskrankenhaus.«

»Erraten!« bestätigte Herr Dvořak.

»Warum sollte mein Delinquent unbedingt im Kreisgefängnis landen?« fragte Friedemann.

»Ganz einfach, wenn er in Uniform gereist ist, war er eines Kriegsverbrechens verdächtig, und wenn er in Zivil gereist ist, war er verdächtig, weil er keine Uniform anhatte.«

»Er hatte eine schwarze Lederjacke an«, bemerkte Friedemann.

»Da wird er eine schöne Tracht Prügel bezogen haben«, erwiderte Herr Dvořak, mit einem schmerzlichen Zug im Gesicht. »Solche U-Boot-Jacken wurden fünfundvierzig an die Waffen-SS ausgegeben. Dann ist er bestimmt in Strimitz gelandet. Ich werde mal telefonieren gehn.« Nach kurzer Zeit kam er aus dem Nebenzimmer zurück und erklärte, nach der Mittagspause bekäme er Bescheid.

Bohumil Dvořak behielt recht. Einen Wesselin Herzog hatte es im Lager Strimitz gegeben, abgängig im Oktober 1946 durch Flucht.

»Wohin?« fragte Friedemann Körbel.

»Übers Gebirg, nach Sachsen.«

Das war ein Rückschlag. Wesselin hatte sich nicht abgemeldet aus dem Lager, wie es sich gehörte, war mit keinem Transport überstellt worden an einen in Aussiedlungslisten festgehaltenen Ort, er war abgehauen. Da es ihn nicht gab in der DDR, gehörte er wahrscheinlich zu den eins Komma zwei Millionen Bürgern, die das Land verlassen hatten, mit dem Rucksack über den Harz, durch den Thüringer Wald, durch die Rhön, durch die Elbe, durch die Werra, mit einer Zwanzigpfennigfahrkarte in Berlin von einem Sektor in den andern.

Herr Dvořak sah Friedemann die Enttäuschung an und tröstete ihn: »Bei Gott sind tausend Jahre wie ein Tag. Wir sind Atheisten, und gottähnlich sind wir schon lange nicht mehr, aber Warten haben wir gelernt. Geduld, lieber Kollege, es wird schon nicht dreißig Jahre dauern, bis sie den Kerl erwischen . . .«

»Wenn ich ihn nicht die nächsten vier Wochen finde, war meine ganze Arbeit vergebens . . .«

»Da sieht man's wieder, daß Sie a Deutscher sind; immer in der Hetz, immer in Eil; dabei habt's ihr so a schönes Sprichwort: Eile mit Weile. Mir wär jetzt danach, in der Bergmannsklause ein Beuschel zu essen und ein Bier zu trinken. Wennzer Lust habt, ich lad euch ein!«

Sedlaček protestierte, er habe einen Spesensatz für diese Dienstreise, der sei zwar nicht mehr so groß wie früher, aber für ein Beuschel zu dritt reiche er allemal. Das Geld sei abrechnungspflichtig, wenn er es nicht ausgebe, müsse es zurückgezahlt werden.

»No, so weit mecht's noch kommen!« empörte sich Dvořak. »In meiner ganzen Dienstreisezeit habe ich noch nie Spesen zurückgezahlt. Man macht der Buchhaltung nur Ärger damit, und beim nächstenmal kriegen S' weniger, weil es heißt, der Spesensatz war zu hoch veranschlagt.«

Beuschel war billig, das Geld hätte auch zu Rumpsteak gereicht. Dvořak riet, es bei Beuschel zu belassen und den Rest für diverse Getränke zu verbrauchen, darunter verstand er Bier und Borovička. Der Rat wurde einstimmig angenommen. Nach der dritten Runde sagte Dvořak: »So, Kollege, jetzt gehn S' amal zu der Garderobenfrau und sagen ihr, daß Sie aus Deutschland kommen...«

»...aus der DDR«, präzisierte Sedlaček, »sonst spekuliert sie womöglich auf Valuta.«

»...und Sie möchten was wissen über einen ehemaligen Häftling in Strimitz.«

»...er meint Střimice.«

Dvořak wischte die Bemerkung Sedlačeks mit einer Handbewegung hinweg. »Střimice oder Strimitz — jetzt ist es von der Landkarte verschwunden, aufgefressen vom Abraumbagger. Die Frau heißt Steinsdörferová; sie war Krankenschwester im Kreiskrankenhaus und später Krankenschwester im Lager, Internačni středisko Střimice u Mostu, wenn Sie's historisch exakt haben wollen. Vielleicht kann sie sich an Ihren Wesselin alias Valentin erinnern...«

6.

Mimi Steinsdörferová sah aus wie eine etwas füllig gewordene Caterina Valente. Die Haare, über der Stirn und an den Seiten zu Locken gedreht, waren silbergrau, das leichte Hervortreten der Augen wurde durch eine Brille noch unterstrichen. Über ihren Schultern hing eine Lammfelljacke, darunter trug sie einen schwarzen Pullover, der sich über kräftigen Brüsten spannte. Über ihren Knien lag eine Wolldecke; es war kalt in der Garderobe. Als sie aufstand und die Decke zur Seite legte, sah Friedemann, daß sie abgewetzte Lewis trug.

Friedemann schob ihr zwanzig Kronen hin und sagte: »Ich

hätt' ein paar Fragen an Sie wegen eines ehemaligen deutschen Soldaten aus dem Lager Strimitz . . . Ich komme aus Berlin.«

Frau Steinsdörferová steckte das Geld weg und fragte: »Ost oder West?«

»Ost«, sagte Friedemann und fügte hinzu: »Hauptstadt der DDR.«

»Von uns, ich versteh, ist mir auch lieber. Die andern schreiben immer gleich was für die Zeitung, wie unglücklich man ist, weil man nicht aussiedeln darf. Ich will überhaupt nicht weg aus Litvinov, mir geht's gut hier . . .«

»Sie sind Deutsche?«

»Ich denk, Sie wollen was über einen Soldaten wissen!« Sie nahm ihre Brille ab und musterte ihn aus aufgerissenen Augen, denen ein dicker schwarzer Lidstrich etwas von ihrem Basedowschen Anflug nahm.

»Es handelt sich um Wesselin Herzog; er ist im September 45 über die Grenze gekommen und vom Kreisgericht ins Lager Strimitz überwiesen worden . . .«

Weiter kam Friedemann Körbel nicht; Frau Steinsdörferová fing unbändig zu lachen an, daß die Leute zu ihr hinsahen. Aus ihren Augen kamen Tränen, die sie sich mehrmals abwischte; dann setzte sie sich ihre Brille auf, schüttelte den Kopf.

»Da kommen Sie zu spät. Der ist abgehauen, weg, prič . . .« Wieder mußte sie lachen. »Der Stabní hat vielleicht ein Gesicht gemacht, als er's erfahren hat.«

Ihre Reaktion erschien Friedemann neurotisiert, es war sicher ratsam, das Gespräch woanders fortzusetzen.

»Wie lange haben Sie Dienst?«

»Gegen vier könnt' ich mich frei machen.«

»Wenn ich Sie zu einer Tasse Kaffee einladen dürfte?«

»Aber nicht hier, in diesem Schuppen. Kommen Sie Mostecka zwölf, dritter Stock links.«

7

Mimi Steinsdörferová wohnte in einem sogenannten Altneubau, einem dreistöckigen Reihenhaus, das die Deutschen 1939 hingestellt hatten, als sie anfingen, das Hydrierwerk Oberleutensdorf zu bauen. Über längere Zeit hatte der Baustab des neuen Litvinov darin gewohnt, so war das Haus stehengeblieben, als man Baufreiheit für den sozialistischen Chemieriesen brauchte. Vielleicht war das Haus auch nur vergessen worden, jedenfalls war es bisher von keinem Baureparaturplan erfaßt worden. Der Putz war auf bettlakengroßen Flächen abgefallen, Türen und Fensterrahmen hatten in den letzten vierzig Jahren nichts abbekommen von den Farben der neuen Zeit. Im Vorgarten lag schmutziger Schnee, desto mehr fielen die blühenden Alpenveilchen und Meerzwiebeln in den Fenstern auf.

Nach dem Klingeln wurde ein Vorhang zur Seite geschoben, die Tür öffnete sich. Mimi Steinsdörferová stand vor ihm, in Jeans, grünem Plüschpulli unter der Strickjacke, frisch bemalt. Als Friedemann seinen Mantel aufhängte, schaute er dabei auf das Foto eines Mannes, leicht basedowoid, wirrhaarig, großer Schnauzbart. Ein altes Foto.

»Ihr Vater?«

»Nein, das ist Schiller-Seff aus Reichenberg. Einer der wichtigsten Arbeiterführer Böhmens, außerdem ein Dichter. Mein Großvater hat manches von ihm vorgetragen, in der Dunkelstunde, wenn wir vor der geöffneten Ofentür saßen, um Strom zu sparen. Kommen Sie, ich zeig Ihnen eine Rarität.«

Im Zimmer fiel Friedemann als erstes die alte Wanduhr auf, oval, mit schwarzlackiertem Rahmen, blumenbemaltem Zifferblatt, in Gang gehalten von zwei eisernen Tannenzapfen als Zuggewichte, ein Seiger also. Er war annähernd hundert Jahre alt, und Andy Quahl hätte anstandslos zwei größere Scheine dafür lockergemacht. Die Möbel stammten aus den dreißiger Jahren, waren kaukasisch Nußbaum furniert, machten den Raum ziemlich dunkel. Über dem Sofa hing ein Farbdruck von Ludwig Richters »Überfahrt am Schreckenstein«. Auf dem Kachelofen standen mehrere Steingutflaschen, glasiert und mit eingebrannter Namensschrift versehen, wie sie Arbeiter mit in die Fabrik und Bergleute in den Schacht genommen hatten, vor hundert Jahren, also Kunsthandelsware.

Mimi Steinsdörferová hatte ein Buch aus dem Schrank geholt und sagte: »Das finden Sie in keinem Antiquariat. Schauen Sie sich's in Ruhe an; ich mach derweil Kaffee.«

Schiller Seff, Gesammelte Werke, Reichenberg 1928, herausgegeben von Paul Reimann.

Friedemann las ein Gedicht aus dem Jahre 1872, »Die Buße«. In ihm wurde von einem Bauernsohn namens Dominik erzählt, der dem Pfarrer beichtete, mit seiner Köchin geschlafen zu haben. Zur Buße sollte er hundert Tage kein Fleisch und kein Bier genießen und auch kein einzig Mädchen küssen. Dominik hielt sich deshalb an die Nonnen eines Klosters und trank Wein statt Bier. Als er das beichtete, zeterte der Pater:

>»Du bist verdammt zum Höllenpfuhl!
>Wie kannst du so die Kirche lästern,
>Die Nonnen sind ja Christi Schwestern,
>Die Nonnen sind Gottes Töchterlein,
>Du mußt ein Kind des Teufels sein!«
>Da rief der Bauernbursch voll Lust:
>»Ach, hätt' ich das nur gleich gewußt!
>Wenn Nonnen Christi Schwestern sind,
>Dann bin ich ja ein frommes Kind!
>Was hungre ich mich da so mager! —«

Hier brach das Gedicht ab, es folgte die Bemerkung: 5 Zeilen konfisziert!

Die Steinsdörferová brachte zwei Tassen türkisch gebrühten Kaffee aus der Küche und stellte einen Teller Buchteln dazu.

»Schade, ich hätte gern gewußt, was man 1928 in der Tschechoslowakei an so einem alten Gedicht konfisziert hat.«

Mimi Steinsdörferová blätterte ein bißchen und wies auf eine Anmerkung. In ihr wurden die anstößigen Zeilen zitiert:

>> »Dann ist ja Christus gar mein Schwager!
> Und sind sie Gottes Töchterlein,
> Dann wird mir Gott schon selbst verzeihn,
> Dann brauch ich Euch nicht mehr, Herr Pater,
> Da ist ja Gott mein Schwiegervater!«

Friedemann Körbel verzichtete auf eine Bemerkung über diesen Zensurfall. Er wußte, zur selben Zeit war in Berlin George Grosz wegen Gotteslästerung angeklagt worden. Die Steinsdörferová wies auf die Buchteln und sagte: »Mit Powidl, selbst gebacken.«

Lose aneinandergebackene Hefeteigwürfel, mit brauner Kruste, zuckergepudert. Sie waren warm, dufteten zimtig, und nach dem Hineinbeißen wußte jedermann, daß Powidl Pflaumenmus war. Friedemann wußte beim Hineinbeißen, daß auch das Pflaumenmus hausgemacht war. Er aß drei Buchteln, wischte sich den Mund mit dem Taschentuch und meinte, ein Sliwowitz könne jetzt nicht schaden. Dabei holte er eine Flasche Jelinek aus seiner Aktentasche.

Die Steinsdörferová bekam einen abweisenden Blick und erklärte, sie trinke keinen Alkohol.

Friedemann versuchte den Witz von der Medizin, fand keinen Anklang. Mit Alkohol löse man die Probleme dieser Zeit nicht. Friedemann gab ihr recht, bestand aber darauf, daß sie ohne Alkohol auch nicht lösbarer würden. Frau Steinsdörferová verstand keinen Spaß mit Alkohol. So ließ Friedemann die Flasche ungeöffnet auf dem Tisch stehn; noch war nicht aller Tage Abend. Frau Steinsdörferová begann:

»Ich erblickte Wesselin zum erstenmal auf einem zweirädri-
gen Karren. Ein Gefangener schob ihn, zwei bewaffnete
Wächter begleiteten ihn. Es war ein Wagen mit eisernen Stützen an den Holmen, wie er zum Transport von Gasflaschen,
Stoffballen und ähnlich sperrigen Gütern verwendet wurde.
Für den Warentransport allgemein gesagt; denn Waren sind
bewegliche Güter des Handels, Häuser sind Immobilien, das
haben wir in der Schule gelernt. Nun brachte man die Ware
Wesselin zu uns ins Kreiskrankenhaus. Sie sah nicht gewinn-
versprechend aus. Abgemagert auf Haut und Knochen, mit
seltsam gelichtetem Blondhaar, bartumflaumt, in einer viel zu
großen blauen Lüsterjacke, grauen Zwirnhosen, Arbeitsschu-
hen, ohne Hemd. Mit beiden Händen hielt Wesselin sich fest
am Bretterrahmen des Wagens, sah mit entrückten Augen auf
das Krankenhaus, als zöge er geradewegs ins Paradies. Das entsprach auch der Wirklichkeit; denn er kam aus dem Kreisgefängnis. Die von dort kamen, waren nie in einem guten Zustand; Gesunde schickte man nicht ins Krankenhaus.

Schwester Milania sagte: ›Da bringen sie wieder einen
kleinen Germanen.‹

Sie gehörte zu dem katholischen Orden der Mägde Ma-
riens und war aus Jičin. In jenen Tagen teilte sie die Abneigung ihres Volkes gegen die Deutschen, aus verständlichen
Gründen. Ich war eine weltliche Schwester, kam aus Prohn,
einem kleinen Nest in der Nähe von Brüx, und war angenommen worden, weil mein Großvater dem Orthopäden
Dr. Breitenfelder erzählt hatte, was für ein anstelliges Mädchen die liebe Mimi ist. Großvater war ein sogenannter
Wurzelmann, ein Hausierer also, der Wurzeln, Kräuter,
Tinkturen und Drogen verkaufte, Ameiseneier in Alkohol
aufsetzte, Arnikatinktur herstellte und schwarze Ziehsalbe,
der in Seen nach Kalmus tauchte und sich aus Püllnaer und

Saidschützer Quellen sein eigenes Wunderwasser zurechtmischte.

Beim Herumkraxeln an einer Felswand, wo er nach Bärlapp gesucht hatte, war er ausgerutscht und hatte sich ein Bein gebrochen. So war er in Dr. Breitenfelders Abteilung gekommen, und ein Jahr später kam ich hin als Hilfsschwester. Blau und weiß gestreifte Kittel, knielang, mit weißem Plättkragen, also beileibe keine Ordenstracht. Ich war auch nicht der Oberin unterstellt, wie Schwester Milania, sondern der Krankenhausverwaltung, praktisch Dr. Breitenfelder. Er war ein Mann in den besten Jahren, schwarzhaarig, mit kurzgestutztem Bakkenbart, dunklen forschenden Augen, sehr ruhig. Seine Frau war eine füllige Blondine, sie arbeitete in seiner Abteilung, zusammen mit einer jüngeren Assistenzärztin. Einen tschechischen Arzt gab es in der Orthopädie im Sommer fünfundvierzig nicht, die Krankenhausbesatzung war im wesentlichen die gleiche wie vor dem achten Mai, wenn man absieht von den aktiven Henleinleuten in der Verwaltung; die waren abgehauen oder gefeuert worden.

Irgendwann am Nachmittag sah ich den Zugang auf einem Krankenwagen im Korridor stehn, zum Baden und Einkleiden. Wesselin Herzog stand auf dem Laufzettel, geboren am 3. 12. 26, und der Diagnosevermerk lautete Spondylitis. Er hatte die Augen geschlossen. Als ich neben ihm stehenblieb, schlug er sie auf und fragte leise: ›Dauert es noch lange, Schwester?‹

›Hast du Schmerzen?‹ fragte ich, und er nickte.

›Du wirst gebadet, und dann kommst du ins Bett.‹

Da schaute er mich mit großen Kinderaugen an und fragte: ›Baden Sie mich, Schwester?‹

Eigentlich hätte ich ihm mit dem Finger drohen müssen und sagen: ›Das könnte dir so passen!‹ Aber ich sah ihm an, daß das ohne Hintergedanken gesagt war, einfach aus Sehnsucht nach Geborgenheit, nach mütterlicher Fürsorge, nach ein bißchen Zuwendung. Drum sagte ich: ›Das macht der Pfleger; du bist zu schwer für mich.‹

›Ich habe ganz schön abgenommen‹, antwortete er und grinste wie ein Totenkopf.

9.

Wir haben ihn herausgefüttert. Wir Schwestern, katholische und weltliche, obwohl wir von der Verwaltung mehrmals gerügt wurden. Zwei junge Burschen, selber Patienten, wollten von einem der Posten erfahren haben, Wesselin sei bei der Waffen-SS gewesen. Sie kontrollierten seinen Arm, fanden keine Blutgruppe, schrieben trotzdem mit Kreide SS-Runen neben seinen Namen. Schwester Milania wischte sie weg, ohne ein Wort. Sie suchte nicht nach einem Kainsmal auf dem Arm, obwohl sie das Ja oder Nein berührt hätte. Für sie war Wesselin ein Kranker, ihr Amt hieß Barmherzigkeit, und die trug sie im Herzen.

Wie die Untersuchung ergab, hatte Wesselin eine Wirbelsäulenentzündung. Er bekam eine Kopfextension, wurde in ein hochgestelltes Gipsbett gelegt, so daß die Wirbel in angespannter Ruhelage gehalten wurden. Nach ein paar Tagen mußten wir ihm einen Luftring unterlegen, weil sich die Knochen durch die Haut scheuerten. Er bekam Phlegmonen, an der Schläfe fielen ihm bündelweise die Haare aus. Den Kopf konnte er nur so weit heben, um aus der Schnabeltasse zu trinken. Versuchte er es ein Stück weiter, fuhren glühende Stricknadeln in seine Wirbelsäule. So jedenfalls beschrieb er den Schmerz. Trotz dieser Unbeweglichkeit plagte ihn Hunger, was ich für ein gutes Zeichen ansah, der Körper hatte sich entschlossen, den Kampf aufzunehmen. Gottes Atem wollte den geschundenen Balg noch nicht verlassen. Ich hätte vertrockneten sagen können oder ausgehungerten; geschunden ist schon treffend. Das Kreisgefängnis war kein Sanatorium, im Sommer fünfundvierzig. Dazu war zuviel passiert seit achtunddreißig und in den letzten Kriegsjahren. Im Brüx-Duxer-Braunkohlengebiet war besonders viel passiert, Gott sei's geklagt. Die Fördermengen wurden erhöht, die Lebensmittelrationen gekürzt, Steiger und Revierleiter waren Deutsche; Häuer und Schlepper und was sonst noch dazugehört, waren Tschechen und Ausländer, Russen, Belgier, Franzosen, Ukrainer, Polen, was weiß ich. So kam der Tag der Abrechnung. Auge um Auge, Zahn um Zahn, in solchen Zeiten hat das Alte Testament Vorrang vor dem Neuen. Unser nächster Tagebau, die Grube Anna, hieß seit Mai fünfundvierzig Ležáky, das sagt Ihnen nichts, aber es sagt alles. Es gab zwei Dörfer, die nach dem Heydrich-Attentat dem Erdboden gleichgemacht wurden. Lidice brachte es zu schmerzlichem Weltruhm. Ležáky kennen fast nur die Tschechen, obwohl sein Martyrium nicht weniger grausam war. Rache für Sadowa mag als Revancheforderung nach einem Krieg zweier Nationen sinnlos gewesen sein. Rache für Lidice und Ležáky hieß Abrechnung mit den Schuldigen, und sie war dreimal gerechtfertigt.

Ein Gemeinwesen war zerstört worden, und Tausende Bürger, die der Zerstörung nicht tatenlos zugesehen hatten, waren getötet worden, mehr noch, erniedrigt. Und eher wird Mord vergeben als Erniedrigung; sie hat Erniedrigung im Gefolge. Die Juden mußten das J tragen auf gelbem Stern, die Polen ihr P, die Ostarbeiter ihr O, nun trugen die Deutschen ihr N wie Nemec. Übrigens mußten die Tschechen nie so ein Feindmal tragen, was ein Treppenwitz der Weltgeschichte ist; denn sie waren der Völkerstamm, der von Hitler von Anfang an als kooperationsunwürdig angesehen wurde; schon in Wien mochte er sie so wenig wie Juden und Zigeuner. Andererseits waren sie die wichtigste Arbeitsarmee im Zentrum des Reichs, mußten nicht erst angesiedelt werden in der Nähe von Industriewerken, sondern bedienten diese Industrien schon seit monarchischen Zeiten. Kladno, Pilsen, Mährisch-Ostrau und so weiter, die Waffenschmieden der ersten Republik, wurden Waffenschmieden des Hitlerreichs. Das war der Hauptgrund, weshalb es sich im Protektorat während der Kriegszeit besser leben ließ als in den angegliederten Sudetengebieten. Aber der Mensch lebt nicht vom Brot allein. Da die Aussiedlung der Deutschen schon in Teheran und Jalta beschlossen worden war, machte man sich daran, sie heim ins Reich zu schicken, wie sie achtunddreißig geschrien hatten, die Wähler der Sudetendeutschen Partei des Herrn Henlein. ›Was du nicht wünschst, daß es dir selbst getan, das tu auch keinem andern an!‹ Gegen diese einfache Weisheit hatten die Deutschen verstoßen, und nun bekamen sie einen Teil der Prügel zurück, die sie ausgeteilt hatten. Wesselin hatte einiges davon abbekommen. Als er auf die Frage des Vernehmers: ›Wieviel hast du umgebracht?‹ wahrheitsgetreu antwortete: ›Ich bin nicht Wesselin Herzog, ich bin Valentin Eger aus Traumsiedel!‹, riß einem Jungmilizionär namens Hanslík die Geduld. Wesselin lag zwei Tage ohne Bewußtsein in einer Toilette, dann fragte Herr Hanslík im Frauentrakt, ob eine der Deutschen bereit sei, einen beschissenen Hitlerjungen abzuwaschen. Es fand sich jemand, und so konnte der zum Leben wiedererweckte Häftling gewaschen in der Zelle abgeliefert werden. Da Gefängniszellen in Zeiten des Umbruchs immer überfüllt sind, war sie mit fünfzehn Mann belegt, Wesselin war der sechzehnte. Schlafen war nur auf der Seite möglich, umgedreht wurde auf Kommando, einer mußte auf dem Stuhl sitzend schlafen, einer kampierte auf dem gemauerten Fenstersims. Die Verpflegung war kärglich. Wesselins Gesundheit war zu angeschlagen, um dabei nicht vor die Binsen zu gehen. Er welkte dahin, und da keine Verwaltung gern Abgänge hat, brachte man ihn zu uns.

Fünfmal starben ihm Bettnachbarn weg, und es wurde schon gemunkelt, der kleine Student verfüge über geheimnisvolle Kräfte, die kranken Nachbarn das letzte bißchen Lebenssaft aus den Adern saugten, wie weiland die Vampire ihren Opfern. Dabei war die Erklärung für die Todesmagie ganz einfach. Der erste Moribunde war ein Opa, dem die Frau das Nachtschränkchen voller Kuchen gestopft hatte, ehe sie ihn verließ. Er war unter Tage von der Kohle erwischt worden, der Brustkorb hatte einen Knacks weg, Rettung war nicht zu erwarten. Neben Wesselin war ein Platz frei, und so fuhr ich das Bett dorthin. Als das Abendbrot kam, blieben die Buttersemmeln unberührt stehn. Die Nachtschwester hielt dem Opa gegen zehn zum erstenmal den Spiegel vor den Mund, da schlug sich noch Atem nieder. Beim nächsten Kontrollgang nicht mehr. Ich stellte das Abendessen auf Wesselins Tisch, räumte auch den Kuchen um und rollte die Leiche weg. Am andern Morgen war weder vom Kuchen noch von den Semmeln auch nur eine Krume übrig.

›Wenn Sie wieder mal 'ne Leiche haben, Schwester Mimi, bringen Sie die ruhig zu mir. Ich graul mich nicht.‹ Dabei leckte er sich die Lippen und wischte die Krümel fort. Ich sorgte dafür, daß die schweren Fälle an seine Seite kamen. Auch wenn einer nicht gleich starb, so aß er jedenfalls wenig oder gar nichts. Was übrigblieb, verschlang Wesselin, und bei seinem Auszug im Januar neunzehnhundertsechsundvierzig hatte er es auf fünf an seiner Seite Verblichene gebracht, hatte fünf Totenmahlzeiten gehalten. Mit einer sechsten handelte er sich Ärger ein. Ein gewöhnlicher Beinbruch hatte sich eine Lungenentzündung geholt, er röchelte zum Gottserbarmen, Schwester Milanias Spiegel blieb bedenklich blank, und sie bestellte die Letzte Ölung. Der Pfarrer kam, salbte den Kranken, versuchte vergebens, ihn zu einem Gebet zu bringen; er tat keinen Schnaufer mehr. Wesselin hatte interessiert zugesehen. Er konnte seinen Oberkörper schon vorsichtig bewegen. Das nützte er aus zu nächtlicher Stunde; denn das Schränkchen des Geölten barg einen Gugelhupf. Wesselin erwischte ihn, fraß ihn auf bis zum Morgen. Doch als die Leiche hinausgefahren werden sollte, fing sie an zu schnaufen und fragte: ›Kann man nicht einmal seine Ruhe haben?‹ Die Schwester ließ das Bett erschrocken stehn, meldete das Wunder dem Arzt, und der gratulierte dem Patienten zu seiner eisernen Gesundheit. Nachmittags kam die Ehefrau um die Kaffeezeit und suchte den Gugelhupf. Wesselin hob den Finger wie ein Schuljunge und legte ein Geständnis ab. Fügte erklärend hinzu: ›Ich dachte, Ihr Mann macht's nicht mehr lange.‹ Von da ab brachte die Frau bei ihren sonntäglichen Besuchen immer ein Töpfchen Essen für den kleinen Studenten mit.

Die Krönung der Auffütterung Wesselins war zweifellos das Weihnachtsfest. Eine heilige Messe mit Musik wurde vorbereitet, die Ordensschwestern hatten über mich von Wesselins Violinkünsten erfahren, er war auch so weit wieder hergestellt, daß er in die Kapelle humpeln konnte, erst mit Gehbankeln, einer Erfindung Dr. Breitenfelders, dann mit einem Stock. Es wurde täglich geübt, und nach dem Üben gab es Kaffee und Kuchen oder belegte Brote. Wesselin machte seine Sache leidlich; die Oberin sprach von ein paar Patzern im pange lingua, erinnerte versonnenen Blicks ans vergangene Weihnachten, bei dem ein englischer Kriegsgefangener ein wunderbares Solo gegeigt habe. Leider habe er einen Fluchtversuch gemacht und sei nach Dachau gebracht worden. Es war eben Krieg...

Den kranken Wesselin hatten zwei Posten mit aufgepflanztem Bajonett gebracht. Den Gesunden holte im Januar sechsundvierzig einer ohne Gewehr, nur mit einer Pistole bewaffnet. Was zeigt, wie langsam Frieden einzog ins Land. Wir hatten unsern Präsidenten Beneš zurückbekommen, auch der Masaryk-Sohn Jan war aus England wieder in Prag eingetroffen, es gab fünf Parteien, mit lang anhaltendem Sirenengeheul war im Oktober neunzehnhundertfünfundvierzig die Schlüsselindustrie verstaatlicht worden. Wir gehörten zum Marshallplan, in den Läden konnte man Chesterfield, Lucky strike und Milchpulver kaufen. Die wichtigste politische Losung lautete: ›Republice více práce, to je naše agitace!‹ Eine andere lautete: ›Vernichtet deutsche Bücher!‹ Deutsch zu sprechen war verpönt, in den Konzertprogrammen wurde nur Österreichisches geboten. Mozart, Strauß, Bruckner, Haydn, Mahler. Wohin mit den Büchern? Zu Tausenden wurden sie aus den Bibliotheken hinausgeworfen, die Papiermühlen faßten nicht alles, darum kippte man sie lastwagenweise auf die Abraumhalden der Tagebaue. Auf die Art kam Wesselin zu einer guten Bibliothek, aber so weit sind wir noch nicht.

Nach Střimice brachte ihn ein Jeep, kein in der Sowjetunion im Kriege nachgebauter, sondern ein Originaljeep, den die Amis der tschechoslowakischen Lagerverwaltung zurückgelassen hatten. So wie die abziehenden Deutschen das Barakkenlager zurückgelassen hatten, in dem sie jetzt als Gefangene saßen. Gebaut hatte es die Organisation Todt für gefangene Franzosen. Später wurde es dem Reichssicherheitshauptamt unterstellt, also Himmler. Die Bewacher waren im letzten Jahr Reservisten von der grünen Polizei, das bewachte Arbeitsvolk stammte aus der Ukraine, wenn man von einer kleinen belgischen Truppe absieht. Gearbeitet wurde ausschließlich im Bergbau. Oberleutensdorf hatte sein eigenes Lager. Als die Alliierten die Lager aufgelöst hatten, übernahmen sie die Tschechen für die Internierung sudetendeutscher Nazis mittlerer Preisklasse. Es gab keine Standartenführer und keinen HJ-Bannführer, keinen Kreisleiter der NSDAP und keinen ehemaligen Lagerkommandanten. Es gab Blockwalter und Amtsleiter und Bauernführer und eine Menge SA- oder Parteileute, die auf ihren Arbeitsstellen Macht ausgeübt hatten; als Steiger, Brigadiere, Bauleiter, Bürgermeister, Arbeitsfrontler und ähnliches.

Eine besondere Truppe waren die sogenannten Beutegermanen, Volksdeutsche aus Jugoslawien und Rumänien, die in den letzten Kriegsmonaten zur Waffen-SS gezogen worden waren. Die Rote Armee hatte sie in Dresden in einen Zug gesetzt und nach Hause geschickt im Vertrauen darauf, daß die nunmehr verbündeten Länder sie schon einer nützlichen Beschäftigung zuführen würden. Sie wurden in Děčín aus dem Zug geholt mit der Begründung, es müsse geprüft werden, ob sie auf dem Gebiet der Tschechoslowakei an Kriegsverbrechen beteiligt gewesen seien. Die Niederschlagung des Slowakischen Nationalaufstandes im August 1944 war fast ausschließlich ein Werk der Waffen-SS. Sogar nach dem Kriege verübten manche von ihnen als Angehörige der weißgardistischen Bandera-Truppe noch schwere Verbrechen. Daß sich die Untersuchung der einzelnen Fälle etwas hinziehen würde, war klar, und so schickte man die Leute vorerst einmal zur Arbeit; an der war kein Mangel. Die geflohenen Deutschen, die heimgekehrten Ausländer, sie alle mußten ersetzt werden. Wesselin war noch für drei Wochen krank geschrieben. Nach vierzehn Tagen kommandierte ihn der Stubenälteste versuchsweise zum Kübeltragen. Es stach ein bißchen im Kreuz, aber er stand es durch, und eine Woche später schrieb ihn der Lagerarzt gesund. Der Chef des Arbeitskommandos musterte den Zugang, fand ihn fürs Bergwerk ungeeignet und schickte ihn nach Brüx, alte Öfen abreißen. Seine Arbeitsstelle war das

Haus eines Bäckermeisters. Er fuhr mit einer Kolonne in die Stadt, dort wurden die einzelnen Kommandos aufgeteilt. In blechernen Kästen buckelten er und sein Kumpel Abrißkacheln die Treppe hinunter. Frühstück gab's in der Backstube. Die Gesellen schoben den Gefangenen angestoßene Hörnchen, verunglückte Semmeln zu, die trotz ihrer Unförmigkeit so wunderbar schmeckten, wie Hörnchen und Semmeln nur schmecken können, wenn sie warm aus dem Backofen kommen. Dazu gab's süßen Milchkaffee; Wesselin konnte sich keine schönere Arbeit vorstellen, als Ofenkacheln in einem Backhaus zu transportieren. Noch dazu im Februar, wenn's draußen stürmte und schneite. Pausen bei der Arbeit gab's genug, vielleicht sogar zu viel; denn ich bekam eines Tages einen ziemlich heftigen Brief, in dem die liebe Mimi gebeten wurde, Wesselin im Backhaus zu besuchen. Warum hätte ich es nicht tun sollen? Ich hatte ihn seit der Entlassung aus dem Krankenhaus nicht mehr gesehn, ein bißchen lag er mir schon am Herzen, wo ich ihn so lange bemuttert hatte. Ins Lager durfte ich nicht, weil er weder verwandt mit mir war noch angetraut. Um ganz auf Nummer Sicher zu gehn, rief ich vom Krankenhaus in der Bäckerei an, erklärte dem Meister, ich sei die Verlobte seines derzeitigen Hilfsarbeiters Wesselin und ob ich ihn sehn könne. Der Bäcker lachte und erklärte, wenn ich seine Gesellen nicht von der Arbeit abhielte, habe er nichts dagegen, der Posten komme gegen halb vier. Natürlich führten wir das Gespräch auf tschechisch. Vielleicht ist jetzt der Zeitpunkt gekommen, an dem ich etwas über meine Herkunft sagen muß. Außer dem Wurzelgroßvater gab es ja noch Vater und Mutter. Vater war in russischer Gefangenschaft, er kam erst achtundvierzig zurück. Mutter war eine Tschechin, sie hatte als Kind in Slany auf dem Gut unseres Staatspräsidenten Masaryk gearbeitet. Als sie meinen Vater kennenlernte, auf einem Sokol-Treffen, sprach sie kein Wort Deutsch. Vater, gelernter Elektromonteur, reiste als Vertreter für Zentrifugen, Häckselmaschinen und anderes landwirtschaftliches Gerät, montierte und reparierte, sprach Tschechisch so gut wie Deutsch und radebrechte Ungarisch. Er war Sozialdemokrat, und die Nazis zogen ihn neununddreißig gleich ein. Er kam schon zweiundvierzig in Gefangenschaft und nahm an Schulungen teil; als er zurückkkam, stellte ihm niemand die Frage nach einer Aussiedlung, er hat im Antifa-Komitee gearbeitet, machte seinen Ingenieur, wurde mehrfacher Aktivist in Litvinov und starb mit zweiundsiebzig Jahren als Arbeiterveteran. Da Mutter das Deutsche fremd blieb, obwohl sie es einigermaßen beherrschte, sprach sie mit mir tschechisch, solange der Vater nicht zu Hause war, und das war oft, seit neununddreißig gab es ihn nur noch im Urlaub. Mit den meisten Freundinnen sprach ich deutsch, in der Schule und im BDM sowieso, auch im Pflichtjahr, das ich mit vierzehn bei einem deutschen Bauern antrat. Ich war Deutsche, mein Vater war bei der Wehrmacht, also mußte ich nach dem Krieg auf dem Mantel den weißen Stofftaler mit dem N tragen, der auch mit gewissen Meldepflichten verbunden war und mit Einschränkungen im Bus- und Eisenbahnverkehr. Hätte ich Krach gemacht beim Narodni Vybor, auf meines Vaters sozialdemokratische Parteizugehörigkeit verwiesen und auf die tschechische Herkunft meiner Mutter, ich wäre den Deutschentaler vielleicht losgeworden, was ganz nebenbei auch bessere Lebensmittelkarten bedeutet hätte. Meine bisherigen waren mit einem großen N gezeichnet, und dabei sollte es auch bleiben. Wäre Vater nach Hause gekommen, hätten wir vielleicht alle drei das rote Bändchen des Antifa-Kämpfers bekommen. Aber im fernen Lager war Vater für den Narodni Vybor erst mal ein deutscher Wehrmachtsangehöriger, der gegen die SU gekämpft hatte, dann sehr lange gar nichts und irgendwann, viel später, ein Sozialdemokrat und Henleingegner, der die Nazis bekämpft hatte.

Aber hören wir auf mit der Politik, es sollte ja eine Back-

ofengeschichte werden, die verträgt sich wenig mit der großen Kälte, die über die Leute gekommen war. Ich kam also
mit Mantel, Kopftuch und Fausthandschuhen in die Bäckerei,
weiß betalert selbstverständlich, eine Portion Räuberknödel
mit Selchfleisch in der Einkaufstasche, und verlangte Wesselin
zu sprechen. Die Verkäuferin zeigte mir den Weg in die Backstube. Dort war Jause. Die Bäcker saßen zusammen, auf meh-
ligen Trögen, aßen Prachthörnchen und Prachtsemmeln, Wesselin und der andere Kachelschlepper mitten unter ihnen, mit
ihren Kümmerhörnchen und Knautschsemmeln, ihren Milch-
kaffeetöpfen, eins mit dem andern Mannsvolk. Es hätte mich
mißtrauisch machen müssen. Da saßen Freie und Gefangene
zusammen, Sieger und Besiegte, beide in erwartungsvoller
Freundlichkeit gegenüber ihrem Damenbesuch. Ihre sonst
nicht vorhandene Übereinstimmung richtete sich gegen das
Weibsstück. Wesselin schob mir einen Stuhl zu, der mich in
seine Nähe brachte, bot mir einen Schluck aus seiner Kaffee-
tasse an, den ich auch dankbar nahm. Nachdem ich mich gesetzt hatte, den Mantel geöffnet und den Kopftuchturban ab-
geknotet, machte einer der Gesellen mit dem nackten Unterarm und geballter Faust eine ermunternde Bewegung zu
Wesselin. Der griff nach einer Schachtel, die neben ihm stand,
erhob sich und sagte: ›Liebe Mimi, wir haben dir ein paar
Frühstücksknüppel gebacken und wünschen dir guten Appetit.‹
Er öffnete die Schachtel, in ihr lagen drei Knüppel, einer dun-
kelbraun gebacken, der andere goldgelb und der letzte zart
weiß. Die Bäcker hatten noch zwei runde Klöten an die Knüppel gebacken, damit alles eindeutig war. Ich habe sagen hören,
das sei früher allgemein üblich gewesen. Für mich war es
nichts Aufregendes. Die in der Mitte gekerbte Semmel oder
das größere Wampel hatten diese Beziehung schon für uns
Kinder gehabt. ›Madelsemmel‹ oder ›Wampel‹ sagten die
Jungen, wenn sie über so was redeten. Ich zierte mich nicht,
griff nach dem größten Knüppel und biß hinein.

›Wer Hunger hat, greift nach dem größten Stück‹, sagte ich tschechisch und erntete viel Gelächter. Es war eine harmlose Blödelei. Ich hatte Wesselin zwei Flaschen Bier mitgebracht, hielt es für angebracht, sie der Allgemeinheit zu spendieren, und bekam erneuten Beifall. Die Flaschen gingen reihum, Wesselin war gar nicht scharf auf Bier. Als Sechzehnjähriger hatte er in den Wirtshäusern ein Saftl getrunken; das Kantinenbier in der Senne taugte so wenig wie das bayrische Kriegsbier. Die Gesellen redeten ihm zu, und so trank er mit. Wer die Flasche Sliwowitz herzauberte, weiß ich nicht. Jedenfalls stand sie auf einmal da, geöffnet, stark duftend, ohne Etikett; wahrscheinlich war es selbstgebrannter. Ich mußte den Anfang machen, nahm einen vorsichtigen Schluck, es schmeckte pflaumig und brannte. Als die Reihe an Wesselin kam, sagte ich: ›Halt dich zurück, Junge!‹ Darauf ermunterten ihn die Gesellen erst recht, einer sagte: ›Noch nicht einmal verheiratet und schon unterm Pantoffel, schäm dich!‹ Er trank, hustete, aß ein Stück Semmel nach und kam wieder zu sich. Der Bäckermeister schaute auf die Uhr und klatschte in die Hände, was hieß: Schluß mit der Jause! Wesselin und sein Kumpan verließen die Backstube, mir wurde der Rest des Gebäcks überreicht, was ich mit Dank annahm, es waren zwei gutgewachsne Knüppel. Wesselin sagte: ›Komm, ich zeig dir meinen Arbeitsplatz‹, nahm seine Kiepe auf den Buckel und hakte sich bei mir ein. Da ich Angst hatte, er würde, allein gelassen, die Treppe wieder herunterfallen, ging ich mit.

Der Ofen, der grade dran war, stand als Ruine im dritten Stock in einem ausgeräumten Wohnzimmer. Wesselin knallte die Kiepe hin, ließ sich auf den Fußboden fallen und schloß die Augen. Ich rüttelte ihn an der Schulter und sagte: ›He, schlaf nicht ein!‹

›Nur Tarnung‹, murmelte er. ›Ich möchte, daß Paul verschwindet.‹ Der Kumpan füllte seine Kiepe; er war bestimmt zehn Jahre älter als Wesselin. Ohne eine Bemerkung schulterte er seine Last und verschwand mit lautem Holzpantinengeklapper. Ich steckte Wesselin rasch eine Schachtel Zigaretten in die Tasche. Er umklammerte meine Beine, sagte etwas wie: ›Setz dich zu mir!‹ Es war recht undeutlich. Ich tat ihm den Gefallen, nicht ohne zu bemerken, es sei Zeit zum Gehn, der Posten müsse bald kommen. Zweimal schob ich Wesselins Hand zurück, weil sie unter meinen Rock geraten war, dann fiel mir der Kerl vornüber in den Schoß und schnarchte. Die Holzpantinen des Kumpels klapperten herauf, verdächtig schnell, er konnte noch keuchen: ›Der Posten!‹ Es war schon zu spät. Eine altmodische Flinte überm Rücken, kam er herein, in einer Art Landjägeruniform, Benešbärtchen unter der Nase, eine Brille mit dicken Gläsern. Ich rappelte mich hoch, und Wesselin fiel um, wie durch die Brust geschossen. Der Posten sah den unvorschriftsmäßig auf dem Boden liegenden Gefangenen, er sah die unvorschriftsmäßig anwesende Besucherin, wußte offensichtlich nicht gleich, was der schlimmere Disziplinverstoß war. Ich nahm ihm die Entscheidung ab, drückte ihm meine letzte Schachtel Zigaretten in die Hand und sagte: ›Entschuldigen Sie, Herr Wachtmeister, ich bin die Braut des Internierten Herzog; er hat heute Namenstag, da wollte ich ihm eine kleine Freude machen und hab ein paar Flaschen Bier gebracht. Leider verträgt er's nicht, es ist mir sehr peinlich . . .‹ Der Posten sah auf mein Deutschenabzeichen, verlangte meine Kennkarte, schlug sie sich nachdenklich auf die Handfläche und entschied: ›Los, pack mit an!‹ Kumpel Paul legte sich einen Arm Wesselins um die Schulter, ich den anderen. So schleppten wir den Betrunkenen die Treppe hinab. Als das Lastauto kam, das die Arbeiter der Außenkommandos einsammelte, warf man Wesselin mit Schwung hinauf, wie einen Sack Kartoffeln. Ich mußte mich vorn zum Fahrer setzen, so ging's ab nach Střimice ins Lager. Der Posten brachte mich zum Velitel, ich mußte eine Weile warten in der Kälte draußen, dann wurde ich hereingerufen. Der Velitel war ein grauhaariger Fünfziger, er saß mir hinter einem Schreibtisch gegenüber, die Dienstmütze neben sich auf der Tischplatte, drehte einen Bleistift und sah mich kopfschüttelnd an.

›Liebst du den Kerl wirklich?‹ fragte er.

Wie hätte ich nein sagen können? Es wäre die Wahrheit gewesen, hätte aber ausgesehn wie Feigheit. So sagte ich: ›Ano, ja miluji Wesselin!‹ Der Velitel nickte vor sich hin, brummte: ›Die Verlobungszeit über hält es ja meistens . . .‹

Dann unterschrieb er einige Zettel, reichte mir einen und erklärte: ›Eigentlich ist es gegen die Vorschrift. Aber damit du deinen Verlobten nicht wieder bei seiner Arbeit störst, hab ich dir eine Besuchserlaubnis ausgeschrieben. Du kannst jeden Sonntag ins Lager.‹ So verließ ich die Baracke als Wesselins amtlich bescheinigte Braut.

12.

Mit dem Tauwetter kam neue Arbeit für Wesselin; der Wasserleitungsbau. Ausgerechnet in meinem Heimatnest Prohn wurde seine Kolonne eingesetzt. Gräben wurden ausgeschachtet, ohne Bagger, nur mit Spaten, Schaufel und Spitzhacke. Es gab verdammt viel Steine im harten Letten dieser Braunkohlengegend. Das Grundwasser stand hoch, an manchen Stellen mußten die Männer fast bis an den Rand der Gummistiefel im Schlamm waten. Wesselin war ein guter Arbeiter, er hatte beim Polier einen Stein im Brett, erhielt oft Sonderzulage. Es gab auch Geld, die Gefangenen konnten sich zu ihrem Lageressen zusätzlich Tomaten, Gurken, auch einen Hering kaufen. Das meiste war rationiert, das erhielt man nur auf Karten oder auf dem schwarzen Markt. Wesselin entwickelte beim Schmuggeln eine gewisse Pfiffigkeit, brachte im Kochgeschirr unter Suppenresten Zigaretten ins Lager, wasserdicht verpackt in zugebundenen Schlauchstücken. Am Tor wurde gefilzt, nicht immer, aber es mußte immer damit gerechnet werden. Eine Chesterfield brachte sechs Kronen damals im Lager; für vier konnte man sie draußen einkaufen. Zwei Kronen Gewinn also für das Risiko, beim Erwischtwerden alles zu verlieren und auch noch bestraft zu werden. Wesselin hatte Glück, ihm passierte nichts; er machte seine Arbeit, kam abends todmüde nach Hause, bekam hornige Hände, die sich früh nur schwer bewegen ließen. Trotzdem war es ein ruhiges Leben, das er führte. Ich besuchte ihn jeden Sonntag, brachte ihm etwas zu essen, auch frische Wäsche und nahm schmutzige mit. Im Lager spazierten wir Hand in Hand zwischen den Baracken umher, saßen bei Regenwetter auf seinem Bett. Er wohnte mit vierundzwanzig andern auf einer Barackenstube, ich weiß es genau, weil ich die tschechische Meldeformel mit ihm geübt hab: Hlásím se jako noční hlídka, stav pětadvacet mužů, dvanáct na práci, jeden nemocen und so weiter. Damit Sie es verstehen: Obwohl das Lager von beleuchtetem Draht umzäunt und bewacht war, brannte nachts über auch in den Baracken Licht, und einer der Häftlinge saß am Tisch und hielt Nachtwache. Kamen die Posten kontrollieren, hatte er aufzuspringen und zu melden. Das Kunststück war, am Tisch nicht einzuschlafen oder, besser gesagt, aufzuschrecken, wenn die Posten hereinkamen. Wesselin benützte die Nachtwachen zum Lesen, auch wenn es ihm schwerfiel. Die Schachtarbeiter brachten vom Abraum deutsche Bücher heimlich mit ins Lager, bald hatte jede Stube ihre Bücherkiste. Wesselin las zum erstenmal Heine, Französische Zustände, das Buch Le Grand, er las Kisch, Tucholsky, Roda Roda und war hingerissen, daß es so was gab. Ein jugoslawiendeutscher Hütteningenieur war es, der Wesselin diese Bücher empfahl. Die andern lasen hauptsächlich Unterhaltungsware; Romane von einem Wolfgang Marken waren besonders beliebt. Im Sommer wechselte die Lagerleitung, und der neue Stabní ließ alle Bücher einsammeln und wieder hinaus auf die Kippe fahren. Mit der neuen

Wache kam auch Unterwachtmeister Hanslík, jener Mann, dem beim Verhör im Kreisgericht die Sicherungen durchgebrannt waren. Als Wesselin von der Arbeit kam, erhielt er die Aufforderung, sich in der Wachstube zu melden. Gewaschen und frisch gekämmt flitzte er hin, schlug die Hacken zusammen, legte die Hände an die Hosennaht und meldete, wie es sich gehörte. Hanslík sah ihn an, mit kalten Augen in einem bleichen Gesicht, blätterte in Akten und fragte: ›Warum heißt du Wesselin, wenn in deinem Taufschein Rudolf steht?‹

Wesselin erschrak, sah neue Gefahren auf sich zukommen und sagte diplomatisch: ›Ich hab überhaupt keinen Taufschein.‹

›Aber wir haben einen!‹ Hanslík schob ihm eine Fotokopie zu. Geburtsdatum, Eltern, Wohnung, alles stimmte mit Wesselins Daten überein, nur daß sie eben einem Rudolf Herzog gehörten. Wesselin war versucht, sich noch einmal in Valentin Eger zu verwandeln; er dachte an die Folgen und unterließ es.

Stockend erzählte er: ›Ich bin ein Spätling. Mein ältester Bruder war schon sechzehn, als ich zur Welt kam. Weder meine Mutter noch mein Vater hatten mit mir gerechnet. Vater war auf Kurzarbeit gesetzt, die Wirtschaftslage war nicht rosig im Dezember neunzehnhundertsechsundzwanzig. Weißt du was, sagte meine Mutter, wir nennen den Jungen Wesselin nach meinem Onkel in Hilden, da hat er einen reichen Namensvetter, vielleicht wird er sogar Taufpate, und es springt etwas raus für uns. Auf dem Weg zum Standesamt, wo der Name eingetragen werden mußte, lagen aber drei Kneipen, und Vater kehrte in jeder ein, um das freudige Ereignis zu begießen. Als er schließlich dem Beamten gegenübersaß, war ihm der Name entfallen. Der Standesbeamte war ein Spaßvogel und sagte, nachdem er den Familiennamen Herzog gelesen hatte: Nennen Sie ihn doch Rudolf, da hat er einen berühmten Namensvetter. Namensvetter! genau das war es, schrie der Vater erleichtert, und der Vorname Rudolf wurde amtlich eingetragen. Die Mutter zeterte und nannte den Schriftsteller Rudolf Herzog einen Kitschfabrikanten des Großkapitals. So etwas in einem Haushalt, in dem Max Eyth, Bruno H. Bürgel und Alfons Paquet gelesen wurden. Von der Desavouierung des möglichen Paten gar nicht zu reden. Drum beschlossen sie, das Neugeborene ab sofort und für immer Wesselin zu nennen, der Eintragung ins Amtsregister nicht zu achten.‹

›Sehr schön‹, sagte der Unterwachtmeister, ›wirklich sehr schön. Rudolf Herzog hat im August vierundvierzig unter Gruppenführer Dirlewanger slowakische Partisanen gejagt.‹

Wesselin wiederholte seinen oft vorgetragenen Spruch: ›Ich war nie Angehöriger der Waffen-SS‹ und fügte hinzu: ›In der Slowakei bin ich nie gewesen.‹

Unterwachtmeister Hanslík schlug noch einmal seine Mappe auf, las eine Weile und sagte hart: ›Dieser Valentin Eger, mit dem du uns hinters Licht führen willst, ist in der französischen Fremdenlegion; das haben wir amtlich. Versuch nicht, auch das Volksgericht zu verarschen. Die knallen dir noch zwei Jahre drauf!‹

Von dem Tage an mußte Wesselin mit Rudolf Herzog unterschreiben.

13.

Das Wort Volksgericht machte ihm angst. Er hatte die Wochenschau gesehn, in der der Blutsäufer Roland Freisler die Verschwörer des zwanzigsten Juli in den Henkertod geschrien hatte, darunter den Generalfeldmarschall von Witzleben, den Wesselin nach dem Frankreichfeldzug noch als Ritterkreuzträgerpostkarte an die Wand gepinnt hatte. Dieser Mann hatte während des Verhörs damit zu tun gehabt, seine Hose festzuhalten, die so wenig einen Riemen hatte wie seine Schuhe Senkel, damit sich der Delinquent nicht vorzeitig erhängen konnte. Auch Wesselin hatte man im Kreisgericht Gürtel und Hosenträger abgenommen. Es tröstete ihn wenig, wenn ich ihm sagte, das Volksgericht der Nazis sei ein Gericht gegen das Volk gewesen, ein verbrecherisches Gericht, und unsere Volksgerichte seien dazu da, solche Naziverbrechen zu sühnen. Er ließ sich von mir Zeitungsartikel über den Slowakischen Aufstand verdeutschen, bat mich, auszuschneiden, was ich über SS-Gruppenführer Dirlewanger fände. Die Bilder, die ich ihm brachte, verstörten ihn. Geiselerschießungen, eingeäscherte Partisanendörfer, Exekutionskommandos im Warschauer Ghetto, Dirlewanger war immer dabei. ›Ich habe den Mann nie gesehn, ich war nie in der Slowakei, ich war nie in Warschau!‹ jammerte er.

›Es ist ja auch nur ein Verdacht, der gegen dich vorliegt‹, tröstete ich ihn. ›Wer verurteilt wird, dem müssen konkrete Verbrechen nachgewiesen werden.‹ Ein paar Tage später befahl ihn Hanslík wieder auf die Wache, hatte einen Haufen Fotos vor sich, auf denen Einsatzkommandos der Waffen-SS bei Aktionen in der Slowakei gezeigt wurden. Wesselin mußte dastehn, in Habachtstellung, mit gerecktem Kopf, und der Unterwachtmeister verglich ihn sorgfältig mit jedem Soldaten, der ihm irgendwie ähnlich sah. Nach einer qualvollen Stunde sagte Hanslík: ›Ich komme dir noch auf die Schliche, Herzog!‹ Er schleppte immer neue Bilder an, Wesselin kontrollierte sie mit ängstlichen Augen, er begann zu fürchten, er könne sich eines Tages tatsächlich auf einem der Fotos erkennen. Aber etwas anderes geschah; er sah den echten Wesselin, mit einer Maschinenpistole in einer Kette von Männern, die ein Haus umstellt hatten.

›Das ist Wesselin Herzog!‹ schrie er. ›Das ist der echte Wesselin Rudolf Herzog!‹ In Hanslíks Augen war nur Verachtung, als er sagte: ›Und ich bin General Svoboda!‹

Dann warf er ihn hinaus.

Die Zeit verging! Rhabarberknödelzeit, Kirschknödelzeit,

Heidelbeerknödelzeit, Pflaumknödelzeit. Die Ebereschen wurden rot und kündeten das Sommerende. Von den Chausseebäumen fielen die Birnen, niemand las sie auf. Fuhrwerke und Autos bahnten sich matschige Spuren. Derweilen bettelten die ehemaligen Besitzer in Thüringen oder Bayern um ein paar Erdäpfel oder eine Handvoll Birnen. Es war ein Gurkenjahr wie lange nicht, sie mußten tonnenweise an die Schweine verfüttert werden. Die wenigen übriggebliebenen Bauern gingen von Hof zu Hof und molken das Vieh, in den höheren Lagen verfaulten Gerste und Hafer, weil sich keiner zur Ernte einfand.

Es war schon eine wunderliche Zeit.

›Du mußt mir einen anständigen Anzug besorgen‹, sagte Wesselin an einem Besuchssonntag im September.

›Willst du auf die Freite gehn?‹ fragte ich.

›So was sollte eine Verlobte nicht fragen‹, sagte er, strich mir mit dem Finger über den Nasenrücken und schaute mich aus traurigen Augen an. ›Ich hau ab.‹

›So was sollte man einer Verlobten nicht sagen‹, erwiderte ich und mußte mir Mühe geben, mir den Schreck nicht anmerken zu lassen. Ich hatte Wesselin gesundgefüttert im Krankenhaus, ihn hinterher bemuttert und bekocht, mir spitze Bemerkungen anhören müssen seinetwegen, nicht nur von den Posten, auch bei uns im Dorf; denn inzwischen war Post da von Vatern aus einem Antifa-Lager, das hatte unsere Lage verbessert, ich hatte gute Aussicht, noch vor Weihnachten meinen weißen Němci-Taler gegen ein rotes Antifa-Bändchen tauschen zu können. Wesselin galt als aufbauwillige Kraft, der Stabní hatte unserm Narodni Vybor so etwas mitgeteilt, als der nachgefragt hatte, was das für ein Vogel sei, der Lagerverlobte dieser Mimi Steinsdörferová. Und auf einmal wollte die aufbauwillige Kraft die Kurve kratzen, stiften gehn nach Deutschland, das es nicht mehr und noch nicht gab. Das aber Feindesland war, wenn sich jemand aus einem

Internierungslager dorthin absetzte, egal, in welche Zone. Wer da Fluchthilfe leistete, dem klopfte man auf die Finger, sobald es ruchbar wurde. Das war die eine Seite. Die andere war genauso trist. Wurde die Flucht vorzeitig entdeckt, begann eine Jagd. Dabei konnte der Flüchtling erschossen werden, konnte geschnappt und mit kahlgeschorenem Kopf und verbleut ins Lager zurückgeschickt werden, was sich außerdem strafverlängernd auswirkte. Um durchzukommen, mußte man Glück haben, sich auskennen in den Erzgebirgstücken. Glück hatte Wesselin die Menge gehabt, das Erzgebirge kannte er nicht.

›Das würd' ich mir noch dreimal überlegen an deiner Stelle‹, sagte ich.

›Du bist nicht an meiner Stelle.‹

›Laß dir ein Foto schicken von Wesselin, ein amtlich beglaubigtes, und du kannst beweisen, daß du es nicht bist.‹

›Längst versucht‹, sagte er. ›Wesselins Eltern sind bei einem Bombenangriff ums Leben gekommen. Nur Wesselin kann mich von Wesselin befreien, und der ist in Sidi bel Abbès oder in Dien-bien-phu oder beim Teufel.‹

›Dann geh zum Teufel‹, sagte ich, um einen Witz zu machen, obwohl mir gar nicht danach war; denn was er eben gesagt hatte, hieß, er hatte hinter meinem Rücken Briefe gewechselt. Ich war es gewesen, die die Hilferufe nach Traumsiedel ausgeschickt hatte, mit meiner Adresse getarnt. Nun war eine Antwort aus Werdohl gekommen, und ich wußte nichts von der Frage. Ja, er hatte einem rotbebänderten Elektriker aus Most einen Brief mitgegeben, weil der sich angeboten hatte, ein Antifaschist, der sich bei einem verzweifelten Selbstmordversuch ein Auge ausgeschossen hatte und nun auf seine Aussiedlung zu seinem theaterspielenden Vater nach Stuttgart wartete; Peter Kolmar war sein Name, ich werde es nicht vergessen.

›Doppelt hält besser‹, erklärte Wesselin seinen Vertrauensbruch. ›Ich dachte, die überwachen dich und ich krieg nur das, was den Tschechen in den Kram paßt.‹

Den Tschechen, mein Gott, was für Rückfälle! Die ganze Zeit hatte ich versucht, ihm beizubringen, daß die Tschechen genausowenig in einen Topf paßten wie die Deutschen oder die Slowaken, nach denen er sich öfters erkundigte, weil ihm jemand eingeblasen hatte, die seien deutschfreundlich. Es war also Mißtrauen da, und ich sagte spitz: ›Wenn du mir nicht traust, solltest du mich verschonen mit Fluchtgeschichten.‹

›Ist doch Blödsinn‹, sagte er. ›Was kannst du dafür, wenn sie deine Post überwachen.‹ Da hatte er auch wieder recht.

›Gestapo-Robel aus Brüx hat vom Volksgericht zwölf Jahre bekommen . . .‹ Das hatte vor ein paar Tagen in der Zeitung gestanden.

›Mensch, Wesselin, du bist nicht Gestapo-Robel!‹

›Weißt du das? Ich habe Wesselin auf dem Foto gesehn; eines Tages taucht er in den Akten als gesuchter Verbrecher auf; da möchte ich lieber nicht mehr im Lande sein . . .‹

14.

Im Oktober sechsundvierzig ist er verschwunden. Er hatte sich von einheimischen Mitgefangenen den Weg beschreiben lassen, von Prohn bis Neuwiese und dann quer durch den Wald nach Sachsen. Man sprach im Lager offen über Fluchtpläne. Wenn auch die unterschiedlichsten Typen zusammengesperrt waren, vor den tschechischen Bewachern hielten sie dicht. Obwohl mir hinterher drei von Wesselins Kumpel gestanden, sie hätten von seiner Fluchtabsicht gewußt, auf die Idee, ihn zu verpfeifen, kam keiner. Er hatte sogar versucht, einen Österreicher namens Franz Teufel zur Mitflucht zu überreden. Teufel hatte um vier Wochen Aufschub gebeten, weil er gerade anfing, Hausanschlüsse zu machen. Er war gelernter

Klempner, aus Tulln bei Wien, hatte mit allen andern zusammen monatelang die Dreckarbeit mitgemacht; die Hausanschlüsse brachten Kontakte mit Familien, an guter Klempnerarbeit war jeder Mieter interessiert, da ließ er ein paar Kronen springen oder eine Schachtel Zigaretten oder Eßbares. Die Hausanschlüsse waren Krönung der ganzen Schinderei, auf sie wollte Teufel nicht verzichten, nicht für den Preis der Freiheit. Angst vor dem Volksgericht kannte er keine, obwohl er zu den Waffen-SS-Männern gehörte, die bei Bad Schandau aus dem Zug geholt worden waren. Er war Angehöriger einer unterdrückten Nation, Rückführungskommissionen waren dabei, die in tschechischen Lagern internierten Landsleute heim ins neue Österreich zu holen. So war Wesselin allein abgesockt, den neuen Anzug im Beutel, mit einer Schaufel über dem Rücken, als ihn der Polier Proháska zum Betonieren geschickt hatte. Herzog ist pryč, sagte der Polier zum Posten, als der kam, um seine Schäfchen heimzutreiben. Der Stabní tobte, und Unterwachtmeister Hanslík bemerkte, durch die Flucht habe der Essessák Herzog die Schwere seiner Verbrechen eingestanden. Acht Tage später bekam ich eine Karte aus Bienenmühle, Sachsen, mit der mich Wesselin grüßte, also auch von der gelungenen Flucht unterrichtete. Am selben Abend noch kamen zwei Männer von der politischen Polizei. Sie hatten in Wesselins Baracke ein bißchen Remmidemmi gemacht, kollektive Bestrafung wegen Mitwisserschaft in Aussicht gestellt, und die biederen Kerle, die sich untereinander erfindungsreich und verläßlich deckten, hatten mich preisgegeben. ›Der hatte doch 'ne Verlobte draußen, die hat ihm alles besorgt, die Mimi Steinsdörferová.‹ Drei Tage später holten sie mich ab, schnitten mir die Haare und brachten mich ins Lager nach Strimitz.«

»Střimice u Mostu«, verbesserte Friedemann Körbel mit erhobenem Finger.

»Poliž mi prdel«, erwiderte Mimi Steinsdörferová und

fügte müde hinzu: »Vielleicht sollten wir jetzt doch einen Schnaps trinken.«

Friedemann holte den Slivovitz heraus, Mimi brachte zwei Stamper mit Farbbildern des Schlachtdenkmals von Kulm. Militaria, registrierte Friedemann, und Rara überdies. Beim Eingießen sagte er: »Haben Sie einen Hinweis, welches Ziel Ihr Patient angesteuert hat?«

Mimi Steinsdörferová trank mit geschlossenen Augen und brach dann in Lachen aus, das anhielt, bis ihr die Tränen kamen. »Er hatte im Kriege Feldpostbriefe bekommen. Kinderbriefe, wie sie damals überall an unbekannte Soldaten geschrieben wurden. Von einem Porzellanmädchen, Meißner hieß sie, Adelheid, und nannte sich Heidi. Und das Nest, in dem sie wohnte, hieß Wassersuppe!«

Mimi Steinsdörferová bog sich vor Lachen und wiederholte immer wieder den Namen Wassersuppe.

VI. KAPITEL

Heidis Erzählung

I.

Nachdem Friedemann herausbekommen hatte, wo das Dorf Wassersuppe lag, kam ihm ein Gedicht Volker Brauns in den Sinn, Fehrbelliner Schlacht geheißen, provokant erinnernd an die andere Schlacht des Großen Kurfürsten, die eigentlich bei Hakenberg stattgefunden hatte und den Namen nur bekam, weil das kurfürstliche Hauptquartier in Fehrbellin gelegen hatte, einen Schlachtensieg, dem die DDR-Bevölkerung verdankte, daß sie heute nicht schwedisch sprach. Brauns Schlacht war kein Kräftemessen zwischen Deutschen und Schweden, eher zwischen Mensch und Luch, zwischen Meliorator und Wasserheide, zwischen Klaus Groth und dem Grünen Ungeheuer von Maltzahn.

»He, Jungs, lebt ihr überhaupt noch? Mensch, haut's euch nicht um, wenn Fremde daherkommen, eure Wiesen blank zu polieren? Wollt ihr das bißchen Deutschland nicht mit trockenlegen? He, Jungs, sagt was!«

Gut, Wassersuppe lag ein bißchen weg von Fehrbellin, nordöstlich, am Rhin, die Wasserheide hieß Bauernheide, die Dörfer hießen Kotzen und Witzke und Elslake, Friedemann probierte schon Heidi-Witzke, Frau Kapitän; es gab auch Semlin, ein literarischer Glockenschlag, bei Semlin schlug man das Lager, alle Türken zu verjagen, ih'n zum Spott und zum Verdruß! Ein Semlin zwar in der Nähe der Stadt Belgrad, immerhin bewies es märkische Weltläufigkeit. Die von den

Jungs vor dreißig Jahren trockengelegten Felder waren inzwischen zusammengelegt. Traktoren mit angekoppelten Grubbern und Eggen striegelten sie, in riesige Staubschwaden gehüllt, mit denen ein träger Wind die nahe gelegenen Wälder puderte. Die Bäume sahen müde aus, das Gras jedoch gedieh prächtig.

Friedemann stieg im Gasthaus »Zur Eiche« ab, aß eine Roulade mit Kartoffeln und Rotkohl für drei Mark achtzig, trank ein Bier für einundfünfzig Pfennig, was auch nicht nach viel mehr schmeckte. Je weiter man nach Norden kam, desto schlechter wurde das Bier, die alte Erfahrung bestätigte sich. Der Korn war kalt und gut, obwohl auch er ein Produkt des Nordens war; Braukunst und Brennkunst hatten verschiedene Musen. Die Kellnerin war zu jung für die Fragen, die er zu stellen hatte, die Zapferin erschien ihm geeignet, eine resolute Sechzigerin mit einer silbergrauen Portierzwiebel. Adelheid Meißner, die Heidi? Ja, die gab's nicht nur, die gibt's noch. Die hat nach Neuruppin geheiratet und ist jetzt Buchhändlerin oder Bibliothekarin, jedenfalls hat sie mit Büchern zu tun. Ein paar laute Fragen in die Küche, dann erfuhr Friedemann, daß Heidi jetzt Niesewind hieß und in der Fontane-Buchhandlung arbeitete.

Die Zapferin trank einen Kiwi auf Friedemanns Rechnung, konnte sich aber an einen Umsiedler namens Herzog nicht erinnern, schon gar nicht Wesselin, so einen komischen Namen hätte sie sich gemerkt.

Friedemann zahlte, prophezeite der Gemeinde, sie werde vielleicht eines Tages von sich reden machen als letztes Refugium der Frösche, ohne die sich die Störche hier so mühselig ernährten wie in jenem Nest in Südfrankreich, mit dem ein Partnerschaftsvertrag längst überfällig sei.

»Nach Südfrankreich möchten wir schon mal«, sagte die Zapferin, und die junge Kellnerin nickte stumm. »Wie heißt das Nest?«

»Soupe à l'eau«, sagte Friedemann.

»Zu deutsch?«

»Wassersuppe!«

2.

Blaugrün gestrichene Bretterzäune und das kyrillisch geschriebene Wort Magazin signalisierten die Garnisonsstadt. Friedemann griff nach der Einkaufstasche. Er ging gern in Magazine, sie waren wie aus einer vertrauten anderen Welt. Vertraut waren die Backwaren, das Obst, das Gemüse, die Schulhefte, Brot, Mehl und Butter und ähnliche Alltäglichkeiten. Aber da gab es auch Mischkabonbons, beinah zu groß für Kindermünder, da gab es gedörrte oder geräucherte Fische, wenn es sie gab, die aussahen, als hätte man sie vor sechs Wochen in Sachalin vom Stock genommen, geräucherten Stör, beiläufig zwischen Makrelen und sauren Gurken geschichtet. Es gab Ararat-Kognak mit sieben Sternen, Hundekopfzigaretten wie in alten Zeiten, nördlichere Weinbrände, auf denen Möwen herumflogen, Wodka mit Paprikaschoten, Wodka mit Zitronen und Wodka. Friedemann erstand eine Flasche dieses Tischwassers, nahm ein Glas der dunkelgrünen Gurken, die nur zu diesem Wässerchen schmeckten, eine Büchse Kronsardinen, eine Flasche georgischen Rotweins, Numero 15, liebster des Georgiers Josef Wissarionowitsch, sah zu, wie die Kugeln des hölzernen Computers den Preis machten, und war zufrieden. Egal, was Heidi brachte, Neuruppin hatte sich gelohnt.

Friedemann schlenderte durch die schnurgerade Hauptstraße, am Exerzierplatz vorüber, auf dem schon die langen Kerls des großen Fritzen geschliffen worden waren, auf dem Hunderte Jahre später Standortkommandant Erwin Rommel Paraden abgenommen hatte, ehe er sich den Marschallstab einhandelte, mit Giftkapsel und Staatsbegräbnis. Er sah die

Geburtstafel Theodor Fontanes an der Apotheke, stand an der Fontane-Buchhandlung, suchte in der Auslage vergebens nach einer Fontane-Ausgabe. So sah er sich um, erblickte ein Kreisgericht zur Linken, mit einem Kreisgefängnis, und zur Rechten, lindenbeschirmt, einen Marmorsockel mit der Büste Karl Friedrich Schinkels, des Baumeisters aus Neuruppin, der für Preußen alles erdacht hatte, vom Königlichen Schauspielhaus, Schlössern, Kirchen, Museen bis hin zu Vorhängen, Bühnenbildern, Stühlen, Tassen, Orden und Eßbestecken. War da nicht noch wer? Natürlich, Gustav Kühn, der Erfinder der bunten Bilderbogen für gewitzte Stadt- und Landbewohner. Auch er hat seine Tafel; Friedemann lobte die Neuruppiner Stadtväter und empfahl insgeheim seinen Berlinern, sich daran ein Beispiel zu nehmen.

Nein, Frau Niesewind ist leider nicht zu sprechen, sie hat heute Haushaltstag. Wo sie wohnt? Im Heimatmuseum, zwei Treppen, wenn geschlossen sein sollte, hinterer Eingang. Am besten wäre ein Anruf. Man gibt ihm die Nummer, Friedemann bringt sein Anliegen vor, hört etwas von großer Wäsche und wird ins Maurische Café gebeten, den Knobelsdorffbau im Stadtpark. Mochten die Nester auch nach dem Exerzierreglement erbaut und mit Zopf und Schwert regiert worden sein, wenn sie ein Café hatten, war es mindestens vom jungen Knobelsdorff.

Nur die Stühle waren von der HO und sahen auch so aus. Dafür hingen gerahmte Bilderbogen an der Wand, aus Neuruppin, zu haben bei Gustav Kühn. Hätte man Friedemann gefragt, wo er das wirkliche Blau gesehn habe, er hätte ohne Zögern geantwortet: Auf den handkolorierten Neuruppiner Bilderbogen! Obwohl er wußte, Kinderhände hatten die Bogen nach einer Schablone bemalt zu einem Schandpreis; das Blau machte alles wieder gut.

Frau Niesewind entschuldigte sich wegen der Verspätung, sie hätte sich ein bißchen frisch machen müssen. Sie hatte ein gutes Gesicht. Sanftbraune Schüttelfrisur, sanftbraune Augen, ein dunkelgrünes Kordkleid, um den Hals eine dünne Goldkette mit einem Bernstein, in dem etwas Spinnenbeiniges eingeschlossen war. Friedemann sah ihn mit gemischten Gefühlen. Einerseits war er geneigt, es als gutes Omen zu sehn; er war immer noch auf einer Bernsteinspur. Andererseits irritierte ihn der Anblick des Steins, weil es ein recht auffälliger Zufall war. Kaffee hatte Frau Niesewind schon getrunken, Schnaps wollte sie nicht, gegen eine Flasche Lindenblättrigen hatte sie nichts einzuwenden. Friedemann konnte sich auch keine Buchhändlerin in der DDR vorstellen, die etwas gegen eine Flasche Lindenblättrigen einzuwenden gehabt hätte.

Nach dem Anstoßen und dem ersten Schluck kündigte Frau Niesewind an, sie müsse mal dienstlich werden, Friedemann möge es nicht falsch verstehn, und verlangte seinen Ausweis zu sehn. Sie studierte das Personaldokument, war sichtlich erleichtert, keinen Klassenfeind vor sich zu haben, meinte aber, für so eine Befragung müsse es doch wohl den Auftrag einer Dienststelle geben. Friedemann, der die Ängste niedrig chargierter Kämpfer an der Kulturfront kannte, zückte das Schreiben des Verlages, das durch dreieckige Ein- und Ausreisestempel des DDR-Zolls an Gewichtigkeit gewonnen hatte, und Frau Niesewind war zu allem bereit.

3.

»Wir hatten eine Wirtschaft zu Hause, vor dem Kriege gehörte sogar ein Gasthaus dazu. Das führte Onkel Heinz, an den kann ich mich nicht mehr erinnern, ich war zwei Jahre, als er sich aufhängte. Warum, ist nie so recht klargeworden. Liebeskummer, Schulden oder beides, ist ja auch egal. Im selben Jahr kam Onkel Herbert beim Korneinfahren unter den Wagen; er lag ein halbes Jahr im Krankenhaus und behielt ein steifes Bein. Jedenfalls ging in der Zeit die Konzession verloren, und im Kriege genügte ja auch ein Gasthaus im Ort, es gab sowieso nichts. Nach dem Kriege noch weniger; die ersten Jahre wenigstens. Sollten wir die Klitsche in Schuß bringen, damit sie Konsum wird? Onkel Herbert war dagegen, es fiel ihm nicht schwer, Konzession hätte er sowieso keine gekriegt, weil er in der Partei war. Da waren noch meine Mutter und ihre Schwester Helene. Mutter kam auch nicht in Frage fürs Geschäft, ihr Mann war Obersturmführer und hatte an der Kubanfront weißgardistische Freiwillige kommandiert. Ich sag das so nebenbei, obwohl er mein Vater war. Ich hab ihn aber nur einmal zu sehn bekommen in meinem Leben. Das war zu den Weltfestspielen in Berlin, neunzehnhundertfünfzig, da bin ich heimlich nach Westberlin gefahren und hab ihn besucht. Ein hübscher Mann, groß und schwarzhaarig. Mit mir wußte er nichts anzufangen. Er schenkte mir eine Handvoll Bonbons und wünschte mir Glück. Das hatte ich auch; aber ohne meinen Vater.

Im Oktober sechsundvierzig, als Wesselin auftauchte, war ich sechzehn, meine Mutter sechsunddreißig. Wenn Sie einen Roman schreiben wollen, sollten Sie nicht denken, von da an schreibt er sich alleine. Großer Irrtum, obwohl es am Anfang so aussah. Aber noch ist der Kerl ja nicht da.

Er kam an einem Sonnabend, Mutter hatte gerade aus gekochten Kartoffeln, Weizenschrot und Melasse einen Kuchen gebacken. Erst dachte sie, er sei nur ein Telefonkunde. Bei uns war nämlich die Poststelle eingerichtet worden, Mutter residierte hinterm Tresen, verkaufte Briefmarken, wog Päckchen ab und stellte Fernanschlüsse her. Im Kriege war sie trotz ihrer Verheiratung weiterhin Matuschens Lotte gewesen, jetzt war sie die Postlotte; sie trug übrigens auch aus. Wie Sie sich leicht denken können, war sie über alle Vorgänge im Ort bestens informiert; mußte aber auch mehr als jeder andere Rede und Antwort stehen.

Nein, telefonieren wollte Wesselin nicht; er wollte sich entschuldigen. Die Mutter sah ihn gründlich an, wie sie es gewohnt war mit Individuen im Nachkrieg. Auffallend kurz geschnittenes Haar, auffallend sauberer Anzug, dazu derbe Arbeitsschuhe, ein Umhängebeutel; Männer ohne Umhängebeutel gab es nicht in jener Zeit.

›Ich glaube, wir kennen uns überhaupt nicht‹, sagte meine Mutter.

›Ganz recht, gnädige Frau. Die Beleidigte war auch mehr Ihr Fräulein Tochter, die Heidi!‹

›Und wo haben Sie die beleidigt?‹

›In einem Brief, im November vierundvierzig. Wenn ich Ihnen das erklären dürfte, gnädige Frau ...‹

Das ›gnädige Frau‹ machte meine Mutter unruhig. Sosehr es sie schmeichelte, in Wassersuppe neunzehnhundertsechsundvierzig, so sicher wußte sie, es steckte etwas Ungewöhnliches hinter dieser Anrede. Gnädige Frau in einem märkischen Kuhdorf!

›Wollen Sie nicht Platz nehmen?‹ sagte sie, was sie sonst auch nicht gesagt hätte.

Der Heimkehrer, um einen solchen handelte es sich offensichtlich, hängte seinen Beutel an den Kleiderständer, setzte sich an den Tisch, auf dem sonst Telegramme oder Einschreibezettel ausgeschrieben wurden, holte einen Briefumschlag aus der Tasche, er war natürlich getürkt, es war auch kein Umschlag, sondern nur die Klebelasche der Rückseite. Sie zierte ein Absender in Jungmädchenschrift: ›Adelheid Meißner, Wassersuppe, Kreis Rathenow, Dorfstraße 11.‹

Wesselin hatte einen der Briefe bekommen, die ich an unbekannte Soldaten geschrieben hatte. Wir machten das damals im Deutschunterricht, und unsere Lehrerin hatte gefordert: Keine allgemeine Faselei, erzählt was Konkretes, was den Soldaten Mut macht, was ihnen zeigt, daß auch ihr Schüler unermüdlich tätig seid für den Sieg. Da hatte ich geschildert, wie ich als Versuchsperson bei einer Luftschutzübung an allen möglichen und unmöglichen Stellen mit Mull umwickelt worden war. Wesselin stach der Hafer, geschildert hat er es ungefähr so: ›Wissen Sie, gnädige Frau, von einem unbekannten Mädchen Post zu bekommen ist für jeden Soldaten ein freudiges Ereignis, besonders, wenn man erst achtzehn Jahre ist. Man hat keine feste Braut, Ausgang gab's im totalen Krieg auch nur selten, das förderte die Phantasie. Hinzu kam, daß ich eine Art Parallelerlebnis hatte. Ein halbes Jahr vorher noch lag ich selbst als Versuchsperson auf eine Trage geschnallt, und eine BDM-Sanitäterin verband mich und drückte mich an allerhand Stellen. Ich habe mich verliebt in sie bei dieser Übung, leider blieb es eine einseitige Angelegenheit. Diese Enttäuschung muß die Ursache sein, daß ich mich zu dem anzüglichen Brief habe hinreißen lassen. Er war eine Art Rache. Ich sah ein Mädchen vor mir liegen, mit hochgeschobenem Rock, die Augen geschlossen, den Mund geöffnet, mit kurzem Atem, weil sie Angst hatte vor dem Schmerz, der ihr bevorstand, und doch auch willenlos hingegeben. So beschrieb ich es auch in meinem Brief und empfahl der unbekannten Heidi, barmherzig zu sein zu jenem Samariter; denn der ihr heute mit dem Daumen die Körperschlagader am Oberschenkel abdrückte, könne morgen schon jener Mann sein, der sie, wenn auch nicht mit dem Daumen, in die Lage versetzte, sich den sehnlichsten Wunsch eines jeden deutschen Mädchens zu erfüllen, dem Führer ein Kind zu schenken.‹ In ähnlich gestelzten Worten sagte er es, und ähnlich hatte er auch geschrieben, vielleicht etwas ironischer. Meine Mutter hatte sich sehr aufgeregt über den Brief und sich beim Kompaniechef schriftlich beschwert. Dieser Umstand hatte uns allen dreien den Vorgang ins Gedächtnis gegraben. Mir hatte der Brief zu lustvollen Träumen verholfen, meine Mutter hatte er alarmiert, und Wesselin hatte er einen Rüffel eingebracht. Heidi Meißner aus Wassersuppe war ihm im Gedächtnis geblieben, und wir hatten den Schreiber nicht vergessen, obwohl meine Mutter vor dem Einmarsch der Russen alle Feldpostbriefe verbrannt hatte.

Nun saß der Missetäter vor ihr, zwanzigjährig, heimgekehrt aus der Gefangenschaft, in der sich ihr Mann noch befand, irgendwo zwischen Wolga und Friesland, sie wußte nichts Näheres, vielleicht gab es ihn längst nicht mehr. Daß Wesselin nicht nur Vergebung suchte, sondern Unterschlupf, hatte sie bald heraus.

›Wissen Sie, es ist soviel passiert die letzten Monate, die Heidi hat soviel ansehen müssen, da sollten wir über den Brief nicht mehr reden.‹ Sie lud ihn zum Kaffee ein und stellte ihn dabei der Familie vor, ich hatte das Vergnügen etwas früher; fand ihn nicht übel, auch nicht so verwahrlost wie andere Heimkehrer, die sich wie dürre Gespenster in verdreckten Uniformen, mit Blechbüchsen behangen, durchs Dorf bettelten.

Beim Kaffeetrinken erzählte er, wie er sich bei seiner Eisenbahnfahrt durch Sachsen über die vielen Leute auf den leeren Feldern gewundert hätte. Die stoppeln Kartoffeln, war ihm erklärt worden, und er hatte zu begreifen angefangen, daß er in seinem böhmischen Lager so schlecht nicht gelebt hatte. Ein Hungerwinter stand bevor, und es war ratsam, sich ein Dach überm Kopf zu suchen und einen warmen Herd. Als Onkel Herbert nach dem Essen hinaushinkte, um etwas vom oktoberwelken Gras zu mähen, für Ziege und Kaninchen, ging Wesselin mit, nahm die Sense, wetzte sie mit Bravour und mähte mit Schwung und sicherer Hand. Ob er schon einmal ein Pferd eingespannt hätte, fragte Onkel Herbert. Nein, nur Kühe, aber das traue er sich trotzdem zu, er sei ein gelehriger Schüler. Wir hatten noch einen Teil der Kartoffeln im Boden, die Rüben waren zu entblatten und zu roden, Onkel Herbert nörgelte oft genug über die Weiberwirtschaft in seinem Haus — kurz und gut, Wesselin wurde eine Stube in unserm Haus angeboten, die er dankend annahm. Sie war zwar nur über eine Außentreppe zu erreichen, hatte aber Doppelfenster und war heizbar. Ich arbeitete als Schreibkraft auf dem Gemeindeamt, so übernahm ich es, Wesselin dem Bürgermeister vorzustellen. Das war ein vielgeplagter Mann, ein Gutsarbeiter, der während des Krieges an Kinderlähmung erkrankt war und seitdem nur mit zwei Stöcken gehn konnte. Jetzt wohnte er im Wirtschaftsgebäude des Gutshauses, zum Bürgermeister hatte ihn die Kommandantur gemacht; er war einer der wenigen überlebenden Kommunisten des Dorfes. Mit der deutschen Sprache stand er auf Kriegsfuß, aber er war ein standhafter Pionier der ersten Stunde, wie es jetzt so schön heißt. Als erstes fragte er nach Papieren, und es dauerte sehr lange, bis Wesselin aus seinem Umhängebeutel ein Schreiben hervorgekramt hatte, in dem bescheinigt wurde, daß der Internierte Rudolf Herzog berechtigt sei, für das Internační středisko Střimice u Mostu drei reparierte Kreuzhacken in Empfang zu nehmen. Natürlich stand das tschechisch da, aber Namen und Daten waren zu verstehen, ein Stempel und die Unterschrift des Poliers gaben dem Papier amtlichen Charakter.

›Ich denke, du heißt Wesselin‹, sagte der Bürgermeister, und Wesselin erzählte die Namensgeschichte, bat um die Eintragung dieses Vornamens in seine Kennkarte. Da war nichts zu machen. Rudolf blieb Rudolf, zumal der Bürgermeister mißtrauisch gefragt hatte: ›Werdohl in Westfalen? Ich hätte gewettet, du kommst aus dem Schlesischen, der Stimme nach.‹

Das hätte schon mancher gesagt, es sei auch nicht falsch. Nach der Scheidung seiner Eltern sei er ins Böhmische gebracht worden, zu einer Tante in Schluckenau.

Wesselin war froh, daß weiter keine unbequemen Fragen folgten, und fand sich mit dem amtlichen Rudolf ab, fest entschlossen, sich so niemals ansprechen zu lassen. Der Bürgermeister war zufrieden, daß ihn sein Gehör nicht getäuscht hatte, fragte nach Kenntnissen, nickte wohlwollend bei der Erwähnung des Geigenspiels, auch im Fußball wollte sich der Heimkehrer versucht haben, von Buchführung verstand er nichts, im Schriftlichen konnte er sich ausdrücken, auch umgehn mit einer Schreibmaschine. Und mit der Politik, wie sieht's da aus? Nach dem Zwang der Nazizeit war Wesselin vor allem für Freiheit, und der Bürgermeister meinte, da werde er ja auch nichts dagegen haben, in die Freie Deutsche Jugend einzutreten. Wesselin hatte nichts dagegen. Der Bürgermeister schob ihm einen Aufnahmeantrag hin, Wesselin las ihn gründlich durch, nickte und unterschrieb.

›Na prima, Jugendfreund, da kannst du bei mir als Gehilfe anfangen. Hundertzwanzig Mark Gehalt, Lebensmittelkarte Stufe drei.‹

›Ich hab schon bei Matusches als Knecht angefangen . . .‹

›Knechte sind abgeschafft. Soviel Zeit, um Herbert ein bißchen zur Hand zu gehn, haste immer.‹

4.

Der Winter sechsundvierzig war schlimm, aber für uns war es eine schöne Zeit. Zu frieren brauchten wir nicht, wir hatten genügend Holz im Schuppen, und die Kartoffeln im Keller reichten auch. Wesselin half Onkel Herbert früh beim Füttern, aß mit uns zusammen und ging dann mit mir ins Gemeindebüro. Dort saß er zwar in einem andern Zimmer, ich sah ihn aber oft oder hörte ihn mit den Bauern herumzanken, wenn's ums Abliefern ging. Er war für den Bürgermeister wirklich eine Hilfe, besonders wenn jemand von der Kommandantur kam. Da radebrechte er tschechisch. Es dauerte nicht lange, und er konnte die Ablieferungszahlen russisch herbeten und auch russisch fluchen. Wenn wir auch nicht gemeinsam nach

Hause gingen, weil ich als Lehrling früher Schluß hatte, so sahen wir uns doch zum Abend wieder. Ich war das jüngste Leitungsmitglied der FDJ-Grundorganisation und hatte mich um Kultur zu kümmern. Ich pinnte den Veranstaltungsplan in den Schaukasten neben der Dorfpumpe, schrieb Gedichte ab aus der Anthologie ›Von unten auf‹, die uns der Bürgermeister gestiftet hatte, suchte Lieder zusammen, die vor dreiunddreißig von der Arbeiterbewegung gesungen worden waren, und kümmerte mich um Geselligkeit. Wir sangen ›Unterm Dach juchhe!‹, ›Ich bin der Hauswirt‹, ›Laurentia‹ und ähnlich Spaßiges, spielten ›Hänschen, piep einmal‹ und ›Mein rechter Platz ist leer‹. Tranken Sprudel dazu im Vereinszimmer des ›Lindengartens‹. Wesselin hielt eine Heimatabendstunde ab unter dem Motto ›Auf den Schutt geschmissen‹. Er sprach über Kästner, den er im amerikanischen Kriegsgefangenenlager in einer deutschen Ausgabe von Stars and Stripes kennengelernt hatte, das Gedicht ›Wenn wir den Krieg gewonnen hätten‹ kannte er auswendig. Aus meinem ›Von unten auf‹ hatte er sich Heine, Herwegh und Weerth herausgesucht, aus seiner Strimitzer Lagerbibliothek steuerte er Gedichte von Tucholsky und Bertolt Brecht bei, die er auswendig konnte. Ein halbes Jahr später kam aus Berlin ein Heimatabendheft ›Verboten und verbrannt‹, in dem ich manches fand, was uns Wesselin offenbart hatte, bei Kerzenlicht, weil ständig Stromsperre war.

Noch vor Jahresende gründete der Bürgermeister den Fußballklub Blau-Weiß, Wesselin wurde Schriftführer, wir Mädchen saßen im Gastzimmer, während die Jungs im Vereinszimmer tagten; als sie dann nachsangen, was ihnen der Bürgermeister vorsang, fielen wir mit ein in den herrlichen Schwachsinn: ›Blau und weiß, wie lieblich ist. Eine andre Farbe mag ich nicht. Blau und weiß ist Wiese, Wald und Flur, ja Wald und Flur, Blau und weiß ist unsre Fußballgarnitur.‹

Es muß an einem Freitag gewesen sein, jedenfalls saß Mutter in der Badewanne, als wir heimkamen. Wesselin hatte versprochen, mir bei meinem Monatsbericht für die Kreisleitung zu helfen. Dazu hätten wir uns ins geheizte Wohnzimmer gesetzt, das war durch die Küche zu erreichen, und in der badete die Mutter. Wesselin stellte durch die Tür die übliche Scherzfrage, ob er meiner Mutter den Rücken waschen solle.

›Lieber nicht‹, sagte die Mutter, ›ihr Mannsbilder vergeßt immer, wo der Rücken aufhört.‹ Da antwortete Wesselin: ›Es gibt Weibsbilder, die es dann noch lieber haben.‹ Darauf kam keine Antwort, sondern nur kräftiges Plätschern, was mir verriet, daß sich meine Mutter im Knien Wasser über den Rücken goß; sie war also fertig mit dem Baden. Trotzdem sagte ich: ›Ich geh mal noch zehn Minuten rauf zu Wesselin, er will mir bei meinem Bericht helfen.‹ Auch die Mutter blieb beim Üblichen, sie sagte: ›Daß mir keine Klagen kommen!‹

Ich setzte mich auf die Couch, er setzte sich mir gegenüber auf einen Stuhl und nahm einen Bleistift und befahl: ›Lies vor!‹ Ich begann zu lesen und mußte mich dabei auf meinen Text konzentrieren, weil ich viel darin herumgestrichen hatte. Als ich ein leises Krabbeln am Bein spürte, glaubte ich zuerst, es sei der Wechsel von der Winterkälte in die warme Stube; es kroch immer höher, bis ich mich beim Lesen verhedderte und aufsah. Da sah ich, es war Wesselin mit seinem Bleistift. ›Warum liest du nicht weiter?‹ fragte er, und ich sagte: ›Dein Bleistift macht mich nervös.‹ Er küßte mich, und dann war es eben kein Bleistift.

5.

Als ich runterkam, meinte meine Mutter, es sei noch heißes Wasser da, ich solle baden. Ich redete mich heraus, weil ich Angst hatte, man könne etwas sehen. ›Dann scher dich ins Bett‹, sagte sie. ›Ich werde Wesselin fragen, ob er Lust hat.

Schade um das schöne Wasser.‹ Ich legte mich ins Bett, wartete, daß meine Mutter käme.

›War's wenigstens schön?‹ fragte sie.

Ich stellte mich dumm und fragte: ›Was denn?‹

›Du weißt genau, was ich meine!‹

Da sagte ich trotzig ja, weil es stimmte, und meine Mutter umhalste mich und fing an zu weinen. Ein paar Tage später verkündete sie beim Abendessen, sie hätte eine Geschichte geschrieben. ›Wie der Bauer Jobst das Abliefern lernte‹. Wesselin möge sie lesen und verbessern. Wesselin las sie, besserte mit der Mutter die halbe Nacht daran rum. Im Gemeindebüro schrieb er die Geschichte ab und schickte sie an die ›Märkische Volksstimme‹. Sie wurde gedruckt, und Mutter bekam sechsundneunzig Mark Honorar. Das Geld kam an ihrem Geburtstag. Sie hatte vormittags in Stendal zu tun, und dort kaufte sie eine Flasche Apricot-Brandy. Ich hatte mir frei genommen, um den Telefondienst zu machen und ihr im Haushalt zur Hand zu gehn. Wesselin hatte versprochen, zum Kaffee dazusein. Wer nicht kam, war Wesselin. Nun hätte sie ja anrufen können und fragen, was los ist. Aber da hatte sie ihren Stolz. Sie schnitt den Quarkkuchen an und öffnete den Apricot-Brandy. Niemand wußte so recht, was das ist; Onkel Herbert erklärte es für Birnenlikör. Ich bekam auch ein Gläschen, es schmeckte süß und sämig. Nach dem dritten Glas entwendete Tante Berta Onkel Herbert die Zigarettenspitze und rauchte daraus eine Sorte eins auf Lunge. Fünf Minuten später war sie verschwunden. Onkel Herbert ging um halb sechs das Pferd füttern. In den Futtertrog kippte er Weizenschrot, von dem wir unsere Kuchen buken, und schlief auf seinem Häckselsack ein. Ich ging in die Küche, füllte den Ofentopf, stellte zwei volle Eimer auf den Herd. Die Mutter hatte ein Schulheft vor sich, rauchte und schrieb. Ich stellte mich neben sie und las die Überschrift ›Ein Streitgespräch zwischen Pastor und Bäuerin‹. Es begann mit ›Guten Morgen, Herr Pastor!‹. Weiter konnte ich nicht lesen, denn es polterte, und Wesselin kam herein, mit einem Russen, ich meine, mit einem sowjetischen Sergeanten in Uniform. Ein Mann in den Dreißigern, in einem erdlangen Mantel und mit einer großen Tellermütze, die er abnahm und unter den Arm klemmte.

›Mein Freund Juri, dem ich heute nachmittag ein halbes Schwein abgekämpft habe‹, verkündete Wesselin. Dann sah er den Kuchen, sah die Crysanthemen, die darum garnierten Glückwunschkarten, und es dämmerte ihm etwas. Er stürzte zu meiner Mutter, küßte und umarmte sie, küßte auch mich und schrie zu dem Sergeanten: ›Juri, altes Wildschwein, Geburtstag, otschen charascho, verstehn, Geburtstag!‹

Der Russe verstand nichts, besser gesagt Abwegiges, wie sich bald zeigen sollte, und sagte schüchtern: ›Otschen charascho!‹ Da hatte ihm die Mutter schon ein Glas Apricot-Brandy eingeflößt. Er lächelte mitleidig, sagte ›dlja djetej‹ und holte aus der Manteltasche eine Flasche Wodka. Dann machte er mit seinem Unterarm eine männliche Geste und sagte: ›Wodka, otschen charascho!‹ Wesselin entkorkte die Flasche, Sergeant Juri goß das Zeug ein wie Wasser, hob sein Glas und sagte: ›Nastrowje!‹ Er trank, uns andern blieb die Luft weg. Wir hängten seine Mütze an, befreiten ihn vom Mantel, Mutter briet Kartoffeln und Rühreier, und damit der Russe nicht denken sollte, so lebten wir alle Tage, zeigte Wesselin auf die Eier und wiederholte: Geburtstag. Der Russe sagte dada, otschen charascho, wehrte dann beidhändig ab. Mame tschas. Nachdem die Bratkartoffeln verschlungen waren, goß Juri noch einmal ein, obwohl kein Glas leer war außer seinem. Ich nippte, verspürte Brechreiz und sagte: ›Ich bade.‹ Da mich anscheinend niemand verstanden hatte, zog ich mein Kleid übern Kopf und verschwand in der Küche. Wesselin begriff, erklärte: ›Heidi, balja, banja, koupat. Geburtstag, otschen charascho!‹ und lief zu mir in die Küche.

Was blieb dem armen Juri übrig, als meiner Mutter den

Arm um die Schulter zu legen und zu fragen: ›Wo Jebutch-Tag?‹ Trotz Apricot-Brandy und Wodka fand Mutter den Weg ins Schlafzimmer, vielleicht mußte sie Juri auch die letzten Schritte tragen.

Beim Frühstück, das später als sonst stattfand, blätterte der Sergeant immer wieder in seinem Wörterbuch, dann schlug er die Hände vors Gesicht und flüsterte Wesselin etwas ins Ohr. Er hatte statt Geburtstag jebuch verstanden, und das war im Russischen eine eindeutige Aufforderung zum Beischlaf.

6.

Juri kam öfter, und seitdem er kam, herrschten in unserer Familie klare Verhältnisse. Mir stand Wesselin zu. Es war eine schöne Zeit, Juri brachte Wodka mit und Schwarzbrot, das nach Melasse duftete, ich profitierte für die FDJ-Gruppe Lieder wie ›Muj idjom, muj pajom‹ und vor allem das Lied vom Vaterland. Mit Inbrunst sangen wir ›... denn es gibt kein andres Land auf Erden, wo so frei das Herz dem Menschen schlägt‹.

Im März, in dem der Bauer die Rößlein einspannt, wie es so hübsch heißt, ging der Ärger los. Ein Teil der Saat war ausgewintert, neues Saatgut mußte her, schön, aber woher nehmen? Inzwischen gab es einen Verband der gegenseitigen Bauernhilfe, der einen Austausch zu organisieren versuchte zwischen den Dörfern, es war ein Kampf, der mit rostigen Messern ausgetragen wurde, Onkel Herbert säte termingemäß und brachte einen Sack Roggen nach Witzke zum Schroten. Vielleicht gibt es auch gar keinen Zusammenhang zwischen diesem Roggen und den folgenden Ereignissen. Jedenfalls kam eines kühlen Morgens die sowjetische Militärpolizei, durchsuchte unsere Wohnung und fand in Mamas Papieren ein Bild ihres Mannes in der Uniform eines Hiwi-Ausbilders.

Mama kam abends wieder. Juri kam nie wieder. Als sich Wesselin auf Mamas Drängen ein Herz faßte und bei der Kommandantur vorsprach und sich nicht abweisen ließ, sondern von einem verantwortlichen Genossen eine Erklärung für das wiederholte Nitschewo haben wollte, erfuhr er, ein Dienstauftrag habe Danielschenko an eine andere Stelle der Front beordert. Wir alle wurden erinnert, was wir an den liederseligen Heimabenden vergessen hatten: daß Front war, wo wir lebten.

Wesselins Verschwinden war danach nur folgerichtig. Wie hätte er Juris Platz ausfüllen können bei meiner Mutter, ohne mich mit einem Lückenbüßergewand zu strafen?

7.

Unser Bürgermeister Toni Kubaschk war immer für klare Verhältnisse. Im Politischen wie im Privaten. ›Klare Verhältnisse!‹ war seine Lieblingsformel. Sie benützte er auch, als ihm Wesselin von seinem Besuch in der Kommandantur berichtete.

›Was die Russen brauchen, sind klare Verhältnisse. Ein bißchen killekille mit einer Deutschen, warum nicht, da drückt man ein Auge zu. Aber dann stellt sich heraus, Lotte ist die Frau eines Obersturmführers, eines Ausbilders von Wlassow-Leuten. Zugegeben, er ist nach dem Krieg hier nie aufgetaucht, und an Lottes politischer Einstellung ist nichts auszusetzen. Trotzdem kann ich die Freunde verstehn.‹

Wesselin dachte über seine eigne Lage nach und kam zu dem Ergebnis, auch nicht in klaren Verhältnissen zu leben. Was er dem Bürgermeister beichtete, aus einem Schuldgefühl heraus oder aus Trotz über die Zwangsversetzung Juris, erfuhr ich erst Wochen später; daß er nicht Wesselin sein wollte, sondern Valentin. Unser guter Toni Kubaschk bekam Angst, nach dem Sergeanten Juri, mit dem er sich zusammengerauft hatte, auch noch den Mitraufbold Wesselin zu verlieren.

Konnte es nicht geschehen, daß die Militärpolizei Wesselin abholte, weil die Tschechen Wesselin suchten oder weil er nicht Wesselin, sondern Valentin war? Und wenn Wesselin wirklich Valentin war, wer war Valentin wirklich? Nur klare Verhältnisse konnten da helfen. Also mußten Zeugen her, die Wesselins wahre Identität herstellten. Der Vater war in Gefangenschaft; er konnte von Norwegen nach Kanada gebracht worden sein, nach England oder nach Frankreich, der schied für die nächsten zwei Jahre aus. Die Mutter? Nach einem Gerücht, das zu Wesselin ins Lager gedrungen war, sollte sie mit einem Transport in den Kreis Dieburg gebracht worden sein. Wurde sie gefunden, fanden sich auch andere Bekannte, und die Wahrheit konnte an den Tag gebracht werden. Toni Kubaschk rang sich zu folgender Erklärung durch: ›Ich behalte dich auch als Wesselin, wenn du unserer antifaschistisch-demokratischen Ordnung weiter so dienst wie bisher. Daß dieser Wesselin in der Waffen-SS gewesen ist, vergessen wir, du hast ja keine Blutgruppe. Außerdem gibt es eine Amnestie für einfache Soldaten. Willst du unbedingt Valentin werden, dann fahr nach Dieburg und such deine Mutter. Wenn du wieder zurückkämst, wäre es schön; ich denke, du wirst gebraucht bei uns.‹

Von dem Gespräch wußten wir nichts. Wesselin sagte nur, er wolle seine Mutter in Dieburg suchen und sei für drei Wochen beurlaubt. Wir spendierten ihm ein Glas Rübensirup und ein halbes Brot, und er machte sich auf den Weg.«

8.

»Sie sind sicher Atheist!« sagte Heidi Niesewind.

Friedemann bestritt es nicht.

»Dann werden Sie mir nicht glauben, wenn ich Ihnen sage, es war der liebe Gott, der Wesselins Schritte lenkte, auf dieser

Westreise zumindest. Der kürzeste Weg zur Grenze wäre der in die englische Zone gewesen, aber da hatte Wesselin nichts zu suchen, er wollte zu den Amerikanern. Und fand einen Lastwagenfahrer, der die Autobahn nach Süden fuhr, um irgendwelche Maschinenteile nach Vacha in Thüringen zu bringen, also Richtung Hof unterwegs war. Die Erinnerung an seine Landserroute mag ein zusätzlicher Anstoß gewesen sein. Wesselin fuhr mit und versuchte bei Hof über die Grenze nach Bayern zu kommen. Dabei passierte es. Er wurde von einer Streife der Roten Armee geschnappt, man brachte ihn in eine Militärbaracke. Dort saß er einem russischen Hauptmann gegenüber, mit schulterlangen Haaren, wie sie überhaupt nicht zugelassen waren. Blond, in der Mitte gescheitelt; vielleicht hatte es beim Zaren so etwas gegeben, bei Stalin war so eine Frisur gegen jede Dienstvorschrift.

Nachdem man Wesselin drei Tage lang hatte Holz hacken lassen, hinter Stacheldraht, versteht sich, befahl ihn der Hauptmann zu sich. Er blätterte in einer Akte, obwohl sich Wesselin nicht vorstellen konnte, wie während des dreitägigen Holzhackens eine Akte über ihn entstanden sein sollte.

›Wesselin, der Fröhliche, ein schöner Name‹, sagte der Hauptmann. ›Dazu noch Herzog, das klingt stolz. Man könnte Ihnen gratulieren zu Ihrem Namen.‹

Wesselin hätte am liebsten geschrien: Es ist nicht mein Name. Gott sei Dank tat er es nicht. Es war das Frühjahr siebenundvierzig, das Klima zwischen den Amerikanern und den Russen wurde spürbar kälter seit der Rede des Außenministers Byrnes in Stuttgart. Das Geständnis hätte bedeutet, aus dem einfachen Fall des versuchten illegalen Grenzübertritts eine Spionageaffäre zu machen, die nicht ohne den Zugriff höherer Stellen zu beenden war. Solche Zugriffe konnten zeitraubend sein, also blieb Wesselin Wesselin.

›Was wollten Sie in Bayern, Towarisch Herzog?‹ Er sagte tatsächlich Towarisch.

Wieder schwieg Wesselin; denn er hätte sagen müssen: Meine Mutter suchen. Seine Mutter war aber eine Madam Herzog aus Werdohl in Westfalen, so stand es in den Papieren. Also konnte eine Selma Eger aus Traumsiedel, ČSR, nicht benannt werden. Unbestimmt erwiderte er: ›Es geht um ein Mädchen, eine Jugendfreundin...‹

›Wie heißt sie?‹

›Eda Körner...‹

›Wegen einer Eda Körner sind Sie im September fünfundvierzig von Bayern in die ČSR übergewechselt, mit Hilfe Ihrer amerikanischen Freunde!‹ Der Hauptmann wedelte mit einem der Aktenblätter. ›Wer hat Ihnen gesagt, daß sich Ihre Freundin in Bayern aufhält?‹

Das hatte Wesselin niemand gesagt. Was Eda betraf, hatte man ihm überhaupt nichts gesagt. Alle Nachfragen an das Meldeamt Liberec waren unbeantwortet geblieben. Eda konnte in Dieburg sein, in Passau, in Australien oder in Halberstadt.

›So, niemand hat Ihnen etwas gesagt. Dann sage ich Ihnen etwas: Eda Körner ist am ersten März neunzehnhundertsiebenundvierzig in die sowjetisch besetzte Zone gereist, um einen Jugendfreund zu suchen; auch eine große Liebe...‹

›Wie heißt er?‹ flüsterte Wesselin.

Der Hauptmann blätterte und sagte: ›Valentin Eger, aus Traumsiedel. Sonderbar, daß sie zur selben Zeit auch einen Jugendfreund aus Werdohl in Westfalen hatte, finden Sie nicht?‹

Wesselin konnte nichts anderes sagen als: ›Ich liebe Eda Körner!‹

›An Ihrem Reiseziel Dieburg werden Sie Ihre Eda nicht finden, das steht fest.‹ Das hatte Wesselin vorher gewußt, die Nachricht, sie halte sich in seiner eignen Zone auf, ließ sein Herz heftig klopfen.

›Niemand wird Sie daran hindern, Eda Körner in der sowjetischen Zone zu suchen...‹

›. . . dann bitte ich um meine Papiere!‹

›Ein russisches Sprichwort sagt: Eile ist ein lahmer Gaul! Darum werden Sie mir erst einige Fragen beantworten: Haben Sie im Lager Bad Kreuznach oder auch in Hechtheim an irgendwelchen Kursen teilgenommen?‹

›Nein . . .‹

›Ihr amerikanischer Freund hat aber geschrieben, Sie hätten sich aktiv an der Reeducation beteiligt, an der ideologischen Umerziehung, wie wir sagen; warum verschweigen Sie das?‹

Im ersten Augenblick dachte Wesselin, er werde schon wieder verwechselt; dann erst fielen ihm die Nußknacker ein.

›Also deshalb waren Sie im Artistenzelt.‹

›Künstlerzelt‹, verbesserte Wesselin.

›Was kannst du noch, außer Nußknacker herstellen, Artist?‹

Wesselin überlegte, ob er die Kunsthochschule angeben sollte; aber dann verlangten sie vielleicht von ihm eine Liste der Lehrer, und er hätte passen müssen. So bekannte er sich nur zu seinen Geigenkünsten. Da öffnete der Hauptmann einen Schrank, holte eine Geige heraus und befahl: ›Spiel!‹

Wesselin erinnerte sich an das Lied vom Roten Sarafan, das auch während der Nazizeit in Volksliederbüchern zu finden gewesen war, und fiedelte anschließend das Wolgalied aus Franz Lehárs Zarewitsch. Der Hauptmann nannte es eine Tauber-Schnulze und spielte den ersten Satz von Beethovens Kreutzersonate, die Wesselin nie geschafft hatte. Aber anzubringen, daß er Leo Tolstois Kreutzersonate gelesen hatte, und daran die Bemerkung zu knüpfen: Beethoven und Tolstoi, zwei große Artisten, das hatte er drauf. Der Hauptmann muß Spaß gefunden haben an ihm, er examinierte ihn noch eine Weile, und Wesselin hatte Gelegenheit, seine Leseerfahrungen aus dem Brüxer Lager und unser Heimabendpensum zu verwerten, Gorki, Becher, Tschechow, Kisch, Heine. Roda Roda kannte der Hauptmann nicht, dafür rezitierte er Heines Gedicht vom Fichtenbaum, der von der trauernden Palme träumt, in der Übersetzung von Puschkin. Es soll dann auch Wodka getrunken worden sein, obwohl ich mir das nicht vorstellen kann, der Hauptmann war ja im Dienst. Jedenfalls hat er Wesselin irgendwann auf die Schulter gehauen und gesagt: ›Du wirst Lehrer! Die Kunst muß zur demokratischen Erneuerung Deutschlands beitragen, dafür werden wir einen Kampfbund gründen, aber die Erneuerung beginnt in den Köpfen der Kinder!‹ und hat Wesselin eine Propuska ausgeschrieben mit einem schönen Stempel und der Unterschrift Hauptmann Gleb Sergejewitsch Christofori.

Ein paar Tage später war Wesselin wieder in Wassersuppe und meldete dem Bürgermeister, er wechsle über zur Volksbildung. Die Erziehung des Menschengeschlechts in ihrem augenblicklichen Stadium verlange den Neulehrer. Das wolle er werden. Ein Lehrer des Neuen.«

Friedemann Körbel trank seinen Lindenblattrest zum dritten Male aus und fragte: »Ob er es geworden ist?«

Frau Heidi bestellte eine neue Flasche und sagte: »Der ist mindestens Schulrat.«

VII. KAPITEL

Silkes Erzählung

I.

Den Archiven der Volksbildung zufolge war ein Rudolf Herzog von 1948 bis 1957 Schulrat in Spremberg gewesen; ausgeschieden wegen Krankheit. Adresse unbekannt. Im Berliner Telefonbuch gab es zwei Rudolf Herzog, republikweit waren es vielleicht zwanzig oder dreißig, die ohne Telefon schieden aus, ein ehemaliger Schulrat hatte ein Telefon. Friedemann begab sich ins Hauptpostamt und studierte Fernsprechbücher. Siehe da, im Glasmacherort Döbern wohnte ein Designer Wesselin R. Herzog. Friedemann erzitterte vor Glück. Andy Quahl genehmigte die Reise beiläufig, als sei er des Reisegrunds überdrüssig, eine Pflichtübung, die von eigentlichen Aufgaben abhalte. Das Wort Bernsteinzimmer fiel nicht mehr. Er redete etwas von der Überziehung des Benzinkontingents, war nur bereit, Bahnkosten zu erstatten. So fuhr Wesselin mit dem D-Zug nach Cottbus, stieg dort in Richtung Weißwasser um und kam um die Mittagszeit nach Döbern. In einem Kulturhaus »Deutsch-Sowjetische Freundschaft« aß er eine Kaninchenkeule, gab der Kellnerin eine Mark Trinkgeld und fragte nach der Schneeglöckchenstraße. Die dritte Querstraße hinter dem Friedhof, lauter Siedlungshäuser. Friedemann überlegte, ob er anrufen sollte, unterließ es. Er wollte die Spannung noch genießen. Als er losging, begann es zu schneien. Ein scharfer Wind trieb ihm die Flocken ins Gesicht. Er zog die Kapuze seiner Kutte über den Kopf und legte einen Schritt zu.

Veilchen, Syringen, Schneeglöckchen. Die Häuser waren stattlich, Numero fünfzehn war eins der stattlichsten. Weißer Schalenputz, eine geklinkerte Veranda, Atelierfenster im grauen Schieferdach. Kupfergetriebener Briefkasten, dito Zeitungsröhre. Die Namen am Türschild in Kleinbuchstaben: silke und wesselin r. herzog.

Nach dem Klingeln öffnete sich das hölzerne Fischgrätenmuster mit der gelben Ornamentglasscheibe, und eine braunhaarige Nixe erschien, in einem glänzenden Overall mit Mittelreißverschluß und tiefsitzenden Beintaschen. In Robin-Hood-Schuhen kam sie auf Friedemann zu, musterte ihn aus wasserhellen Augen.

Friedemann klappte die Kapuze zurück und verlangte, Herrn Rudolf Herzog zu sprechen. Ein Lachen kam aus dem Nixenmund und dann die Behauptung, ihr Mann heiße Wesselin.

Genau den wollte Friedemann sprechen. Da würde er sich ein andermal bemühen müssen. Ihr Mann sei auf einer Dienstreise in Harrachov, in der Tschechoslowakei also. Worum es sich handle.

Um eine Erbschaft.

Erbschaftsangelegenheiten schienen auch in Nixenkreisen gewichtig zu sein. Die Gartentür öffnete sich, Friedemann wurde ins Haus gebeten. Als er sich im Flur die Kutte auszog, schob ihm die Nixe gebückt, mit sanft gewölbtem Po, ein Paar Hausschuhe hin. Sie sei Silke und gehöre nicht zu den Typen, bei denen man vom Fußboden essen könne, aber ein bißchen häuslich, in warmen Potschen, das sei nicht zu verachten um die Jahreszeit, und der Vietnamteppich sei nun mal empfindlich. Friedemann zog schweigend Filzlatschen an. Silke war ins Wohnzimmer vorangeeilt, öffnete eine Schrankwandtür. Neonlicht flammte auf, wurde von einem Spiegel reflektiert, vor dem Flaschen und Gläser standen.

»Auf den Schreck muß ich einen trinken«, sagte Frau Silke.

Friedemann verlangte Korn, den beherbergte der Schrank nicht, und so ließ er sich zu Hennessy überreden.

»Wirklich was sehr Gutes«, wie Silke mit sächsischem Aroma in der Stimme versicherte. Friedemann wußte, daß der Kognak das Beste am ganzen Abend bleiben würde, gleich, was noch kam. Als nächstes kamen Erdnußflips und Fischli, was zum Knabbern, wie Silke sachkundig bemerkte. Dann nahmen sie beide einen tiefen Schluck, Silke sog viel Luft durch die Nasenlöcher, mit halbgeschlossenen Augen. Dann verlangte sie etwas Schriftliches zu sehn. Friedemann wies einen Firmenbrief vor, der Interesse an den Antiken bezeugte, die zum Erbgut des Rudolf Herzog gehören sollten, geboren am 3. 12. 1926 in Werdohl in Westfalen. »Ja, das ist mein Mann.«

Wieso eigentlich Wesselin, wenn er Rudolf heißt? Frau Silke schenkte noch einmal ein und erzählte die Geschichte von dem besoffenen Vater, die Friedemann in Litvinov von Mimi Steinsdörferová gehört hatte.

»Und die Behörden der DDR haben ihm aufgrund dieser rührenden Story erlaubt, den Vornamen Wesselin offiziell zu führen?« fragte Friedemann.

»Als Schulrat mußte er immer mit Rudolf unterschreiben, obwohl ihm das schwergefallen ist, wie Sie sich denken können. Als er Designer wurde, hat man ihm erlaubt, sich einen Künstlernamen zuzulegen. Das hat ja Tradition bei uns; denken Sie nur an Becher; der hat ja seinen Robert auch in ein R. verkürzt.«

»Auch die Schulräte nannten sich manchmal anders, als sie hießen. Ich kannte einen mit Familiennamen Kulle, der nannte sich erst Pieter Pan und dann Jokusama. Irgendwann ging er in den Westen.«

»Mit dem hat mein Mann nichts zu tun«, erklärte Silke und wollte endlich Näheres über die Erbschaft wissen.

»Mixen Sie uns einen Longdrink, und machen Sie sich auf einen Kolportageroman gefaßt.«

»Ist das so was mit Sex?«

»Kommt auch vor«, sagte Friedemann.

»Konntch mir denken, bei meinem Mann...« Sie goß Kognak in Wassergläser und füllte sich Orangennektar zu. Friedemann wehrte ab und verlangte Selters.

«Nu schießen Sie schon los. Ich bin gespannt wie a Flitzebogen...«

Friedemann musterte sie langsam von oben nach unten. An manchen Stellen war sie wirklich hübsch gespannt.

2.

Über Jahre hin war Friedemann ein Zerrissener gewesen. In der Literatur zählte nichts als die Wahrheit, wer daran herumdeutelte, war schon vergessen. Als Antiquitätenaufkäufer war er verpflichtet zu schwindeln. Er konnte nicht sagen: »Diese beiden Mettlachteller mit dem Jugendstilmotiv sollten Sie nicht verkaufen, und wenn, dann an einen Liebhaber, der sie Ihnen einigermaßen bezahlt.« Er mußte sagen: »Wissen Sie, gnädige Frau, dieser ganze Jugendstilplunder ist künstlerisch völlig überholt, der reine Kitsch, ehrlich gesagt. Wenn ich Ihnen so was abnehme, dann nur, weil ich mich in Ihre prekäre Lage versetzen kann. Mit meinem Chef krieg ich Ärger, das können Sie mir glauben...« Nun war der Glücksfall eingetreten, daß ihn Andy Quahl auf Wahrheitssuche geschickt hatte; dabei war er einer Geschichte auf die Spur gekommen, in der Gegenwart so vertrackt wie in ihrer Genesis, ohne größere Zutaten spannend zu erzählen. Wie könnte sie beginnen?

Zum Beispiel mit der Frage: »Wie alt sind Sie, Frau Herzog?«

Silke nahm das für einen Angriff und konterte: »Was berechtigt Sie eigentlich zu dieser Frage?«

»Der Umstand, daß die Ehefrauen des Erben nicht ohne

Einfluß auf die Erbschaft sind, nach dem Willen der Erblasserin«, sagte Friedemann.

Silke schluckte an ihrem Longdrink und sagte: »Könnse das nich a bissel erklären?«

Friedemanns Sternstunde nahte, er streckte sich aus in seinem Sessel, stieß mit seinem Pantoffel nach Silkes Baudenschuh.

»Ganz einfach«, sagte er. »Es gibt im Testament eine Klausel, die den Ehefrauen des Erben einen speziellen Anteil zusichert, weil sie, für die Dauer der Verheiratung, Wesselin einen Teil ihres Selbst gegeben haben.«

»Das steht wirklich drinne im Testament?«

Friedemann beschwor es.

»Nu sagen Sie bloß, wer is denn uff so eene verrickte Idee gekommen?« Je mehr sich Silke erregte, desto sächsischer wurde sie.

»Eine ältliche Fabrikantentochter namens Sophie Trost. Wesselin hat als junger Mann ihr Klavierspiel mit seiner Geige begleitet...« Mit beiden Händen klopfte Silke Erleichterung auf ihre Schenkel und kicherte: »Ach die... das hättch mir denken können! Von wegen Klavierspiel; gemalt hat sie, mit einer richtschen Staffelei, und Wesselin mußte ihr Modell stehn. Sie hat ihm erzählt, sie muß Grillparzer illustrieren, der arme Spielmann oder so ähnlich...«

»Genau so«, sagte Friedemann.

»Er mußte sich immer ausziehn und nackt herumgeigen, sie hat dabei gemalt...«

Friedemann empfand Genugtuung, wie sich Stück für Stück zu einer Biographie zusammenfügte. Wesselin hatte nicht vermocht, lebenslang fremdes Schicksal zu erzählen, sein eignes hatte sich ihn wiedererobert; ob er sich auch zu Traumsiedel bekannt hatte?

»Wo soll denn das gewesen sein?« fragte er.

»Ich glaube, Olzheim hieß das Nest, ja, mir fällt's wieder

ein. Ich habe mal auf meinem Schulatlas nachgesehn, da stand Olzheim-Schneifel.«

»Sie meinen wahrscheinlich Schnee-Eifel.«

»Schon möglich; was weiß ich von der BRD? Bin ich Rentner?«

Da Valentin die echte Wesselin-Geschichte nur bruchstückhaft kannte, hatte er sie durch eigene Erlebnisse ergänzt, sie nur woanders angesiedelt. Ob es auch eine Fleischerstochter Luzi geben würde, die Hochzeit zum Techtelmechtel herabgespielt?

»Mein Chef ist ein kühler Rechner«, sagte Friedemann. »Wenn es sich herausstellt, daß noch zwei oder drei andere Weiber miterben, lohnt sich das Geschäft vielleicht nicht. Wesselin ist ein Mittfünfziger, und Sie sind höchstens fünfunddreißig...«

»Neununddreißig, mein Gutster!«

Trotzdem mußte es vor ihr Frauen gegeben haben; das sagte er ihr auf den Kopf zu.

»Nun ja, die erste war ich nicht in seinem Leben, das wär ja nicht normal gewesen; er war fünfunddreißig, als wir geheiratet haben, und ich war grade zwanzig Lenze jung, das waren Zeiten! Das Datum ist leicht zu merken, der dreizehnte August neunzehnhunderteinundsechzig; in Berlin haben sie die Mauer gebaut an dem Tag, und ich hab noch gesagt: Siehste, Wesselin, jetzt kannste mir nich mehr ausreißen.«

»Am Hochzeitstag ein etwas ungewöhnlicher Witz...«

»Wesselin war auch kein gewöhnlicher Mann. Er hatte schon öfter die Kurve gekratzt in seinem Leben; nicht nur als Soldat, auch bei den Frauen.«

»Können Sie das etwas näher ausführen?«

»Gerne!«

»Wesselin sagt immer: Es gibt keinen Zweig der Volkswirt-
schaft, wo du nicht auf ehemalige Lehrer triffst, gerade bei
den besten Kadern. Er hat mir auch erklärt, warum das so ist.
Die Neulehrer kamen damals aus allen Branchen; Maurer,
Schlosser, Heringsbändiger und so weiter. Er selber war gelernter Künstler, er sagt immer, eine gute Unterrichtsstunde
ist 'n Kunstwerk, oder sie ist nicht gut. Diese ungelernten
Lehrer haben damals die Volksbildung wieder in Ordnung
gebracht, die von den Nazis versaut war, das muß ich Ihnen
wohl nicht erklären. Und als der Laden ein paar Jahre lief, kamen nach und nach die neuen Kader von den Hochschulen,
und unsere Neulehrer gingen oft zurück in die alte Branche,
aber eine Etage höher, versteht sich. Oder 'ne verwandte
Branche; auch wenn sie älter wurden, blieben sie trotzdem
flexibel, vorausgesetzt, sie wurden nicht vom Infarkt erwischt.
Wenn ich Ihnen sagen sollte, wie oft Wesselin die letzten
Jahre zu Begräbnissen mußte ... aber lassen wir das, ich
wollte etwas Lustiges erzählen.

Nachdem er sich aus einem tschechischen Internierungslager auf englisch empfohlen hatte, überwinterte er in einem
Nest mit dem komischen Namen Wassersuppe beim Bauern,
wie das damals üblich war. Er nennt die Zeit ›seine havellän-
dische Eremitage‹.

Als sie ihn für ein Jurastudium haben wollten, neunzehnhundertsiebenundvierzig, lehnte er ab. Er wollte Lehrer werden und meldete sich für das Waldschulheim in Groß Schönebeck, Schorfheide. Er hätte auch nach Dreißigacker gehn
können, aber da wurden nur Geschichtslehrer ausgebildet,
und einengen wollte er sich nicht lassen.

Also fuhr er mit der Heidekrautbahn nach Groß Schönebeck; in ein Barackenlager, eingezäunt, versteht sich, und das
erste, was er las, war ein Schild: Ziehe deine Schuhe aus, denn

die Stätte, da du stehest, ist heiliger Boden, 2. Moses, 3/5. Sie können sich denken, was er sich da gedacht hat. Auf was für einen Dampfer bist 'n da gestrandet, so hat er das immer erzählt. Die Studenten lauter Plennies, wie er, bis auf einige Mädchen, die aus Perleberg oder Hamburg dahingekommen waren, um die Kinder zu retten. Vater Trielow, ein ehemaliger sozialdemokratischer Lehrer, der die Nazizeit als Mehlbegutachter überstanden hatte und am Heiligen Abend die Weihnachtsgeschichte in der verwaisten Dorfkirche las, redete die Studenten mit Kommilitonen an und ließ sie reden, was sie wollten, auch lesen. Sie fuhren am Sonnabend zum Gesundbrunnen und kauften den ›Tagesspiegel‹ oder den ›Telegraph‹, Wesselin hat noch ein Heft ›Das goldene Tor‹, auf das er stolz ist, es stehen aber keine ukrainischen Märchen drin, wie man denken könnte.

Er wohnte in so 'ner Bauernkate, nicht bei richtigen Bauern, es müssen arme Schlucker gewesen sein, sie konnten ihm nicht mal 'ne Kartoffel abgeben. Da hat er ziemlich Kohldampf geschoben damals, in der Schule gab's Eifu, das waren ausgepreßte Rapskörner, woraus in normalen Zeiten Viehfutter gemacht wurde. Trotzdem blühte die Liebe, und sie machte auch vor meinem Mann nicht halt, er war's ja noch nicht und konnte sich umtun. Sie hieß Mariechen Zameitat und war eine Kindergärtnerin aus Ostpreußen. Der Kindergarten war auf dem Schulgelände untergebracht, in einer Baracke, man sah sich jeden Tag und bald auch in der Nacht. Mariechen hatte einen kleinen Acker bekommen als Umsiedlerin, sie hatte Kartoffeln gesteckt im Frühjahr, und beim Roden im Herbst fand sie zwischen den Knollen einen goldenen Ring. Für ein ostpreußisches Gutsarbeiterkind war das ein Fingerzeig Gottes, ihre ältere Schwester, deren Mann im Kriege gefallen war, sagte: Kleine, du wirst als erste von uns heiraten. Und als Mariechen im dritten Monat war, glaubte sie es selbst; denn daß Wesselin sie sitzenlassen könnte, wie es so schön heißt, konnte sie sich nicht vorstellen. Wesselin spielte aber längst Schulreformer in einem märkischen Nest; denn so ein Neulehrerlehrgang dauerte keine neun Monate, soviel Zeit hatte die demokratische Erneuerung nicht. Als ihn das Telegramm zurückholte an die Stätte seiner Taten, da ging er zuerst in eine Westberliner Apotheke, schilderte die Umstände seiner Braut und verlangte ein Mittel dagegen. Der Apotheker gab ihm was, für sechzig Mark, was ein Drittel seines Gehalts war. Mariechen nahm es nach langen Reden, geholfen hat es nicht. Da hat er ihr gesagt, er könne sie nicht heiraten, aus Gründen, die er nicht verraten dürfe, ernannte sich selbst zum Geheimnisträger. Da hat ihm Mariechen gesagt, sie hätte auch ein Geheimnis, und in ihrer Not hat sie's ihm verraten: Auf der Flucht mit ihrem Panjewagen waren sie von einer Soldatenkolonne überrollt worden in waldschwarzer Nacht, und dabei hatte sie sich ein Kind geholt, das war jetzt fast zwei Jahre alt und lebte in einem Heim. Noch ein Kind ohne Vater, nein, lieber gehe sie ins Wasser. Aus der damaligen Zeit heraus kann man das verstehen, meine ich. Wesselin hat gesagt: Einen Vater hat das Kind, der bin ich. Du kannst zu mir ins Dorf kommen, mit beiden Kindern, ich will mich an meinen Pflichten nicht vorbeidrücken, aber heiraten kann ich dich nicht! Was blieb ihr übrig, als ja zu sagen? Aber in Groß Schönebeck hat sie überall rumerzählt, am soundsovielten ist Hochzeit, und das ganze Dorf hat's geglaubt, sie kannten Wesselin aus der Studienzeit, manchmal hatte er im Wirtshaus ein bißchen Geige gespielt, für ein paar Zigaretten. Er kam auf den letzten Drücker, weil Geldumtausch war, kurz vor der Heirat, aber in seinem Nest gab's noch kein neues Geld, und das alte war nur noch den zehnten Teil wert für die Übergangstage. Ohne einen roten Heller kam er an, auch ohne Blumen, natürlich ohne Ring. Die Schwestern hatten an alles gedacht. Sie steckten ihm Kleingeld in die Tasche, drückten ihm einen Blumenstrauß in die Hand, Mariechen, im weiten

Umstandskleid, hängte sich an seinen Arm, und dann zog ein kleiner Hochzeitszug feierlich die Dorfstraße entlang. Die Kinder winkten, streuten Blumen, der Bräutigam streute Geld, wie es sich gehörte, alle dachten, das Paar geht zum Standesamt. Das lag hinter der Kirche an einer Querstraße. Die Kirche an der Kreuzung war von Sträuchern umwachsen, durch die Kinder und andere eilige Leute Abkürzungspfade getrampelt hatten. In einem solchen Pfad verschwand der Hochzeitszug, huschte durch die Sträucher und schritt die andere Straße wieder feierlich weiter. Die den Brautzug jetzt sahen, dachten, er kommt vom Standesamt. Sogar die alte Dame, die ihre Wohnung für das Hochzeitsfest zur Verfügung gestellt hatte, dachte das. Sie hatte die beiden Samtstühle mit einer Schärpe umschlungen, vor dem Eintritt ins Haus streiften Wesselin und die Braut noch rasch die Ringe über, die die ältere Schwester aus dem fünfhunderter Goldring hatte machen lassen. Es gab Akkordeonmusik, Kaffee und Kuchen und Geschenke, es war rundum eine schöne Hochzeit, nur eben ohne getrautes Paar. Anderntags wurden sie in Wesselins Dorf am Schultor mit Girlanden begrüßt und mit Kindersprechchören. Als der Rummel vorbei war, hat Wesselin mit dem Bürgermeister ein paar ernste Worte gesprochen, hat das Soldatenkind als Grund angegeben, warum er sich so jung nicht zu einer Ehe entschließen könne, aber seine Pflichten wolle er redlich erfüllen. Das hat er auch gemacht.«

4.

»Hat Wesselin Ihnen gegenüber das Geheimnis gelüftet, warum er nicht heiraten wollte?« fragte Friedemann Körbel.

»Nein, er wollte sich einfach nicht so früh binden.«

»Kennen Sie seinen Sohn?«

»Natürlich; er ist Autoschlosser, und wenn wir mit unserm

Lada Ärger haben, bringt er ihn wieder in Schuß, einwandfrei. Nur mit Mädchen kommt er nicht zurecht. Da kommt er überhaupt nicht nach dem Vater.«

»Sind Sie so sicher, daß Ihr Mann mit den Frauen zurechtkommt?«

»Na hören Sie mal, mein Gutster, wollen Sie mit mir schäkern? Ich bin zwanzig Jahre mit ihm verheiratet...«

»Zweiundzwanzig«, verbesserte Friedemann. »Vom dreizehnten August neunzehnhunderteinundsechzig bis März dreiundachtzig sind einundzwanzig und ein halbes Jahr. Trotz der langen Zeit hatten Sie keine Kinder?«

»Sie meinen, wegen meiner prima Figur? Nee, nee...« Sie rekelte sich aus dem Sessel empor, ging ins andre Zimmer und kam mit dem postkartengroßen Foto eines Mädchens zurück. »Das ist unsere Doreen, die studiert in Weimar an der Musikhochschule. Noch ein Jahr, und sie macht ihr Diplom.«

»Na schön«, sagte Friedemann in der Manier eines Fernsehkommissars. »Zwischen siebenundvierzig und einundsechzig liegt eine verdammt lange Zeit. Sie sind erst einundsechzig in Wesselins Leben getreten...«

»Das stimmt nicht. In sein Leben getreten bin ich neunzehnhundertsiebenundfünfzig...«

»Da waren Sie sechzehn.«

»Meinen Sie, da kann man nicht in das Leben eines Mannes treten? Noch dazu eines unverheirateten?«

»Aber gewiß«, sagte Friedemann und ließ sich noch einen Hennessy einschenken. Diesmal pur. »Ich bitte trotzdem um etwas Spielmaterial.«

»Wie meinen Sie das?«

»Um ein paar pikante Einzelheiten, mit denen ich meinen Auftraggeber füttern kann.«

»Also pikant sind sie wirklich, da muß ich gar nicht erfinden.«

»Ich bin bereit, der nackten Wahrheit ins Auge zu blik-
ken ...«

»So weit sind wir noch nicht, mei Gutster. Man soll nischt
überstürzen.«

5.

»Wesselin war einer der jüngsten Schulräte in der ganzen Republik. So was Besonderes war's eigentlich nicht; der Mini-
sterpräsident Grotewohl, den wir damals hatten, war mit
sechsundzwanzig Jahren Volksbildungsminister von Braun-
schweig, das hab ich von Wesselin. In der FDJ hat er die Kultur beackert, die Lehrerweiterbildung hat ihn beschäftigt, obwohl er selber noch weitergebildet werden mußte, aber so
war das damals eben, ein Chaos, möchte man sagen, aber
schön muß es gewesen sein. Nun gab es in einem dieser Hei-
dedörfer einen Holzpantinenlehrer mit Namen Weißlack, der
hatte dem kleinen Nest die Theaterkrankheit angehext. Zu
dem fuhr er oft auf Inspektion, zu deutsch saufen. Dann spielten sie Mandoline, sangen verrückte Lieder, stiegen früh um
vier den Hirschkühen nach, ihm ist sogar einmal die Hose ab-
handen gekommen im Wald, Näheres verschweigt des Sän-
gers Höflichkeit. Dieser Weißlack hatte im Kreismaßstab
einen Preis bekommen für eine Laienspielinszenierung und
sollte mit seiner Truppe zum Bezirksausscheid in Potsdam.
Wesselin, der immer was in Potsdam zu tun hatte, fuhr mit.
Es ist ja nicht schlecht für einen Schulrat, wenn er sagen kann:
Das sind meine Leute, das ist meine Schule. Nein, das ist
falsch, er war nicht eitel. Es ging ihm eher wie einem Zirkus-
gaul, der Schritt aufnimmt, wenn er die Musik hört. Und
Bühnenzauber war eben Musik für Wesselin. Am liebsten
hätte er mitgespielt, das durfte er nicht, aber die Gelegenheit
zu ein paar munteren Einführungsworten ließ er sich nicht
entgehn. Dann erhielt sein Ensemble den Hauptpreis! Das war

natürlich ein Grund zum Feiern; erst im Kulturhaus, dann im Hotel. Wesselin war eigentlich im Gästehaus der Bezirksleitung einquartiert, aber er zog mit ins Hotel, und das war sein Verhängnis. Bei der Truppe waren auch zwei Glashändler, die noch ein paar Flaschen spendierten, man feierte auf den Zimmern weiter, jeder kennt das, es gibt nicht genug Stühle, man sitzt auf den Betten, und ehe man sich versieht, liegt man drin. Sie hatten einen Fotografen dabei, und der machte Juxfotos, eins davon zeigte Wesselin mit einem Mädchen im Bett. Aus völlig harmlosen Gründen hatte sich die Kleine ihres BHs entledigt, er hatte sie gedrückt, verschwitzt war sie auch; bei dem Rumblödeln war ein Blusenknopf aufgegangen. Es gab einige, die protestierten gegen die Fotografiererei. Jedenfalls war ausgerechnet auf dem Foto mit Wesselin ein Stück nackter Busen zu sehen. Alles kein Grund zur Aufregung, könnte man sagen, aber der Spaß hatte ein Nachspiel. Zuerst im Dorf. Dort waren die Fotos eines Morgens im Schaukasten des Gemeinderates. Den Wirbel kann man sich vorstellen. Aber das dicke Ende kommt noch. In einer Westberliner Zeitung erschien ein Artikel ›Zonenschulrat feiert Orgien mit Minderjährigen‹. Wesselin wurde als politischer Scharfmacher dargestellt, der aber nachts und so weiter. Die Volksbildung hat zu retten versucht, was zu retten war; es war nichts zu retten, Wesselin mußte den Dienst quittieren. Für Mariechen war das Foto der Anlaß wegzuziehen. Sie fühlte sich nicht mehr wohl, seit sie in der Stadt wohnten, also seit Wesselins Aufstieg zum Schulrat. Sie paßte nicht in die Kreise, in denen er verkehrte, und so nahm sie den Skandal als Anlaß, zu ihrer Schwester in den Niederbarnim zu ziehen und wieder als Kindergärtnerin zu arbeiten.

Einer der Glashändler, der nicht schuldlos war an der dummen Geschichte, sagte: ›Mach dir nichts draus, komm zu uns ins Werk. Da fragt niemand, was du privat mit einem Schleifermädel machst!‹ Nicht wegen dieses Versprechens wechselte

Wesselin in die Glasbranche, sondern weil ihn die Volksbildung nicht mehr haben wollte. Wesselin zog von der Kreisstadt in den Glasmacherort. Wenn Sie sich ein bißchen umsehn, werden Sie zugeben: Ein Schritt zurück war es nicht!«

Friedemann nahm das als Aufforderung, ins Bad zu gehn. Es war azurblau gekachelt, rosa Flausch vor der Badewanne und auf der Toilette, Duschkram mit dem Duft von wilden Limonen, funkelnde Wasserhähne und Badetuchhalter, Spiegelschränke an den Wänden, man konnte sich sogar beim Pinkeln zusehn. Als er ins Zimmer zurückkam, hielt ihm Silke ein angegilbtes Foto hin. Es zeigte einen lachenden Mann, im Bett sitzend, der den Arm um ein Mädchen gelegt hatte, dessen Bluse so weit hochgerutscht war, daß man die Brust sah.

»Fällt Ihnen nichts auf?« fragte Silke.

»Der Mann hat jedenfalls seine Hose an«, sagte Friedemann.

»Ich meine an dem Mädchen ...«

Friedemann sah das Gesicht an, die aufgerissenen Augen, was am Blitzlicht liegen konnte, die verstrubbelten Haare; irgend etwas kam ihm bekannt vor, und als sein Gegenüber laut zu lachen anfing, wußte er Bescheid. Das Fotomädchen war Silke.

6.

»Nun halten Sie mich wohl für ein durchtriebenes Luder?«

Friedemann zuckte mit den Schultern, gab keine Antwort, überlegte. Der Fotojux hatte sich 1957 zugetragen, die Hochzeit hatte 1961 stattgefunden. War das langfristig angelegte Planung, oder hatte der Zufall mitgespielt? Heiraten konnte man mit achtzehn in der DDR, die Hochzeit wäre also zwei Jahre nach dem Foto möglich gewesen. Aber hatte der Busenschnappschuß überhaupt etwas mit der Heirat zu tun?

Friedemann trat ans Fenster und sah in das Schneegestöber, das viel zu dicht war für den Märzanfang. An dem Schweinsnabel unterhalb des Vogelhäuschens pickten zwei Meisen in schwirrendem Wechsel.

»Woher beziehen Sie Ihre Schweinsnäbel?« fragte er. Seit Kindheitstagen hatte er keinen mehr zu Gesicht bekommen.

»Woher schon? Von unserm Fleischer, von dem wir auch das Filet beziehen und den Schinken ... Das ist ja wohl das mindeste, was man verlangen kann, in so einem Kaff!«

»Natürlich«, sagte Friedemann. »Sie haben Ihren Fleischer, Ihren Bäcker, Ihren Gemüsehändler, der Ihnen die Bananen zurücklegt. Ihren Schneider, Ihren Frisör und Ihren Beischläfer!« Er wußte nicht, warum er das sagte. Wollte sich entschuldigen, kam nicht dazu; denn Silke erwiderte rasch: »Den hab ich eben nicht.«

Friedemann sah auf die Uhr und sagte: »Dann haben Sie mich zwei Stunden lang angelogen.«

»Warum?«

»Als ich Sie gefragt habe, ob Ihr Mann mit Frauen zurechtkommt, haben Sie gesagt: Wollen Sie mit mir schäkern? Ich bin zwanzig Jahre mit ihm verheiratet! Und jetzt fehlt Ihnen ein Beischläfer ...«

»Er fehlt mir«, erwiderte Silke und füllte die Wassergläser mit Kognak, daß Friedemann sie ermahnte: »Sie gießen Hennessy ein, vergessen Sie das nicht!«

»Glauben Sie, mein Gutster, ich würde soviel Goldbrand trinken?« Bei dem Gedanken erschauderte Friedemann. Er trank und sagte: »Meine Gutste, ein Mann mit Wesselins Erfahrungen hat Sie nicht geheiratet, weil er mal Ihren nackten Busen gesehn hat, und auch nicht aus Rache, weil er von der Volksbildung gefeuert wurde; Sie müssen ihm schon was geboten haben!«

»Er hat mich nicht geheiratet; ich habe ihn geheiratet!«

»Also war das Foto Mittel zum Zweck. Die Frage, wer die

Bilder in den Aushängekasten gepinnt hat, ist ebenso offen wie die, wer die westlichen Medien informiert hat.«

»Da wasche ich meine Hände in Unschuld. Ich habe den Fotografen nicht bestellt, und den BH hatte ich abgeknöpft, weil er drückte. Aber daß ich neben ihm im Bett lag, war kein Zufall. Ich war verknallt in ihn, so sehr, wie man das mit sechzehn nur sein kann. Kennengelernt hab ich ihn durch das Laienspiel. Er besuchte unsere Proben, stritt sich mit Weißlack über die Inszenierung, soff mit ihm, und wenn er bei Laune war, sang er uns mit Verschwörerstimme Songs aus der ›Dreigroschenoper‹ vor, die damals noch unerwünscht war. Er hat mir ungeheuer imponiert. Es war Weißlacks Hotelzimmer, in dem weitergefeiert wurde, und eigentlich hätte der Kraftfahrer neben dem Lehrer schlafen sollen, der hatte aber eine Mieze in Potsdam, so war das Bett frei, und Wesselin nahm es in Besitz. Erst hatte Wiesenbergs Rosel neben ihm gesessen, die verschwand, als der Fotomann ins Zimmer kam. Sie sollte die Woche drauf heiraten und wollte sich die Hochzeit nicht vermasseln. Da legte ich mich an ihre Stelle und läutete damit meine Hochzeit ein.«

»Ohne es zu wissen?« fragte Friedemann.

»Ob ich's wußte, weiß ich nicht; mein Gefühl sagte mir, die Angeln sind gelegt. In den Schaukasten sollen die Bilder durch ein Mitglied des Gesangvereins ›Melodia‹ gekommen sein, der durch die Laienspielgruppe an kultureller Bedeutung verloren hatte, was aber auch an den Zeitumständen lag. Uthmann-Chöre standen damals nicht hoch im Kurs.«

»Und Westberlin?«

»Das war einer von den Glasfritzen; jedenfalls hat er sich einen Monat später abgesetzt.«

»Dann wollen wir's mal annehmen«, sagte Friedemann.

»Soll das heißen, Sie verdächtigen mich?«

»Nein, warum sollten Sie einen Schulrat abschießen, nach dem Sie gerade die Angeln ausgelegt haben?«

»Um den Schulrat ging's mir nicht, mir ging's um den Mann. Als er seinen Posten los war, kam er nicht mehr zu uns, und ich überlegte, wie ich mich ihm bemerkbar machen sollte. Da kam mir die Idee mit dem Traktor. Ich weiß nicht, ob ich Ihnen das gesagt habe, ich arbeitete in der MAS-Außenstelle als Lehrling, und Frauen als Traktoristinnen gab's nur wenige, weil sich herausgestellt hatte, daß die Rüttelei nicht gut war für den Uterus. Aber irgendein Neuerer hatte einen Hängesitz erfunden, mit dem sollte es gehn. Jedenfalls lernte ich Traktor fahren und war dreimal in der ›Märkischen Volksstimme‹ abgebildet. Daß er die Zeitung liest, konnte man erwarten. Es kam aber kein Zeichen von ihm, und ich hab ihm die Bilder zugeschickt mit der Unterschrift: ›Als Wiedergutmachung für ein fatales Foto!‹ Der Einfall wurde mit einem Brief belohnt, in dem ich mit ›Kleine Sehjungfrau‹ angeredet wurde, mit ›h‹ geschrieben, wohl eine Anspielung darauf, daß ich was gezeigt hatte; vielleicht auch, daß ich mich sehen lassen konnte, als Traktoristin. Von meinem Beruf war er aber nicht begeistert; er schade dem weiblichen Körper, schrieb er. Die Warnung kam zu spät, ich hatte meinen Knacks weg. Doreen ist durch Kaiserschnitt in die Welt gekommen, und als ich wieder bei Bewußtsein war, brachte man mir schonend bei, daß noch eine Geburt nicht mehr möglich sei. Ein paar Jahre später gab's die übliche Operation, ich brauchte keine Tage mehr zu zählen. Das alles wußte ich noch nicht, als ich mich für den Brief bedankte und fragte, wie es ihm geht. Auf einer Eulenspiegelpostkarte schrieb er mir eine Unkraut-vergeht-nicht-Floskel und er stecke in der Hohlglashütte. Da hab ich als Abträgerin in der Hütte angefangen. Als er mich gesehn hat, hat er mich ausgeschimpft, weil ich die Lehre aufgegeben hatte, und hat mir dann eine Stelle in der Auslieferung verschafft. Bei der GST hab ich meine Fahrerlaubnis gemacht, und ein halbes Jahr später war ich der erste weibliche Kraftfahrer des Betriebes. Mit 'm Barkas Essen fahren, mal Material holen aus der Kreisstadt, viel mehr durfte ich nicht, mir reichte es, ich lernte fahren. Dann kam die Kreisdelegiertenkonferenz in Spremberg, bei der Ossi Fischer sprach, da hab ich auf den Putz gehauen wegen der Hunderttausenderbewegung; hunderttausend Kilometer ohne Generalreparatur zu fahren hieß das. Ich hatte so eine Verpflichtung unterschrieben und verlangte jetzt auch Überlandfahrten für mich, oder ist das so einer jungen Kollegin nicht zuzutrauen? Das ist ihr sehr wohl zuzutrauen, liebe Freunde, ich möchte sogar sagen, ihr ist noch viel mehr zuzutrauen ... Es dauerte keine vier Wochen, und ich fuhr den neuen EMW, den wir grade aus Eisenach bekommen hatten. Es war der personengebundene Dienstwagen für den Kaufmännisch-technischen Leiter. Ein halbes Jahr verging ohne besondere Vorkommnisse. Dann kam die Dienstfahrt nach Teplice. Wesselin sollte mit als künstlerischer Berater, und Kutte sollte die Fuhre übernehmen. Kutte trank gerne einen nach Feierabend; er saß dann im Waldheim, wo die Hundezüchter tagten, weil er an den Wochenenden mit seiner Töle auf dem Übungsgelände die Verfolgung eines Strauchdiebs und ähnlich hübsche Sachen übte. Ich setzte mich zu ihm, bemerkte beiläufig, ich wolle einen Hund kaufen, das übrige ergab sich. Ich spendierte eine Lage nach der andern, trank selbst nur Tee aus den Schnapsgläsern, ich hatte dem Zapfer einen Wink gegeben. Um zehn konnte ich beruhigt gehn, Kutte soff allein weiter. Am nächsten Morgen kam er verquollen und mit einer fürchterlichen Fahne in den Betrieb. Der KTL machte Krach beim Fahrdienstleiter, verlangte nach einem andern Chauffeur. Ich sagte, Berni, wenn du mir die Chance gibst, das vergeß ich dir nie! Berni mochte mich, er war es auch gewesen, der mir den EMW gegeben hatte, vielleicht ahnte er auch, daß da etwas lief für mich, und soviel Auswahl hatte er nicht, der alte Haiko verfuhr sich schon in Cottbus. Er schrieb den Fahrauftrag aus, ich flitzte nach Hause, um meine Sachen zu holen, die gepackt bereitlagen, ich hatte mir sogar extra einen schwarzen BH gekauft. Wesselin wollte sich neben mich setzen, ich bemerkte: Aus Sicherheitsgründen ist es besser, wenn Sie auf dem Rücksitz Platz nehmen. Er zuckte mit den Achseln und meinte: ›Du hast hier das Sagen!‹ Es wurde eine himmlische Fahrt. Dresden, Dippoldiswalde, Altenberg, Zinnwald, die Wälder waren noch in Ordnung damals, es war Mai; kurz vor Duby bat mich Wesselin zu halten, ich dachte, er muß pinkeln, aber er lief in eine Wiese, breitete die Arme aus und schrie: ›Es gibt nichts Schöneres als böhmische Bergwiesen, gebt zu, daß es nichts Schöneres gibt!‹ Wir gaben es zu, und der KTL, der aus dem Eichsfeld stammte und früher katholisch gewesen war, meinte, ein Westerwaldheini wie Wesselin sollte das trotzdem nicht so herumschrein, denn die Böhmen seien alle verkappte Hussiten. Man müsse sich nur die zerschlagnen Marterln und die ausgeraubten Marienkapellen ansehn. Wesselin verteidigte die Tschechen, erzählte, der Katholizismus sei mit der Restauration ins Land gekommen, als Teil des Habsburger Unterdrückungsmechanismus oder so ähnlich. Der KTL war empfindlich auf dieser Wellenlänge und meinte, für einen Westerwaldgermanen sei er geradezu slawophil.

Wesselin ließ sich nicht aus der Ruhe bringen. Er führte das Beispiel des Fußballers Trautmann an, dem das Kriegsgefangenenlager so viel Spaß an der englischen Insel vermittelt hätte, daß er Engländer und englischer Nationaltorwart geworden war. Wesselins Lagerleben in Böhmen sei zwar keine Bohemienzeit gewesen, aber ein Neubeginn mit nützlicher Arbeit, verbunden mit dem Gefühl, ein Stück Schuld abzutragen, einem Gefühl der Befreiung also. Dazu die böhmischen Bukkelberge, die schon Ludwig Richter fasziniert hätten, der wunderliche Klingsteinberg Borschen, der Vulkankrater Kammerbühl, Forschungsobjekte Goethes, der fast doppelt so lange in Böhmen gewesen sei wie in Italien, das alles könne aus einem Sauerländer einen Wahlböhmen machen. Während der KTL und Wesselin in der Union-Glashütte darüber fach-

simpelten, was böhmische und Lausitzer Glasmacher voneinander lernen konnten und für die kapitalistischen Märkte eine
Art Ellenbogenfreundschaft entwickelten, grübelte ich im Hotel ›Thermal‹, wie ich Wesselin vom KTL loseisen konnte.
Nach bewährtem Rezept der fünfziger Jahre hatten die Männer ein Doppelzimmer mit Ehebett erhalten und ich ein Ein-
zelzimmer. Wenn man sich einig ist, tauscht man einfach.
Eine solche Lösung war nicht drin, der KTL war als Dienstäl-
tester eine Art Delegationsleiter, das heißt, er trug die Verantwortung für die Reise, auch kaderpolitisch. Ich hatte den
tschechoslowakischen Autoatlas vor mir und forschte im An-
hang nach Sehenswürdigkeiten und historischen Denkmälern,
stieß auf Beethoven, Goethe, Schiller, Seume, allerhand Zaren
und auf Casanova. Wenn mir überhaupt einer helfen konnte,
war er es. Laut Atlas war er Bibliothekar des Grafen Waldstein
im gräflichen Schloß Dux gewesen. Ich bestellte einen Karls-
bader Becherbitter, zu fahren brauchte ich frühestens in zwei
Stunden, bis dahin war er abgebaut. Dann ging ich in die
Dekanalkirche, es war die Zeit der Maiandachten, die Statue
der heiligen Maria war maiglöckchenumkränzt. Mir wurde
schwindlig von dem Duft, als ich davor kniete und die Muttergottes um Hilfe bat. Ich war nie katholisch und hatte mit
Religion nichts im Sinn, und trotzdem spürte ich, Maria versteht mich. Ich hab ihr zum Abschied eine Kerze spendiert
und mir Weihwasser auf die Lippen getupft, obwohl es so ein
Ritual überhaupt nicht gibt. Maria hat mir geholfen. Als ich
die beiden Kerle gegen halb vier aus dem Glaswerk abholte,
waren sie ein bißchen angeschlagen. Sie hatten beim Üben der
Ellenbogenfreiheit ein paar Doppelte zur Brust genommen.
Der KTL verkündete, er müsse sich frisch machen, um halb
acht abends beginne die Hauptrunde, der Empfang beim Generaldirektor, da müsse er wieder vernehmungsfähig sein. Ein
Wort, das mich immer angekotzt hat. Warum wählten die
Kerle freiwillig solche schweinischen Ausdrücke aus der Bul-

lensprache, zehn Jahre nach Kriegsende? Wesselin provozierte
ich mit der Feststellung: ›Sie sehen eigentlich noch recht
frisch aus; müssen Sie sich auch langlegen?‹

›Das kommt drauf an, was Sie mir für Vorschläge machen.‹

Da zeigte ich mich als gelehriger Schüler, bezog mich auf
seine Quatschereien über Goethe, Beethoven und Seume; bewies ihm, daß er den wichtigsten Mann vergessen hatte, Jakob
Casanova, und ich hatte Glück. Er wußte nicht, daß Casanova
im Schloß des Grafen Waldstein seine Memoiren geschrieben
hatte, er fing an, über den Münchhausenfilm zu reden, da
hätte es den alten Casanova gegeben, gespielt von Gustav
Waldau, das wußte er. Ich las ihm den Text aus meinem Autoatlas vor, und er fragte: ›Was stehen wir noch herum?!‹

Die Fahrt nach Duchcov war eine Sache von einer Viertelstunde, und ich ärgerte mich schon, kein weiter entferntes
Ausflugsziel gewählt zu haben, überlegte, ob ich ihn nicht bis
Loket locken konnte, wo Goethe im ›Schwarzen Roß‹ genäch-
tigt hatte, als das Nest noch Ellbogen hieß. Im Waldstein-
schloß war es so kalt, wie es im Mai in Schlössern nur sein
kann. Die Erklärungen des Hausmeisters waren kuchelböh-
misch-herrlich, aber weitschweifig. Ich tippte auf meine Uhr
und sagte: ›Verzeihung, mei Gutster, der Herr Generaldirektor muß leider heute abend noch in Paris sein!‹ Da waren wir
in Gnaden entlassen. Draußen schien die Sonne, ich mußte
Wesselin vor dem Grabstein Casanovas fotografieren. Während ich die richtige Blende einstellte, sah ich im Hintergrund
Ruderboote und weiße Segel. Auf diesen Badesee baute sich
der zweite Teil meines Plans. ›Nachdem ich Sie die ganze Zeit
in der Gegend herumkariolt habe, könnten Sie mich mal 'ne
halbe Stunde rudern‹, sagte ich.

›Sie erinnern mich daran, daß ich eine wichtige Forderung
meines Staates noch nicht erfüllt hab: Jeder Mann an jedem
Ort jede Woche einmal Sport.‹

Als wir in das Boot krochen, sagte ich: ›Es muß doch was

Schönes sein, mit ein paar Ruderschlägen eine Frau und seinen Staat zufriedenzustellen.‹ Er guckte daraufhin etwas irritiert und sagte nichts, sondern ruderte, was er nicht sonderlich gut konnte. Das nahm ich zum Anlaß, ihm ein weit verbreitetes Spottlied vorzusingen: ›Kann noch nicht rudern, kann noch nicht segeln, kann noch nicht Fische fang’n auf hoher See . . .‹ Er kannte das Lied und sang die Strophe zu Ende, obwohl sie da schlüpfrig wurde. Es schien ihn in Stimmung zu bringen; denn er sagte, wenn er nicht diesen blödsinnigen Empfang beim Generaldirektor hätte, würde er mit mir in die Dunkelheit rudern. Ich lobte ihn für den hübschen Einfall und bat ihn zur Erinnerung an diese Sternstunde um eine Seerosenknospe. Er belehrte mich, es wären nur gelbe Teichrosen, aber die stünden trotzdem unter Naturschutz und sie seien schwer zu pflücken.

›Sie haben also Angst‹, sagte ich. Jeder Mann hätte mir in so einer Situation das Gegenteil bewiesen. Wesselin bückte sich, die erste Knospe riß leicht ab, ich verlangte eine mit Stiel; er krempelte die Ärmel hoch, tauchte ins Wasser, und mit dem Ruf ›Passen Sie auf!‹ ließ ich mich an seiner Seite niederfallen und schubste ihn. Als er wieder auftauchte, hatte er einen langen Stengel in der Hand und war um die Schultern blattbekränzt wie ein Nöck. Ich nahm als erstes die Teichrose an Bord und dirigierte ihn zum Heck, damit das Boot nicht kenterte, wenn er hereinkletterte. Das war gar nicht so einfach; denn er mußte ja in seinem Anzug einen halben Zentner Wasser mithieven. Endlich saß er im Boot, schüttelte sich wie ein Pudel, mit weniger Erfolg.

›Mensch, Silke‹, sagte er endlich. ›Warum mußtest du dich denn auf dieselbe Seite schmeißen!‹

›Ich bin immer auf Ihrer Seite, Herr Herzog‹, sagte ich.

›Das Sie kannste dir schenken‹, antwortete er. Für mich war das der Beweis, daß er dabei war, ins Netz zu gehn. Er ruderte uns an Land, zog eine nasse Spur bis zum Auto und warf sich mit einer Entschuldigung auf die rückwärtige Sitzbank. Jetzt kam mein nächster Trick: Der Motor sprang nicht an. Ich hatte die Zündspule entsprechend präpariert. Er wurde nervös, beschimpfte mich, die volkseigne Autoproduktion, es half nichts.

›Mach dir nichts draus‹, sagte ich, ›vom Marktplatz fährt ein Bus, da bin ich in einer halben Stunde in Teplice und in einer halben wieder da; na ja, Wartezeit kommt dazu, in zwei Stunden schaff ich's bestimmt. Ich bring dir einen andern Anzug, und du wirst sehn, wir kommen sogar pünktlich zum Empfang.‹

›Und was mach ich in der Zeit?‹

›Du ruhst dich aus im Hotel Casanova.‹

Es war eine Pension, ich hatte sie vorher ausgekundschaftet, sie hieß nicht ›Casanova‹, sondern ›Florida‹. Die Vermieterin war eine freundliche Matrone, die beim Anblick des durchnäßten Mannes mehrfach ein bedauerndes Jessesmarja! hören ließ. Sie redete etwas von Wärmeflasche, ich riet zu Grog. Als wir im Zimmer waren, sagte ich: ›Jetzt ziehst du dich aus und legst dich ins Bett. Ich nehm die nassen Klamotten mit und laß sie im Hotel repassieren.‹ Es war ein Wort, das ich in der Rezeption des ›Thermal‹ aufgeschnappt hatte, und es wirkte Wunder. Wesselin sagte: ›Dreh dich wenigstens um‹, was ich auch brav tat. Dann kroch er aus seinen quietschnassen Sachen, ich machte ein Bündel daraus, wünschte ihm gute Besserung und trabte zu meinem Auto, das nach wenigen Handgriffen brav losbrummte.

7.

Der KTL saß in der Badewanne. Nachdem ich ihm lauthals geschildert hatte, warum ich einen trocknen Anzug brauchte, kam er angeschlürft, in ein Frotteetuch gewickelt, und schloß auf. Mein Eintritt verunsicherte ihn, er flüchtete wieder in die Badewanne und mahnte, pünktlich zum Empfang zu kommen. Im Schrank hing der Glenscheckanzug des KTL, daneben

255

Wesselins Pepitajacke und seine braune Somolanahose. Beides ließ ich hängen und entschwand mit dem Glenscheckanzug. An der Rezeption gab ich die nassen Klamotten ab, und man versprach, sie mir bis zum Morgen trocken und aufgebügelt zurückzugeben. Eine halbe Stunde später war ich wieder in Dux, trank in einem Espresso Kaffee und einen doppelten Stock-Weinbrand, kaufte eine Flasche Rum und machte mich auf den Weg zu unserer Pension.

Wesselin empfing mich mit einem erlösten ›na endlich!‹, war aber bei Laune, die Wirtin hatte ihm einen zusätzlichen Grog spendiert. Ich legte ihm die Wäsche aufs Bett und packte den Anzug aus. Da bekam er einen Schreikrampf, nannte mich eine dreimal bescheuerte Benzinkuh, warf die langen Unterhosen des KTL nach mir. Ob ich ihn schon einmal in einem Glenscheckanzug gesehn habe!

›Ich dachte, du hast ihn dir für die Reise zugelegt‹, antwortete ich. ›Schließlich hab ich mir schwarze Slips und einen schwarzen BH gekauft, extra für die Dienstreise!‹

Darauf reagierte er nicht, schimpfte: ›Wo hast du bloß die Augen! Der KTL ist einsneunzig und hat eine Figur wie ein Bettelmönch. Ich krieg weder Jacke noch Hose zu, außerdem ist alles einen halben Meter zu lang!‹ Die Wirtin kam herein und brachte einen samtenen Hausmantel mit Kordeln und viel Stickerei.

›Ziehen Sie an‹, befahl sie. ›Ist von meinem gestorbenen Mann . . .‹

›Sehr freundlich‹, sagte Wesselin. ›Aber zum Empfang kann ich trotzdem nicht . . .‹

›Sie haben su a schiens Madl und denken immer nur an dienstliche Pflichten. Haben Sie keine Pflichten als Kavalier? Hat das Madl keinen Hunger, keinen Durst? Vielleicht möcht es sich auch a bissel bequem machen?‹ Damit verschwand sie. Ich ließ mich auf einen Stuhl fallen, legte den Kopf auf die Arme und schloß die Augen.

›Ist dir nicht gut?‹

›Ich bin nur hundemüde!‹ Was sogar stimmte. Immerhin waren wir seit früh unterwegs, und ich hatte sieben Stunden am Lenkrad gesessen. Ich hörte ihn aus dem Bett steigen und herumtapsen, dann strich er mir über die Haare, ich schmulte durch die Finger und sah, er stand im Hausmantel vor mir. Da nahm ich den Kopf hoch, strich mir über die Schläfen und meinte, etwas flau im Magen wäre mir auch. Als sei das ein Stichwort, öffnete sich die Tür, die Wirtin brachte ein Tablett mit Butterbroten, Aufschnitt und einer Kanne Tee. Als wir aßen und den heißen Tee schlürften, stellte ich wortlos die Flasche Rum dazu. Er war stark aromatisiert, schmeckte mit gesüßtem Tee wunderbar. Nach der zweiten Tasse sagte ich: ›Von hier bringen mich keine zehn Pferde weg.‹

Wesselin sah auf die Uhr und erwiderte: ›Wozu auch? Der Empfang ist bereits in einem Stadium, in dem es keine Rolle mehr spielt, ob die Hauptperson fehlt oder nicht.‹

›Bist du die Hauptperson?‹

›Delegationsleiter ist der KTL; ich hab die besseren Trink-sprüche drauf. Außerdem muß der Arme ohne seinen Parade-anzug antreten . . .‹

›Ich kenn einen bulgarischen Spruch‹, sagte ich, ›den soll-test du dir zu Herzen nehmen: Mach dich nicht zum Gürtel fremder Hosen!‹

Er lachte und meinte, ohne eigne Hose werde ihm das nicht schwerfallen. Die Wirtin kam und fragte, ob wir noch einen Wunsch hätten, sie ginge jetzt zu ihrer Nachbarin Lorum spie-len. Wesselin machte einen letzten Versuch der Gegenwehr, erinnerte, daß eigentlich ein zweites Zimmer vonnöten sei für die Nacht. Die Wirtin ging wortlos hinaus, stellte auf den Tisch neben seinem Bett eine Steingutwaschschüssel und einen Krug, obwohl ein Waschbecken mit zwei Hähnen im Zimmer war. Dann nestelte sie an einem der Vorhänge und zog ihn, o Wun-der, an einer Schnur quer durchs Zimmer.

›Es kostet dann zweihundert Kronen statt hundertzwanzig‹, erklärte sie und verschwand.

Ich nahm meine Kulturtasche, zog mich aus und wusch mich. Putzte mir die Zähne, schlüpfte ins Nachthemd. Nichts geschah. So zog ich den Vorhang ein Stück zur Seite, steckte den Kopf durch den Spalt und sagte: ›Gute Nacht wünsch ich!‹

›Willst du nicht zu mir kommen, wenigstens auf die Länge einer Geschichte?‹

›Geschichten kann man auch durch den Vorhang erzählen.‹

›Zu meiner brauche ich Hautwärme.‹

›Dann komm rüber.‹

›Ich hab nichts an . . .‹

Da zog ich mein Hemd über den Kopf, und er kam.

8.

Um halb acht saßen wir im Teplicer Hotel ›Thermal‹ beim Frühstück. So gründlich Wesselin die Nacht über seinen Dienstauftrag vergessen hatte und sich jenen andern Pflichten gewidmet hatte, die ihm juristisch gar nicht abzuverlangen waren vom Madl, die das Madl trotzdem auskostete bis zur Neige, mit dem grauenden Morgen wurde er dienstlich, brach das Beilager ab, wusch sich und verlangte von mir eine sofortige Erfindung, die das Auto zum Rollen brachte. Da ich mir an einer Kommodenkante einen Strumpf zerrissen hatte, erfand ich den Damenstrumpf als Keilriemenersatz, brummte mit einem dösenden Wesselin nach Teplice, wartete in meinem Zimmer, bis er aufgeschlossen hatte und mir triumphierend berichtete, das Bett des KTL sei unberührt. Vor lauter Glück zerwühlten wir meins noch einmal gründlich, wälzten uns durch Wesselins, seiften uns gegenseitig unter der Dusche ab und frühstückten. Um acht legten wir uns noch einmal aufs Ohr, jeder in seinem Bett, versteht sich.

Gegen elf wurde ich geweckt durch dezentes Klopfen, zum erneuten Frühstück aufgefordert von Wesselin. Ich hätte an diesem Morgen andauernd essen können. Die beiden Männer saßen schon am Tisch, als ich herunterkam, pfeifend und schlüsselschwingend. Der KTL war nur im Gesicht zerknittert. Sein Hemd, seine Krawatte, sein Glenscheckanzug, alles war makellos. Auch Wesselin trug seinen repassierten Anzug, war mit einer Krawatte geschmückt, sah ein bißchen müde aus, das konnte ich ihm nicht übelnehmen.

›Möchtest du auch zwei Eier im Glas?‹ fragte Wesselin. Ich nickte, obwohl ich schon zweie intus hatte, der Cholesterinspiegel interessierte mich damals nicht. Es folgte ein putziges Gespräch. Die beiden Männer beklagten sich wechselseitig, wie der eine den andern durch Schnarchen am Schlafen gehindert habe, begründeten so den Mokka, den sie bestellten, und die großen Gläser Milch.

›Dabei sind wir erst gegen halb zwei zurückgekommen‹, behauptete Wesselin.

›Da lag ich längst im Bett‹, behauptete der KTL. ›Ohne Ihre Trinksprüche, noch dazu im ausgebeulten Straßenanzug, ich hab mich davongemacht, sobald ich konnte.‹

›Es hätte noch schlimmer kommen können. Wenn unsere liebe Silke nicht einen Strumpf geopfert hätte, wären wir von der Polizei zwangsabgeschleppt worden. Wir standen auf der Protokollstrecke.‹

Der KTL verlangte den Strumpf zu sehn. Ich holte ihn aus meiner Tasche, zerrissen war er gewesen, verölt war er jetzt.

›Das zahlt die Versicherung‹, tröstete mich der KTL.

›In diesem Fall wäre eine Sofortprämie angemessen‹, sagte Wesselin, rührte in seinen Eiern und grinste den KTL spöttisch an.

Das Unerhörte geschah. Der KTL winkte der Kellnerin und sagte: ›Eine Flasche Sowjetischen Sekt, auf meine Rechnung!‹

Damit nahm die Sache ihren sozialistischen Gang. Irgendwann merkte der KTL, was los war, aber er sagte nichts. Die außerhalb des Hotelzimmers verbrachte Nacht lastete auf seiner Seele. So brachte ich den Stein selbst ins Rollen, indem ich bei einer Dienstfahrt mit einer Kollegin aus der allgemeinen Verwaltung die schwarze Unterwäsche anzog. Auf ihre Frage, wofür ich das verrückte Zeug gekauft habe, sagte ich nur vieldeutig: ›Für meine böhmischen Nächte.‹ Da ging ihr ein Licht auf, und hundert andere Beobachtungen fügten sich zu einem Bild. Bald wußte jeder im Betrieb, was los war, die Kaderleiterin bemerkte zu Wesselin, eigentlich sei die Unterstützung des Frauenförderungsplanes anders gemeint gewesen, auch die Arbeit mit der Jugend. Wesselin konterte, eine sozialistische Eheschließung könne als Pluspunkt im Brigadevertrag abgebucht werden.

›Auch die sozialistische Namensgebung!‹ fügte die Kaderleiterin hinzu. Man mußte keinen Seherblick haben, um eine solche Prognose stellen zu können. Wer mit solchem Einsatz spielte wie ich, der setzte auf Sieg, und dazu gehörte bei einem Mann in Wesselins Alter ein Kind. Ich hab ja auch alles geschafft. Am dreizehnten August neunzehnhunderteinundsechzig haben wir geheiratet, ein Jahr später kam Doreen, und dann kam nichts mehr ...«

»Wie soll ich das verstehn?« fragte Friedemann.

»Es ging uns gut, es ging uns von Jahr zu Jahr besser. Wesselin wurde Chefdesigner, ökonomischer Direktor und schließlich Direktor. Ich blieb das erste Jahr zu Hause, des Kindes wegen, dann fingen wir an zu bauen, da hatte ich mit den Handwerkern zu tun; weibliche Kraftfahrer gab's nicht mehr im Betrieb, die romantischen Zeiten waren vorbei. Fünfundsechzig kriegten wir den Trabi, siebzig den ersten Wartburg, Gelegenheit zum Fahren hatte ich genug. Ur-

laub am Balaton, Urlaub in Bulgarien, sogar eine Kaukasus-
tour haben wir gemacht, ich könnte Ihnen tolle Bilder zeigen ...«

Friedemann winkte ab. Es war ihm schon immer schwergefallen, Teilnahme zu heucheln, wenn er fremde Urlaubsbilder
betrachten mußte; jetzt war er müde, und der Alkohol machte
ihn aggressiv.

»Verschonen Sie mich damit; es ist immer dasselbe
drauf ...«

»Das laß ich nicht auf mir sitzen«, sagte sie, kramte in
einem Fach der Schrankwand und warf ihm einen Packen Fotos zu. »Ich mach uns derweil ein paar Stullen.«

Beim Hinausgehen mußte sie sich am Türrahmen stützen.
Friedemann zog die Fotos aus dem Umschlag. Es waren
ORWO-Bilder, blau-, grün- und rotstichig. Alle zeigten eine
nackte Silke. Ins Wasser hüpfend, im Sand liegend, Blumen
pflückend, in Yogastellungen versunken, Blockflöte spielend,
Reifen schwingend und Bogen schießend. Gut anzusehn war
sie, das mußte man ihr lassen. Das »Magazin« oder die
»Funzel« hätten eine Menge Nummern mit ihr bestreiten
können.

Sie brachte Käse, Schinken, einen Berg Butterbrote und
eine Flasche Lauchstädter Brunnen.

»Wollen Sie lieber Bier?«

»Danke, nicht zu französischem Kognak.«

Sie wünschte guten Appetit, und erst als sie eine Weile
aßen, fragte sie: »Wie gefallen Ihnen die Bilder?«

»Hab ich schon gesagt: Immer dasselbe drauf.«

»Sind Sie schon so abgeklärt, oder tun Sie bloß so?«

Friedemann zuckte mit den Schultern und antwortete nicht.

»Ich möchte hören, wie Sie mich finden!« verlangte sie und
schlug ihm mit der Hand aufs Knie.

»Ich dachte, Sie sind am ganzen Körper blond ...«

»Quatsch, die Haare sind gebleicht; eigentlich bin ich

braun, schwarzbraun wie die Haselnuß...« Sie lachte. »Ich dachte, Sie sagen was zu meiner Figur. So einen Typ wie mich muß man doch nicht links liegenlassen, oder?«

»Ich bin mir keiner Schuld bewußt«, sagte Friedemann. »Wir haben uns gut unterhalten, erörtern freimütig heikle Dinge, sitzen schon zusammen auf einer Couch...«

»Ich meine nicht Sie, mein Mann läßt mich links liegen, seit über drei Jahren...«

»Da sind Sie relativ gut dran, ich kenne Männer, die lassen ihre Frau lebenslänglich links liegen.«

»Darauf läuft es mit uns auch hinaus; glauben Sie, der Kerl ändert sich auf seine alten Tage?«

»Für die, deren Zeit gekommen ist, ist es nie zu spät, sagt der Dichter.«

Silke lehnte sich hintenüber, streckte die Beine aus und sagte mit geschlossenen Augen: »Ich habe Angst, meine Zeit ist vorbei...«

»Eine Frau mit Ihrem Hintern darf so etwas nicht sagen. Wenn Sie Flöhe hätten, könnte man sie drauf knakken.«

»Und trotzdem hat er sich für Tullas entschieden, der ist nicht halb so gut wie meiner! Und den Silberblick hat sie auch; zumindest in gewissen Momenten!«

»Viele Frauen schielen in gewissen Momenten, das ist kein Schönheitsfehler. Außerdem wird sie noch etwas anderes haben...«

»Er kann mit ihr besser reden, sagt er! Als ob ich ihn zu Hause nicht genug reden ließe!«

»Also ist er mit dieser Tulla in Harrachov?«

Sie nickte und trank.

»Vielleicht ruhen Sie sich nur aus auf Ihrem schönen Hintern und vergessen, ihn manchmal zu heben...«

Sie schlug ihm auf die Hand, der Kognak schwappte über und verursachte einen großen Fleck auf seiner Hose. Ehe er etwas sagen konnte, küßte sie ihn, biß ihn dabei in die Lippen, sprang auf und verschwand im Bad. Friedemann besah seine Hose, murmelte: Kognak gibt keine Rotweinflecken, und goß sich noch einmal ein. Dabei machte es irgendwo klick in ihm, und er wußte, er hatte genug. Er nahm die Flasche Lauchstädter Brunnen und ging nach oben ins Gästezimmer, zog sich aus, legte sich ins Bett und löschte das Licht. Da es ihm zu dunkel war, öffnete er die Vorhänge. Mondlicht fiel ins Zimmer, auf der Tanne glitzerte Schnee. Wenn er die Augen schloß, begann das Bett zu schwanken. Trotzdem schlief er ein. Welches Geräusch ihn weckte, hätte er nicht zu sagen vermocht: das Klinken der Tür, Schritte oder Glasgeklirr. Er riß die Augen auf und sah im Mond zwei nackte Beine und Haargekräusel, zum Greifen nahe. Er streckte die Hand aus, der Schoß wich zurück, und jemand sagte: »Ich habe Durst; es war die letzte Flasche Lauchstädter.«

»Du bist ja doch blond«, sagte er und spürte, wie es in ihm zu klopfen begann.

»Es war Millimeterarbeit«, sagte sie. »Eine falsche Bewegung, es brannte wie Feuer.«

»Schade um die Arbeit«, sagte er, »ich habe nur Spaß gemacht; in Wirklichkeit steh ich auf Schwarz.«

Da streifte sie die Zudecke zur Seite, sagte: »Du kannst dich hervorragend verstellen!« und schob sich über ihn. Friedemann schloß die Augen, das Bett schwankte, und als er sie öffnete, schwankte es immer noch, Silke hielt es in Bewegung und skandierte: »Gib zu, daß ich ihn heben kann, gib's zu ...«

10.

Als das Telefonklingeln nicht aufhörte, rüttelte er Silke. Sie lag verkehrt rum, den Kopf tief im Bettzeug vergraben, und wurde nur langsam munter. Endlich griff sie zum Hörer, Frie-

263

demann erahnte eine ferne Männerstimme. Silke legte die Hand auf die Sprechmuschel und flüsterte triumphierend: »Es ist Wesselin!« In Harrachov war der Winter wieder eingekehrt und hatte den Entschluß zu verfrühter Rückkehr bewirkt. Mittags würde er zu Hause sein.

»Da haben wir noch viel Zeit«, stellte Silke fest, tapste zur Treppe und versprach: »Ich bin gleich wieder da.«

Friedemann überlegte, was zu tun sei, und entschied sich fürs Liegenbleiben. Sein Hals war trocken, die Mineralwasserflasche war leer. Auf dem Schrank lagen Äpfel. Er griff sich einen und aß, stellte sich vor, wie Wesselin hereinstürzte und schrie: »Wer sind Sie?« Dann würde er lächelnd antworten: »Ich bin die nackte Wahrheit.«

Nicht Wesselin kam, sondern Silke, in braunen Frotteepantoffeln und blauem Bademantel. Lächelnd öffnete sie die Schlaufe des Gürtels, stellte sich breitbeinig gegen die Kredenz und strich langsam mit beiden Händen über ihr Kräuselhaar. Dieser Einladung in Rosa und Blond konnte Friedemann nicht widerstehn. Er wußte, er war ihr eine Revanche schuldig für die Mondscheinfahrt im Schaukelbett, gab sich Mühe und sah mit wachsendem Vergnügen, wie sich der Porzellanhirsch auf seinem Stickdeckchen zum Kredenzrand hinbewegte, mit kurzen, doch emsigen Schritten. Als er mit den Vorderläufen über dem Abgrund stand, hielt Friedemann inne.

»Warum hörst du auf?« fragte Silke mit geschlossenen Augen.

»Der Hirsch wird gleich abstürzen.«

»Soll er kaputtgehn; los, mach ihn kaputt!«

Es war keine große Arbeit. Der Hirsch sprang in die Tiefe und zerschellte. Silke schrie vor Begeisterung. Als sie wieder im Bett lag und ihren Atem ins Gleichmaß gebracht hatte, erzählte sie, Wesselin habe ihr den Hirsch aus Leipzig mitgebracht, nachdem ihm Tulla angewöhnt hatte, ihr nach jeder seiner Reisen irgendein Spieltier zu schenken.

»Also eine Tierliebhaberin«, bemerkte Friedemann.

Silke zog sich das Bettdeck über ihre nackte Brust und sagte böse: »Eine Nutte!«

II.

Eine halbe Stunde später saßen sie am Frühstückstisch. Silke im lindgrünen Hausanzug, mit morgendlich blanken Augen, von Kater keine Spur. Sie erkundigte sich nach Friedemanns Wohnverhältnissen in Berlin und kündigte an, ihn bald zu besuchen. Sie zeigte sich fest entschlossen, Wesselin seine Betrügereien mit gleicher Münze heimzuzahlen. Friedemann sei ihre Kragenweite, das gebe sie gern zu, und mit seiner Hilfe hoffe sie bald quitt zu sein mit ihrem angetrauten Gatten. Da hielt Friedemann die Zeit für gekommen, Näheres zu seiner Person zu verraten, also die Wahrheit über Wesselin.

»Ich stelle mir das Heimzahlen ganz hübsch vor«, sagte er, »leider ist es ein Ding der Unmöglichkeit.«

»Warum? Du hast gesagt, du wohnst in einer sturmfreien Bude ...«

Friedemann legte eine Scheibe rohen Schinken auf seine Buttersemmel, nahm einen gehörigen Schluck Tee und begann mit dem Geständnis.

»Wesselin hat dich nicht betrogen, und du kannst ihn nicht betrügen, er ist nämlich nicht dein Mann. Er heißt nicht Wesselin und auch nicht Rudolf Herzog, er heißt Valentin Eger und ist seit neunzehnhundertfünfundvierzig mit einer gewissen Luzinde aus Bayreuth verheiratet. Da bei uns Bigamie nicht zugelassen ist, hat deine Ehe keine Gültigkeit.«

Silke starrte ihn an, von Bewunderung erfüllt über seinen Erfindungsreichtum, boxte ihn gutmütig auf den Arm und sagte: »Was redest du da für Quatsch? Wenn du keine Lust hast, brauchst du es nur zu sagen. Keine Angst, ich häng mich dir nicht an den Hals ...« Sie umhalste und küßte ihn.

Friedemann holte das Schreiben Andy Quahls heraus und die Anzeige aus der Zeitung, legte beides vor Silke.

»Lies selbst; die Erbschaft macht Valentin Eger. Ich habe herausgefunden, daß Valentin Eger und Wesselin Herzog identisch sind. Wesselin hat kein touristisches Faible für Böhmen, er ist Böhme. Und dieser Böhme Valentin Eger hat das Bernsteinzimmer geerbt.«

»Im Bernsteinzimmer hat er immer gegeigt«, sagte Silke, starrte auf die Anzeige und schüttelte den Kopf.

Diese Antwort löste Triumphgefühle in Friedemann aus. Er war also keiner Schimäre nachgelaufen, hatte keinen Bernsteintraum geträumt, das Zimmer gab es. Er rückte seinen Stuhl an den Silkes heran, legte ihr den Arm um die Schulter und prophezeite ihr aufregende Tage. Die Presse werde kommen, auch das Fernsehen; denn die Erbschaft sei von enormer politischer Bedeutung. Friedemann erwähnte den Artikel in der »Wochenpost«, und siehe da, Silke hatte ihn gelesen, konnte sich daran erinnern. Sie hörte noch eine Weile zu, dann zeigte sie ihm einen Vogel.

»Du spinnst, Friedemann, mit dir gehn sie durch! Wesselin hat die Geschichte hundertmal erzählt und hat seine Witze darüber gemacht, daß er nackt in einem van-de-Velde-Zimmer gegeigt hat, weil die Zuhörer immer geglaubt haben, er spricht von dem belgischen Liebesschulmeister. Wenn sie dann genug von Stellungen geredet hatten, erklärte er: ›Irrtum, meine Herrschaften, ich meine Henry van de Velde, den Baumeister aus Weimar.‹ Bernsteinzimmer hieß es, weil es einem Samuel Bernstein gehörte.«

Was hab ich in der Hand? Einen Bernstein, Onkel Bernstein, hörte Friedemann das kleine Mädchen in dem Stemmle-Film sagen, hörte es sich zu Andy Quahl sagen und hörte die Antwort seines Chefs: An Blech denkst du ...

»Wenn du einen verrückten Roman schreiben willst, mußt du ihn ja nicht an mir ausprobieren«, maulte Silke und war schon wieder beruhigt, fügte hinzu: »Wenigstens nicht das Kriminelle!«

Also kein Millionending. Obwohl er nie daran geglaubt hatte, sich immer wieder daran erinnert hatte, daß es den dreifachen Fünfer im Lotto nicht geben konnte, überfiel ihn wahnwitzige Enttäuschung. Es gab Dinge, die passierten einem nur einmal im Leben. Als kleiner Junge hatte er in den Uferlöchern eines Gebirgsbachs nach Forellen gegriffen und plötzlich in jeder Hand einen Fisch gehabt. Sie entwischten ihm beide; aber der einmalige Vorgang blieb. Er hätte lebenslang Bäche durchwaten und nach Forellen greifen können, nie wären ihm noch einmal zwei zugleich in die Hände gekommen. Das hatte er als Neunjähriger begriffen und hatte geheult vor Enttäuschung. Mit siebenunddreißig hatte er das Bernsteinzimmer im Griff gehabt; nun stand er da mit leeren Händen ...

Waren sie wirklich leer? Ein Jugendstilzimmer von van de Velde, war das nicht heutigentags auch ein Millionending? Sicher nicht ganz, aber in die Hunderttausende war der Preis geklettert. Nationale Verdienste waren nicht zu erwerben damit; eine spektakuläre Rückführung nach Puschkin würde nicht stattfinden, Andy Quahl und Friedemann Körbel gingen nicht in die Kunstgeschichte ein als Entdecker oder Wiederentdekker. Aber der Kunsthändler Andy Quahl konnte in Aktion treten, unbeeinflußt von außenpolitischen Gesichtspunkten konnte er ins Geschäft einsteigen. Ins Geschäft mit Valentin Eger. Daß es ihn gab, war Friedemann zu danken. Kein Neffe in Osnabrück würde lachender Erbe sein. Das war schon eine Zielprämie wert. Für den Roman, der zu schreiben war, kam die Wendung der Dinge nicht unwillkommen; sie ließ einen heiteren Schluß erahnen, die Königsebene brauchte nicht bemüht zu werden, Haupt- und Staatsaktionen blieben aus. So sagte er zu Silke: »Reich wird er trotzdem!«

»Wer?«

»Valentin Eger, der Mann, mit dem du zusammenlebst, aber nicht verheiratet bist. Dein Wesselin!«

»Fang nicht wieder mit dem Blödsinn an ...«

»Es ist die Wahrheit, Silke. Ich bin ihr wochenlang nachgereist, in der Bundesrepublik und in der Tschechoslowakei. Ich habe sie gefunden, und sie ist aktenkundig. Jetzt geht alles seinen sozialistischen Gang, wie es so schön heißt.«

»Willst du damit sagen, wir werden geschieden?«

»Im Gegenteil, ich suche dir beizubringen, daß du nicht verheiratet bist. Deine Ehe gilt nicht, du heißt auch nicht Herzog, formaljuristisch trägst du deinen Mädchennamen.«

»Dann hieße ich ja Schwenzfeuer ...«

»Du heißt Schwenzfeuer; ein schöner Name.«

»Hör auf, du kannst dir denken, was sie daraus gemacht haben!«

»Ich kann mir's denken; aber bei deiner Figur und deinen Talenten bist du bald wieder unter der Haube. Es kommt ja auch darauf an, was Wesselin mit seiner alten Verheiratung macht. Ich kann mir nicht vorstellen, daß er nach Bayreuth geht, zu seiner Luzinde.« Friedemann sah auf die Uhr. Es war halb zehn. Er stand auf und sagte: »In anderthalb Stunden mußt du sehn, was du mit deiner neugewonnenen Freiheit machst. Dazu sind ein paar Gedanken notwendig, dafür will ich dir Zeit geben. In dem Brief meiner Firma steht alles Nötige.«

Silke sprang auf, umklammerte seine Schultern, Angst war in ihren Augen, als sie bat: »Sag doch, daß alles nur ein Jux war; ihr habt es gefilmt, mit versteckter Kamera, gib's zu!«

Friedemann drückte sanft ihre Hände herab und ging zur Tür. »Es ist kein Jux, es ist die Wahrheit. Wir hören bald voneinander; tschüß, Dank für alles!« Im Flur nahm er seine Kutte vom Haken und ging. Die Luft draußen war überraschend warm.

VIII. KAPITEL

Tullas Erzählung

I.

Der achte März kam heran. Friedemann rannte vergebens nach Blumen, die Geschäfte waren leergefegt. Am Bahnhof Schönhauser hatte er Glück. Findige Köpfe verkauften abgeschnittene Zyklamen, mit Asparagus garniert, fünf Mark das Bund. Die Konfektregale in den Kaufhallen waren ausgeräumt, vor dem Delikatladen stand eine Schlange. Friedemann erwarb beim Mitropa-Wirt eine Schachtel Halloren-Kugeln. So gerüstet, gratulierte er Bonni zu ihrem Ehrentag, küßte sie auf beide Wangen; der blond beflaumte Nacken blieb dem Chef vorbehalten. Der kam um elf, bester Laune. Stellte einen Orchideenzweig mit neun Blüten auf den Tisch, zwei Flaschen Rotkäppchen, legte zwei Schachteln Mon chéri dazu und verkündete nach Pflichtsprüchlein und Nackenkuß: »Ihr dürft mir gratulieren; ich habe den Vaterländischen bekommen. Für das Bernsteinzimmer!« Dabei griff er nach einer Sektflasche und begann am Draht zu drehen. Ehe sich der Pfropfen bewegte, standen Gläser auf dem Tisch. Wenn Bonni mit Schriftwechsel und Vorlagen manchmal ihre Not hatte, Gläser konnte sie zaubern.

»Sie haben einen gewissen Anteil an diesem Erfolg«, sagte Andy und klopfte Friedemann auf die Schulter. »Den Orden bekommt natürlich der Befehlshaber der operativen Einheit, das war schon immer so bei den Preußen, und Firmenchef bin nun mal ich. Damit Sie sehen, wie sehr ich Ihre Leistungen anerkenne, habe ich die Aktivistenmedaille für Sie beantragt; das sind immerhin dreihundert Mark.«

»Dreihundert Mark für dreihunderttausend«, sagte Friedemann. »Soviel ist das Zeug mindestens wert; hab ich recht?«

»Es gibt einige Gründe, die mir verbieten, darauf eine Antwort zu geben.«

»Ich weiß, Sie sind manchmal gezwungen, sehr uneigennützige Geschäfte zu machen, in höherem Interesse. Von dem gleichen Interesse geleitet, habe ich recherchiert. Sie könnten etwas mehr Vertrauen zu mir haben.«

»So, meinen Sie?« Andy Quahl goß bedeutungsvoll langsam ein. »Es gibt Stellen, die anders darüber denken. Und das Wort gezwungen möchte ich überhört haben. Meine Uneigennützigkeit resultiert nicht aus Zwang, sondern aus Überzeugung.«

Friedemann hätte gern geantwortet: Aus der Überzeugung, daß der Volvo ein besseres Auto ist als der Trabant. Er verbiß sich die Antwort. Andy Quahl war zu Zeiten Spickenagels und Moppel Schröters ein brauchbarer Linksaußen gewesen. Als Horst Aßmy zu Tennis Borussia überwechselte, hatte Andy einige Schwierigkeiten gehabt, war dann aber wieder voll dagewesen bis zu seinem ehrenvollen Abschied. Warum sollte ein Mann wie er nicht auch im Leben auf den linken Flügel eingespielt sein? War die Lizenzerteilung für den Antikhandel nicht auch ein Vertrauensbeweis? Wenn Andy von den Zweikämpfen zwischen Arthur Rosenhammer und Eddi Barth auf der Bernauer Schleife erzählte, von dem Kampf der Giganten der Landstraße zu Täve Schurs Zeiten, als die Steile Wand von Meerane noch ein Prüfstein war, der Spreu vom Weizen schied, von Wolfgang Behrends Olympiasieg und dem Gummimambo auf seiner Trompete, von dem Mann mit dem biblischen Namen Laban, der für Traktor Schwerin Siege herausgeboxt hatte, immer dann hatte Friedemann Andy Quahl beneidet um sein ungebrochenes Verhältnis zu den Idealen. So sagte Friedemann: »Ist ja gut, Chef, alles in Ordnung. Die Stellen, die anders über mich denken, möchte ich gern wissen.«

»Reisestellen, die mit der Auswertung Ihres Dienstauftrages zu tun haben.«

»Verstehe, aber warum die anders denken, verstehe ich nicht.«

»Wenn Sie die richtige Einstellung zur Selbstkritik hätten, müßten Sie das verstehn; bei dem, was Sie sich alles geleistet haben.«

Das war eine Hochquart, die saß. Zu fragen: Was habe ich mir geleistet? war überflüssig. Andys Report wäre auch so gekommen; trocken, ohne Sektnachgießen.

2.

»Wir haben Sie in die BRD geschickt, in vollem Vertrauen . . .«

»Sprechen Sie im Majestätsplural?« unterbrach ihn Friedemann.

»Sparen Sie sich Ihre Mätzchen, jetzt wird parteimäßig geredet, verstanden?«

»Jawohl!«

»Im vollen Vertrauen also, daß Sie sich diszipliniert verhalten, Ihren Klassenauftrag immer vor Augen haben. Aber was haben Sie getan?« Andy Quahl machte eine Pause, die alle Möglichkeiten parteifeindlichen Verhaltens zuließ. »Schon die peinliche Geschichte mit der Erika Heimbüchler. Die Frau ist tablettensüchtig, trinkt zuviel und leidet unter Bluthochdruck. Warum mußten Sie sich mit ihr besaufen? Die Schriften auf der Straße, ihr Benehmen und die Tatsache, daß sie mit einem jungen Zigeuner zusammenlebt, hätten Sie warnen müssen.

Sie holen ihr bei einer Flasche Stolitschnaja ihre ganze Jugend hoch und überlassen sie dann ihrer Verzweiflung.«

»Hätte ich mit ihr schlafen sollen?«

»Sparen Sie sich Ihre Ausfälle. Sie hätten zu Gunni raufgehn können und sagen: Kümmer dich um deine Mutter, die ist ein bißchen durchgedreht. Die Frau hätte hops gehn können — ausgerechnet nach einem DDR-Besuch!« Andy Quahl schwieg, und auch Friedemann hielt Schweigen für angebracht.

»Die nächste Dummheit: Sie quatschen bei Gundolf Tau vom Bernsteinzimmer, bringen auch meine Firma ins Spiel...«

»Es ließ sich nicht vermeiden«, verteidigte sich Friedemann. »Tau hielt mich für den Abgesandten eines gewissen Wiesenthal und wollte mir ein Spiel aufzwingen, bei dem ich auf die Nase gefallen wäre. Da hielt ich es für das Beste, die Wahrheit zu sagen.«

»Sie mit Ihrer verdammten Wahrheit! Lauter Unheil richten Sie damit an. Sie hatten einen Mann zu suchen. Dafür gibt es hundert Gründe, die harmlos sind, aber die genügen dem Herrn Schriftsteller nicht, er muß die Wahrheit hinausposaunen! Und lockt damit einen angesehenen Augsburger Bürger in den Tod!«

»Ich?«

»Jawohl! Sepp Durchholzer lebte noch, wenn Sie nicht vom Bernsteinzimmer gequasselt hätten!«

»Sepp Durchholzer? Sie meinen Edas Mann?«

»Der Textilkönig von Augsburg, ganz recht; Landtagsabgeordneter der CSU, Antikensammler und Amateurtaucher. Der es schon aufgegeben hatte, nach dem Schatz zu suchen! Durch Ihren Besuch schöpft er neue Hoffnung und fährt los, im Januar. Zurückgekommen ist er im Zinksarg.«

»Eda ist Witwe?« fragte Friedemann und ahnte Weiterungen.

»Wer weiß, wie lange noch; vielleicht heiratet sie Ihren Valentin — Wesselin. Zerrüttet haben Sie dessen Ehe ja zur Genüge.«

»Aber die Ehe war doch überhaupt keine Ehe!«

»Schau dir diesen Kleinbürger an«, sagte Andy Quahl zu Bonni und zeigte mit dem Daumen auf Friedemann. »Wenn Mann und Frau zusammenleben und Kinder haben, dann ist es eine Ehe; egal, was in den Papieren steht!«

»Lebensgemeinschaft sagt man dazu«, bemerkte Bonni, die Wert darauf legte, gut verheiratet zu sein.

»Was ist denn die Ehe anderes als eine Lebensgemeinschaft?« fragte Andy Quahl anklagend. »Die hat funktioniert bei den beiden, bis unser Mitarbeiter Körbel auftauchte!«

»Sie hat nicht funktioniert, zumindest die letzten drei Jahre nicht!«

»Sie haben es wohl gern, wenn Ihnen Frauen etwas einblasen?« fragte Andy höhnisch.

Die Antwort, die Friedemann darauf einfiel, unterdrückte er Bonni zuliebe, die mehrmals erklärt hatte, sie würde so etwas nie tun.

»Jedenfalls sind Sie nicht ohne Mitschuld, wenn Wesselin Herzog nach Augsburg umsiedelt, im Rahmen einer Familienzusammenführung.«

»Mit dem Bernsteinzimmer?« fragte Friedemann erschrokken.

»Lassen wir das vorläufig aus dem Spiel, ich bin noch nicht fertig mit Ihrem Sündenregister. Ausgerechnet in der Künstlerstadt Bayreuth geben Sie sich als Amerikaner aus!«

»Man hat mich dafür gehalten, und ich habe nicht widersprochen, es war eine proletarische List . . .«

»Für einen DDR-Bürger mit Dienstvisum war es ein heikler Spaß. Und was die Informationen betrifft, die Sie von dieser Luzi haben, so sind sie mit äußerster Vorsicht zu verwenden. Daß in einem Besatzerbordell auch der amerikanische Geheimdienst herumschnüffelt, liegt auf der Hand. Verdiente

Funktionäre mit gezinkten Karten ins Zwielicht zu bringen ist eine seiner Praktiken. Ich will mich zu dem angeblichen Rollentausch in Hechtheim nicht weiter äußern, es gibt zuständige Stellen, die sich damit beschäftigen.«

»Ich habe den Beweis erbracht...«

»Beweise lassen sich umstoßen«, unterbrach ihn Andy Quahl. »Vor allem, wenn es sich um eine bloße Indizienkette handelt. Was könnte ich aus Ihren Taten nicht alles schlußfolgern? Kaum haben Sie die Amikomödie beendet, suchen Sie einen Verlag auf und verkaufen ihm einen Text, ohne Genehmigung des Büros für Urheberrechte.«

»Es war eine Anekdote, kaum eine halbe Seite, und ich habe sie zu meiner Legitimation geschrieben.«

»Wie kommt sie ins Mitteilungsblatt für bayrische Jugendbibliotheken? Ein erzkonservatives Blatt!«

»Ich weiß nichts von dem Abdruck. Wenn ich gefragt worden wäre, hätte ich mich nach der politischen Einstellung der Zeitung erkundigt.«

Während er das sagte, dämmerte Herrn Weitbrechts Frage in ihm herauf: »Hätten Sie etwas dagegen, wenn ich die Anekdote gelegentlich verwende?« Und er hatte nein gesagt. Eine mündliche Zusage war so gut wie eine schriftliche, ach, du lieber Himmel!

»Der böhmische Teil Ihres Berichts ist der konfuseste, um es gelinde zu sagen. Wegen eines Verdachts sei dieser sogenannte Eger geprügelt worden, bis ihm gar nichts anderes übrigblieb, als die falsche Identität anzunehmen. Damit unterstützen Sie die revanchistische Behauptung, den Greueltaten der Nazis müsse man die Untaten entgegenhalten, die bei der Umsiedlung begangen worden seien...«

»Wenn Sie dieser Meinung sind, können Sie mich am Arsch lecken«, entgegnete Friedemann Körbel, stand auf und tippte sich an die Stirn.

Andy Quahl hielt seinen Mitarbeiter am Ärmel fest und ge-

stand: »Ich bin nicht dieser Meinung. Aber wenn Sie sich bestimmte Fernsehdokumentationen der andern Seite vor Augen
halten, besteht die Gefahr, daß man Ihren Bericht so auslegt.«

»Dann sollen mich die am Arsch lecken, die mich so ausle-
gen. Ich werde den Lebensroman Valentin Egers aufschreiben,
nach dem Motto: Ich sage, was ich sehe, was ich weiß, was
wahr ist.«

»Ich werde Sie nicht daran hindern; ich habe ein Herz für
junge Autoren, sonst hätte ich schon längst einen Infarkt bekommen bei Ihrem Arbeitsstil. Trotzdem muß ich Sie bitten,
mir den Abschnitt Ihres Romans, in dem die Firma vorkommt, vorher zum Lesen zu geben.«

»Sagen Sie mir endlich, was mit dem Bernsteinzimmer los
ist!«

Andy Quahl gab Bonni einen Wink, sie füllte die Gläser.

Derweil suchte er aus seiner Brusttasche eine Visitenkarte,
warf sie auf den Tisch. Tulla Hefter, Dipl. rer. oec. 1055 Berlin, Chodowieckistraße 27, las Friedemann und schaute in das
Gesicht seines Chefs. Ein Lächeln war darin, das er kannte und
immer diplomatisch als das fernöstliche bezeichnet hatte, weil
es Wissen von Dingen ausstrahlte, die ungesagt bleiben mußten.

3.

Die Chodowiecki war eine Parallelstraße zur Dimitroff, zwischen Greifswalder und Prenzlauer, die Nummer 27 lag näher
zur Prenzlauer. Friedemann schaltete die Flurbeleuchtung ein;
sie funktionierte, was nicht selbstverständlich war in dieser
Gegend. Fräulein oder Frau Hefter wohnte im dritten Stock
des rechten Seitenflügels, die Wohnung hatte mindestens bis
vierzehn Uhr Sonne. Friedemann dachte daran, obwohl es gegen acht Uhr abends war, als er die Treppe hinaufschritt. Von
den gedrechselten Sprossen des Geländers fehlte die Hälfte;

sie waren durch schmucklose Vierkantleisten ersetzt. Die ausgeschlagenen Butzenscheiben der Treppenfenster ersetzte farbloses Ornamentglas. Überall ein Verlust an Farbe und Verspieltheit, auch an handwerklicher Solidität.

Im dritten Stock endlich fand er neben dem Klingelknopf den gesuchten Namen, maschinegeschrieben und klein: tulla hefter. Nach dem Klingeln Schritte, dann Kettenrasseln, eins der Signale alleinstehender Frauen.

»Ja, bitte?«

Kleiner als Silke, natürlich, die Haare dunkler als Silke, natürlich, kein Hosenanzug mit Metallic-Effekt, ein Rollkragenpullover, braune Augen mit bernsteinfarbenen Flirrpunkten, knielanger Wollrock, an den Füßen Kamelhaarschuhe. Friedemann mußte länger als schicklich auf die Hausschuhe geblickt haben; denn sie sagte: »Die Wohnung ist fußkalt.«

»Im dritten Stock?«

»Ja, das Zimmer unter mir steht seit einem halben Jahr leer.«

»Mit Bad?« fragte Friedemann.

»Mit Dusche; reflektieren Sie darauf?«

»Vielleicht; darf ich reinkommen?«

»Bitte.«

Sie ging voran, durch eine übergroße Küche mit gemauertem Herd, auf dem ein dreiflammiger Gaskocher stand, darüber blaugestrichene Regale mit Gewürzgläsern, an einer Badezimmertür vorüber in ein Wohnzimmer, in dem Friedemann als erstes die Gasheizung auffiel. Kein morgendliches Kohlenschleppen, kein Ärger mit Flammat, kein Auf-die-Uhr-Sehen wegen Zuschraubens; das grenzte an Glück. Das Liebespaar von Chagall, na ja, wo hing das nicht? Ein Holzesel von Lothar Sell, Donnerwetter! Daneben eine Weberkarde in einer Apothekerflasche. An der Wand ein Poster. Gönnen Sie sich einen neuen Mann. Zweimal derselbe Typ, einmal gebügelt, einmal zerknittert. Na ja. Eine Federzeichnung von

Klaus Ensikat, mit Widmung für Tulla, ein gerahmter Druck von Eberts Laternenfest. Kieselsteine, Donnerkeile und in einer Flasche aus blauem Glase große Gänsefedern, auf dem Fensterbrett echte Sanseverien und zwei Tradeskantien mit lila Farbeinschlag. Die Fontaneausgabe des Aufbau-Verlages, Bulgakows Meister und Margerita, Ehrenburgs Memoiren, das Kapital und anderes Ökonomisches, ein paar Nummern der Monatszeitschrift FOTO, an die Wand gepinnt ein Autograph des Schweizer Autors Max Frisch: »Es ist nicht die Zeit für hohe Geschichten. Und doch vollzieht sich das menschliche Leben oder verfehlt sich am einzelnen Ich, nirgends sonst.«

»Ich hätte ›erfüllt sich‹ gesagt, statt vollzieht«, bemerkte Friedemann.

»Vollzieht ist besser, weil es wertfrei ist.«

»Ebendeshalb ist es schlechter. Verfehlen ist eindeutig negativ, also verlangt es eine positive Entsprechung. Es erfüllt sich, oder es verfehlt sich.«

Tulla schüttelte langsam den Kopf und blieb dabei, vollzieht sei treffender. »Es kann sich in Leid und Bitternis vollziehen und sich trotzdem nicht verfehlen, das müssen Sie zugeben.«

Friedemann gab es zu.

»Sich in Leid und Bitternis erfüllen kann das Leben aber nicht, also erschließt Ihre Variante nicht die ganze Spannweite des Lebens.«

»Daß Sie eine Formel wie Leid und Bitternis auf Abruf parat haben, ist für eine junge Frau wie Sie erstaunlich.«

Tulla ging zum Tisch, entnahm einer Schachtel eine lange Filterzigarette, griff nach Streichhölzern, Friedemann kam ihr zuvor und gab ihr Feuer.

»Was wollen Sie eigentlich von mir, wer sind Sie?«

»Ich soll mir das Ende einer Geschichte bei Ihnen abholen. Ich bin Friedemann Körbel, der Mann, der Wesselin Herzog enttarnt hat.«

Tulla sog an ihrer Zigarette, sah ihn durch Rauchschleier mit braunen Schimmeraugen an, eine deutliche Spur Silber im Blick.

»Der Retter des Bernsteinzimmers!« Neue Rauchwolken verdeutlichten ihre Ironie. »Warum lassen Sie sich die Geschichte nicht von Ihrem Auftraggeber erzählen?«

»Der ist nur für das Geschäftliche zuständig. Geschichten fallen nicht in sein Ressort, weder hohe noch niedrige.«

»Es ist eine mittlere Geschichte . . .«

»Warum nicht? In der Literaturtheorie gibt oder gab es den mittleren Helden . . .«

»Eine Kurzgeschichte ist es nicht. Sie dauert mindestens zwei Flaschen lang.«

»Kognak oder Wodka?«

»Sekt; trocken, wenn ich bitten darf.«

Friedemann ging bis zur Eulenspiegelkneipe in der Winsstraße und kaufte vier Flaschen Hungaria demi sec, trocken gab es nicht. Als er zurückkam, trug Tulla ein samtenes Hauskleid und rauchte eine ihrer langen Zigaretten. Auf dem Tisch standen zwei Sektgläser, poliert. Dave Brubec spielte »Somewhere« von Leonard Bernstein.

»Ist es zu laut?« fragte Tulla, als Friedemann den Sekt eingoß.

»Nein, es ist genau die richtige Musik für Ihre Geschichte.«

4.

»Ich lernte Wesselin auf der Leipziger Messe kennen. Die Schule war mit einer Umfrage beauftragt worden, und ich stand als frisch gebackene Assistentin mit Schreibblock im Hansa-Haus und befragte. Weshalb sind Sie hier? Dienstlich oder privat? Das wievielte Mal besuchen Sie die Messe und anderen statistischen Unsinn. Ich trug eine Jacke, einen

Schottenrock und graue Strümpfe, es waren die Jahre der Minimode. Er sah mich an, ein bißchen von oben herab, obwohl er nicht viel größer war als ich, und sagte: ›Ich gehe fremd.‹

›Vielleicht etwas ernster‹, bat ich.

›Ganz ernst; ich gehöre nicht ins Hansa-Haus zu den Büchern, sondern zum VEB Glaswaren, Niederlausitz.‹

›Also Aussteller?‹

›Genau!‹ sagte er. Er war der erste, glaube ich, der statt ja genau sagte. Dabei war er der ungenaueste Mensch, den man sich denken kann. Das wußte ich bei dieser Vorstellung nicht. Er besuchte die Messe zum achten Male und hatte für den Abend nichts vor. Danach hatte ich ihn nicht gefragt, versteht sich, sondern er mich, und da ich mit meinen Eltern Krach gehabt hatte, ließ ich mich zu einem Rendezvous in Pfeifers Weinstuben überreden. Er zeigte mir den Platz, wo früher Max Schwimmer gesessen und freches Zeug in sein Büchlein gekritzelt hatte, manches mit Rotwein koloriert. Rotwein war auch Wesselins Getränk, ich fügte mich, er hat eine ziemlich resistente Rotweintrinkerin aus mir gemacht in den Jahren. Wir aßen Minutenfleisch, was trotz des dummen Namens hervorragend schmeckte, wir sind Pfeifers treu geblieben, sieben Messen lang, und haben uns immer wohl gefühlt dort, selbst wenn ein Klavierspieler da war, auch der war gut. Getanzt wurde nicht bei Pfeifers, das war der Grund, weshalb wir noch in die ›Femina‹ gingen. Wesselin steckte dem Zerberus zwanzig Mark zu, so kamen wir rein. Es war die Zeit des ›Entertainers‹, eine schöne Pfeifmelodie, deutsch sang man dazu: Ich bin ja der Putzer vom Kaiser. Wesselin war kein guter Tänzer, aber Tanzen war keine Kunst damals. Jeder hüpfte vor sich hin, bewegte die angewinkelten Ellbogen wie ein Dauerläufer, näherte oder entfernte sich von seinem Partner ganz nach Belieben, es gab keine Vorschriften mehr fürs Tanzen, und die Leute fühlten sich wohl. Wir tranken Rotkäpp-

279

chen extra dry, so was gab es damals, wir sind später sogar zu brut übergegangen. Wesselin war einundvierzig, und ich war fünfundzwanzig; ein besseres Verführungsalter gibt es gar nicht. Sein System war einfach, und ich fiel sofort darauf herein. Er brachte es mit böhmischem Charme vor, den ich damals für rheinländisch hielt, was ihn noch wirksamer machte. Erzählte nichts vom Eheknast, wie es später Mode wurde, er bestritt nicht, verheiratet zu sein, obwohl er keinen Ring trug, beklagte sich auch nicht über seine Frau, bezeichnete aber das System der Ehe als Unfug. Vielleicht als notwendigen in dieser Phase gesellschaftlicher Entwicklung, fügte er hinzu, sagte: ›Ich habe jemandem lebenslängliche Treue versprechen müssen, wider bessere Einsicht. Denn ich wußte, in einem Jahr oder auch dreien, vielleicht auch schon nach sieben Stunden kommt eine Begegnung wie die unsere. Jemand tritt dir in den Weg, stellt eine belanglose Frage, du siehst ihm in die Augen, und es trifft dich wie ein Blitz, du stürzt aus der Realität in einen Traum, der auslöscht, was vorher war. So ein Zauber läßt sich nicht durch ein Heiratspapier bannen!‹ Ich glaubte ihm den Zauber, ich scherte mich nicht um sein Heiratspapier, und ich wollte auch keins.

Der zweite Teil seines Kredos klang nüchterner, war pragmatischer Natur. Es kam auch erst am Morgen, als wir bei seiner Wirtin in der Heinstraße frühstückten, weichgekochte Eier und wunderfrische Brötchen, mit großem Appetit.

›Wenn du bei der Herbstmesse deinen Trabant am ‚Astoria‘ abstellst, wird eine Frau ihren Handschuh verlieren, du wirst ihn aufheben, und wenn ihr euch in die Augen seht, wird es dich treffen wie ein Blitz, die Tulla-Realität ist ausgelöscht, du träumst einen Thea-Traum. So wird es doch sein‹, sagte ich.

›So wird es sein‹, sagte er, ›wenn du anfängst, Besitzansprüche zu stellen. Besitz ist der Tod der Liebe. Ich bekomme Krämpfe, wenn ich höre, wie Frauen sagen: Ich werde meinen

Mann holen! Als ob es um einen Hammer ginge, der ihnen gehört, oder ein Bügeleisen! Meine Frau, das ist natürlich genauso blöd. Mein Auto, gut, wenn es bezahlt ist, kann man es pflegen, verrotten lassen, zu Klump fahren oder weiterverkaufen, es gehört einem. Aber: meine Frau!‹

›Was sagst du denn?‹ fragte ich.

›Wenn es sich machen läßt, Silke, sonst natürlich auch meine Frau. Ich lebe nicht im luftleeren Raum, ich kann nicht ausbrechen aus der Gesellschaft, mit der ich verklammert bin, ich kann mich nur arrangieren. Ich muß ihre Regeln akzeptieren und sehn, daß ich sie ungerupft übertreten kann. Stell dir das Glück als Kuchen vor oder, wenn dir das besser gefällt, als rotbäckigen Apfel. Du wirst ihn nie ganz bekommen von einer Spenderin, du wirst dir mehrere suchen müssen, früher oder später. Nehmen wir an, du hast die perfekte Buchhalterin, die dir Haus und Garten durchrechnet, beides in Ordnung hält, dann wirst du allein sein, wenn du nachts auf die große Friedhofseiche fliegen willst zum Mäusefest der Schleiereulen. Du wirst zu suchen anfangen und eine Käuzin finden, die mitfliegt, für die es nichts Schöneres gibt als Mäusefeste in Baumwipfeln und geselliges Beisammensein mit Schleiereulen. Vertrau der Haus und Garten an, und du bist ein armer Mann. Die Unverträglichkeiten ließen sich beliebig fortsetzen. Es genügt ja schon, wenn jemand keine Katzen leiden kann und der andre gern über ein Fell streicht.‹

›Du plädierst also für den Gang ins Katzenhaus.‹

›Es war eine Lösung im Rahmen der Misere, weil Geld vonnöten war, also Besitz, und von Besitz wollten wir die Liebe ja frei wissen.‹

›Welche Lösung siehst du?‹ fragte ich.

›Die bequemste wäre die ideale.‹

›Und die wäre?‹

›Die Verhältnisse blieben, wie sie sind, würden nur von der Lüge befreit. Das heißt, der Chef machte kein Hehl daraus, daß er mit seiner Sekretärin schläft, die Kaderleiterin brauchte sich nicht heimlich im Keller mit dem Kraftfahrer zu treffen, sondern könnte in den Frauenruheraum gehn mit ihm. All das geschieht ja, man müßte sich nur dazu bekennen. Niemand brauchte dann seiner Buchhalterin windige Geschichten von Brigadeversammlungen zu erfinden, wenn es ihn wieder einmal zum Mäusefest zog.‹

›Mir gegenüber sollst du nie Ausreden erfinden‹, sagte ich.

›Wenn ich dich das erstemal belüge, ist unser Verhältnis zu Ende‹, sagte er.

Ich glaube, er hat sich daran gehalten, und ich habe es auch getan. Vielleicht wurde manches nicht ausgesprochen, aber im unklaren gelassen haben wir einander nicht. Ich habe ihm von Anfang an gesagt, daß mir so ein Dienstreiseverhältnis nicht genügt, auch wenn es sich hinzieht, daß ich zweigleisig fahren werde. Und er hat mir die Probleme offen dargelegt, als er sich in eine verheiratete Frau mit zwei Kindern verliebte.

5.

Er kam jede Woche einmal nach Berlin, was kein Kunststück war für einen Leiter in einem Lande, das nach dem Prinzip des demokratischen Zentralismus regiert wird. Irgendwann kam er Donnerstag mit der alten Volksweisheit ›Donnerstag ist Heiratstag‹, und beim Donnerstag blieb es dann. Freitag nachmittag fuhr er zurück und konnte sich das Wochenende über Frau und Kind widmen. Diese Verhältnisse sind beschrieben worden in unserer Frauenliteratur, ich erspare mir jeden Kommentar. Vielleicht sollte ich noch das Wort zweigleisig erklären. Das zweite Gleis hieß Armin, er wohnte in Berlin, was vieles erleichterte, und arbeitete als Redakteur bei einem Jugendmagazin. Er war nicht verheiratet, Heiratsabsichten hatte er auch nicht, und ich hätte ihn wohl auch nicht genommen, weil er sich zu oft in das Notizbuch des Agitators verwandelte, das er meistens bei sich trug. Zu seiner Entschuldigung muß gesagt werden, daß er eine einschlägige Erwachsenenschule besuchte. Mir verhalf die Zweigleisigkeit zu dieser Wohnung. Vorher hauste ich als Untermieterin bei einer Frau Frömmel in der Edisonstraße, eine der lautesten Straßen Berlins. Autoverkehr durchflutet sie, die Straßenbahn quält sich doppelgleisig hindurch, und zu allem Überdruß werden mehrmals am Tage von fahnenschwingenden Männern tutende Industriebahnzüge durchgelotst. Ich wohnte vis-à-vis der alten Apotheke; wenn ich mich zum Fenster hinausbeugte, konnte ich linker Hand einen Zipfel des Wochenmarktes in der Griechischen Allee erhaschen und rechts über geschwärzten Klinkermauern die Buchstaben KWO lesen, also Kabelwerk Oberspree. Versorgt war die Straße gut, es gab mehrere Bäcker und Fleischer im Umkreis von zwei Minuten, neben den Marktbuden einen Gemüseladen, Eisenwaren, eine Wein- und Spirituosenhandlung, auch die Post war nicht weit; in der Wilhelminenhofstraße war ein Kino, im Kulturhaus des KWO tingelten die Eulenspiegler; man konnte schon leben in der Straße, trotz des heftigen Verkehrs. Nur meine Wirtin ertrug zwei Männer nicht. Natürlich war sie Witwe, natürlich hatte sie nichts zu tun, und obwohl ich mit Wesselin und Armin besondere Klingelzeichen ausgemacht hatte, war sie stets früher an der Tür als ich, weil sie beim ersten Klingeln losstürmte. Guten Abend, Frau Frömmel, ist Tulla zu Hause? Das mußte jeder Besucher herbeten, obwohl ich da schon sichtbar den Gang entlangkam. Sie ließ den Gast herein, wartete, bis ich ›Schönen Dank, Frau Frömmel!‹ gesagt hatte, und verschwand dann, bleich und huschig, in ihrem Zimmer. Das meine war schmal, ein Bett stand darin, es hatte ein Fenster, einen Schrank, einen Ofen, einen Tisch, zwei Stühle und einen Trumeau, einen Spiegel, auf den Wesselin scharf war, nicht nur, weil wir uns oft darin gesehen hatten. Das Glas war gut geschliffen, das Holz war gut gedrechselt, gut verleimt und gut poliert, sanftbraun, mit sichtbarer Maserung, berührendes Beispiel solider Handwerksarbeit in einer Phase des Kunstverfalls. Wir saßen auf dem Bett, die Beine auf einem Stuhl, und sahen uns Fernsehschwachsinn an, redeten Schul- und Kunstklatsch, tranken Rotwein oder Kognak und befreiten unterdrückte Kolonialvölker. Wer hinaus mußte, der mußte eine halbe Treppe tiefer in eine kalte Toilette, den Schlüssel dazu aus der Küche holen und wieder hinhängen. Waschen konnte man sich nur vor dem Ausguß mit einem nassen Lappen, ich mußte hinterhertapsen und aufwischen, es war für mich keine Freude und für den badezimmerverwöhnten Wesselin noch weniger. So nutzte ich die Beziehungen der Schule aus und besorgte mir im Prenzlauer Berg ein Zimmer mit Küche in diesem zauberhaften Quergebäude. Die Küche war so groß, daß sich ein Bad einbauen ließ, die Genehmigung bekam ich vom Wohnungsamt, alles andere war eine gemeinsame Anstrengung meiner Freunde und Kollegen. Wesselin spendierte die Badewanne, Armin hackte die Rinnen für die Unterputzleitung, George machte die Installation, nebenbei machte er mir auch fast noch ein Kind, aber da gab's schon keinen Paragraphen 218 mehr.

Für Wesselin wurde die Einweihung eine Badeorgie, ich mußte ihn mit blauem Öl salben, ins Wasser warfen wir gelbe und grüne Kristalle, es gab schrecklich viel Schaum, und ich brauchte lange, bis ich alles aufgewischt hatte. Er wurde mir zu einer lieben Gewohnheit, und ich ihm wohl auch. Wenn er in Budapest zu tun hatte, ließ er mich nachfliegen, wir feierten Mäusefeste am Hirtenfeuer in Kecskemet, im Prager ›Grünen Frosch‹, bei Rudolf, im Golem, spielten mit den Drei Sträußen und ließen uns von der Goldenen Gans rupfen. Im Frühjahr und im Herbst verzehrten wir unser Minutenfleisch bei Pfeifer, aßen auch mal Hummer mit Otti im Pressezentrum, Ungarische Salami mit Alfi, tranken wieder und wieder

Rotwein, Mavrud, Gamza, Egri Bikaver alias Stierblut, Öden-
burger blaufränkisch, Cabernet, Pinot noir, Cabinet, Musalla,
den seltenen Portugieser von der Unstrut, und immer wieder
Mavrud, Gamza, Stierblut; nie Kadarka, nie Feuertanz, nie die
süßen algerischen Weine, auch wenn sie Grand Algerie oder
Le president hießen. So eine Zeit war das; bis der große
Schnee kam. Leipzig erstickte während einer Frühjahrsmesse
im Schnee, der Verkehr brach zusammen, und Wesselin brach
zusammen in einem Hausflur, während des dämmernden
Morgens. Vorübereilende Arbeiter empfahlen ihm Herzsalbe
und verwiesen ihn an ein Krankenhaus, irgendwo hinter
Schrebergärten. Er ging die endlosen Schneewege, das Elek-
trokardiogramm ergab nichts, dabei war er dreimal gestorben.
Mit einer Radepurspritze schlief er ein, auf einem Bettwagen
im Flur des Krankenhauses. Als die Stadt am nächsten Tage
weiterhin von himmlischen Mächten systematisch in Watte
verstaut wurde, bekam er eine Klaustrophobie, setzte sich in
seinen Dienstwagen und ließ sich nach Hause fahren. Tags
darauf gab seine Wirtin meinen Schottenrock, den ich in seinem Quartier gelassen hatte, am Messestand des VEB Glaswaren Niederlausitz ab. Ein gewissenhafter Standleiter sandte ihn
an Wesselins Döberner Adresse. Silke schickte mir das Stück
mit der Bemerkung, meinen Rock in Zukunft nicht mehr vor
Wesselin auszuziehen, es sei herzbeklemmend für ihren
Mann.

Ein Brief von ihm kam nicht, er kam selbst, eine Woche
nach dem Angina-pectoris-Anfall. Es war die Zeit, in der er
ernsthaft erwogen hatte, mit Silke Schluß zu machen. Ob das
Spielen mit der Tulla-Variante die Ursache seines Herzanfalls
war oder der Schnee oder der Suff oder die Midlife-Krisis
oder alles zusammen, wird ungeklärt bleiben, ist ohne Belang
für meine Geschichte; denn er hat mich fallenlassen ohne
Schnee, ohne Midlife-Krisis und ohne Herzanfall. Genau vor
vierzehn Tagen.«

»Verstehe«, sagte Friedemann, »das Bernsteinzimmer war ihm wichtiger.«

»Aber nein«, sagte sie. »Das hätte er ja haben können, mit mir zusammen. Als neugebackener Gleisarbeiter Valentin Eger in der Schwarzen Pumpe, als Meliorationsarbeiter im Havelluch, als Häuer in einem unserer neuen Tagebaue.«

»Er wollte es mit Silke, ich hab's geahnt«, sagte Friedemann.

»Ja, er wollte es mit Silke.«

»Wenn Sie nichts dagegen haben, würde ich jetzt ein Bad nehmen«, sagte Friedemann.

Tulla ging ins Badezimmer, temperierte das Wasser, würzte es mit Apfelblüten und hielt Friedemann die Hand beim Einsteigen, als sie sah, daß er nach dem Wäschetrockner griff. Dann brachte sie einen Hocker, stellte Sektflasche und Gläser darauf, verschwand für einige Minuten in der Küche und kam mit der Auskunft, nach dem Bad gebe es etwas zu essen. Bis dahin müsse sie ihre Geschichte hinter sich bringen, sonst blieben ihr die Bissen im Halse stecken.

6.

»Es wurde ein längerer Abschied. Wesselin kam an einem Mittwoch, was ungewöhnlich war. Er fragte in der Schule nach mir; als er erfuhr, ich habe Unterricht, verlangte er, daß man mich heraushole. Er war also außer sich; denn er wußte, der Unterricht war auch in einer sozialistischen Schule heilig, gerade dort. Er bekam seinen Korb, ging ins ›Hubertus-Eck‹ essen, versuchte sich mit einigen Kognaks zu beruhigen, was mißlang. Kurz nach eins holte ich ihn ab. Obwohl ich es zu verhindern suchte, stieg er ins Auto, und wir fuhren zu mir in die Chodowieckistraße. Er zog sich aus wie ein Rasender, stürzte ins Bad, legte sich in die Wanne, noch ehe sie halbvoll war, und sagte mit geschlossenen Augen: ›Es ist vollbracht. Ich habe alle Brücken abgebrochen.‹

Das blieb vage. ›Ich laß mich scheiden‹ wäre mir lieber gewesen als Neuigkeit.

›Kannst du die Brücken näher benennen?‹ fragte ich, und er nickte wild. ›Unglaubliches ist geschehn; man benützt meine Kindheit wie einen Strick, um mich zu erwürgen!‹

›Wer?‹ fragte ich.

›Alle!‹ sagte er. ›Die Lemuren aus Ost und West haben sich gegen mich verbündet. Sie wollen mich baumeln sehn wie Absalom; damit sie sich austrudeln können, wer mir den Kopf abschlägt.‹

›Wenn du die Westlemuren benennst, werden ihnen unsere Sicherheitsorgane das Handwerk legen‹, sagte ich.

›So einfach ist es nicht; im Gegenteil, es ist alles ganz verrückt.‹ Er schüttelte immer wieder den Kopf, nagte sich an den Lippen, und ich sah Tränen in seinen Augen.

›Heul nicht, erzähl der Reihe nach, und sag mir die Wahrheit‹, verlangte ich, und die Beichte begann mit Ihnen, lieber Freund. ›Ein Schriftsteller hat in meinem Leben herumgewühlt‹, sagte er. ›Den Bodensatz hochgeholt, und nun kommen sie, um im trüben zu fischen.‹

Wieder fiel der Satz von den Lemuren aus Ost und West, und ich schlug vor, mit der Westlemure anzufangen. Es war seine Jugendliebe Eda, eine fünfundfünfzigjährige Witwe ...«

»Ich kenne sie«, flüsterte Friedemann mit geschlossenen Augen. »Ich habe ihr geschrieben.«

»Sie ist mit ihrem Mercedes in der Maiglöckchenstraße vorgefahren und hat ihm angeboten, mit ihr ein neues Leben anzufangen. Das Kebsweib Silke sei kein Hindernis und die angetraute Luzinde Eger geborene Biermoser auch nicht mehr. Triumphierend hatte Eda eine Verzichtserklärung vorgewiesen. Die Ehe war für nichtig erklärt worden, Valentin war frei. Die Silke-Heirat galt ja in doppelter Hinsicht nicht: weil es

Wesselin nicht gab und weil Valentin zum Zeitpunkt der Eheschließung bereits verheiratet war. Eda hatte geschildert, wie ihr Mann wegen des Bernsteinzimmers zu Tode gekommen war, in den Februarstürmen vor der Stolpebank in der polnischen Ostsee. Nun war ihr Erstgeliebter Erbe eines Bernsteinzimmers, eines anderen zwar, dafür war er ein Vertrauter aus frühen Höhlentagen, ein Landsmann, den sie heimzuführen gedachte. Ein Erbepolster sei da, auf dem sich bequem ruhen ließe, auch zu zweit. So hatte die augsburgische Nachtigall gezwitschert, bei Johnny Walker im Gästezimmer, und Silke hatte gebadet vor Wut und Ratlosigkeit.«

»Sie war von mir vorbereitet auf die Ereignisse!«

»Die Warnung vor einer Katastrophe ist etwas anderes als der Eintritt der Katastrophe. Außerdem haben Sie ihr das Gefühl verschafft, daß mit der Zertrümmerung des Porzellanhirsches das Problem so gut wie beseitigt sei.«

Friedemann wurde rot und sagte: »Wie meinen Sie das?«

»Wesselin hat in Leipzig den Hirsch öfters zum Laufen gebracht; auch auf einer Deckchenkommode. Immer wenn die Beine über mir erschienen, schob ich ihn zurück. Es war boshaft, ihn Silke zu schenken.«

»Sie hat mir das Geschenk mit ihrer Vorliebe für Spielzeug erklärt«, sagte Friedemann.

»Jedermann sucht seine Niederlagen zu verkleinern, wenn er nicht an Masochismus krankt. Geschenkt. Zeit zum Nachdenken bekam Silke genug. Eda verlangte eine Tante zu besuchen, die sogenannte Cottbuser Emma. Fragte, ob er sie nicht hinbringen wolle, mit dem Mercedes würde sie dauernd angehalten. Valentin verstand und wollte. Im Wartburg fuhren sie nach Cottbus, die Tante war einundneunzig und verwechselte Eda dauernd mit einem älteren Neffen, versprach aber, im Sommer nach Augsburg zu kommen. Im Hotel ›Lausitz‹ aßen sie Abendbrot. Eda verlangte zwei Zimmer, bekam sie anstandslos. In der Bar versuchten sie es mit Tanzen, es klappte nicht recht, so tranken sie und erzählten aus alten Zeiten. Küssekrautgeschichten, sagte Wesselin, bittere und süße, erzählten sie weiter im Zimmer, in Edas, sie hatte für sich ein Doppelzimmer bestellt, es offiziell mitzubelegen, hatte sich Wesselin geweigert. Es sollte nicht so aussehn, als könnten sich BRD-Bürgerinnen für Valuta ein Zimmer mit DDR-Mann mieten. Irgendwann wurden sie sprachlos, nicht vor Glück, sondern weil sie einsahen, daß das alte Glück nicht mehr herstellbar war. Daß zwei Fremde miteinander parlierten, die sich auf ein Abenteuer eingelassen hatten, das hätte stattfinden können, als Annäherung zweier Unbekannter, wie es ja wohl auch stattfindet, wenn man den Zeitungsannoncen glauben darf. Daß es aber keine Fortsetzung der Liebesgeschichte zwischen Eda und Valentin Eger war, weil es jenes Liebespaar nicht mehr gab.

7.

Als sie zurückkamen am andern Tag, es muß gegen Mittag gewesen sein, war Silke verschwunden. Wesselin fand einen Zettel vor: ›Ich halte das im Kopf nicht aus, fahre zu einem Freund!‹ «

»Der Freund bin ich«, sagte Friedemann mit geschlossenen Augen.

»Ist sie noch bei dir?«

»Nicht direkt; ich habe sie ins Christliche Hospiz abgeschoben.«

»Ich ahne einen turbulenten Schluß«, sagte Tulla, ging in die Küche, kam mit einem Aschenbecher zurück und bemerkte: »Das Bouquet garni mußte in den Topf gehängt werden.«

Sie trank ihr Glas aus und setzte die Erzählung fort.

»Wesselin ließ sich für zwei Tage beurlauben und fuhr

nach Berlin, ging als erstes zum Notar in der Driesener Straße, stellte sich als Erbe vor und verlangte Auskunft über den Wert des Bernsteinzimmers. Er bekam keine, denn er konnte keinen entsprechenden Ausweis vorzeigen.«

»Mein Bericht über die Identität von Wesselin und Valentin war längst gegeben«, sagte Friedemann mit geschlossenen Augen. »Die Wahrheit längst an den Tag gebracht!«

»Amtlich bestätigt war sie aber nicht, und darauf kommt es an in so einem Falle. Du kannst mir glauben, ich arbeite als Schöffin. Wesselin verlangte, eine eidesstattliche Erklärung abzugeben. Nachdem er über die Gebührenordnung belehrt worden war, durfte er das. Der Notar nahm den Bericht über den Rollentausch zu Protokoll, beglaubigte die Aussage und stellte es Wesselin frei, welcher staatlichen Stelle er sie übergeben wolle. Das Notariat müsse so eine Information jedenfalls weiterleiten.

Wesselin ging zu seiner Hauptverwaltung, drang mit einiger Mühe zum Leiter der Abteilung Kader vor und erzählte ihm den ganzen Kitt. Man riet ihm, sich den Urlaub wegen Überarbeitung um zehn Tage verlängern zu lassen. Es war die erwartete Entscheidung: Beurlaubt wegen Krankheit, abgelöst aus gesundheitlichen Gründen, so lauteten die gängigen Euphemismen. Er mußte der Dienststelle meine Adresse hinterlassen, weil er vorgab, sich die nächste Zeit bei mir aufzuhalten. Es wurden acht Tage daraus, recht gute sogar. Wir fuhren in die Müggelberge und spazierten um den Teufelssee, wobei er mir sämtliche Pflanzen erklärte, obwohl die meisten ausgeschildert waren, denn er hielt sich an den vorgeschriebenen Naturlehrpfad. Wir fuhren nach Wendisch Rietz und nach Märkisch Buchholz, es war so, als wären wir verheiratet. Er nannte mich auch mehrmals seine Frau, was ich mir verbat und ihn an seine eigne Philosophie erinnerte. Da sagte er: Das war Wesselin, jetzt lebst du mit Valentin, und der hat eine böhmische Holzfällermoral, die ist patriarchalisch, dafür kerngesund. Das war ein Wort, das ich überhaupt nicht mochte.

›Ein patriarchalischer Holzfäller verläßt seine Frau nicht‹, sagte ich, ›auch wenn er ohne den Segen des Pfarrers mit ihr gelebt hat.‹

›Silke hat mich verlassen!‹

›Es kann sich um eine augenblickliche Verwirrung handeln‹, gab ich zu bedenken. ›Was alles über sie hereingestürzt ist...‹

›Gerade in der Not hätte sie zu mir halten müssen. Statt dessen wirft sie sich einem andern an den Hals...‹

›Mein Hals ist auch nicht ihrer, und du wirfst dich seit Jahren an ihn‹, konterte ich.

›Das ist etwas ganz anderes.‹ Seine Selbstsicherheit und Selbstgerechtigkeit waren nicht zu erschüttern. Zwischen ihm und Silke gebe es keine Bindungen mehr, und er sei fest zu einem Neuanfang entschlossen. Dann malte er mir aus, wie er unser Leben nach dem Verkauf des Bernsteinzimmers zu gestalten dachte. Daß er seine Leiterfunktionen loswürde, war ihm klar. Man würde ihn in die Schwarze Pumpe schicken oder sonstwohin in die Braunkohle. Dagegen war mit einem ärztlichen Attest etwas zu machen, immerhin war er ein Mittfünfziger. Dann wollte er eine Hühnerfarm kaufen oder auch eine Nutriazucht anfangen. Den nötigen Sachverstand würde er sich aneignen, schließlich kam er vom Dorf, und aufs Dorf wollte er wieder zurückkehren in seinen alten Tagen.

›Ich werde nicht Philemon und Baucis spielen‹, sagte ich, ›dazu fühle ich mich nicht alt genug. Außerdem kann ich keine Hühner leiden und Nutria schon gar nicht. Auf dem Dorf halte ich es nicht länger als drei Tage aus.‹

›Da weiß ich ja Bescheid!‹ sagte er. ›Ich gebe meine Existenz auf, die ich mir in dreißigjähriger Arbeit geschaffen habe, gesellschaftliche Stellung, Haus, Familie, sogar meine Identität gebe ich auf, und du bist nicht einmal zu einem

Ortswechsel bereit.‹ Er war schon wieder auf der Siegerstraße. Er gab auf, er organisierte sein Leben neu und meins mit; kein Wort davon, daß eine dreißigjährige Lebenslüge geplatzt war, daß er zum Abstieg verurteilt war. Er verteilte Posten. Großzügig billigte er mir zu, freischaffend weiterzumachen; Ausstellungsexposés und ähnlichen Kram. Ich gab zu bedenken, daß er das auch könne. Für die Flucht in die Taiga gebe es keinen Grund. Er ließ den Einwand nicht gelten, war überzeugt, er bekäme keine Arbeitserlaubnis als freischaffender Designer. ›Gut, dann nehme ich die Aufträge an und kassiere, du bist mein Neger!‹ Da war er schwer beleidigt. ›Soll ich schon wieder ein anderer sein, als ich bin?‹ schrie er. ›Ich will endlich ich sein!‹

›Ein fröhlicher böhmischer Knabe, der von Baum zu Baum hüpft und sich am Lagerfeuer einen abwichst!‹ Das war ich, und ich hätte es nicht sagen sollen. Denn daß es keine Flucht in den böhmischen Jugendtraum gab, hatte er spätestens in der Begegnung mit Eda begriffen. Ich verstand schon, wie er den neuen Anfang meinte. Als Mittfünfziger noch einmal beginnen, viele versuchten es, wennschon nicht im Beruf, so zumindest in der Ehe. Versuchten, alte Lügen loszuwerden, und handelten sich dafür neue ein, indem sie sich selber belogen. In diese Lüge sah ich Wesselin verstrickt, und ich konnte mir nicht vorstellen, daß ich darauf mein Lebensglück bauen sollte, wenn so ein Klischeewort erlaubt ist. Ich entschuldigte mich wegen meines Ausbruchs, er winkte ab und öffnete eine Flasche Cabernet.

›Vergiß die Hühnerfarm und die Nutriazucht‹, sagte er, ›ich hab eine bessere Idee: Ich werde Nußknacker herstellen. Das hab ich in Hechtheim gemacht, mit einem slowakischen Drechsler zusammen. Ein Markt für so was ist da, Volkskunst ist angesehn in unserm Staat, es lassen sich sogar Auslandsgeschäfte damit machen. Hab ich recht?‹

›Einesteils schon‹, sagte ich. ›Natürlich kann man mit Nußknackern Geschäfte machen. Aber um eine Lizenz für so ein Unternehmen zu bekommen, muß man im Verband für künstlerisches Volksschaffen sein, und wenn du dort einen Aufnahmeantrag stellst, wird ein Lebenslauf verlangt, und man fordert deine Kaderakte an. Die Chancen für eine Aufnahme sind gleich Null. Man wird dir raten, für eine gewisse Zeit in der Schwarzen Pumpe zu drechseln.‹

›Eher schon in Tellerhäuser im Erzgebirge‹, sagte er. ›Da ist die Landschaft wie bei mir zu Hause.‹

›Was mach ich in Tellerhäuser?‹

›Du übernimmst Vertrieb und Werbung, gehst mir beim Holzeinkauf zur Hand. Frauen wirken auf Förster.‹

›Förster auch auf Frauen‹, sagte ich, ›denk an Lady Chatterley.‹

›Ohne Unternehmerrisiko kein Erfolg‹, sagte er.

›Schlag dir das aus dem Kopf‹, sagte ich, ›daß man jemanden wie dich, der falsch Zeugnis gegeben hat in amtlichen Papieren, zu einem sozialistischen Unternehmer befördert.‹

Mein Einwand war schwerwiegend; der Umweg über die Schwarze Pumpe schien der kürzeste.

›Also schön‹, sagte er, ›zwei Jahre Produktion. Man kann da auch Wandzeitungen machen und über die Slobinmethode schreiben. Wir haben eine Zweizimmer-Neubauwohnung, du hilfst in der Auslandskorrespondenz des Kombinats oder machst Werbung für eine Neuerermethode zur umweltfreundlichen Verbrennung von Salzkohle.‹

›Wo steht das Bernsteinzimmer in der Neubauwohnung?‹ fragte ich.

›Es ist längst verkauft!‹

›Das einige Pfund, mit dem du wuchern könntest, willst du unterderhand verschleudern?‹

›Das war unüberlegt‹, gab er nach einer Weile zu. ›Behalten wir's vorläufig. Ich lasse es in Döbern unterstellen. Da findet sich ein Platz.‹

›Fein‹, sagte ich, ›da kannst du die Miete gleich mit den Unterhaltsgeldern an Silke abschicken.‹

›Wieso Silke? Zahlen muß ich für Doreen, bis sie ihr Studium beendet hat, das ist klar. Silke bekommt nichts, die Ehe gilt nicht.‹

›Nach unseren Gesetzen hat sie zweiundzwanzig Jahre gegolten, darauf kommt es an. Haus, Auto, Konto gehen zur Hälfte an die Ehefrau. Sie wird außerdem geltend machen, daß du sie durch deine Betrugsehe schwer geschädigt hast. Deinetwegen hat sie die Karriere als Kraftfahrerin beendet; sie könnte Fahrdienstleiter eines Kombinats sein, mit ihren Fähigkeiten. Statt dessen muß sie als Vierzigerin auf ihren Mädchennamen Schwenzfeuer zurückgreifen, weil Herzog ein Phantomname ist, der eines Betrügers außerdem. Der moralische Schaden, der für sie entsteht, in einem Nest mittlerer Größe, berechtigt sie zu Zahlungsforderungen, die an deinem Bernsteinzimmer zehren werden. Aber das bringst du alles hinter dich, das Gefühl der Freiheit gibt dir neue Kräfte. Allerdings bist du dabei sechzig geworden, und jetzt wird der Verein der Volkskünstler zu bedenken geben, ob das nicht zu spät sei für den Beginn einer Geschäftslaufbahn, zumal die künstlerisch-praktischen Erfahrungen aus dem Kriegsgefangenenlager als mangelhaft bewertet werden müssen, ein Amilager noch dazu.‹

›Wenn ich meine Bewährung hinter mir habe, müßte ich ja keine Nußknacker drechseln‹, sagte er nach langem Nachdenken, ›da könnte ich wieder eine Leitungsfunktion übernehmen.‹

›Was willst du leiten in Tellerhäuser?‹

›Na ja, Tellerhäuser war auch nur eine Hausnummer.‹ Er sinnierte eine Weile und sagte: ›Nach der Bewährung würde mich mein Betrieb wieder einstellen oder an eine Glasbude in Friedrichshain oder Weißwasser vermitteln. Das Haus in Tellerhäuser könnten wir uns trotzdem kaufen, aus dem Erlös des Bernsteinzimmers, und dort Urlaub machen. Wenn man sechzig ist, tritt das Rentnerschutzgesetz in Kraft, da kann man sich ein paar freie Tage mehr leisten.‹

›Also in Tellerhäuser sind wir im Urlaub; wo leben wir das Jahr über?‹

›In meinem Haus in Döbern!‹

›Mit Silke zu dritt‹, meinte ich, und er sagte, das Haus stünde ihm zu, er habe nachweislich das Geld dafür erwirtschaftet.

›Das hatten wir schon‹, sagte ich. ›Silke kriegst du da nicht raus. Wir könnten uns oben im Gästezimmer einrichten und müßten Bad und Küche gemeinsam benützen.‹

Da protestierte er heftig, verlangte die Wohnung für uns und verbannte Silke ins Gästezimmer.

›Du weißt, ich bin ein ruhiger Typ‹, sagte ich, ›du nennst mich öfters cool, trotzdem traue ich mir das nicht zu, ich brauche Freiraum, mir wäre es lieber, du besorgtest mir ein Zimmer.‹

Wieder kam Empörung, dann Geschwätz über die Wohnungsknappheit, gerade in der Provinz, und irgendwann sagte ich: ›Dann bleib ich eben vorläufig hier, und du besuchst mich, wie in alten Zeiten. Du wärst nicht der einzige Mann in der DDR, der mit seiner geschiedenen Frau eine Zeitlang in einer Wohnung lebt.‹

Das gab er zu, machte aber geltend, er sei kein geschiedener Mann, sondern ein nichtverheirateter, seine Ehe sei null und nichtig vor dem Gesetz. Da sagte ich: Dein Wort in Gottes Ohr!«

8.

Friedemann richtete sich auf und ließ warmes Wasser nachlaufen. Tulla ging in die Küche und sah nach dem Fleisch. Als sie zurückkam, brachte sie Majoranduft ins Badezimmer und eine neue Flasche Sekt.

»Wir könnten die Geschichte auch drüben zu Ende bringen«, sagte sie. »Vielleicht bekommen Sie Schwimmhäute zwischen den Zehen.«

»Oder Schuppen am Schwanz«, sagte Friedemann.

Tulla sagte darauf nichts. Sie nahm Sekt und Gläser, ging ins Wohnzimmer. Als Friedemann hereinkam, war ein Laken über die Couch gezogen. Einem altmodischen Wäschekorb entnahm Tulla eine Bettdecke und sagte: »Sie sollen sich nicht erkälten, lieber Freund!«

Friedemann legte sich hin, und sie bemerkte: »Übrigens ist noch nichts zu sehen.«

»Wovon?«

»Von den Schuppen«, sagte sie, bedeckte ihn und erzählte den Schluß der Geschichte.

»Noch ehe der verlängerte Urlaub zu Ende war, fuhr er zurück in seinen Betrieb, er hielt es nicht länger aus. Man empfing ihn mit gewohnter Freundlichkeit, sprach ihn mit Wesselin an, wie immer, und die Sekretärin kochte ihm unaufgefordert Kaffee. Sie erzählte von ihrem Winterurlaub in der Hohen Tatra, und als das Telefon klingelte, sagte sie beiläufig: ›Die Kadertante will was von dir!‹

›Ich will was von ihr‹, sagte Wesselin feierlich und ging, um seine Identität endgültig wiederherzustellen. Bei der Kaderleiterin saß ein Genosse von der Kreisleitung. Er stellte sich mit Helmut vor, nannte Wesselin Wesselin, begrüßte ihn mit kräftigem Handschlag, dann fragte er, ob's wieder besser ginge mit der Gesundheit.

›Ich bin nicht krank‹, sagte Wesselin, ›ich bin auch nicht Wesselin, ich heiße Valentin Eger.‹ Er verwies auf seine eidesstattliche Erklärung und auf seine Aussprache bei der VVB in Berlin und meinte, innerhalb von zehn Tagen seien diese kaderpolitischen Neuigkeiten wohl auch beim Kreis und im Betrieb angekommen.

Genosse Helmut drohte ihm mit dem Finger und meinte,

der böhmische Schelm ginge mit Wesselin wieder einmal durch, dieser unausrottbare Josef Schwejk, der auch bei den besten Genossen aus dem Sudetengebiet irgendwo niste. Er sei ein Verehrer Jaroslav Hašeks, aber er könne auch jenen Admiral der Volksmarine verstehn, der ›Die Abenteuer des braven Soldaten Schwejk‹ habe aus den Bibliotheken seiner Matrosen entfernen lassen. Nach dieser launigen Vorbemerkung wurde Helmut ernst: ›Du bist kein Einzelfall, Wesselin. In letzter Zeit versucht der Gegner verstärkt, Genossen mit Lügen und Halbwahrheiten aus ihrer Bahn zu bringen, uns wertvoller Kader zu berauben, sie zu entnerven und im Endergebnis zu veranlassen, einen Ausreiseantrag zu stellen. Du hast dich ganz schön ins Bockshorn jagen lassen, das muß ich schon sagen.‹ Hier drohte Helmut ein zweites Mal mit dem Finger und fuhr fort: ›Was ist passiert? Ein Schriftsteller, oder was sich dafür ausgibt, fährt nach dem Westen, um für eine literarische Arbeit zu recherchieren; aber was macht er? Er steckt die Nase in lauter Dinge, die ihn nichts angehn, und fällt auf die primitivsten Tricks des Gegners herein. Nimmt bereitwillig jeden Ball auf, den ihm der Gegner zuspielt, und macht daraus Munition gegen uns. Wenn der Gegner unsere leitenden Kader angreift, greift er unsere Ordnung an. Wer ist Wesselin Herzog? Ein Aktivist der ersten Stunde, ein Mann, der an vorderster Front stand, als es darauf ankam, den Nazischutt aus den Köpfen unserer Menschen zu beseitigen, besonders der Jugend; der auch Hand anlegte, wenn kräftige Hände gebraucht wurden, beim Umwandeln von Gutsherrenschlössern in Neubauernhäuser. Hat er Fehler gemacht? Natürlich hat er Fehler gemacht. Nur wer nichts tut, macht keine Fehler, sagt Lenin, und ich denke, da hat er recht. Jugendlicher Überschwang, wer wäre gegen so was gefeit, da landet man schon mal im falschen Bett. Einen Hang zum Komödiantischen hast du auch; aber was wäre die Partei ohne die Komödianten? Denk an Tute Lehmann, er hat mit den Mit-

teln eines Wilhelm Striese gearbeitet, aber er hat die Vereini-
gung von KPD und SPD zustande gebracht in seinem Bezirk;
darauf kommt's an! Du hast dich nicht beirren lassen, bist deiner neuen Tätigkeit nachgegangen, mit Schöpfertum und Tat-
kraft, was soll ich viele Worte machen, du hast dreimal die
Medaille bekommen, dein Kollektiv ist eins der besten im
Kombinat, es steht zum drittenmal im Kampf um den Titel...‹

›...zum viertenmal‹, verbesserte Wesselin.

›Na bitte!‹ Dann machte Helmut eine lange Pause, erschöpft von seinem Plädoyer, und sagte ganz leise: ›Da
kommst du mit alten Lagergeschichten. Geschlechtertausch,
wenn ich das schon höre...‹

›Rollentausch‹, verbesserte Wesselin.

›Entschuldige, du hast recht. Die neuere Literatur macht
einen ganz nervös. Rollentausch, Identitätsverlust, der nächste
Schritt ist Schizophrenie! Wollen wir das? Ich denke, die
Frage stellen heißt sie verneinen. Du hattest Schwierigkeiten
in Bayern; wer von uns hätte dort keine? Die Zustände in den
amerikanischen Kriegsgefangenenlagern sind hinreichend bekannt. Sie haben Leute in den Tod getrieben, einfache Plennies, von denen uns jeder einzelne heute noch fehlt! Du hast
überlebt und für uns gearbeitet, fast vierzig Jahre lang. Das
kannst du nicht wegwerfen, das darfst du dir nicht stehlen lassen! Wer ist Valentin Eger? Mein Gott, wir wissen seit dreißig
Jahren, daß du das einmal warst. Dein neuer Adam hat zwar
böse Flecken...‹

›Ich war nicht in der Waffen-SS‹, sagte Wesselin, und Helmut blieb ihm nichts schuldig. ›Nein‹, sagte er, ›weil du dich
zu den Fliegern gemeldet hattest. Als Mölders-Fan und Gal-
land-Schwärmer; ich bin bei Monte Casino desertiert. Drei
meiner Kumpel wurden geschnappt und erschossen. Die
Mordschützen waren so alt wie du damals. Warst du nicht zufällig in Monte Casino?‹ Wesselin konnte beschwören, nie

dagewesen zu sein, italienischen Boden nie betreten zu haben, was stimmte. Aber wäre er dagewesen und zur Exekution der Deserteure befohlen worden, hätte er geschossen, wahrscheinlich. Ich will in Rechnung stellen, daß sein Vater in einer ähnlichen Situation in Norwegen so gezittert hat, daß ihn der Kommandeur des Peletons fortjagte. Aber Wesselin war kein Bausoldat. Er war ein schlechter Soldat, der sich bemühte, ein guter zu sein, und das sind die zuverlässigsten. Die Definition stammt von ihm. Entschuldige die Einschübe, Genosse Helmut ließ sich weniger aus der Fassung bringen, er blieb bei den bösen Flecken des neuen Adam und sagte: ›Dafür hast du Dresche bekommen in Brüx, und wenn du uns Ärger machst, werden wir dich auch prügeln. Was sind Namen? Viele unserer Genossen haben einen Kampfnamen. Sie haben ihn unter anderen Bedingungen bekommen, gewiß, aber deine Arbeit, die du für uns geleistet hast, ist ein Teil unseres Kampfes, und wir brauchen auch jenen Anteil, den du noch leisten wirst! Drechsler von Nußknackern haben wir genug.‹

Wesselin, mein Wesselin war nach dieser Rede, aus der die Meinung einer vorgesetzten Dienststelle sprach, sofort überzeugt, weil sie seiner insgeheimen Meinung entsprach. Wer war denn Valentin wirklich? Ein Turnvereinseleve in kurzen Flanellhosen, ein Pimpf, mit Hähnel-Luftgewehr, ein kleinkalibrig schießender Kameradschaftsführer, ein Lehramtskandidat, ein stud. paed. mit Pubertätshemmungen, der versucht hatte, sich mit einer Freiwilligenmeldung davon zu befreien, ein Sandkorn im Getriebe des Sennelagers, eine Lagerwanze in drei Gefangenenlagern, ein ›prisoner of war‹ und ›prison de guerre‹ und Insasse eines Internační středisko. Aber diesen letzten Dienstgrad hatte er ja schon als Wesselin innegehabt, und als Wesselin war er heimgekehrt in das Nest Wassersuppe in der Mark Brandenburg und war in dieser Mark geblieben und hatte in dieser Mark gearbeitet und mit dafür gesorgt, daß aus des Heiligen Römischen Reiches Streusandbüchse eine sozialistische Provinz wurde. Ohne Potsdamer Garnisonskirche, ohne Berliner Schloß und mit Krankenhaus im Verliebten-Rheinsberg; ein Märker war aus ihm geworden, wenn auch einer, der unter der zeitweiligen Preußenstürmerei litt. Nun, da sie amtlich zurückgenommen wurde, hätte er dieser verhaßt-geliebten Heimat den Rücken kehren sollen? Man hätte Wesselin nichts Widersinnigeres zumuten können. Es war kalkuliertes Rückzugsgefecht, als er zu bedenken gab: ›Wenn es Valentin Eger nicht gibt, Genosse Helmut, geht das Bernsteinzimmer an den Neffen in der BRD!‹ Darauf hat Helmut kühl geantwortet: ›Die Regelung dieser Angelegenheit würde ich an deiner Stelle den zuständigen Organen überlassen.‹

Er wußte, daß Helmut mehr wußte, und fragte: ›Wer bekommt es?‹

›Valentin Eger, wie es das Testament verlangt. Da es ihn aber nur so lange geben wird, wie du brauchst, um deinen Namen zu schreiben, kann er es nicht behalten. Ist das klar?‹ Und Wesselin war alles klar.«

»Dann läuft es auf eine Schenkung an Andy Quahl hinaus«, sagte Friedemann und dachte: Es bleibt uns immerhin erhalten.

»Juristisch war es ein ordnungsgemäßer Verkauf, der einen ebenso ordnungsgemäßen Weiterverkauf im Gefolge hatte«, sagte Tulla. »Das Zimmer samt den Galé-Gläsern gehört Eda Durchholzer. Morgen geht es ab nach Augsburg.«

»Nein!« schrie Friedemann. »Das lasse ich nicht zu!« Und sprang aus dem Bett.

»Ich glaube nicht, daß ein nackter Mann einen Möbelwagen aufhalten kann«, sagte Tulla. Friedemann sah es ein und retirierte unter die Zudecke.

»Meine ganze Mission war umsonst!« schrie er.

»Sie meinen vergebens«, sagte Tulla. »Außerdem haben Sie unrecht. Sie wollten das Bernsteinzimmer für Andy Quahl retten, das haben Sie getan.«

»Von einer Rückführung nach Puschkin habe ich geträumt«, schrie er.

»Sie sollten sich endlich von Ihren Träumen trennen, lieber Freund. Es war Ihnen nicht vergönnt, einen Beitrag zur Wiedergutmachung zu leisten. Was nach Augsburg rollt, ist nicht Ihr Millionentraum ...«

Friedemann nickte ergeben und sagte: »Trotzdem, van de Velde, Galé — Zaubernamen für jeden Kunsthändler. Eine Kopie des Zimmers für den Grafen Kessler! Es ist mein Zimmer, ich habe es der BRD abgejagt, indem ich unerbittlich nach der Wahrheit gesucht habe. Nur deshalb hab ich es gefunden!«

»Dafür haben Sie einen Orden verdient«, sagte Tulla, goß den letzten Sekt ein, zündete sich eine ihrer langen Zigaretten an. »Mich jedenfalls hat deine Wahrheit von Wesselin befreit. Dafür bin ich dir dankbar.«

»Dann sei es endlich«, sagte Friedemann.

Tulla drückte die Zigarette aus und ging ins Bad.

9.

Friedemann bekam wirklich einen Orden. Am 1. April überreichte ihm Andy Quahl die Medaille mit Händeschütteln, dazu den Briefumschlag mit dreihundert Mark. Er legte ihm zwei blaue Scheine dazu und bemerkte: »Damit Sie sehn, wie gut ich es mit Ihnen meine. Wenn Sie heute länger als üblich Mittag essen, habe ich nichts dagegen!«

Friedemann rief Tulla an und lud sie ins Jaspis-Restaurant ein. Sie hielt das für einen Aprilscherz, fragte, ob sie ihr Diorkleid anziehen dürfe. Friedemann bestand auf Jeans, sie kam in Wildlederjacke und Plisseerock. Als er tatsächlich zum Palasthotel fuhr, wollte sie ins Nante-Eck. Da holte er seine Medaille aus der Tasche, steckte sie sich an und blieb bei

Jaspis. Sie bekam etwas Silber in ihren Blick und zählte die Scheine in ihrem Portemonnaie nach. Der Empfangschef taxierte die beiden, änderte seine Meinung, als er Friedemanns Medaille erblickte, und plazierte das Paar an einem Zweiertisch.

»Wenn ich die Herrschaften beraten dürfte«, sagte der Kellner, und Friedemann entgegnete: »Wir möchten für fünfhundert Mark essen.«

»Bitte«, sagte der Ober, »also ein Menü für den kleinen Appetit.«

Zu Sake ließen sie sich nicht überreden, es gab auch Mosel. Nachdem sie angestoßen und getrunken hatten, krähte eine Stimme: »Das ist doch dieser Wiesenthal-Knabe! Ich werd verrückt!«

Friedemann verschüttete Wein und sah Gundolf Tau an der Tür stehn, mit schwarzer Brille, gerötetem Gesicht, kurzatmig. Dann kam er mit schnellen Schritten herein, schüttelte Friedemann die Hand, zeigte auf Tulla und sagte: »Gehst du schon wieder fremd? Das ist doch keine von den Wiesenthal-Töchtern!«

»Ich hatte nie etwas mit Wiesenthal-Töchtern«, erwiderte Friedemann und stellte Tulla vor. Gundolf küßte ihr die Hand und meinte: »Ich würde mich gern zu euch setzen, da ist es so schön still. Leider bin ich nur Vorreiter für meine Mäzenin. Sie hat ein Jugendstilzimmer gekauft, van de Velde, allererster Klasse, das sagt dir ja nichts, du Bernsteinjäger. Sie hat mich als Fachberater mitgenommen, damit man sie nicht übers Ohr haut. Aber sie hat einen kulanten Preis bekommen, alles was recht ist. Bei mir hätte sie das Doppelte berappen müssen. Ich muß Schluß machen, jetzt kommt sie, mit einem Kometenschweif von Nassauern ... kannst ja mal rüberkommen!«

Und wieselte weg, ließ sich vom Kellner an eine Tafel dirigieren, auf die in feierlichem Zug Gäste zuschritten.

Tulla packte Friedemanns Arm und legte seine Hand auf ihr Knie. »Das ist ein Aprilscherz.« Gleiches dachte Friedemann; denn es sah so aus, als kämen Eda Durchholzer, Klothilde Tau, Gunni Heimbüchler, Nachlaßpfleger Axel Kähler und, in lindgrünem Hosenanzug, mit modisch zerwühltem Haar, Silke Herzog herein. Sie im Arm eines Fünfzigers, der seinen Bauch sportlich zurückhielt, ein braunes Kordjackett trug, das die Silberstreifen in seinem immer noch braunen Haar zur Geltung brachte. Es mußte Wesselin sein. Friedemann schloß die Augen und wartete auf die Erscheinung von Luzi, Mimi und Heidi. Sie blieben aus, und als er sie wieder öffnete, ließen sich die anderen vom Kellner an den Ikebana-geschmückten Tisch plazieren.

Tulla hielt die Augen geschlossen und flüsterte: »Küß mich!« Friedemann küßte sie, dann holte sie tief Luft und sagte: »Danke, es geht wieder.«

Friedemann sagte: »Dieser alternde Polkaböhme ist Wesselin, stimmt's?«

Tulla nickte, und Friedemann meinte: »Mein Geschmack wär' er nicht.«

»Kunststück!« sagte Tulla.

Der Kellner brachte die Trepangsuppe, die Gäste an der Ikebana-Tafel wurden von mehreren aufgeschlagenen Speisekarten verdeckt. Der Kartenschirm hielt noch, als Fisch gegessen wurde, in delikatem Rohzustand zu gläsernen Nudeln und Bambusspitzen, senkte sich bei Fleischfäden mit currygewürztem Reis. Die Bestellungszeremonie am Ikebana-Tisch war vorüber, Tulla und Friedemann hatten ihren kleinen Appetit gestillt, der Kellner brachte die Rechnung in einem Kästchen, Tulla legte zwanzig Mark zu.

»Gehn wir, bitte«, sagte sie. »Ich bin über ihn hinweg, aber zuschaun, wie er mit dieser Sehkuh turtelt, kann ich nicht.«

»Spiel nicht Weißes Rössl«, sagte Friedemann. »Hier wird der Auszug meines Bernsteinzimmers begossen und der Sieg des neuen Adam über den alten. So etwas verlangt nach Zeugen.«

Trotzdem erhob sich Tulla. Da kam von der Ikebana-Tafel Eda Durchholzer, in molligem Schwarz. Sie streckte die Arme nach Friedemann aus und sagte: »Lieber Freund! Kommen Sie doch an unsern Tisch mit Ihrer Begleiterin. Wir feiern den Abschluß eines Geschäfts, an dem Sie nicht ganz unschuldig sind.«

»Danke, wir haben schon gegessen«, sagte Tulla.

»Das macht nichts; in Japan ist alles so klein, ein Bissen geht immer noch rein. Stimmt's, lieber Freund?«

»Überfüttert hat man uns nicht«, sagte Friedemann.

»Na, sehen Sie, meine Beste ... wollen Sie uns nicht miteinander bekannt machen, lieber Freund?«

»Ich bin die verflossene Geliebte Ihres Jugendfreundes Valentin Eger«, sagte Tulla.

In Edas Gesicht trat Ernst, sie schüttelte langsam den Kopf, legte beide Hände auf Tullas Schultern und sagte: »Das ist nicht gut möglich, liebes Fräulein. Mein Valli hat leider die Dummheit gemacht, sich nach Kriegsende in die Fremdenlegion zu melden. Seit Dien-bien-phu ist er verschollen, das sind immerhin zwanzig Jahre.«

»Warum sind Sie dann zu Wesselin Herzog gefahren, nachdem ich Ihnen geschrieben habe, wer er eigentlich ist?« fragte Friedemann.

»Das Leben ist ein Schatten unserer Träume, lieber Freund. Ich habe so lange davon geträumt, Valentin wiederzusehn, daß ich Ihrem Brief geglaubt habe. Leider sind auch Sie nur Träumen nachgelaufen. Wesselin Herzog kann einer der Schatten sein, mein Valentin ist er nicht. Er hat mir viel erzählt über seine Lagerzeit mit Walli, und ich bin ihm dankbar dafür. Aber Valentin Eger ist passé, perdü, pritsch ... Kommen Sie mit, essen Sie mit uns. Wir müssen auf das Bernsteinzimmer anstoßen, lieber Freund.«

»Wenn Sie zu Friedemann noch einmal lieber Freund sagen, ist unsere Bekanntschaft beendet«, sagte Tulla. »Ich liebe ihn und habe ihn noch nie anders genannt.«

»Also sein Deckname; pardon!« sagte Eda und zwinkerte Tulla zu, daß deren Zorn verflog. »Kommen Sie, meine Liebe!« Sie hakte sich ein und stellte sie an der Ikebana-Tafel als Freundin ihres guten Bekannten Friedemann Körbel vor, der sie in Augsburg aufs beste unterhalten habe, dem sie ihre Unabhängigkeit verdanke und das passable Geschäft, das man hier begieße.

Friedemann sagte: »Tag, Silke, gut siehst du aus, guten Tag, Herr Herzog, Tag, Gunni, ich wünschte wirklich, Ihre Mutter hätte sich meinen Besuch nicht so zu Herzen genommen!«

Gunni sagte: »Das macht sie alle zwei Jahre mal. Sie ist längst wieder über den Berg. Wenn nicht Django grad Schwierigkeiten mit seiner Aufenthaltserlaubnis hätte, wär' sie mitgekommen . . .«

Axel Kähler fragte: »Wie oft bekommen Sie eigentlich die Medaille?«

»Es ist eine Zielprämie, für den prima Tip, den Sie mir gegeben haben«, erwiderte Friedemann.

»Na, dann dürfen Sie ausnahmsweise mal mit einer Flasche Sekt bei mir vorbeikommen«, sagte der Notar und zwinkerte.

Klothilde sagte: »Sie sind doch ein couragierter Mann; können Sie mir nicht 'ne Flasche Bier und eine Bockwurst besorgen?«

»Mach das bloß nicht«, zeterte Gundolf Tau. »Dann beißt sie rein, und mir spritzt alles auf die Hose!«

»Dann gehst du eben baden«, sagte Klothilde. »Hosen hast du genug im Koffer!«

»In Pankow, bei Wiesenthal, wie komm ich da hin?«

»Du nimmst 'n Taxi!«

Friedemann setzte sich neben die Augsburgerin und sagte: »Das ist das Einfache, was schwer zu machen ist.«

»Nicht, wenn ich in mein Portemonnaie greif!« sagte Eda und lachte, fügte hinzu: »Ich möcht wissen, was der Valli sagen tät, wenn er das alles erlebte. Ich glaub, der tät sich totlachen, meinen S' nicht auch, Herr Wesselin?!« Sie mußte sich die Tränen aus den Augen wischen.

»Es wäre sicher das Beste, was er machen könnte«, sagte Wesselin.

Erklärung

Personen und Handlung sind frei erfunden. Ähnlichkeiten mit lebenden Personen oder wirklichen Ereignissen sind rein zufällig oder haben ihre Ursache in der mangelnden Erfindungsgabe des Autors.

Walter Püschel

CIP-Titelaufnahme der Deutschen Bibliothek

Püschel, Walter:
Eine Bernsteinliebe: von 7 Bräuten erzählt; Roman/Walter
Püschel. — Stuttgart; Wien: Edition Weitbrecht, 1988
ISBN 3-522-70440-1

© für die Bundesrepublik Deutschland, Österreich und Schweiz:
Edition Weitbrecht in K. Thienemanns Verlag, Stuttgart und Wien, 1988

Die Schutzumschlaggestaltung besorgte Zembsch' Werkstatt in München
Gesetzt in der Bembo
Printed in the German Democratic Republic
5 4 3 2 1